LA FERME DE BONNE-ESPÉRANCE

Du même auteur

Les Seigneurs de la Haute Lande, Presses de la Cité, 1996
La Palombe noire, Presses de la Cité, 1997
La Sève et la cendre, Presses de la Cité, 1999
L'Embuscade, E-dite, 2000
Et tu franchiras la frontière..., E-dite, 2000
La Fin des Mandarins, E-dite, 2000
Le Secret du docteur Lescat, Presses de la Cité, 2000
Acadie, terre promise, Presses de la Cité, 2002
Retour en Acadie, Presses de la Cité, 2003
La Plantation de Bois-Joli, Presses de la Cité, 2005
La Baie des maudits, Presses de la Cité, 2005
Constance et la ville d'hivers, Presses de la Cité, 2007
La Rizière des barbares, Archipoche, 2009
Les Amants de Saint-Laurent, Presses de la Cité, 2009
Cambodge, Timée, 2009
La Mémoire du vent, Calmann-Lévy, 2010
La Corne de Dieu, Calmann-Lévy, 2012

Alain Dubos

LA FERME DE BONNE-ESPÉRANCE

Roman

Collection « Roman d'ailleurs »
dirigée par Jeannine Balland

calmann-lévy

COUVERTURE
Maquette : Atelier Didier Thimonier
Photographies : © Andreas Kuehn & Adam Jones / Getty Images

ISBN 978-2-7021-4403-9

Pour Anatole

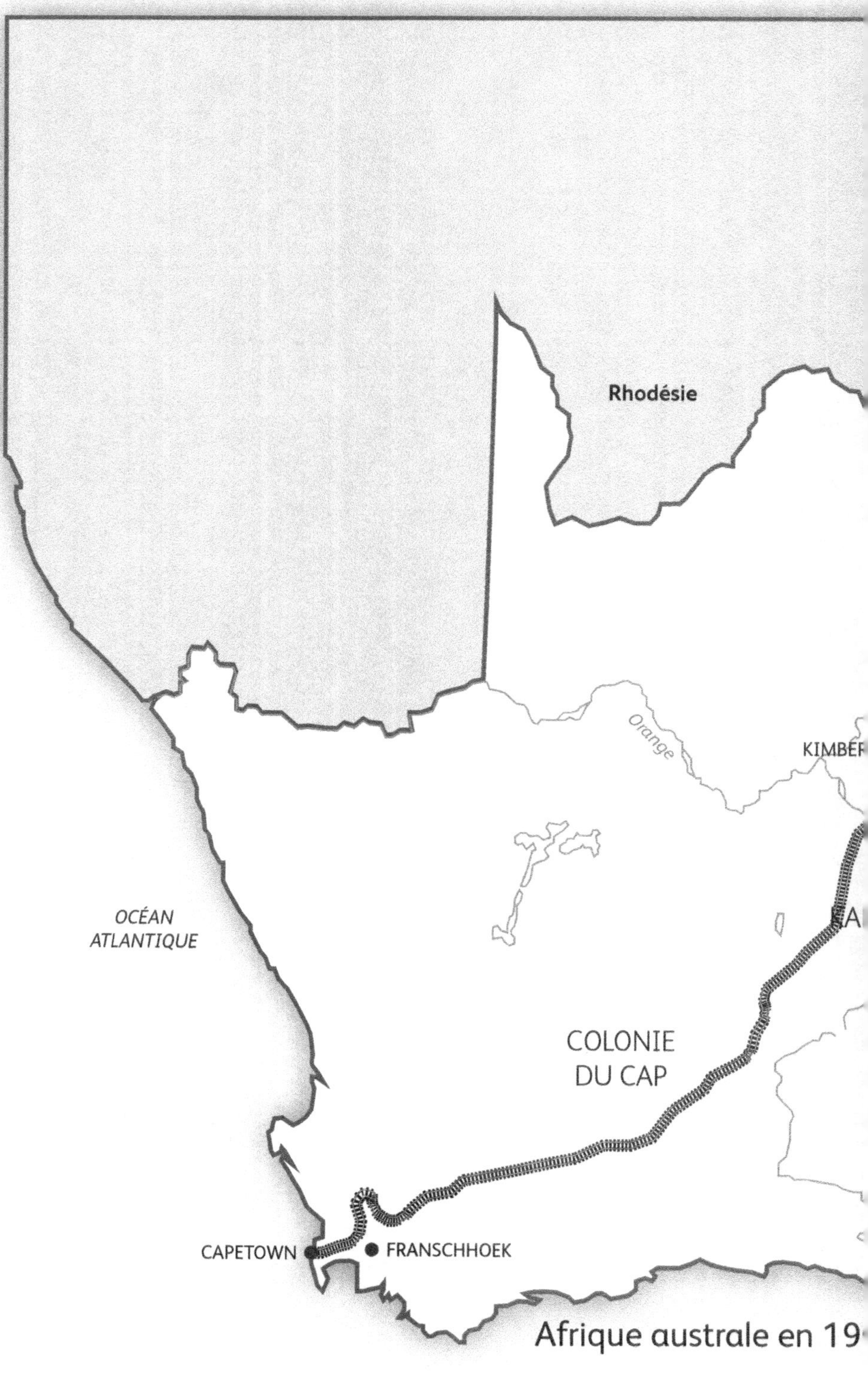
Rhodésie
Orange
OCÉAN
ATLANTIQUE
COLONIE
DU CAP
CAPETOWN
FRANSCHHOEK
Afrique australe en 19

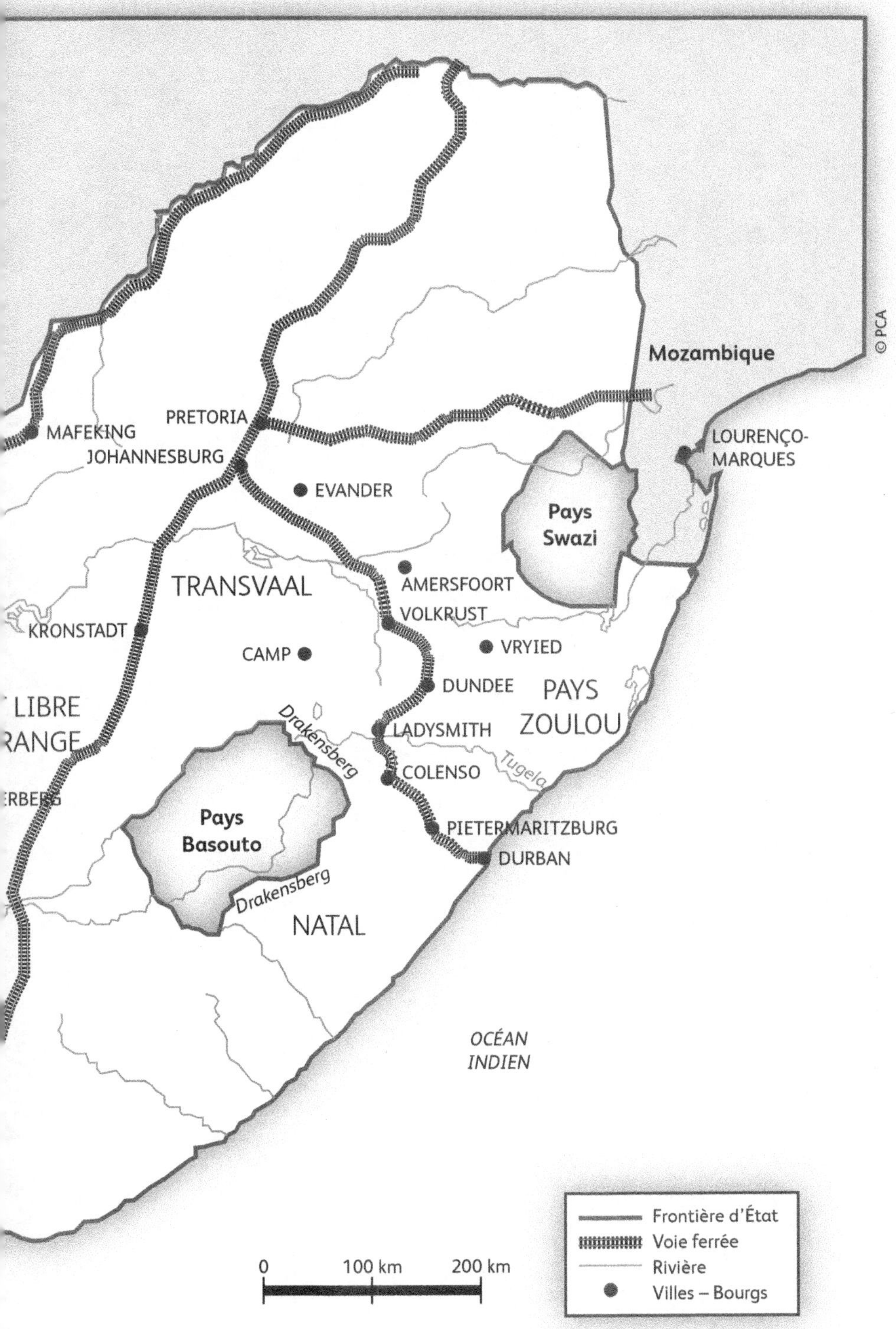
Mozambique
© PCA
MAFEKING
PRETORIA
JOHANNESBURG
EVANDER
LOURENÇO-MARQUES
Pays Swazi
AMERSFOORT
TRANSVAAL
VOLKRUST
KRONSTADT
CAMP
VRYIED
DUNDEE
PAYS ZOULOU
LIBRE
RANGE
Drakensberg
LADYSMITH
COLENSO
Tugela
RBERG
Pays Basouto
PIETERMARITZBURG
DURBAN
Drakensberg
NATAL
OCÉAN INDIEN
Frontière d'État
Voie ferrée
Rivière
Villes – Bourgs
0
100 km
200 km

AVERTISSEMENT AU LECTEUR

Ce roman s'insère dans une histoire assez peu connue, voire presque totalement oubliée : la guerre des Boers[1], seul conflit ensanglantant la planète à l'aube du XXe siècle.

Cet affrontement fut atroce, entre Anglais désireux de s'approprier les richesses du sous-sol sud-africain et descendants de colons en majorité hollandais, mais aussi français et allemands, décidés à défendre les deux républiques dont ils avaient assuré l'indépendance vingt ans plus tôt, lors d'une première guerre.

Durant les trente mois d'une guerre totale, la plus puissante armée du monde affronta un peuple paysan qui finit, épuisé sur sa terre dévastée, par plier. Auparavant, les Boers (« fermiers », leur premier nom) qui ont aussi été appelés Burghers et, ailleurs, Afrikaners (terme plus récent, apparu au XXe siècle), montrèrent une vaillance et une obstination à vivre libres admirables.

Entre eux et leurs agresseurs, les populations zouloues et xhosa, parvenues historiquement au sud du continent un peu avant les Blancs, subirent le conflit plus qu'elles n'y participèrent, payant cher aussi, en fin de compte, le simple fait d'avoir servi Boers et Britanniques pour des besognes auxiliaires.

---

1. Prononcer « bour ».

1

Paris, juin 1899

Invitée ce soir-là à côtoyer la société parisienne des beaux quartiers, Marthe n'avait d'yeux que pour l'étranger dont elle était devenue la femme quinze jours auparavant ; Piet Marais, un Boer, drôle de nom pour une peuplade blanche perdue aux confins de l'Afrique. Marthe avait écouté la leçon d'histoire : les protestants français traqués par les Dragons de Louis XIV, leur fuite en Hollande et le voyage d'une poignée de volontaires vers des terres promises aussi loin de l'Europe que l'était le XVIIe siècle de l'an 1899.

Blond et massif, le cuir tanné, le visage marqué au front et aux joues par des rides jurant avec ses trente-cinq ans, Marais imposait sa carrure paysanne aux officiers et aux civils rassemblés chez les Joubert, avenue de Courcelles. Il avait averti Marthe : « Ce sont de lointains parents devenus catholiques. Nous, on est restés huguenots. Mais tu verras, on a le sens de l'accueil, au Transvaal. »

Il est des noms qui donnaient à rêver ; de pays lointains, de climats, d'horizons baignés par des lumières inconnues. Transvaal. Marthe avait entendu parler de l'or qui y avait été découvert. Un nouveau Pérou. On s'y rendrait bientôt. Pour l'instant, toute son attention se portait sur le rescapé de la malaria dont elle avait, pour la première fois, aperçu la silhouette décharnée sur un lit d'hôpital, à Aubervilliers, quelques mois plus tôt.

L'homme tremblait. Marthe l'avait aidé à s'asseoir sur le drap humide de sueur nocturne.

– Vous avez des yeux de chat, d'où viennent-ils ?

Il parlait bien le français, avec un fort accent du genre germanique, souriait malgré la défervescence qui le laissait épuisé. Ses joues creusées étaient celles d'un vieillard, ses muscles avaient fondu. Ne restait de lui que sa carrure d'athlète ou de paysan, toute en os.

– De chat, oui. De quelle France sont-ils ?

Marthe avait haussé les épaules, souri. Ses yeux ? Elle ne savait trop, du Pays basque par une aïeule, disait-on. Comment ce malade pouvait-il ainsi digresser au décours d'un frisson palustre ? D'habitude, les coloniaux pareillement terrassés par la malaria demeuraient longtemps prostrés.

– Chez nous, la fièvre est une compagne ordinaire, on naît avec et on s'en accommode.

Il s'était allongé, grelottant à nouveau, au point que son lit en tressautait.

– Calmez-vous, monsieur, lui répétait Marthe, comme si ses conseils conjuratoires pouvaient amender quoi que ce fût.

Il réclama de la quinine tandis que l'infirmière essuyait son front.

– On ne peut vous en donner davantage.

– Alors, laissez-moi crever.

– On ne fait pas ça, ici.

Elle avait fini par accéder à sa demande. Il avait un regard de la couleur des lacs quand le ciel sans nuages s'y reflétait. Avec, à la lumière du soir, un peu de gris. Quelque chose d'enfantin mais d'aigu, de la dureté aussi, comme chez les ouvriers en grève de Colombes ou de Saint-Ouen. Il lui avait fait promettre de l'assister jusqu'au bout s'il devait y rester.

– Mourir à Paris, veillé par vous. Un voyage acceptable.

Amaigri au point de flotter dans sa chasuble, ne tenant même plus sur ses jambes, il était sorti de son accès de fièvre avec assez d'énergie pour proposer à Marthe de fêter dignement sa rémission.

– Vous vous êtes bien occupée de moi et j'ai envie d'un vrai dîner, avec un bon bourgogne. Et puis vous avez les plus jolis yeux du monde, je crains qu'à l'avenir ils me manquent.

Il l'avait serrée contre lui au bal du Moulin-Rouge, embrassée sur le pont métallique enjambant les voies de la gare du Nord, demandée en mariage au Luxembourg. Marthe en éprouvait encore un peu de vertige, tant tout cela était allé vite.

– C'est quoi, cette balafre dans ton dos ? lui avait-elle demandé.

– Ça ? Un souvenir de la guerre d'indépendance.

Elle ne savait rien là-dessus. Les Français partaient en Afrique, pour des raisons qu'elle ne cherchait pas à comprendre. On portait la civilisation chez les sauvages. *L'Illustration* était pleine de photographies d'officiers vainqueurs et de civils en mission posant devant des palmiers, des eucalyptus géants, des populations complices ou indifférentes.

– On s'est battus contre les Anglais il y a vingt ans, chez moi. Tu étais alors une petite fille. Comme on les a battus, ils nous ont octroyé deux républiques, dont la mienne, le Transvaal. On avait débarqué là-bas bien avant eux, mais ainsi sont les Rosbifs. Quand tu as bien labouré la terre, ils te demandent de la leur céder gracieusement. Et si tu tardes à obtempérer, ils te mettent dans des cales de bateau et te jettent sur des rivages lointains, comme ils l'ont fait avec les Acadiens du Canada. Ça s'appelle « déportation ». Nous avons refusé et fait ce qu'il fallait pour rester sur nos lopins.

– Tu y as été blessé.

– Voilà. Un coup de sabre. J'ai les côtes solides, elles ont tenu. La peau, elle, a cédé, et un peu de chair, dessous. J'avais seize ans et je portais des munitions d'un poste de tir à l'autre. C'est moins risqué que de monter à l'assaut sauf que, ce jour-là, on m'a demandé de prendre une foutue colline avec quelques Burghers, pas très loin de notre ferme.

– Burghers ?

– C'est pareil que Boer. Tu dois prononcer « bour », pas « boère ». On peut dire « patriotes » également.

Il avait haussé les épaules. Modeste. La guerre, dans son bout de continent, était affaire de famille. Tout le monde y participait, hommes et femmes, vieillards et enfants.

– Comme ici pendant votre révolution. Le peuple en armes. Le petit Joseph Bara ! C'était moi, au pays des Zoulous et des huguenots. Maintenant, la guerre menace à nouveau.

– Vous êtes libres !

– Oui, mais nous avons les diamants et l'or, quand nos chers voisins doivent se contenter de thé pour tremper leur cheese-cake. Des Anglais à portée de canon du sous-sol le plus riche du monde, et qui ne peuvent pas l'exploiter. Tu imagines ça ?

L'image l'avait mis en joie. Lorsqu'il riait, sa denture apparaissait, éclatante et, rajeuni, il ressemblait à l'adolescent qui avait gravi une colline sous le feu de l'ennemi. Imaginer les appétits anglais ? Marthe en était incapable.

La lecture des journaux n'était pas son occupation principale. Les gardes à l'hôpital, la fatigue, la routine et les visites à l'hospice où s'éteignait doucement sa mère lui laissaient peu de temps. Piet était disert sur la situation de son pays.

– Victoria et son Chamberlain de Premier Ministre vont donc nous accuser de je ne sais quoi afin de nous envahir. Mais bon, ce n'est pas pour tout de suite. Et puis tout ça doit t'ennuyer. Les Parisiens n'ont pas la guerre comme perspective, tant mieux pour eux.

Elle s'était dit qu'elle essaierait d'en savoir plus, sur sa présence dans le beau quartier de Courcelles, par exemple, au milieu d'officiers qui parlaient de l'Angleterre avec des mines de conspirateurs ou s'en gaussaient à haute voix. Piet avait été plutôt discret à ce sujet. « Des contacts commerciaux que j'ai noués grâce à des cousins. Les affaires, pas très intéressant. Toi, tu vas t'émerveiller. Un beau voyage t'attend. Tu aimeras. Il y a des lions, des girafes et des rhinocéros, en liberté, dans la savane, pas loin de chez moi. »

Elle s'était demandé ce que l'extrême sud de l'Afrique pouvait bien rapporter à la France. C'étaient là des histoires de négoce, d'argent, des histoires de riches. Or et diamants. Comment les tirait-on de la terre ? Elle irait voir ça au Transvaal. La cause des guerres reposait, tranquille et silencieuse, sous la terre qu'il était sans doute plus simple de cultiver.

Lasse d'avoir observé la société, son décor de meubles anciens, de tentures, d'épais tapis, de bibelots alignés sur des étagères, elle se leva du canapé où elle se sentait un peu confinée. Le printemps frémissait dans les vertes frondaisons des arbres. Les gens étaient polis, habitués à se côtoyer. Étrangers.

Elle n'était pas de ce monde de grands bourgeois parisiens et de soldats unis par des codes, un langage, des souvenirs communs. Autour d'elle, les gens avaient tous partie liée avec les colonies et les armées d'Afrique ou d'Asie. Algérie, Sénégal, Tonkin. Elle trouvait anormale sa présence parmi eux.

Leur coterie policée, sanglée dans les uniformes, les plastrons, les queues-de-pie, n'avait rien à voir avec celle des soignants d'Aubervilliers. Là-haut, chez les prolétaires, au pays des usines crachant leurs fumées noires et puantes, entre ateliers et entrepôts, les internes en médecine beuglaient des chansons lestes. Leurs mains habituées à pétrir de la chair souffrante s'égaraient volontiers sur celle des valides. Chez les Joubert, au moins, Marthe n'avait pas à craindre de devoir se dégager ou repousser quelque assaut dans un coin sombre.

Piet la rejoignit, au centre du salon.

– Tu t'ennuies, *heuning* ?

Il lui arrivait de l'appeler « chérie », mais il préférait le mot afrikaans, plus doux entre ses lèvres. Elle secoua légèrement la tête, affronta son sourire, son ironie un peu distante, découverte au fil des jours.

– Non, bien sûr.

Il trinqua avec elle, cligna de l'œil, une privauté réservée en France aux Apaches. Leur aventure commençait sous de bons auspices. Piet Marais ne manquait pas d'amis à Paris, et des meilleurs. Capitaines et courtiers en métaux précieux, industriels, armateurs… En Afrique, il était selon ses propres dires agriculteur, « pauvre laboureur » même. Marthe aurait le temps de comprendre en quoi consistait réellement le métier d'un paysan du Transvaal très à l'aise dans le milieu parisien de la guerre et du commerce colonial.

Des hommes s'approchèrent, l'un en uniforme de hussard, d'autres en civil, pareillement cravatés, moustaches en pointes fines ou portées drues.

– Mes bons amis français, tous amoureux fous de l'Angleterre.

Le trait déclencha des rires. Marthe leva son verre, les hommes s'inclinèrent. Ils la regardaient à la dérobée, curieux de découvrir l'odalisque aux yeux de chat que Piet leur avait décrit.

Marthe perçut le plaisir qu'éprouvait Piet à se tenir à ses côtés. Les regards posés sur elle étaient les mêmes que ceux des médecins et des internes de l'hôpital temporaire d'Aubervilliers. Pourtant, elle ne se trouvait pas particulièrement jolie ni attirante, même si le contraire se lisait dans les yeux des hommes.

« Souillon, tu trouveras bien le garçon qui convient à ta condition », lui répétait à l'envi sa mère entre ses travaux de couture et le linge à repasser. Le désir de séduire s'était éteint assez tôt en elle.

– Ainsi vous irez au bout de l'Afrique. Mazette, c'est un voyage, savez-vous ?

Le capitaine Berto-Linnoz la considérait d'un air bonhomme. En cette toute fin de siècle, l'ordre colonial avait pacifié le monde sur lequel l'Europe régnait. Nul bruit de guerre, sauf cette rumeur de conflit entre Anglais et bouseux hollandais, loin, au sud d'un continent plein de mystères.

– Donc vous savez tout sur les Boers ?

Il était grand, ressemblait à Piet par certains traits ; un visage large aux rides déjà profondes, un regard bleu, dur et volontaire, de terrien. Piet l'avait présenté comme un ami proche, devenu presque un frère à la faveur de la guerre, malgré les différences de milieu et de culture.

– Je sais des choses, oui. Piet me donne des leçons de géographie.

– Et vous êtes bonne élève, je suis sûr. Le professeur est un homme de confiance.

– Il faut le lui demander.

Elle se trouva gauche, abrupte. Peu à même de mener une joute verbale dans un tel milieu, elle se sentit humiliée. Les invités des Joubert étaient rodés à cet exercice. Ils avaient dû la juger en quelques secondes, mais peut-être l'infirmière d'Aubervilliers était-elle en fin de compte assortie à son massif compagnon. Un couple des colonies, comme pas mal d'autres.

Marthe se laissa contempler. Les femmes l'observaient à leur souriante façon mâtinée de distance. Par moments, elle en éprouvait une gêne qui lui chauffait les joues. Elle avait saisi au passage des bribes de conversation. Une vieille haine des Anglais en était la chair, unissant ces gens dans la même fervente et distinguée acrimonie. Le capitaine Berto-Linnoz lui proposa son aide.

– Je vais vous expliquer.

Quinze ans plus tôt, à Fachoda, la république de M. Jules Grévy s'était soumise au désir de la reine Victoria d'étendre son empire vers le sud. La rage au cœur, une mission militaire française partie de l'ouest africain avait dû laisser le passage aux vestes rouges de Sa Majesté, commandées par un certain Kitchener, en route vers le plein sud. On eût pu imaginer un dialogue entre ces promeneurs d'un genre particulier. « Messieurs les Anglais, nous désirons nous porter vers l'est. – Messieurs les Français, nous serons au regret de vous en empêcher. – Messieurs les Anglais, nous renouvelons notre requête. – Messieurs les Français, nous vous en empêcherons, par la force si besoin. » Et ainsi de suite.

On avait frôlé la guerre, une de plus entre vieux compagnons des mouroirs militaires. La France, qui se rapprochait diplomatiquement de l'Angleterre, avait cédé, Marchand s'était incliné… Ainsi la reculade de Fachoda restait-elle en travers de la gorge de bien des gens. C'était donc ça. L'amer souvenir d'une sorte de défaite sans combat. Une histoire d'hommes, loin de Paris.

Marthe chercha la silhouette de celui dont elle était amoureuse. Un repère, un refuge aussi. L'amaigri d'Aubervilliers avait repris du volume. La fréquentation des restaurants de Montparnasse y était pour beaucoup : frites et mayonnaise, viande rouge et sauces exquises, la France de la table était aussi efficace que celle de la médecine. À la vue des muscles de Piet roulant sous ses vêtements, de ses bras et de ses cuisses arrondis, de son cou, fort, Marthe frissonna et sourit.

Piet avait pris à part l'invité devant qui tous s'étaient inclinés. Ils discutaient comme en confidence dans un recoin du salon. Quand, enfin, il fit signe à Marthe de les rejoindre, elle se sentit presque soulagée de ne plus avoir à répondre aux questions du capitaine Berto-Linnoz.

– Mon épouse. Marthe, M. de Villebois-Mareuil.

– Madame.

On avait baisé sa main au hasard des rencontres, c'était drôle, ces moustaches caressant sa peau pour la première fois de sa vie. Villebois-Mareuil lui présenta son crâne à demi dégarni.

– Marais, je vous félicite. Votre séjour parisien comblerait bien des hommes.

Piet avait parlé à Marthe des chefs, de leur façon de considérer la troupe, de la mener au combat. Elle subit cette force tempérée par les convenances du beau monde. Le fermier boer dominait d'une tête le héros de la guerre de 1870, ce qui ne l'empêchait pas de paraître, lui, le costaud aux tempes grisonnantes, au regard d'acier, un adolescent face à un maître d'école.

On jasa sur la mode, sur le changement prochain de siècle. La maîtresse de maison s'interposa ; on ne pouvait confisquer son hôte au-delà d'une certaine limite. Marthe fit un pas en arrière. Piet s'inquiéta.

– Tu veux rentrer, n'est-ce pas ?

Elle hésitait à répondre.

– On s'en va, concéda-t-il.

Était-il contrarié ? Marais n'exprimait guère ses sentiments, même au décours de leurs étreintes. Ce soir-là, il avait eu des apartés, des conversations discrètes auxquelles Marthe n'avait pas eu accès. Il convint qu'il en avait suffisamment usé. Il reverrait ses amis ailleurs, Berto-Linnoz et les autres. Marthe le questionna :

– Tu es sûr ? Nous allons bientôt quitter la France. Tu regretteras tes amis.

Il rit franchement.

– Je les reverrai. Ne t'inquiète pas.

– Ce sera le plein hiver, là-bas. Rassure-toi, il est moins rude que le vôtre, mais vos pluies parisiennes sont aimables comparées à ce qui tombe du ciel en Afrique. Inutile de s'encombrer outre mesure. Il y a aussi des boutiques au Cap et à Pretoria, avec d'assez jolis vêtements.

Elle s'assit au bord du lit, les mains posées sur le drap. Piet lui avait fait quitter la chambre de bonne qu'elle louait à Aubervilliers pour son appartement, à peine plus vaste, de la rue Delambre. Là, dans le quartier Montparnasse où elle ne s'était jusque-là guère hasardée, elle avait découvert les brasseries, les bals, les ateliers d'artistes où l'homme du Transvaal avait ses habitudes. Une autre vie, à distance des faubourgs gris où s'entassait la plèbe des usines, des fabriques, des forges et des écuries du nord parisien.

Elle le regarda fouiller dans un placard pour en extraire quelques chemises, des pantalons, des chausses. Une malle était ouverte sur le parquet. Elle y rangerait son trousseau, pas grand-chose en vérité. Des robes de diverses couleurs, auxquelles elle tenait. Piet n'était pas attentif à ces détails ; le plus important pour lui était la petite pile de documents qu'il devrait remettre à son retour en Afrique. Dix fois, il en avait fait le compte, vérifié les signatures.

– Rien ne doit manquer, la douane anglaise ne plaisante pas avec ça.

– Tu dois retrouver là-bas ce M. de Villebois ? demanda-t-elle

– Oui. Mais il ne prendra pas le bateau pour Capetown.

– Ah ?

– Il passera par Lourenço Marques. Les Portugais tiennent une colonie, le Mozambique, à l'est du continent.

Elle avait déjà entendu ces noms, sans y prêter attention.

– Les officiers suivront le même chemin ?

– Certains d'entre eux, oui.

Lorsqu'il livrait à Marthe, par bribes, les détails de leur futur séjour, il semblait parler pour lui-même. Évasif. On verrait des gens dès l'arrivée, dans la colonie anglaise du Cap. Il faudrait ensuite traverser la région du vignoble, où des Français avaient implanté des cépages.

– Cabernet, merlot, que des bonnes choses... Leurs vins sont aussi bons que les vôtres.

Parmi les missions commerciales de Piet Marais, il y avait celle-là, négocier de l'export vers l'Europe. Du vin, entre autres choses.

– Ensuite, nous verrons en fonction des événements.

Les événements... Marthe n'insista pas. Des militaires français se rendaient au Transvaal et dans l'État libre d'Orange voisin. Cela devait avoir un rapport avec les rumeurs. Il y avait là un mystère. Marthe s'immisçait dans une histoire dont elle ignorait tout, quelques semaines à peine auparavant.

Les dames de l'avenue de Courcelles lui avaient semblé, quant à elles, initiées. Elles savaient respecter les secrets de leurs hôtes. Marthe les avait observées leur servant des alcools, la mine complice. Il y avait là un clan, une sorte de tribu immergée dans les réalités du temps. La politique ressemblait à ça. Au sommet, les tenants du pouvoir contemplaient de haut les masses grouillant à leurs pieds.

– Comment ça se passe pour vos syndicats ? demanda-t-elle.

Piet s'esclaffa. Des syndicats au Transvaal ou dans la colonie du Cap ?

– C'est bon pour les Européens, ça. Un peuple de laboureurs n'en a pas besoin. Alors qui ? Les Zoulous et les Cafres, qui travaillent dans les mines ? Les hindous, qui vendent des épices à Durban ou à Johannesburg ? Ah !

Elle se leva, plia les chemises de Piet. La modeste demeure de son mari était celle d'un célibataire, d'un passager plutôt pauvre en escale dans une ville. Ce constat la rassura. On partirait à égalité sur des chemins de hasard.

Un coup de tonnerre subit la figea. Les premières chaleurs de juin étaient propices au frôlement des peaux. On pouvait se dévêtir en quelques secondes, s'enlacer et rejoindre le lit, comme en dansant. S'inclinant pour ranger le linge dans la malle, elle proposa au regard de Piet son corsage à demi déboutonné, sa gorge où perlaient des gouttes de sueur. Marthe attendit qu'il vînt vers elle.

Il s'agenouilla, posa ses mains sur ses flancs, entreprit de défaire un à un les minuscules liens, avivant son désir par ce jeu de piste sur du lin blanc. Impatiente, elle saisit les mains de l'homme qu'elle plaqua sur ses seins pour qu'elles les pressent, puis elle se laissa doucement tomber à son tour à genoux.

Elle entrouvrit ses lèvres, sentit la caresse de Piet se faire poigne, possession. L'espace d'un instant, un visage s'interposa entre eux, qu'elle tenta de chasser. Une bouche cherchait la sienne, chuchotant des mensonges en forme de mots tendres. L'amant rencontré à une fête étudiante s'était avéré marié au petit matin ; un futur grand patron imposant déjà sa marque, impérieux, promettant ce dont il s'était dédit le jour même.

– Tu ne veux pas ?

Elle enfouit son front dans le cou de Piet, écouta son souffle, puis, s'étant un peu écartée de lui, elle planta son regard dans le sien et le conduisit à nouveau vers elle, lentement.

Peut-être la trahirait-il. Pourtant, elle s'était promis de s'épargner la souffrance. Son cœur battit plus fort. Elle allait boucler sa malle et partir en train vers Bordeaux. Le billet de bateau portait son nom, Marthe Macaire épouse Marais. L'homme qui la serrait contre elle était son mari. Elle avait choisi ce hasard, décidé qu'il serait sien, comme une prise de guerre, un désir d'ailleurs, une porte ouverte sur le monde. Une autre vie l'attendait, la promesse de la lumière au-delà des brumes puantes sous lesquelles coulait la Seine, à Saint-Ouen.

Transvaal. Elle avait trouvé le nom joli, un peu poétique. Il était, ce soir-là, celui de son impatience.

2

Marthe se sentit vivante sur le *Vendôme*, comme si elle s'offrait de ces vacances dont profitaient les riches. Pour les gens comme elle, il y avait les dimanches au bord de la Seine, quelques fêtes de la République ou à l'église, et le droit de rêver à des voyages, à des promenades le long de rivages inconnus, à des jours entiers passés à ne rien faire d'autre que humer l'air et laisser baguenauder ses pensées sous les brises de la colonie.

Paris s'éloignait d'elle, et la France des usines avec. Des officiers en vestes blanches l'entouraient aux bals que donnait le commandant du navire. Piet Marais était fier de sa femme. Il s'amusait de la fascination des hommes pour cet objet désirable ; l'infirmière, hantant de son pas léger les salles communes d'Aubervilliers sous sa blouse épaisse et, parfois, son manteau bleu, était une femme épanouie, portant avec élégance les robes ajustées. Marthe se plut à jouer de ce qu'elle découvrait d'elle-même ; du charme, et parce que cela faisait aussi plaisir à celui qui, d'un mot, mit fin à la partie.

– Il se fait tard. Messieurs, je vous l'enlève.

Il la soustrayait à la fête sage. Piet était impatient ; elle devinait son regard posé sur elle, à l'endroit où sa robe s'évasait pour couler vers ses souliers. Elle s'abandonnait, complice.

Un hublot laissait entrer la lumière grise de l'océan dans la cabine. Animée d'un gracieux mouvement, la lune s'y inscrivait, passant et repassant comme un élément de décor de théâtre. Le ronronnement du navire accompagnait, avec la même obstinée lenteur, l'ondulation de l'astre derrière la vitre. Marthe désira maintes fois que tout s'arrêtât à ces instants précis.

Ils firent escale à Sainte-Hélène. Délaissant le tout nouveau canal de Suez, le navire rejoignait Saigon par l'ancienne route des Indes, débarquant au passage gens et marchandises à Dakar puis à Capetown. Piet avait mis un point d'honneur à ne pas engraisser une compagnie anglaise.

Elle souhaita que le doux roulis du navire la tînt à jamais dans son rythme. Les chaudières du *Vendôme* ronronnaient, comme elle entre les bras de Piet. Son voyage était très exactement ce qu'elle avait rêvé, une suspension du temps entre les cloisons d'une étroite cabine, l'écho rassurant d'un moteur dans une matrice de fer bercée par la houle atlantique. On irait voir Sainte-Hélène, les mânes de l'Empereur pouvaient attendre que M. et Mme Marais en aient terminé avec le énième épisode de leur nuit de noces.

Entre les promenades sur le pont, les longues rêveries au bastingage et les parties de cartes dans le grand salon, Marthe eut droit à ses premières leçons d'afrikaans. Piet fut formel.

– C'est une langue impossible. Pour la parler correctement, tu auras l'impression de devoir avaler une bouchée bouillante de lard et de pois. Ensuite, il te faudra cesser de respirer pour te concentrer sur la bouchée suivante. Si tu parviens à te comprendre toi-même, tu pourras envisager un rapport social.

Elle s'arrangea pour apprendre en priorité les mots qui lui convenaient. *Liefde* pour amour, *begeerte* pour désir, *arm* pour bras. Il ajouta *mooi gat* à son répertoire.

– Joli cul. Répète après moi : *Ek is mal en ek wil jou mooi gat.*

– Equismaleneqwilioumoygat.

– Bien.

– Ce qui veut dire ?

– Une synthèse de ce qui précède. Maintenant, assez causé, *ons verby dade.*

– Onsverbidad ?

– On passe aux actes.

Capetown, juillet 1899

Il y eut les nuées d'oiseaux, milliers de points blanc et noir posés sur la mer, bercés par elle et s'envolant en bandes criardes vers les reliefs, d'abord entr'aperçus puis imposants, telles d'étranges constructions dont on ne voyait pas le socle. Le cap de Bonne-Espérance ? Il n'était pas assez proéminent pour qu'on le distinguât des dunes et des roches formant la côte. Piet le gomma d'un geste.

– Un caillou sans le moindre intérêt.

Marthe fut déçue. Piet l'avait avertie. Le gris des montagnes de la province du Cap était assorti à l'humeur des gens. L'Afrique du Sud n'était pas une terre joyeuse, mais on pouvait y trouver du plaisir à vivre. Par son activité de ruche, Capetown trancherait avec ce constat peu engageant. Quant au Transvaal, lointaine chimère, il serait toujours temps d'en goûter les charmes.

Marthe tempéra son excitation. Il y aurait des formalités de douane assez tatillonnes, des liasses de documents à faire vérifier. Elle contemplait la masse étonnamment plate de la Table surplombant la ville lorsque le vétérinaire et le médecin montèrent à bord. Il convenait d'être en bonne santé pour entrer dans le bijou austral de la reine Victoria, exempts de fièvre, de dysenterie, de bubons suspects.

– Le salut de l'Afrique, dit Piet en montrant le ciel. Hiver austral. Bienvenue au Cap, madame Marais.

Il faisait frais, suffisamment pour que les femmes se fussent vêtues de paletots et de capes de laine. Au vent subitement levé se mêla une averse au bruit de cascade. Tout disparut, comme digéré par la masse d'eau ; la montagne en vigie, le quai et les navires amarrés, les bâtiments portuaires, les gens et les chevaux. Il sembla à Marthe que le *Vendôme* lui-même allait être englouti par le déluge. Puis, aussi soudainement qu'il s'était vidangé, le ciel se referma, couleur d'anthracite, derrière le spectre d'un arc illuminant la montagne.

– Pourquoi êtes-vous à la colonie du Cap, monsieur Marais ? demanda le douanier.

Piet entreprit de lui répondre en afrikaans. L'homme leva la main.

– Je ne parle pas cette langue. Anglais, exclusivement. Et français au besoin, pour madame.

Chevelure et moustache rousses frisottantes, favoris cernant des joues hâves, le cou serré par une fine cravate, il avait la mine de ceux qui ont du pouvoir sur les autres. Faussement serein, en vérité tendu, avec, dans le regard, la lueur de méfiance des gardes-frontières.

– Affaires, dit Piet.

La douane était située dans un long bâtiment imprégné d'humidité et de senteurs animales. Tout ce qui débarquait à la colonie passait par là, sauf les soldats de Sa Majesté Victoria.

– Avec qui ? interrogea l'homme.

Piet avait mis son dossier d'import-export en ordre. Le vin, l'ivoire, des essences pour les parfumeurs, introuvables en France. L'agent en voulait davantage.

– *Gold ? Diamonds ?*

Piet s'esclaffa.

– *May be. Why not ?*

Avant de démentir aussitôt. L'or et les diamants, c'était pour d'autres, qui disposaient de moyens bien plus importants. Marthe l'accompagnait pour le négoce de la mode parisienne.

– *My wife. Isn't she lovely ?*

Marthe se dit qu'il plaisantait, qu'il en rajoutait face à un inquisiteur appointé par le gouvernement. Le passeport dans une main, l'homme consulta une liste de noms. Quelqu'un l'appela. « Howard ? » D'un geste, il fit savoir qu'il n'avait pas le temps. Son regard bleu sondait celui de Marthe. Au bout d'une éternité de secondes, il hocha la tête, rendit à Piet son sésame.

– Votre ferme est au Transvaal, monsieur Marais ?

Il s'était mis à parler un français quasi parfait.

– Oui, confirma Piet. Au Drakensberg.

– Volkrust ?

– C'est cela.

– Joli pays. Proche de la frontière du Natal.

– Oui. Sur la frontière, même.

– Dans l'armée, avant ?

– Il y a vingt ans. C'est fini, ça. Maintenant, c'est le commerce.

– Le commerce. Bien.

L'Anglais scrutait Marthe. Ses yeux allaient d'elle à Piet, dans un mouvement de balancier. Mâchoires serrées, semblant habité par des pensées contraires, le dénommé Howard tergiversait. Face à lui, impassible, Piet Marais attendait une décision. Il n'était pas rare que des voyageurs insuffisamment dotés de visas et autres laissez-passer fussent contraints d'attendre qu'un bâtiment les ramenât à leur point de départ.

Un dernier coup d'œil sur les documents, un hochement de tête, comme à regret.

– Vous allez vivre une belle aventure, madame, dit-il.

Il parut tout à coup satisfait, heureux même de s'être exprimé dans la langue de sa visiteuse. Marthe lui sourit. Elle ne compliquerait pas son travail d'agent zélé.

– Pas facile, n'est-ce pas, *heuning* ?

Marthe s'appuya contre lui. Elle avait encore la danse du navire dans les jambes. Le *Vendôme* avait été rudement secoué entre Sainte-Hélène et le cap de Bonne-Espérance. Cinq semaines de traversée, au total, une longue route océane.

Elle observa les gestes des porteurs accablés de valises, de malles, d'objets divers sous lesquels ils ployaient. C'était pour la plupart des nègres. D'autres étaient moins sombres de peau.

– Hindous et Malais, dit Piet. Il en vient des quantités. On les emploie ici, ou dans les mines. Ce genre de besognes ne convient pas vraiment aux hindous. Ils s'estiment supérieurs, égaux à nous ou presque. Dès qu'ils le peuvent, ils s'installent comme commerçants, dans des échoppes. Des sortes de Chinois, mais bistre. Je te montrerai ça.

Un peu saoule, sentant sur elle l'humidité d'une saison qu'elle avait imaginée neigeuse, Marthe se laissa mener en calèche jusqu'à l'hôtel. L'animation du port lui convenait ; elle rompait avec le calme des heures passées à contempler l'écume créée par le glissement du paquebot sur l'eau. La lune argentait la surface de la mer de son reflet, il semblait alors que le *Vendôme* prenait de la vitesse au point de pouvoir voler.

– Cet Anglais, à la douane, dit-elle, quel drôle de type !

– Ils sont souvent comme ça. Le simple fait de voir des Boers rentrer au pays les énerve. Ça leur rappelle la correction que nous leur avons administrée il y a vingt ans. Enfin, je suppose. J'espère en tout cas qu'elle leur aura suffi. Celui-là avait le même âge que moi, ou à peu près. Ce n'est pas demain que nous parlerons du bon vieux temps autour d'une bière.

Il était un brin arrogant. Elle s'abstint de le lui faire remarquer. Ceux qui avaient fait la guerre savaient de quoi ils parlaient. Conjurer les prochaines par des certitudes les aidait à dissiper leurs angoisses.

– Regarde, ma belle, c'est la fortune du monde, à peine plus grosse qu'un grain de riz. On a creusé la terre, on l'a malaxée, fouillée. Une sorte de glu s'est formée. On l'a criblée, broyée, mélangée à de la roche. Des cailloux noirs accouchés par cette boue ont été extraites les gemmes que des gens ont triées. Diamants et rubis.

Il fit tourner la minuscule pierre dans la lumière.

– Des hommes sont morts au fond d'une mine, pour ça. Ailleurs, on va s'entre-tuer pour ce bout de verre. Ici même, demain peut-être, dans ce fin fond d'Afrique. Des hommes vont mourir pour l'éclat de ce diamant et pour celui de l'or que la terre tient en elle chez moi, au Transvaal.

Marthe referma sa paume sur le grain de riz. L'infime trésor eût suffi à nourrir sa famille pour des années. Chez les Macaire, les bijoux étaient de pacotille et, pour le métal, d'alliage argenté. On en avait vendu quelques-uns lorsque le père, épuisé par l'alcool, asphyxié lentement par la poussière de ciment, s'était effondré d'un bloc, mort, sur le chemin menant à l'usine de Saint-Ouen.

Piet eut un geste désinvolte, prit la main de sa femme, qu'il ouvrit avec douceur.

– Il te plaît ?

Une moue déforma sa bouche aux lèvres pulpeuses, promesse de tiédeur aimante.

– Un peu petit, non ?

Il lui répondit par un baiser, soupira. Il avait à faire en ville, comme chaque jour depuis leur arrivée.

– Sans intérêt pour toi. Des négociants tout juste arrivés de Kimberley. Tu es au cœur de cette cité, explore-la, elle en sera enjolivée. Tu as vu les Anglaises ? Plutôt maigrelettes et si pâles… Et les Hollandaises, couleur de gouda ? Une Française aux yeux de chat et à la peau mate, un joli cul mis en valeur par la mode parisienne, voilà qui va détonner.

Elle haussa les épaules. Ils n'avaient pas encore eu le temps de découvrir Capetown ensemble. Sans doute devrait-elle s'habituer à attendre ce mari qui était parti à un rendez-vous le soir même de leur débarquement. Comme elle s'accoutumait, au fil des jours, à son parler et à ses manières amoureuses. D'un geste fripon, il mit du désordre dans son épaisse chevelure.

– Tu devrais sortir ainsi coiffée. Cette crinière vaut d'être montrée.

– Tu n'y penses pas !

Elle ramasserait ça en un chignon d'où dépasseraient tout de même des frisottis noirs. Il revêtit un pardessus, vérifia le nœud de sa cravate. On se retrouverait devant la demeure des Villiers, rue Adderley, à deux blocs de maisons de là.

– Des Français perdus chez les Rosbifs. Joubert, Du Plessis, Du Toît, Villiers… Les deux cent quarante parpaillots fuyant les dragonnades de Louis XIV ont fait des petits ici. Beaucoup de petits. Tu auras parfois du mal à t'y retrouver. Ceux-là parlent un peu le français, ça les amusera de le pratiquer en ta compagnie.

Elle s'accouda au balcon de sa chambre d'hôtel, suivit du regard la haute silhouette de Piet marchant le long d'une rangée d'attelages où patientaient des Asiatiques coiffés d'amusants chapeaux coniques. Elle guetta un geste de son mari, un dernier regard, une attention, en vain. Marais en était plutôt avare, pris le plus souvent dans des pensées rarement partagées. Un ombrageux, mais parfois tendre au point de paraître un petit enfant affamé de caresses, un solitaire dont la famille demeurait un mystère pour elle. Veuf sans enfants. « Je te dirai, nous avons du temps devant nous. »

La rue Adderley, qui avait été autrefois un canal creusé par des nostalgiques d'Amsterdam, tranchait la ville du nord au sud. La vie de la cité semblait s'y être concentrée, avec son murmure permanent, ses bruits de sabots, ses tramways, ses flots de fiacres, de calèches descendant vers le port ou en venant. Des immeubles aux puissantes colonnades, entre lesquels se lovaient des maisons patriciennes, s'alignaient dans une rectitude toute victorienne. Çà et là, de hauts pignons aux dimensions de tours de château dominaient banques et grands négoces, boutiques, administrations et palais du pouvoir anglais.

Piet avait averti Marthe. Capetown n'était pas une bourgade coloniale perdue à la pointe de l'Afrique, mais une vraie capitale assoiffée de richesse minière, prête à gommer d'un trait de plume la concession de deux républiques faite vingt ans plus tôt à un peuple grossier de colons bataves. Les ferments d'une guerre à venir.

Marthe ferma les yeux, huma la fraîcheur un peu moite. Paris était loin désormais. On n'y voyait ni les palmes doucement agitées par la brise ni de ces fleurs bleues, énormes, qui ornaient les balcons de l'avenue, écloses dans l'hiver austral pour le plaisir des yeux. Elle eut soudain envie de se mêler à la foule déambulant le long de l'avenue, s'apprêta.

Le miroir ovale cloué au mur lui renvoya l'image d'une voyageuse à la taille soulignée par une large ceinture de lin rouge. Marthe était plutôt petite. Ses hanches lui semblaient depuis toujours un peu fortes, ses yeux verts trop en amande pour son visage à l'ovale régulier. Mais elle savait aussi que de ces imperfections naissait un charme dont elle n'avait jamais vraiment usé jusque-là.

Elle mit un peu d'ordre dans les mèches de son épaisse chevelure noire, se coiffa du seul chapeau qu'elle avait emporté, un large bord surmonté d'une étoffe en forme d'aile d'oiseau. Le tout lui parut harmonieux, jusqu'aux chevilles dépassant à peine de sa robe blanche. Un bref sourire ; elle avait hâte de découvrir la ville.

Comparés au fourmillement de bâtiments devant Capetown, les quais de Bordeaux, où pourtant s'alignaient steamers et voiliers de haute mer, étaient ceux d'un banal port de pêche. Face à la puissante garde de la Table Mountain, forteresse naturelle barrant de sa rectitude grise le nord de la ville, une myriade de coques semblait attendre, à l'ancrage, la permission d'accoster.

Des soldats. Par dizaines. Fraîchement débarqués, occupés à rassembler leur paquetage, ils se mettaient en rang le long d'un embarcadère. Marthe observa leur ballet couleur kaki. La troupe française se revêtait de bleu. Elle se fondait, de loin, dans la teinte neutre des quais.

Amarré derrière le *Vendôme*, un navire aux ponts grouillant de cette humanité en uniforme avait abordé le quai. Marthe imagina le soulagement des hommes tassés depuis des semaines au fond de cales puantes. Comme elle à son arrivée, encore bercés par les mouvements du navire, ils tangueraient sur la terre ferme, chercheraient sa rassurante présence, sa dureté enfin retrouvée.

Marthe s'approcha. Un comité d'accueil féminin, aligné derrière une longue table, distribuait des boissons, du tabac, des présents, chemises et chausses, lainages… Les soldats, jeunes pour la plupart, arboraient le casque conique de l'armée anglaise. Sur leurs visages poupins où, malgré la fraîcheur de l'air, perlait la sueur, transparaissait l'étonnement de se trouver là au bout d'un si long voyage. Ils souriaient, plaisantaient entre eux.

Une guerre se préparait donc pour de bon ? Piet était avare de détails. Anglais et colons allaient de réunion en conférence, jusqu'en Europe, où l'on se cherchait des alliances. L'enjeu ? Les mines. Marthe s'était inquiétée de savoir si l'on contestait la propriété terrienne. Piet s'en était amusé. « Boh, ce n'est pas vraiment le sujet. Sous la terre, il y a autre chose que de l'herbe à vaches. Des petits cailloux, comme celui que je t'ai donné. Ces foutus Rosbifs sont déjà actionnaires majoritaires chez De Beers. Les diamants sont à eux. C'est l'or qui leur échappe encore, ça les rend fous. Mais là, les Boers sont chez eux, ils se défendront. »

Des grues précipitaient leurs crocs de ferraille dans les entrailles du navire, tels des doigts géants fouillant une plaie ouverte. Leurs câbles se tendaient dans un effort grinçant au terme duquel émergeaient des canons, des affûts, des caisses. À peine les engins étaient-ils posés au sol qu'une nuée composite de civils et de militaires les entourait, dénouant les cordages qui les maintenaient. Terrifiants jouets.

On pouvait ainsi commercer à l'ombre des canons, comme on envisageait de se battre pour ce que recélait la terre. Piet Marais tiendrait un rôle dans cette affaire encore mystérieuse aux yeux de Marthe. La noria soldatesque prenait soudain un sens. Il fallait maintenant imaginer les pays du Nord et de l'Est dont Piet lui avait décrit les steppes ponctuées par les fermes boers. « On verra. Si tout va bien, nous resterons quelque temps dans la région du Cap. Il y a suffisamment à faire. »

Subitement, tout se mêla dans l'esprit de Marthe : l'éloignement de la France, la rumeur d'une ville inconnue, cette armée même, accourue de loin pour une énigme en forme de destinée.

Capetown était massive et belle, avec des allures d'Europe, faite de la même pierre brune agencée en monuments, hantée par des silhouettes semblables à celles que l'on croisait à Londres ou à Paris. Des femmes poussant des landaus, des hommes affairés... La différence était ailleurs ; des serviteurs noirs, libérés de l'esclavage, arpentaient ses rues, Hottentotes aux croupes larges, aux bustes généreux, une population vêtue à l'occidentale mais plus pauvrement, accaparée par des tâches subalternes. « Les Zoulous sont moins corpulents. Il y en a peu ici, les guerres anciennes les ont confinés au nord-est », lui avait expliqué Piet.

Elle devrait apprendre l'histoire en sus de la géographie. « Le monde est simple, prétendait Piet, deux nations le dominent, la tienne et celle de l'agent des douanes. »

Marthe quitta le port. Elle longea les alignements de boutiques protégées de la boue et de la pluie par de gracieuses colonnades en fer forgé et par de hauts trottoirs. L'Angleterre exposait là son génie de l'étoffe et du tissu, dans les fragrances de quelque parfum français. Partout robes et jupes, corsages et plumes, bottes et souliers. Quand elle tenta de se faire comprendre en français, Marthe reçut la réponse du dominant dans un anglais comminatoire, exclusif et à l'occasion brutal, qui éteignit vite ses velléités de bavardage.

Piet l'avait prévenue. « Nos amis détestent s'abaisser à parler la langue des autres. Si tu le sais, tes nerfs en seront grandement épargnés. Les Français de Capetown sont coiffeurs, commis voyageurs sans clients, cuisiniers ou prostituées sous la tutelle de souteneurs d'origine contrôlée. *French girls*. Évite de te désigner toi-même ainsi, tu recevrais des propositions pas très honnêtes. »

Il lui avait dit tant et tant de choses, en cinq semaines de tête-à-tête ; de quoi oublier, mais pas tout à fait, la plupart de ces détails.

Dès que l'on quittait la rue Adderley, la ville se révélait sale, fangeuse, couverte de chantiers en désordre d'où s'élevaient, témoins d'une intense spéculation immobilière, toutes sortes de constructions : immeubles et maisons hâtivement blanchis à la chaux, échoppes basses, entrepôts, le tout sans le moindre charme.

Sa promenade la mena sur une place au sol de terre battue raviné par les pluies. Des flaques de boue luisaient, entre lesquelles se tenaient, debout ou appuyés contre les planches de cabanes, des groupes de civils, cohortes de gens apparemment désœuvrés, tous pauvrement vêtus. Des hommes, peut-être fonctionnaires, en haut-de-forme, chemise blanche et pantalon noir, haranguaient cette foule disparate.

Marthe remarqua les policiers postés à quelques mètres de ce forum. Prêtant l'oreille, elle entendit des cris, vit une houle humaine se former, rapprochant les uns des autres, tandis que les policiers faisaient mouvement eux aussi.

– *Dont stay here, Ma'am*.

Un nègre. Les rares témoins de la scène reculaient, comme pressentant quelque chose, qui advint. Brusquement, la houle se fragmenta. Des matraques se levèrent. Les hommes en noir s'abritaient derrière la rangée de policiers. Le nègre prit ses jambes à son cou, non sans avoir adjuré Marthe de quitter les lieux. Tétanisée, la jeune femme fut frôlée par des fuyards que poursuivait la maréchaussée.

Tout alla très vite. Ceux qui trébuchaient furent remis en marche à coups de matraque ou de botte. Les pandores n'y allaient pas de main ni de pied morts. En quelques instants, la place fut vide, un peu plus boueuse encore, ravinée de toutes parts. Une odeur de vase flottait sur le cloaque. Anxieuse à l'idée de s'empêtrer dans ce bourbier, Marthe rebroussa chemin comme elle put. En vérité, personne ne s'était intéressé à la femme pétrifiée au milieu du chaos. Le silence subit lui parut proprement irréel.

Un peu étourdie, ayant regagné le centre de la ville, elle se perdit dans la contemplation des montagnes. Adossée à la mer, Capetown étalait sa richesse au pied de géants minéraux. Un site grandiose et rassurant à sa manière, une citadelle que traversait une brise légère.

La majesté du décor contrastait avec la violence qu'il recélait. L'altercation avait été brève, le temps pour une patrouille de police de disperser une cinquantaine d'individus. Que voulaient ces gens, que leur avait-on dit pour qu'ils se rebellent ainsi ? Tout était redevenu normal, comme si rien ne s'était passé. Les gens semblaient, pour la plupart, affairés : des femmes contemplant des devantures de boutiques, des attelages lancés au pas alerte des chevaux, des tramways bondés. Une ville apaisée, à la sage ordonnance.

– Ils portent des uniformes kaki... Ils ont l'air si confiants. On dirait qu'ils débarquent pour des vacances au bord de la mer.

Piet la regarda, un rien ironique. Les Anglais avaient l'habitude de gagner les guerres. Boutés hors de France par Jeanne, chassés par les volontaires de Lafayette venus au secours des Américains, qu'importait. Ces gens ne s'avouaient jamais vaincus.

– Au lieu de les plonger dans le marasme, la défaite leur sert de leçon. Il y a vingt ans, ils se sont fait hacher menu par des paysans hollandais armés de pétoires. Leurs vestes rouges se voyaient de loin. Des cibles faciles. Aujourd'hui, ils reviennent en portant la couleur de la pierre africaine. Nous, il nous faut trois guerres pour admettre le progrès. Une seule leur suffit.

Elle l'admira de pouvoir aussi aisément trancher dans les réalités du temps. La politique ne l'avait guère intéressée jusque-là. Piet serait un repère pour elle.

Elle lui raconta son errance dans les rues, nez au vent, les militaires, l'océan dont on ne savait au juste s'il était Indien ou Atlantique.

– Atlantique ! Il me semble te l'avoir déjà dit.

– Pardon, je n'ai pas la mémoire pour ça.

Il se trouva gourd, accepta, un peu pincé, le rire de sa femme, sa façon de lui dire que ce n'était pas très important. Indien ou Atlantique, l'océan roulait la même écume, de son mouvement obstiné.

– J'ai vu la police disperser un rassemblement de civils.

– Où ça ?

– À quelques pas du port, vers les entrepôts. Des hommes mal vêtus, avec de grands chapeaux.

Piet eut une moue de mépris.

– Utlanders. Ces types travaillaient chez nous, dans les mines de Kimberley et de Johannesburg. Anglais, ou quelque chose comme ça, de la racaille surtout, quelques ingénieurs aussi, mais ceux-là ne manifestent pas.

Il alla à la fenêtre, contempla la Table dissimulée à demi par une chape de nuée couleur de charbon.

– Ils se replient vers leur colonie parce qu'ils voient venir les ennuis. Nous n'avons pas eu besoin de leur signifier leur congé. Ces locataires des abysses sont partis d'eux-mêmes. Ils sont trop nombreux chez nous. Une véritable armée civile, qui réclame des droits. D'ici, on les pousse à s'imposer chez nous. Ils sont la lame anglaise dans la bidoche boer.

Il rit.

– Nous les refoulons. La colonie du Cap leur donne des tentes, du porridge et des médailles à l'effigie de la reine, ça ne leur suffit évidemment pas. Ils traînent leur mauvaise humeur dans les pubs et se chamaillent. Mais si nous sommes défaits, ils reprendront en sens inverse le train qui les a amenés ici. Sans états d'âme. Et en propriétaires exclusifs de notre magot, cette fois.

– As-tu un souci, Piet ?

Il fit « non » de la tête. Il était possible que le souci en question fût simplement Marthe. Depuis son arrivée au Cap, Piet avait changé d'humeur, comme s'il retrouvait une réalité longtemps oubliée loin de l'Afrique. Marthe se dit que c'était peut-être à cause de l'étrange ambiance régnant en ville, pacifique par maints aspects, mais peuplée de militaires en grand nombre et troublée par la violence ici et là.

– Tu regrettes de m'avoir amenée ici avec toi ?

La question le sidéra. Marthe n'y allait pas par quatre chemins. À Paris, il avait apprécié sa franchise et sa manière presque naïve de poser les questions sans préambules. Elle lui demanda s'il la trouvait gênante.

– Non, bien sûr, mais c'est vrai, je suis pris dans une espèce de coup de vent. J'ai été longtemps absent, tu dois comprendre. Les affaires demandent de l'énergie. Tout ça se calmera très vite.

Il n'avait pas de bureau à Capetown, à moins que Marthe ne méritât pas d'y être invitée, et courait de rendez-vous en rendez-vous. Leurs tête-à-tête étaient brefs, un déjeuner sur le pouce dans un café d'Adderley Street, un dîner en compagnie de négociants affublés d'épouses à la voix haut perchée, parlant une langue incompréhensible.

– Te voir me fait du bien, lui dit-il d'une voix douce. Comme à l'hôpital, tu sais.

Elle hocha la tête, rêveuse.

On irait bientôt dans le vignoble, à une cinquantaine de kilomètres de là. Un petit paradis entre les montagnes. Les Français y avaient fait souche, avec leur savoir et ce génie de la terre qui en faisait depuis toujours des êtres exceptionnels. Des cousins, dans un pays où tout le monde était parent.

– Je suis amoureux de toi et fier de te savoir mienne. Il faut me laisser le temps de rentrer chez moi, tout ira bien. Tu sais, j'ai vu comme toi ces soldats, sur les quais. Nous n'avons pas d'armée régulière, au Transvaal. Il est bien tard pour mettre tout ça en place.

Elle cédait, subissait le charme de son sourire, de sa force retrouvée. Piet était son seul lien avec un continent étranger où bruissait la menace d'une guerre. Elle se sentait inutile, comme frustrée ; elle choisit de n'en rien montrer.

3

Franschhoek, juillet 1899

– Vous comment trouvez ce pays ?

Magda Terreblanche portait avec autorité le nom de sa demeure, parlait un français sommaire, mâtiné d'un fort accent germanique. Marthe se dit qu'elle devait être autoritaire. Une nuée de serviteurs, hommes, femmes et de tout jeunes gens, même, attendaient ses ordres ou vaquaient à leur exécution.

Marthe chercha un mot échappant au banal. Piet savait faire ça. Sous ses dehors de colon, il possédait, en français, un vocabulaire d'homme du monde. Parfois, il jouait plus ou moins involontairement les maîtres d'école, ce qui irritait sa femme.

– Fascinant, dit-elle.

L'hôtesse sourit avec gentillesse, répéta le mot dans sa rude langue afrikaans.

– *Fassinerende.*

C'était du flamand créolisé ; la nuance échappait totalement à Marthe.

La douairière au teint de lait, plantureuse et fessue, à l'image ou presque de ses servantes hottentotes, s'était fait apporter sur un plateau des verres ainsi qu'une carafe pleine d'un jus couleur de soleil. Marthe trempa ses lèvres dans le breuvage, goûta le pamplemousse dont l'acidité était tempérée par la suavité d'un sucre inconnu.

– Litchis. Ça vient de l'île Maurice. Les Indes nous sont proches, alors on mélange les saveurs.

Marthe ferma à demi les yeux. Elle siégeait au centre d'un immense salon aussi dépouillé qu'étaient surchargés les appartements parisiens. Les murs blancs, contre lesquels s'alignaient des meubles austères, captaient la lumière du jour tamisée par d'épais rideaux. Une galerie de portraits, visages fermés, sceptiques ou détachés, attitudes raides d'officiers et de bourgeois, attristait encore davantage l'ensemble.

Une Hottentote aux rondeurs invraisemblables, rappelant celle que l'on avait exhibée en France pour l'éducation des foules, avait guidé l'invitée le long de couloirs obscurs. Marthe s'était amusée à suivre les mouvements de son énorme postérieur. Comment pouvait-on se mouvoir ainsi bardé par du muscle ou peut-être bien par du gras ?

Piet lui avait donné sa petite leçon, comme chaque jour : « Élève Marthe, mon amour, les Hottentots sont présents depuis toujours dans la région du Cap. Peu nombreux donc vulnérables. Zoulous et Xhosa sont arrivés en masse en Afrique du Sud un peu avant les Blancs. Ils sont descendus des grands lacs. Ceux-là sont des guerriers. Des bisbilles entre eux et les Européens les ont cantonnés à l'est. En vérité, nous n'avons pas plus les uns que les autres légitimité à revendiquer pour nous seuls ce pays, à ceci près qu'aujourd'hui nous dominons la situation, Anglais et Boers confondus sous la couleur de leur peau. Et voilà qui ne changera pas avant longtemps. »

Marthe observa les gestes de la servante. Courtaude, la peau couleur de charbon, attentive à sa mission, la Hottentote s'éloigna de son pas de pachyderme. Magda s'inquiéta.

– Dormez-vous bien à Terreblanche ?

Le silence du domaine convenait à Marthe, comme la stupéfiaient les dimensions de la demeure. Un corps central précédé d'une colonnade, prolongé à angle droit par deux longues ailes, des chambres spacieuses et des communs nombreux attestaient de l'aisance des propriétaires. Les bâtiments étaient cernés de toutes parts par la végétation : jardins ordonnés, vergers et potagers. Le vignoble s'étendait jusqu'au pied des montagnes, vestales immobiles d'un temple dédié au vin.

Elle confessa son plaisir d'être là, dans ce lieu aux proportions de palais, où l'on ne se posait pas de question sur elle. Son étrangeté française, son charme accordé à la mode parisienne suffisaient à effacer la distance que les bourgeois de la capitale mettaient avec elle.

– Les hommes, longtemps parlent, remarqua Magda.

Piet s'était absenté, comme à son habitude, pour discuter dans un fumoir. Il serait question de négoce. Marthe avait vite compris l'importance de l'Afrique du Sud pour les Européens. Le vin, certes, mais surtout les minerais, et pas n'importe lesquels, ceux qui brillaient au cou des femmes ou dormaient dans les coffres des banques. Ici, le sol en recélait par tonnes que des norias d'Indiens et de Noirs extrayaient de la terre jaune, à Kimberley, à Johannesburg et dans vingt autres endroits.

Magda Terreblanche soupira.

– Des affaires pour messieurs. *Goed*, allons promenade.

Elle entraîna son invitée vers les jardins, sous le ciel usuellement menaçant de la région du Cap. Des nuées grises, soudain surgies de l'ouest, estompaient les sommets, promettant de brutales averses. La province ne connaissait en vérité que deux saisons, un hiver frais qui cédait la place en quelques jours à un long et moite été.

Magda fit comprendre à son invitée que ce petit paradis clos de falaises et de pics était aussi le pays de la pluie. Les proteas aimaient ça. Elles triomphaient en été, tout le long de la côte sud. Marthe imagina les jardins de Terreblanche explosant de couleurs et tout le rivage de la province, pareillement. On ne connaissait rien de semblable en France, fût-ce à Bagatelle ou à la roseraie d'Aubervilliers. Globes et corolles évasés, la saison australe serait feu d'artifice. Buissons et plates-bandes exhaleraient des senteurs inconnues. Elle songea aux parfumeurs, qui devaient trouver là leur laboratoire idéal.

Magda la prit par le bras, tapota sa main.

– Votre bon séjour ici, je vous promets.

On attendrait ensemble cette floraison à nulle autre pareille. Il y aurait des balades le long des rivages, on irait au cap de Bonne-Espérance, puis au bout du bout de l'Afrique. Magda Terreblanche se fit volubile. On verrait des bêtes sauvages, et le désert bordant la côte ouest de la colonie.

Marthe la regarda, étonnée. Elle séjournerait donc au domaine. Piet avait évité le sujet. « On ne voyage pas jusqu'ici tous les mois, avait-il plaidé. Il faut boucler un maximum de dossiers, dans une période difficile. Heureusement, il y a les voies ferrées. Pas de colonie viable sans le rail. »

Marthe s'avoua ignorante de ce qui se disait. On se parlait comme en secret entre couloirs et salons. L'hôtesse faisait de son mieux pour donner le change, mais c'était entre les hommes que s'échangeaient les informations. De ces conciliabules sourdait un souci partagé, une fébrilité mal dissimulée sous les sourires de convenance et les ronds-de-jambe autour des biscuits, des jus de fruits, des tasses de thé. Et de l'alcool dont on ne dédaignait pas, sur la terre argilo-calcaire africaine cousine des terroirs bordelais, de célébrer la gloire.

Une guerre ? On en parlait.

– *Oorlog*. Oui, peut-être, fit Magda, rêveuse.

Oorlog. Un mot à l'étrange consonance. Marthe était née cinq ans après la dernière que la France avait connue. Quand les peuples s'endormaient dans la paix, leur colère passée semblait soudain difficile à croire, calmée qu'elle était par la raison, par la peur repoussée au loin, aussi.

Dans le jardin de Magda Terreblanche, entre les bouquets jaillissants vers lesquels la maîtresse du domaine se penchait, Marthe choisit de se sentir hors du monde. Le débarquement des soldats sur un quai de Capetown, la chasse brutale donnée aux Utlanders lui devinrent anecdotiques. Les hôtes du domaine vinicole pouvaient bien confronter leurs inquiétudes et leurs espoirs. Marthe n'était pas des leurs. Elle séjournait au paradis, loin des canons crachant par les cales des navires de la reine Victoria.

La soirée s'était prolongée tard. Un dîner pour une vingtaine de personnes, des convives dont Marthe avait, jusqu'à un certain point de rupture, cherché à comprendre le langage, une atmosphère parfois étrange lorsque l'on parlait des hostilités possibles. Au milieu de ce cénacle, Piet avait tenu son rang de cousin sur une terre malgré tout imprégnée de France, comme une chambre l'est de très anciennes odeurs. Marthe avait reçu quant à elle l'hommage admiratif de ses voisins de table. Pour elle, on avait essayé de rassembler quelques mots d'une langue perdue depuis deux siècles et demi. Ah, les Français, quelle élégance et quel rayonnement dans le monde !

À Terreblanche, on soutenait les deux républiques boers, Transvaal et État libre d'Orange.

Après qu'il eut refermé la porte de leur chambre, Piet dénoua lentement sa lavallière, songeur.

– Les gens du vignoble sont partagés. Il y a une vallée anglaise, pas loin d'ici, une autre hollandaise. On y vendange aussi. Ce coin d'Afrique résume à lui seul trois cents ans d'histoire.

Aux yeux de Marthe, un mystère planait sur les lieux comme sur leurs hôtes. Piet la contempla de loin.

– Laisse-toi aller, tu es en terre amie. Profite de l'instant. Tu as vu, les arbres, les falaises qui protègent cet endroit extraordinaire. Tout est beauté, comme toi.

Elle se laissa tomber sur le lit. En vérité, les dames, tenues à distance du billard et des tables de jeu, s'étaient un peu ennuyées. L'air était d'une absolue douceur sous un ciel débarrassé de ses menaces, les boissons, un délice, la conversation, lacunaire. Marthe s'en était abstraite, suivant en cela le conseil de son mari.

Elle s'appuya sur un coude, observa, amusée, Piet aux prises avec un plastron récalcitrant. Celui-ci avait vécu. Un peu voilé sur les côtés, autrefois d'un blanc sans reproche. Elle lui en fit la remarque. Quand il en aurait fini avec ses démarches commerciales, il devrait se refaire une garde-robe.

Il eut un sourire las. La semaine qu'il venait de passer ne lui avait guère laissé le temps de courir les boutiques. Marthe s'assit au bord du lit, les mains sur les genoux.

– Tu vas pouvoir te reposer. Mme Terreblanche m'a dit que nous séjournerions chez elle quelque temps.

Il fronça les sourcils, considéra, muet, le plastron dont il avait fini par se délivrer. Elle attendit. Piet avait quelque chose à dire. Une grimace, un mouvement de tête, furtif.

– Je vais devoir me rendre à l'est, vers chez moi et la frontière portugaise.

– Je ?

– Oui. Ce sont des zones dangereuses, dans la région de Durban.

Elle se tendit. Comme ils avaient pris le bateau ensemble, ils devraient pouvoir monter dans des trains, parcourir des pistes en coche. Elle voulait découvrir, à ses côtés, un pays dont la magnificence se révélait chaque jour. Elle le scruta, finit par lui poser la question qui lui brûlait les lèvres.

– Tu comptes y aller seul ?

– C'est préférable.

Elle se leva.

– Alors je resterai ici à t'attendre ?

– C'est ça, dit-il en ôtant ses bretelles, si la guerre commence pour de bon, un front coupera le pays en deux. Tu as vu comment les Anglais envisagent la suite des événements. Ils débarquent une armée. Ce sera autre chose qu'il y a vingt ans.

Elle secoua la tête, incrédule. Ils avaient entrepris leur périple à deux. Marthe s'était faite à l'idée qu'il ne serait pas des plus confortables. De là à faire des siestes, des semaines durant, dans les jardins des Terreblanche, il y avait un monde. Elle le toisa.

– Ce qui s'est passé il y a vingt ans ne m'intéresse pas. Aujourd'hui, tu me dis que je dois passer je ne sais combien de temps ici, à attendre que fleurissent les proteas de ton amie. Nous ne nous étions pas mis d'accord pour ça.

Ce fut au tour de Piet de s'étonner. S'était-on entendus sur quoi que ce fût ? Elle haussa le ton.

– Mais oui, pardi !

– Je n'ai pas souvenir de ça.

– Comment ! Nous sommes mariés, nous avons embarqué ensemble, et nous sommes encore ensemble dans cette maison. Je ne veux pas y rester seule. Tu ne m'en as pas avertie auparavant.

Il affronta son regard, argumenta. Le havre qu'il lui proposait n'était pas ordinaire ; un domaine parmi les plus beaux de la colonie, loin des combats à venir, peuplé de gens hospitaliers. Il vit ses poings serrés, sa mine courroucée, le lent mouvement de sa tête qui disait non. Elle lui fit à nouveau le reproche de l'avoir laissée dans l'ignorance de son projet. Pourquoi l'avait-il entraînée dans ce voyage au long cours ?

– Parce que tu es ma femme.

– Ben dis donc, mon vieux, c'est un peu court comme explication.

Il hésitait entre désir de discuter et fermeté. Contrarié, il subissait la gouaille parigote de Marthe, son attitude et son parler d'ouvrière en colère. Ils n'étaient pas du même monde, il leur fallait un affrontement pour s'en rendre compte. Il fit mine de s'en amuser.

– Un peu de Paris dans l'austère colonie du Cap.

Il plaida la prudence.

– C'est trop risqué, je ne veux pas t'exposer inutilement.

– Alors autant me remettre sur un bateau pour la France, dit-elle, les mains sur les hanches.

Il ne s'était pas attendu à pareille réaction. Les femmes d'officiers étaient dociles, habituées à la plus ou moins longue patience des compagnes de guerriers. On les voyait photographiées, poussant des landaus sous les épaisses frondaisons des parcs de Tunis, de Dakar et de Saigon, ou jouant du piano, en corsage, devant des terrasses caressées par des brises de tropique.

– Je sais comment vivent les femmes de tes amis, tempêta Marthe, eh bien, je ne suis pas comme elles, voilà. Alors ou je te suis ou je rentre à Paris.

Il pensa lui signaler que le métropolitain n'allait pas jusqu'au Cap. La lueur furieuse, au fond des yeux de Marthe, l'en dissuada. En même temps qu'elle se défendait, Mme Marais se posait des questions, doutait soudain. La vue de son épouse en jupon, de ses bras nus, de sa gorge à la peau ambrée, le troubla. Il se dit que la vie valait d'être vécue, y compris avec ses aléas, ses plans dérangés par le charme, la candeur, les insolences d'une femme amoureuse.

Il la désira, alla vers elle, mains ouvertes en signe de paix.

– Bien, bien. Ça partait d'un bon sentiment, crois-le.

Son air paterne, et ce sourire à faire fondre une sainte. Elle se raidit dans ses bras, accepta néanmoins sa caresse. Ils ne se connaissaient pas suffisamment pour deviner ce que recommandait l'habitude. Elle eut, l'espace d'un soupir, le sentiment d'être enlacée par un homme différent. Lorsqu'il eut pris son visage entre ses mains, elle se détendit, enserra son cou, frémit lorsqu'il posa ses lèvres sur son oreille.

– Tu veux vraiment me suivre ?

Elle savait suffisants ce genre de baiser et le chuchotis de l'homme pour lui faire perdre pour partie sa lucidité. C'était une sensation délicieuse, un envol. La suite serait un corps à corps attendu, elle laisserait investir ses défenses de catherinette. Elle eut le temps de souffler un « oui » faiblissant, de l'entendre lui dire que, si c'était ainsi, il l'emmènerait loin de Franschhoek et de ses rassurantes montagnes.

Déjà, il la débarrassait de son jupon, prenait possession de ses flancs. Ses mains étaient bouillantes, ses doigts, des griffes douces et persuasives. Elle le fit rouler sous elle, se dressa, la bouche entrouverte, ses yeux de chat soudain avivés.

– Tu ne me laisseras jamais derrière toi. Jure.

– Je jure.

– Ta parole.

– Je ne la donne qu'à mes pairs.

– Je suis général de division.

Il rit. Elle s'inclina lentement, baisa sa bouche. Il pouvait forcer sans effort ses genoux jusque-là serrés.

4

On longea la côte de loin, une semaine durant, dans un brouillard hanté à intervalles réguliers par la sirène dont le cri résonnait, lugubre.

– Plutôt sinistre, tout ça, répétait Piet.

Durban était à plus de deux mille kilomètres du Cap. C'était un autre port, lui aussi adossé à une muraille grise. L'Afrique rêvée par Marthe se dérobait à elle. Où étaient les savanes piquées de huttes indigènes ? Où se nichaient les chaleurs tropicales qui jetaient sur les grabats des hôpitaux français des spectres décharnés en proie aux fièvres ?

La ville répandait ses quais de ciment le long d'un rivage bordé de bâtiments portuaires. Comme au Cap, un flot quasi ininterrompu de soldats et de matériel se répandait, dans une brume tiède. Marthe se répéta mentalement le nom de cet endroit. « Durban. »

Des porteurs noirs déposaient des balles de coton sur le quai, entre des canons revêtus de drap gris. Des voyageurs descendaient des coupés, abrités sous des ombrelles. Il pleuvait à verse. Des attelages stationnaient dans un cloaque traversé au galop par des cavaliers. Çà et là, des gens bravaient, courbés, l'orage.

Lorsque vint leur tour, Piet précéda sa femme devant la longue table où s'étalaient passeports et documents divers. Un homme se tenait debout, mains dans le dos, contre un mur, observant le défilé des arrivants devant les douaniers. Il sourit à Marthe tandis que Piet présentait ses papiers, au bas desquels s'alignaient des cachets. Piet souriait lui aussi, apparemment détendu. Il avait reconnu comme Marthe le fonctionnaire de Capetown qui les avait interrogés trois semaines auparavant.

S'était-il rendu à Durban sur le même bateau qu'eux, au secret d'une cabine ?

– Une frégate, plutôt, ça va plus vite, murmura Piet.

Howard eut l'air à peine étonné de les revoir. Piet ouvrit sa serviette en cuir. La sacoche recélait des documents qu'il ne montrait pas aux douaniers.

– Des lettres de recommandation, des adresses, banal.

Tout était en règle, le retour en France, toujours prévu pour décembre. Entre-temps, on aurait rencontré des négociants anglais et des Boers de Durban. Piet eut un geste désinvolte.

– Les affaires se moquent des guerres.

– Jusqu'au dernier moment.

– C'est cela, jusqu'au dernier moment.

Howard sourit, narquois. Marthe savait que de nombreux Hollandais vivaient sous la loi britannique. Qu'adviendrait-il d'eux si un conflit éclatait pour de bon ? L'homme sembla admettre que le hasard faisait curieusement les choses.

– Il y a pas mal de Marais au Transvaal, dit-il, faussement détaché.

– Il y en a partout, plaisanta Piet. Et des Plessis, des Toît, des Pinard devenus Pienaar, des Leclerc transformés en de Clerck et même des Blanc changés en White. Les gens de sang français semblent se reproduire facilement.

Il soutint le regard de l'Anglais.

– Vous irez donc à Volkrust, mister Marais ?

Piet désigna du menton la carte punaisée au mur. Une ligne rouge, contournée, épousant des reliefs, des cours de rivière, y tranchait de part en part le bout de l'Afrique.

– Exact. J'y ai de la famille, peut-être vous en souvenez-vous. Il me semble vous l'avoir déjà dit à Capetown. Quelque chose s'oppose à ce que je rende visite aux miens ?

L'homme fit « non » de la tête.

– De la famille, et de la terre, dit-il.

– Comme beaucoup, oui. Ça va souvent ensemble, chez les péquenots du Transvaal.

Howard ne releva pas l'ironie.

– Vous vous y installerez une fois vos affaires traitées, je suppose.

– Ma foi, j'y séjournerai avant de retourner en France.

– Vous avez votre billet de retour ?

– Il m'attend à Pretoria.

Howard hocha la tête. Nul n'était obligé de débarquer dans la province du Cap avec cette assurance. Immobile, son sac de cuir pendant devant ses genoux, Marthe suivait, la bouche entrouverte, l'affrontement à fleuret moucheté auquel se livraient les deux hommes. C'était comme si l'Anglais tournait autour du Boer, dans un espace réduit. Howard parut songeur.

– De Pretoria à Paris, en passant à nouveau par Capetown. Un long voyage. Je vous souhaite d'en avoir le temps, Sir.

– Savez-vous des choses que les autres ignorent ? demanda Piet sur un ton neutre.

Howard lui tendit sa liasse de documents.

– Il y a une négociation en cours, dit-il, tout le monde sait cela.

Piet se retint de lui faire remarquer que la discussion en question se résumait à une équation simple : ce qui est à vous, Anglais, est à vous, ce qui est à nous, colons hollandais, est négociable. Il écarta les mains.

– C'est la meilleure solution. Pouvons-nous entrer dans Durban, maintenant ?

Howard s'effaça. Il n'avait rien à redire. Marthe s'étonna de le voir ainsi soupçonneux, quand d'autres voyageurs passaient les contrôles sans encombre. Dans le coche qui les menait à l'hôtel, Piet lui confia que la situation des Boers était particulière.

– Si nous ne leur faisons pas allégeance, ils nous tourmentent. C'est ainsi depuis vingt ans, leur défaite leur reste sur l'estomac. Nous sommes ici chez eux, il faut faire semblant.

Marthe posa sa tête sur son épaule. Les chevaux pataugeaient dans la boue. Ils longèrent des entrepôts, puis des maisons coloniales entourées de jardins colorés par quelques fleurs hivernales. Des édifices de pierre brune, aussi massifs que ceux de Capetown dominaient la percée centrale, des colonnades graciles liées par des dentelles de fer forgé offraient leur abri à des magasins, à des hôtels. Égayant un peu plus ce décor, des tavernes avec enseignes rompaient joliment son ordonnancement.

Marthe se sentit en sécurité contre son mari. C'était un long voyage, certes, mais beau, malgré la pluie, la brume, la moiteur. Cette Afrique de villes anglaises et de bourgs hollandais, ceints de roches bretonnes et de jardins, la ravissait. Elle imagina l'explosion prochaine de la nature, les palettes de la végétation. Piet l'avait prévenue, le Transvaal des fermes boers n'avait pas grand-chose à voir avec les bonbonnières anglaises égrenées le long de l'océan.

– La côte, c'est l'Europe. Au nord, c'est l'Afrique. Deux mondes différents.

Elle avait du mal à le croire. Elle allait découvrir les jungles épaisses et les savanes, ce serait comme dans *L'Illustration* qu'elle parcourait, incrédule, avant de prendre sa garde à l'hôpital.

Durban, août 1899

Il n'était plus possible de savoir d'où venaient les nuages. Inhabituel, l'hiver de cette année-là déferlait sur le littoral en abats d'eau rapprochés, tout sombrait dans la mer confondue avec le ciel. Entre ces déluges, des éclaircies colorées par des arcs-en-ciel laissaient à penser que le pays pouvait connaître l'embellie. Imprévisible, le soleil se montrait par instants, donnant au bourbier des rues des teintes de chocolat.

Marthe prit ses quartiers portuaires dans un hôtel meublé, aux chambres couvertes de tentures pourpres, aux planchers adoucis par d'épais tapis dans lesquels le bruit des pas se perdait, étouffé. À son chevet, des tramways fendaient le marécage où s'empêtraient les rickshaws tractés à la force du mollet par des hindous et des Noirs.

– Il y en a pour des semaines, l'avertit Piet.

Découragée à l'idée de quitter son cocon, Marthe se prit à observer la rue, semblable à celles de Capetown. Face à elle, l'horloge du City Hall égrenait les heures du haut de sa tour carrée coiffée d'un dôme conique. C'était, tout autour, un Paris composite où les palais et les immeubles cossus voisinaient avec des amoncellements de caisses et de ballots.

Des hindous tout de blanc vêtus passaient à bicyclette, pédalant avec vigueur, devant des femmes qui prenaient le frais sur des terrasses ornées de colonnades. L'étrangeté du lieu tenait peut-être à ces espaces à demi abrités, où il devait faire bon se laisser caresser par le vent tiède.

– Ces nègres attelés sont amusants.

Elle observait les conducteurs de rickshaws, musculeux et déliés à la fois, vêtus de haillons aux couleurs vives, coiffés de toutes sortes de chapeaux à plumes, de turbans, de bonnets aux cornes retournées plaquées sur leurs visages.

– Ils soufflent en pédalant, remarqua-t-elle. On dirait qu'ils vont éclater.

Piet jeta un rapide coup d'œil par la fenêtre.

– Ils sont libres de dormir dans leur voiture, quand d'autres transpirent à mille mètres sous terre, au fond des mines.

Il avait entrepris de vider l'armoire où s'alignait, sur des cintres, leur trousseau de voyage.

– Nous allons partir ?

Il la considéra avec le petit sourire narquois qu'il arborait depuis qu'elle s'était imposée auprès de lui pour la suite de son périple.

– Eh oui, ma belle. Nous sommes aux portes de la guerre. C'est bien ce genre d'endroits que tu désirais explorer ?

Une carte était étalée sur le lit à baldaquin. Souvent, elle l'avait détaillée tandis que son mari vaquait à ses occupations ; refaisant l'itinéraire emprunté depuis leur arrivée au Cap, tentant de prononcer correctement des noms de bourgs à coucher sous l'averse : Alcockspruit, Amersfoort, Paulpetersburg, Chrissiesmeer, d'autres encore plus impossibles.

Était-ce un effet du climat ? L'humeur de Piet changeait, comme si l'accueil que leur avait réservé l'agent anglais l'avait assombri. Marthe se mit à penser que son mari supportait mal sa présence à ses côtés. Son naturel peu disert prenait le dessus. Elle hasarda une question :

– Où allons-nous maintenant ?

– Je te l'ai dit maintes fois.

Il la rejoignit, pointa le doigt sur la carte, suivit le tracé d'une voie ferrée longeant les montagnes du Drakensberg pour trancher l'est du Transvaal, vers le nord.

– Ça mène à Pretoria. Ma ferme est au milieu de cette longue route. À Volkrust, presque sur la frontière avec le pays de M. Howard.

Pretoria. La capitale du Transvaal. On irait donc jusque-là ?

– Possible. La frontière est encore ouverte. Nous sommes pour le moment chez les Rosbifs, je te le rappelle. Les jolis soldats que tu vois débarquer ici vont prendre des trains qui les mèneront à Bonne-Espérance.

Il jouait avec elle, fragmentait à dessein la révélation qu'elle soupçonnait maintenant.

– Mais si la frontière est fermée…

– Elle ne le sera pas pour tout le monde, enfin, écoute, tu as voulu venir jusqu'ici. Tu me fais confiance, oui ou non ?

Elle fut choquée par sa véhémence, regretta, l'espace d'un instant, d'avoir insisté pour l'accompagner. Elle ne vivait pas aux côtés d'un simple négociant aux prises avec une administration tatillonne.

– Tu peux encore faire demi-tour, lâcha-t-il, l'air accablé.

– Mais enfin, pourquoi ? Vas-tu me dire ce que tu comptes faire, en dehors de retourner dans ta ferme ?

Elle exigeait, cette fois encore. Il se tourna vers elle, écarta les bras, conscient de l'humiliation qu'il lui faisait subir. Marthe se rendait compte que son voyage correspondait à un plan, à un calcul dont elle pénétrait peu à peu la nature.

– Tu m'as fait un serment, dit-elle d'une voix calme, et il n'y a pas si longtemps.

– Je sais.

– Tu dois le tenir.

Elle s'abstiendrait de lui faire remarquer qu'il était plus facile de passer inaperçu, en couple, dans une zone de conflit armé. Elle s'approcha de lui.

– Tu ne te poses pas la question de savoir si je suis fière, ou simplement heureuse, de t'accompagner dans cette mission. Car c'est bien de ça qu'il s'agit, d'une mission ?

– En quelque sorte, oui.

– Et tu m'as épousée pour pouvoir débarquer tranquillement à Capetown.

– Imagines-tu une chose pareille ? Je t'ai épousée parce que je t'aime, voilà tout. Villebois-Mareuil est arrivé au Mozambique avec une compagnie de Français, tous officiers ou anciens soldats des armées coloniales. Ils passeront au Transvaal dans quelques jours. Tous ces braves gens ne portent pas l'Angleterre dans leur cœur, tu sais pourquoi.

C'était donc cela, le séjour en France, les rencontres avec les militaires, rien n'était fortuit.

– Tu dois les rejoindre ?

– Oui. Nous combattrons ensemble si Victoria nous y contraint.

L'obéissance tient lieu de vertu aux militaires. Ainsi Piet Marais portait-il un uniforme invisible, en compagnie des soldats rencontrés à Paris. Un recruteur, peut-être ?

– Non. Enfin, si. Évaluateur plutôt. C'était l'objet de mon séjour en Europe, faire le compte des recrues. Du beau monde, tu peux me croire. J'ai craint de ne pouvoir rentrer ici à temps, d'agoniser dans ton pays pendant des mois. Et puis tu m'as sauvé des fièvres en me bombardant de quinine.

– Tu m'y as obligée !

– C'est vrai. Tu obéis comme un vrai soldat.

Elle fut émue à la vue de cet homme mûr, habitué au bruit des canons et au sifflement des balles, s'alarmer à la perspective d'être en retard à l'appel. La nervosité grandissante de Piet, ses silences, son inattention aux remarques de Marthe, à ses bavardages de touriste découvrant un pays prenaient leur sens. Elle s'engouffra dans la faille.

– Alors le mieux est de continuer comme ça, dit-elle. Je cherche des clients boers pour les fanfreluches parisiennes et tu vends de la porcelaine de Limoges aux fonctionnaires de Victoria. Un petit couple de boutiquiers bien tranquille, perdu au fin fond de l'Afrique.

Il connaissait la capacité de Marthe à s'adapter, découvrait son culot presque insouciant. Elle n'avait guère d'attaches, pas de biens à défendre, de famille à entretenir, de cause pour laquelle mourir. Sans doute la vie les avait-elle tous deux suffisamment écorchés pour les jeter à égalité dans l'aventure.

Il lui caressa la joue. Un jour, peut-être, il lui dirait le reste, tenu au secret absolu. Ça la concernait désormais. En même temps, il se dit qu'elle prenait déjà sa part de risque, comme n'importe quel compagnon de route en situation de guerre. Un couple, certes, mais où chacun pouvait maintenant décider de retirer ses billes ou de continuer, une belle parité.

Il posa la carte sur le tapis de la chambre, traça une ligne imaginaire de la pointe de son parapluie. Des gens attendaient sa venue à une vingtaine de kilomètres au sud d'un bourg nommé Colenso.

– La frontière du Transvaal est plus au nord, là. Tout ce qui l'entoure est stratégique, y compris de ce côté.

Il lui révéla l'essentiel : les contacts à Capetown, le recensement des troupes débarquées par les Anglais, un travail minutieux d'observation menant au constat d'une force colossale mise en branle par les stratèges de la reine Victoria. Cette guerre serait terrible.

– Nous avons étudié les plans à Franschhoek, pendant que tu dégustais des jus exotiques.

Assise au bord d'un fauteuil, elle l'écouta, bouche bée.

– Il y a une centaine de Français sous les ordres de Villebois-Mareuil. Mais aussi des Scandinaves, un régiment allemand, des Russes, des Américains même. Ceux-là, je ne sais pas comment ils ont fait pour nous rejoindre. L'Angleterre sait fédérer la haine qu'elle suscite. Si elle déclenche les hostilités, nous entrerons immédiatement dans la province du Cap, nous y aurons l'avantage pour un moment, car les Anglais doivent rassembler leurs forces. Ensuite…

Elle songea aux canons débarqués dans les ports, aux colonnes kaki, à la tranquille assurance de l'officier des douanes. Ses rudiments d'histoire de France lui laissaient le souvenir de l'opiniâtreté britannique, de cette obscure volonté d'abaisser, toujours, le puissant et arrogant voisin français. La colère de Piet était légitime, comme devait l'être celle des étrangers accourus au secours de paysans agressés entre océans Indien et Atlantique.

Elle reconnut les noms balisant le futur front. Piet en détailla le tracé.

– Ladysmith sera assiégée. Nous tâcherons d'aller à Dundee, enfin, sur la colline dominant la ville plutôt. Les Rosbifs seront sous le feu de l'artillerie boer. Ils en prendront plein la poire, c'est comme ça que vous dites, en France ? Plein la poire.

Un grand rire. Il s'exprimait en tacticien. Son visage s'anima.

– Voilà, ma belle, c'est l'état des lieux. D'autres fronts seront ouverts, à l'ouest, vers Kimberley, ailleurs encore. Tu vois, c'est comme sur la carte, d'une grande simplicité. Des cohortes de péquenots vont livrer bataille contre une armée, et pas n'importe laquelle, la plus puissante du monde. Le tout le long de deux mille kilomètres de frontières et à un contre quinze ou vingt.

Il releva le menton dans un mouvement de défi. Magda Terreblanche avait confié à Marthe que les femmes des Boers se battaient par tradition aux côtés de leurs maris. Dans les cantines de l'arrière et dans les fermes davantage qu'aux affûts de canon, mais bravement, n'hésitant pas à affronter le feu guerrier pour aider les Burghers, comme on nommait les combattants des deux républiques.

– Pas question de t'éloigner de Bonne-Espérance.

Elle était soulagée de savoir. Un régiment teuton s'était porté à l'appui des Boers. Les volontaires français se battraient aux côtés des occupants de l'Alsace-Lorraine. Où était la raison dans tout cela ? Elle frissonna.

– Les hommes sont ainsi faits, soupira-t-elle, tandis qu'avec des gestes d'automate, Piet vidait leurs valises.

Il la railla avec gentillesse :

– Somme toute, tu ferais une assez jolie veuve de guerre. Mais tu n'auras pas de pension, ne te fais pas d'illusion là-dessus. Les Français ont les moyens d'entretenir ça, mais pas nous, les culs-terreux du Transvaal.

Il était soulagé, lui aussi. L'idée de garder près de lui cette femme attirante le séduisait. Il la confierait aux fermières de son pays. À Bonne-Espérance, Marthe trouverait un havre sûr. Elle serait entourée de femmes attachées à leur terre natale, rudes campagnardes capables de prendre le fusil s'il le fallait.

Un train. *Princess Christian*. Dans la gare de Durban, des gens s'activaient autour de lui, sur une voie annexe. Certains portaient les mêmes blouses blanches que les médecins d'Aubervilliers. De la locomotive s'échappait une épaisse vapeur blanche. Allait-on monter à son bord ?

– C'est un hôpital sur rails, dit Piet. Le nôtre est en formation à cent mètres d'ici, et il n'est pas fait pour de futurs blessés.

Il avait l'air impressionné. Une douzaine de wagons se succédaient derrière la puissante machine. Le train semblait libre d'accès. Marthe marcha dans la vapeur qui l'enveloppait tout entière par moments. Cela sentait un mélange de poussière, de charbon brûlé, de métal. Des dames de la bonne société offraient des gâteaux aux passagers, certaines arboraient une croix rouge sur leur corsage. Par une fenêtre, Marthe aperçut les masses grises d'appareils de radiologie. Un luxe que seuls les hôpitaux des grandes villes pouvaient se permettre.

Les wagons avaient été débarrassés de leurs cloisons, transformés en dortoirs. Un homme tendit les bras à Marthe, en souriant. Quelques mots d'anglais. Que voulait-il ? Il attendait quelque chose. Marthe se sentit confuse, puis soulagée lorsqu'une dame hissa des paniers de victuailles par la fenêtre. L'homme la remercia avant de disparaître à l'intérieur.

Nerveux, Piet faisait les cent pas sous la voûte métallique de la gare. Il ne tenait pas à croiser de nouveau le dénommé Howard. Pour cela, il avait sorti discrètement les malles à l'arrière de l'hôtel. Tout était pourtant en règle, passeports et billets. Marthe revint vers lui, prit son bras, puis elle ralentit peu à peu le pas.

L'envie lui vint soudain de retourner à l'hôtel. La mer était là, si proche, ondulant avec majesté, doucement brisée par des chaos de roches. Son irénisme sous la pluie verticale invitait à la contemplation. Marthe dut résister à cet élan. Les jets de vapeur se rapprochaient, chuintaient, leur musique mêlée devenait oppressante. Le cœur de Marthe se mit à battre plus fort. Le *Princess Christian* symbolisait à lui seul la guerre à venir. On y coucherait des hommes gémissants sur des draps encore propres. Il y aurait du sang, le murmure de la mort.

Sans qu'elle sût pourquoi, Marthe songea au *vomito negro* des mourants d'Aubervilliers. À la fin, les malades, dont les premiers symptômes étaient apparus sur les navires qui les ramenaient en France, régurgitaient, épuisés, cette matière visqueuse couleur du charbon des locomotives anglaises. On savait alors qu'ils n'en avaient plus pour longtemps, quelques heures tout au plus. Beaucoup imploraient que cela cesse, la souffrance des viscères et la cachexie. Ils étaient exaucés par une brève agonie, leur dernier soupir était de soulagement. Marthe chassa cette image de son esprit.

Trois longs coups de sifflet, des panaches de vapeur plus épais que les autres montant rejoindre le ciel bas. Elle sursauta. Encore vide de sa foule guerrière, peuplée des seules équipes médicales, le *Princess Christian* s'ébranla. Un pli amer aux lèvres, Piet le regarda prendre de la vitesse. Marthe serra son bras.

– Je sais ce que tu penses.

– Qu'un bon Rosbif est un Rosbif mort ?

Il se pencha vers elle, grimaça.

– Farci de plomb au bas d'une colline. Oui, c'est ce que je pense, absolument. C'est déjà arrivé, par nous, par les Zoulous et les Xhosa aussi. Mais voilà, on ne se débarrasse pas comme ça de Mme Victoria et de ses bataillons. Tu les chasses par la porte, ils reviennent par la fenêtre. Et ils ont du matériel, cette fois.

Le départ du train civil le détendit un peu. Il devait y avoir à bord le bon dosage d'agents de renseignement expédiés vers le nord pour tenter d'en apprendre davantage sur les mouvements boers. Piet savait des choses, du Cap à Durban, il avait rencontré des gens, collecté des informations, échafaudé des plans. De part et d'autre de la frontière, deux blocs se mettaient en place, bientôt prêts à en découdre.

– Les Mille Collines. C'est très riche, par ici.

Marthe ouvrit grand ses yeux de chat, profitant du paysage que lui offrait le Natal anglais, à quelques dizaines de kilomètres de Durban. Partout, des prairies grasses, des vallons boisés, des fermes cernées de parcs. Des rivières traversaient le décor, paresseuses, léchant des berges où paissaient des bovins superbement nourris. La pluie qui tombait par intermittence devenait une manne dont se gavait une nature à l'opulence helvétique. Piet plaisanta :

– La tartine est un peu moins beurrée chez nous. Mais bon, tu verras, ce n'est pas trop mal non plus.

Il y eut un contrôle des passeports à Pietermaritzburg. Chaudière éteinte, vide de son personnel, le *Princess Christian* stationnait sur une voie de garage, comme inutile. Le charme de la randonnée entre les Mille Collines du Natal se dissipa brusquement. La ville s'était faite garnison.

Partout, des hommes en uniforme ou vaquant à des tâches militaires, des équipages, des chariots aux toiles closes sur ce qui devait être des affûts, des caisses de munitions, de la poudre. Ce qui aurait pu être une capitale, avec sa pierre massive, ses colonnades, ses galeries, avait été transformé en camp de base. Les civils eux-mêmes avaient l'air de participer à une veillée d'armes.

Piet considéra tout cela d'un œil morne.

– Je doute qu'il en soit de même chez nous.

Essentiellement peuplées de ruraux, les républiques boers sortaient de l'hiver avec l'ardente nécessité de préparer la terre pour les prochaines moissons. L'on tondrait bientôt les moutons. Les bêtes à cornes seraient de nouveau livrées à leurs errances sur les immensités de la prairie, les vergers préparés à recevoir les abats d'eau des saisons douces. Quand l'Afrique anglaise du Cap sentait monter les grandes sécheresses, celle des colons hollandais du nord et de l'est s'apprêtait à subir les outrages d'un ciel de mauvaise humeur.

– Nos soldats vont balancer entre les exigences de la guerre et celles de la terre, dit Piet. Nous n'avons pas d'armée régulière à proprement parler. Il nous faudra de la moelle et du muscle pour contenir ce que je vois ici.

Il craignait les désertions, non qu'elles fussent le fruit amer de quelconques lâchetés, mais simplement parce que les fermiers du Transvaal et de l'Orange ne laisseraient pas indéfiniment leurs domaines sous le seul contrôle des femmes et des vieux. Patriotes, certes, mais régisseurs tout autant.

Piet fut soulagé d'entendre le sifflet péremptoire de la locomotive. Pietermaritzburg était une base arrière. Au-delà de ses palais et offices impériaux s'égrèneraient les stations ferroviaires balisant le nord du Natal. Marthe reconnaîtrait leurs noms : Colenso, Ladysmith, Dundee. Et le Transvaal, enfin.

Aux consonnances britanniques des villes et des villages se substituerait la dure langue afrikaans. Volkrust, Vryied, Utrecht, Wakerstroom. Marthe s'amusa à prononcer ces mots sans buter sur leurs à-pics. Elle se confrontait soudain à la réalité d'un pays partagé entre deux nations antagonistes.

– Tout est encore normal, lui dit Piet. Ce train ira jusqu'à Pretoria, parce que les affaires étant ce qu'elles sont, les gens ont besoin de commercer. Il en sera ainsi jusqu'à la déclaration de guerre. Alors, on installera des butoirs de part et d'autre d'une ligne virtuelle et on se tirera dessus. Ici, très exactement.

Volkrust, au sommet d'une pointe dessinée sur les cartes par les négociateurs du précédent bain de sang. Marthe réalisa à quel point le paysage avait changé. Le vert des Mille Collines avait viré au jaune. Un pays sans nom précis, sans limites visibles. Transvaal ? Où cela se terminait-il ? « Au centre de l'Afrique », prétendait Piet.

Les gardes-frontières républicains firent leur travail routinier. Puis le train repartit sans ses passagers débarqués aux marches du Transvaal. Lorsqu'il eut posé malle et sacs sur le quai, Piet ferma les yeux, huma longuement la vapeur imprégnée de l'odeur de charbon libérée par la locomotive.

– Ça fait du bien, *heuning*, tu peux me croire. L'air du pays ne ressemble à aucun autre, même à celui de ta douce France.

Marthe comprit l'intensité de son plaisir. Partout, surgies de la terre et ressemblant à des cloches posées là par un fondeur acharné, témoins d'une intense vie, des fourmilières géantes, dont certaines avaient été aplaties pour renforcer les pistes, balisaient la plaine immense.

Marthe s'imprégna du décor. Des attelages, coupés élégants ou carrioles paysannes, des chariots, certains en mouvement, d'autres parqués les uns à côté des autres devant ce qui devait être des enclos à bestiaux. Tout, ici, évoquait la terre, le troupeau. Des ballots de laine formaient des murs doublant ceux des entrepôts. Des cavaliers patientaient de part et d'autre de la voie, attendant l'autorisation d'embarquer des animaux dans des wagons tapissés de paille. Une odeur forte de peau se répandait à travers la gare. Et celle-ci évoquait une simple maison gardée, à vingt mètres, par une haute citerne d'eau. La campagne, mais différente de celle de France, même si Marthe n'était jamais allée plus loin que Fontainebleau.

– Comment vous dites, chez vous ? Ah oui, bouseux. Voilà, ma chère madame Marais, vous êtes arrivée chez les bouseux d'Afrique australe.

Il partit d'un grand rire.

– Bonne-Espérance, pour commencer. La demeure du bon Dieu !

5

– La ferme de Van Niekerk, annonça Piet.

C'était, adossé à une longue et douce ondulation de terrain, un ensemble de bâtiments tuilés de rouge, noyé dans un lac de verdure, à plus de mille trois cents mètres d'altitude. Sinueux et comme traçant une frontière entre les terres à céréales du contrebas et les immenses domaines des troupeaux étalés sur la colline, un ru aux eaux troubles longeait à distance le chemin caillouteux menant à Bonne-Espérance.

Marthe ne comprenait pas. Qui était Van Niekerk ?

– L'homme chez qui on a découvert le premier diamant, il y a longtemps. Loin d'ici, rassure-toi, à Kimberley. La misère du monde s'est ruée là-bas, la guerre y a été conçue : Rhodes y a troqué ses haillons contre le costume des puissants. Rhodes, et d'autres. Rien de tel ici. Regarde, c'est la grande paix des labours du Transvaal.

Il rit, arrêta l'attelage. L'air frais de l'hiver austral piquait les joues de Marthe. Dans le ciel transitaient des nuages. De temps à autre, un soleil tiède se montrait entre eux, jouait avec leur ombre sur le sol délavé par les premières grosses pluies annonçant le printemps. Piet observa la réaction de sa femme. Loin, très loin de la ferme, s'élevaient des montagnes dont il prétendait qu'elles mesuraient plus de deux mille mètres. En vérité, de très vagues reliefs presque fondus dans le haut plateau.

– Eh bien, tu ne dis rien ?

– Tu possèdes tout ça ?

La question l'amusa. Hors quelques régions de grandes exploitations comme la Beauce ou la Brie, les Français n'étaient pas habitués à contempler de telles vastitudes. Le doigt de Piet fit le tour complet du morne horizon. Oui, tout était à sa famille. Des propriétés cousines prolongeaient ses terres au-delà de ce que l'œil pouvait distinguer. Les Marais possédaient une surface équivalente à celle d'un canton français.

– La maison est au milieu du bois. C'est le toit à double pente, le plus haut. À droite, l'atelier et les remises, à gauche, l'étable, l'écurie et les bauges à cochons. Et des *kraals*, comme on dit ici, des abris pour les moutons. Ou pour les gens, à l'occasion.

Un nègre, vêtu d'une chemise de toile bleue, d'un pantalon léger finissant au-dessus des chevilles et chaussé de sandales, conduisait un troupeau vers les prairies d'aval. Il salua Piet au passage. Les bêtes étaient superbes : tête noire, laine épaisse et queue large comme celle d'un castor. Piet rendit son salut au berger.

– On est comme vous, au Transvaal, on aime bien la viande. Trop, même. En ville, on trouve peu de légumes. Ici, à peine plus. Tout est dévolu aux animaux. Nous sommes un peuple de pasteurs, *heuning*. Et carnivore. Tu as vu le Natal des Anglais. Là-bas, tout pousse, comme dans le Kent ou le Yorkshire. Le Transvaal, c'est le monde des ruminants avant d'être celui des humains.

Il avait prononcé le nom de son pays avec une évidente fierté. Il posa la paume sur la poitrine de Marthe.

– Je voudrais sentir que ton cœur bat fort.

– Il bat, je crois.

Dévalant la pente menant à la piste, des enfants accouraient. Piet caressa du fouet la croupe du cheval.

– La marmaille de Bonne-Espérance. Ils ont grandi, les petits bougres.

Les gosses se figèrent à l'entrée du chemin. L'espace d'un instant, Marthe eut la pensée saugrenue que Piet lui avait peut-être menti. Et si cette progéniture en blouse, pantalon coupé à mi-mollets et chemise de toile était la sienne ? Les questions qu'elle se posait parfois allaient trouver une réponse. Elle sentit son cœur battre plus fort pour de bon tandis que l'attelage parvenait à la hauteur du comité d'accueil.

– Mes neveux. Ils sont à ma sœur Marieke. Elle a suivi de près les préceptes bibliques, croissez et multipliez-vous. Il doit y en avoir encore deux ou trois dans la maison. Trop jeunes pour suivre ceux-là.

Il s'annonça, héla la petite troupe qui prit aussitôt d'assaut le tilbury. Deux filles couvertes de laine du cou aux chevilles, et trois garçons. Piet les reçut dans ses bras, subit leur étreinte criarde. Marthe entendit des prénoms, pêle-mêle : Kimy et Aaron, Mergrite, deux autres qu'elle ne comprit pas. Soudain, comme s'ils avaient reçu un ordre, les enfants s'immobilisèrent, scrutant l'inconnue assise près de leur oncle.

– Martha, *jou* tante.

L'étonnement des petits l'amusa.

– Ils te découvrent. Une Française à Volkrust, ce n'est pas courant. Tu dois être la première depuis le débarquement des huguenots au Cap il y a deux cent cinquante ans.

Marthe se laissa observer. La gaieté de ses hôtes ne suffisait pas à calmer son appréhension. Elle allait gravir une côte menant à un monde étranger, bien différent de celui de Capetown et de Franschhoek. Lorsque l'attelage se mit en route, elle prit une profonde inspiration, ferma les yeux, les doigts enfoncés dans les accoudoirs du coupé.

Des marmots plus rapides que les autres avaient donné l'alerte. Au détour d'un bouquet d'eucalyptus, Marthe aperçut la maison devant laquelle les attendaient déjà des gens. Femmes essuyant leurs mains sur leurs tabliers, hommes appuyés contre le mur, bientôt rejoints par un vieillard à la longue barbe blanche.

– Mon père, ancien pasteur, murmura Piet. Veuf, comme moi.

Sa voix s'était faite grave, soudain. Parvenu à une quinzaine de pas de la demeure, il arrêta le tilbury, sauta à terre. Marthe jeta un rapide coup d'œil sur la ferme, un long bâtiment ressemblant aux maisons du vignoble, surmonté d'un pignon baroque. Des grilles d'épais fer forgé protégeaient des fenêtres, taillées à même la pierre blanche, donnant sur un terre-plein raviné par les pluies. Des chiens jaunes en alerte pointaient leur museau vers les arrivants. Petite garde alignée par âge, la meute enfantine s'était regroupée, comme domptée, dans le silence baignant l'assemblée.

Piet aida Marthe à mettre pied à terre, puis il saisit les sacs, tandis que des éclaireurs s'approchaient du couple. Une femme entre deux âges, tout en noir, un homme coiffé d'un feutre à large bord, botté de cuir, vêtu d'une veste d'épais tissu brun, d'un pantalon ceinturé haut et d'une chemise à la couleur indéfinie.

– Hey, Piet !

Un mot d'accueil sur un ton presque badin. Les chiens étaient venus flairer les visiteurs. Intrigués, ils tournaient autour d'eux.

– Ma sœur Anna et mon beau-frère Jeans Viljoen, annonça Piet.

Il ouvrit les bras pour une accolade sans chaleur, un rituel. Son année et demie d'absence ne semblait pas avoir rendu les gens plus désireux que cela de le revoir. Il fit les présentations. On s'inclina. Anna Viljoen, née Marais, une grande et encore belle femme aux joues carminées, aux cheveux roux serrés en un austère chignon, eut une brève inclinaison de tête, sans un geste d'affection. Son regard bleu reflétait les fatigues d'un quotidien paysan, l'acceptation d'une fatalité traversant les vies comme le soc d'une charrue la terre caillouteuse de ce bout de Transvaal.

– Bienvenue, dit-elle en français, *welkom.*

Marthe sut d'instinct deux choses : Anna régnait sur cette maison et elle ne serait jamais l'amie de l'étrangère imposée par Piet. Tandis que les enfants se précipitaient sur les bagages, Piet prit sa femme par le bras pour lui faire franchir le seuil de la maison. Puis, s'arrêtant soudain :

– Tiens, mes neveux, les enfants d'Anna. Bon Dieu, ils sont devenus adultes.

Une fille et deux garçons, pareillement blonds, des yeux de mer sous le soleil, sautaient de cheval pour saluer les arrivants. Jakobus et Christian, en compagnie d'Eltsie, la benjamine.

Il y eut un moment de gaieté, des rires accompagnèrent les accolades. Les garçons étaient jumeaux, pareillement bouclés. Ayant ôté leurs chapeaux de feutre à large bord, ils s'inclinèrent devant Marthe avec un rien de cérémonie. Menue sous une jupe dévoilant ses chevilles, Eltsie tendit à Marthe sa main déjà durcie par le labeur de la ferme.

– *Welkom*, Martha.

Piet prit ses neveux par les épaules. Ils étaient désormais aussi hauts que lui. Roses de joues, piqués de roux au front et au nez, ils ne cachèrent pas leur plaisir de revoir leur oncle voyageur, qui aurait tant à leur raconter.

Marieke parut à la porte de la maison, bientôt suivie par son mari Louis. L'homme, long et fin, visage étroit, yeux clairs, « gris-boer », pensa Marthe, elle, courtaude et rubiconde, la taille arrondie par les grossesses, peut-être aussi par la gourmandise. Elle avait épousé un Viljoen, le frère de Jeans. Ainsi le noyau familial était-il plus solide qu'ailleurs. Des hommes se dégageait une force paisible, des femmes, une énergie domestique en souliers de peau et robe noire, ceinturée de tablier blanc.

Piet apprécia.

– La tribu au complet, et tous en bonne santé. La vie est bonne au Transvaal.

Il traduisit pour les siens, récolta des sourires, des invitations à venir se restaurer, boire, prendre un peu de repos.

Les effusions avaient duré quelques minutes. On s'inquiéta poliment de Marthe. Les bagages avaient déjà disparu à l'intérieur de la maison, portés, poussés ou tirés par des volontaires excités. Ceux-là goûtaient l'instant sans dissimuler leur plaisir.

Marthe ferma à demi les yeux. Il flottait dans l'air, ce jour-là, une de ces brumes légères que laissaient derrière elles les dernières matinées froides de l'année. Par endroits, elles semblaient monter de la terre luisante. En France, on eût dit de ce climat qu'il était idéal. Pour quoi faire ? Une balade dans un parc ou au bord d'une rivière, sous un soleil de résurgence ? Bonne-Espérance n'incitait pas à cela. Les chevaux piétinaient dans la boue, les gens avaient à faire. On parlait peu, pour ne pas noyer les choses essentielles dans un fatras de mots. Marthe n'avait rien attendu de particulier de ce moment. Elle ne fut pas déçue.

– Nous logeons au nord. Suis-moi.

Ils quittèrent la grande pièce de vie, en vérité une salle à manger attenante, grâce à une large ouverture dans une cloison, à un salon meublé pour le confort de ses usagers : canapé et bergères devant une cheminée de briques rouges, tables de couture, tentures épaisses masquant les fenêtres.

Des photographies des présidents étaient clouées de part et d'autre de l'âtre : Kruger, du Transvaal, à la longue barbe carrée, le bedon conséquent, un vague sourire aux côtés de sa femme, et Steyn, de l'État libre d'Orange, tout aussi imposant quoique moins brut. Entre eux, barrant la chaux de la hotte, un drapeau en partie enroulé de la république du Transvaal : le bleu, blanc, rouge horizontaux de la Hollande contre un bandeau vertical couleur de la prairie au printemps.

Piet précéda Marthe le long d'un couloir aux murs nus, entra dans la pénombre d'une chambre aux volets clos.

– Il ne fait pas très chaud ici. L'hiver s'attarde. Tu ne t'en rends pas compte parce que tout est plutôt plat, mais on est déjà à plus de mille mètres d'altitude. Je ferai du feu dans la cheminée.

Il écarta les volets de bois. Marthe distingua les piquets d'un potager, les maigres frondaisons d'un verger en tenue d'hiver. Une barrière délimitait un espace planté de hautes pierres grises.

– Le cimetière. Ma femme est enterrée là. D'autres aussi, ma mère, des oncles tués à la guerre.

Il nettoyait l'âtre encombré de restes carbonisés. On avait brûlé là du papier, un journal. Marthe contempla le décor minimal de la chambre. Un lit de bois brut adouci par une épaisse couette, une armoire, deux chaises et, comme seul ornement, un crucifix. Que ferait-elle dans cette ferme ? Elle éprouva un soudain malaise. Son voyage prenait fin d'une façon abrupte. Franschhoek et ses vignobles, Durban même avaient été des leurres ; il y avait bien plusieurs pays dans cette immensité d'Afrique, celui-ci la cernait de toutes parts. Il ressemblait à ses habitants, austère et morne.

Elle s'assit au bord du lit. Entre crucifix et cimetière, il lui sembla qu'elle entrait dans un sépulcre à ciel ouvert. Piet devina son trouble. Il eut un haussement d'épaules.

– Les architectes sont loin d'ici, en ville. Nos fermes ont été bâties par leurs premiers occupants. Un peu améliorées ensuite. Celle-ci a été plutôt joliment traitée. L'intérieur n'est pas celui d'un palais, mais on y vit bien, avec des biftecks épais comme la main dans les assiettes. Vous aimez ça, vous, les Français, eh bien, nous aussi. On va apprendre à mes bonnes femmes à faire les frites, ça les changera des patates bouillies.

Elle eut un pâle sourire. La compagnie d'une morte ne l'oppressait pas particulièrement. Piet semblait détaché d'une histoire déjà ancienne. Il n'était pas évident que tous les habitants de Bonne-Espérance pensent de même. C'était peut-être cela qui créait l'atmosphère lourde, sans joie, une présence évanouie, un fantôme hantant les esprits, une aura qui pesait sur les gens et jusque sur le décor de la ferme.

– Comment s'appelait ta femme ?

– Soukje. Elle n'était pas française d'origine... C'est vrai, nous n'en avons jamais parlé.

Elle guetta sa réaction. Piet avait entassé du petit bois sous les bûches. Il suspendit son geste, demeura pensif quelques secondes. Marthe remit à plus tard les questions. Elles lui venaient à l'esprit parce que inspirées par la chambre, par la maison tout entière, même. Cela n'avait plus rien à voir avec leur errance, agréable et sans cesse surprenante, à travers le pays. Bonne-Espérance était un terminus.

Il n'y avait pas de ferme boer sans son peuple noir. Des ouvriers habitaient un village composite, de huttes et de maisonnettes en dur. Des domestiques, plus ou moins nombreux. Ici, un couple, servante et jardinier-cocher-homme à tout faire. Joseph et Nandi, lui, sec et blanc de cheveux et de barbiche, lent de gestes, elle, menue et vive, s'activant sans cesse. Piet avait donné quelques détails à Marthe. « Des

Xhosa de la côte sud. Leurs anciens ont suivi le Grand Trek[1], il y a soixante-dix ans. Noirs et Blancs fuyaient la férule anglaise. Ceux-là ont préféré leurs anciens maîtres esclavagistes aux hommes qui les en avaient libérés. C'est étrange, mais c'est comme ça. »

Nandi avait mis la table. On soupait tôt, à la tombée du jour. Marthe s'assit à la place qu'on lui indiqua, à deux chaises de distance du père de Piet. Entre elle et lui s'installèrent Louis et Jeans, face à Piet et à Anna. Les enfants gagnèrent ce qui ressemblait à un autel, à l'autre bout de la table. Ainsi disposée, la famille silencieuse se figea, tandis que le patriarche, ayant éteint sa pipe de bois grossier, ouvrait la bible posée à la droite de son assiette.

Marthe eut du mal à plier sa nuque comme les autres convives. Des coups de coude échangés entre les gamins la détendirent un peu. On la scrutait, de ce côté-là. Comment la *Franse* allait-elle se comporter ? Anna l'observait elle aussi sous sa coiffe de tissu blanc. Marthe chercha le souvenir de son dernier passage dans une église. C'était à la chapelle de l'hôpital d'Aubervilliers, devant le cercueil d'un adolescent phtisique que l'équipe médicale s'était acharnée à garder en vie, un ange blond dont elle revit à cet instant le visage apaisé par la mort.

Anders Marais récita un psaume, puis, ayant dit « amen », il tendit la main vers Piet et lui parla. Le patriarche avait un long visage de penseur triste, des yeux encavés dans des orbites surmontées d'une broussaille de sourcils, la mine sans la moindre gaieté des pasteurs de Hollande ou de Suède. Osseux, tourmenté par des douleurs qui le faisaient se mouvoir avec précaution, il assombrissait par sa seule présence la salle à manger déjà obscurcie par d'épais rideaux

---

1. Migration des Boers de la province du Cap vers l'est et le nord, en 1837.

de toile écrue. Marthe croisa son regard ; une énigme froide et distante, un poids propre à alourdir encore les silences que s'imposaient les convives de son premier repas à Bonne-Espérance.

Anna se leva, gagna la cuisine où, d'un large fourneau à bois entouré de placards, s'élevait la vapeur d'un ragoût. Marthe se demanda ce qu'elle devait faire à cet instant précis. Un geste de Piet lui signifia que son rôle du moment n'était pas d'aider à servir.

Tout, de cette arrivée au terme du voyage, était déconcertant. Les choses semblaient aller naturellement, comme si elles étaient telles depuis toujours : le vieux soudain perdu dans ses pensées, les petits remuant sur leurs chaises, les deux adolescents, Jakobus et Christian, fils d'Anna, souriant à celle qui éprouva cependant, fugace, l'impression d'avoir fait intrusion dans une société cadenassée. Et la jeune fille, Eltsie, observant sa tante avec une curiosité mêlée d'immédiate mais distante sympathie.

Tout en mangeant sa soupe de pois et de potiron, Marthe en termina avec la découverte de la tribu Marais. Marieke, la sœur d'Anna et de Piet, étonnamment brune et mate au milieu des visages pâles et des chevelures de blé. Les grosses mains de son mari reposaient en quasi-permanence de part et d'autre de l'assiette, ne bougeant, armées, que pour de rapides allers-retours entre la table et la bouche. « Les Villon de ton pays sont devenus Viljoen, lui avait expliqué Piet. C'est tout de même extraordinaire, cette fertilité des Français d'Afrique. Deux cents au départ, des dizaines de milliers aujourd'hui. Mais ne rêve pas, ici, ils ont tout oublié de l'ancestrale patrie. »

Concentré sur sa besogne, le colosse grognait de temps à autre, indifférent à la présence de sa nouvelle belle-sœur. Lorsqu'il en eut terminé avec sa part de ragoût, il se leva sans un mot et sortit de la pièce.

Que faisait-on après le souper, dans une ferme du Transvaal ? Les enfants s'égaillèrent tandis que leurs aînés se mettaient à la vaisselle. Le patriarche s'installa dans un fauteuil à bascule. Après avoir allumé de grosses chandelles et ôté leur tablier, les femmes s'attelèrent à des travaux de couture. Il y avait des chemises à ravauder, des pantalons à doubler aux fesses, des vestes à reboutonner, un tas disposé sur un guéridon dans un cercle de chaises empaillées. Marthe chercha le regard de Piet. Un clin d'œil, discret. Il fallait attendre un peu.

Marthe n'avait pas remarqué la présence d'un petit harmonium dans un coin de la pièce, masqué en partie par un guéridon, avant que la blonde et fine Eltsie ne s'y installât. Un sourire à l'arrivante, quelques mouvements des poignets et du pied sur la pédale unique. Les femmes levèrent le nez de leurs ouvrages, le vieil homme, de sa Bible. Un silence, puis la musique. Douce et grave, répétitive. Ils se mirent tous à chanter, y compris Piet, qui regardait sa femme en souriant, et lui fit un signe qui voulait dire « pour toi ».

Les couplets de la foi se chantaient pareillement, dans toutes les langues du monde. Marthe reconnut des harmonies entendues à la chapelle de l'hôpital d'Aubervilliers. C'était pour les morts. Comme dans ce salon, ce soir-là, au Transvaal. Il y eut un moment de charme, ineffable. Marthe éprouva pour la première fois un sentiment de solitude, malgré la présence d'une famille là, tout près. Elle était aux confins d'un monde étranger, où la guidaient les doigts menus d'une adolescente, sur un clavier d'harmonium.

– Je vais te montrer des choses, dit-il.

Piet la précéda sous l'auvent protégeant la terrasse en bois où l'on devait prendre le frais à la belle saison. À la vue des sombres nuées déferlant au-dessus de la ferme, Marthe se demanda s'il en existait seulement une, de belle saison, et à quel moment de l'année elle avait coutume de se manifester. Déluges au Cap, à Franschhoek, à Durban, et maintenant promesse d'orage à Volkrust, l'hiver austral finissant était humide sous le ciel du jour à l'agonie. Une chape.

Marthe se força à respirer profondément. Elle éprouva l'impression d'étouffer sous une cloche géante. Piet prit sa main qu'il baisa, puis, la balançant dans la sienne, comme pour une promenade enfantine, il l'entraîna vers l'étable où les bêtes pleines mettaient bas. Là reposait une part, infime, du trésor de Bonne-Espérance.

– Que t'a dit ton père à table ? Vous n'avez guère parlé, toi et lui.

Piet achevait de se dévêtir. Il haussa les épaules.

– Qu'il est heureux de me revoir. Que les temps sont incertains, que la république risque d'avoir besoin de ses hommes, des choses comme ça.

Était-il satisfait d'avoir rejoint les siens ? Il avait parlé d'un lieu pacifique où paissaient les troupeaux et elle découvrait la brute nature protestante de sa famille, toute de silence, de regards sans chaleur tenant lieu de dialogue. Son désarroi amusa Piet. Il la prit par les épaules, la secoua doucement.

– Les Marais d'ici ne sont pas des paysans ordinaires, mais des colons boers possédant des milliers d'acres. C'est ton premier jour ici, une fois la surprise passée, ils t'adopteront. Déjà, ils te trouvent très belle, très, comment dire ? parisienne.

– J'ai l'impression d'être un hippopotame au jardin d'Acclimatation.

Il s'esclaffa.

– Voilà, c'est ça, une grosse bête. Non, ajouta-t-il en caressant ses cuisses, plutôt une antilope springbok.

Elle hocha la tête, pensive. Il lui avait aussi parlé de Pretoria, où son négoce le menait régulièrement. Une ville aussi pourvue en monuments que Versailles. On irait la visiter, dès qu'il aurait réglé quelques affaires aux marches du pays zoulou.

Elle le scruta. Bientôt, elle lui demanderait ce qu'il faisait exactement entre le Transvaal, la France et les lieux où s'extrayaient or et diamants. Les doigts de Piet n'étaient pas épaissis par les travaux des champs. Il portait la moustache fine des citadins, en avait les manières.

– Tu me trouves, comment dire, un peu mystérieux, c'est ça ?

Comment avait-il deviné sa pensée ? D'autres que lui besognaient la terre de Bonne-Espérance. Piet Marais s'était extrait de son milieu pour vivre une existence de courtier, de voyageur. Un passeur entre deux mondes.

– Que feras-tu si la guerre éclate ?

Il raviva le feu. On verrait. Il y aurait un ordre de mobilisation, comme vingt ans auparavant. Les hommes se rassembleraient dans des lieux établis par les stratèges. Quel rôle y jouerait-il ?

– Un soldat parmi d'autres.

Elle ne le croyait pas tout à fait. Il y avait eu ces rencontres, en France, puis l'intérêt que lui portait l'agent des douanes.

– Tu es sûr de ne pas connaître ce Howard ?

– Évidemment. Quelle drôle de question.

– Lui semblait te connaître. J'ai vu son regard.

– Le travail de ces types consiste à photographier les gens, dans leur mémoire, j'entends. Un fermier du Transvaal de retour chez lui avec une jolie Française, ça ne se voit pas tous les jours. Il était sous ton charme.

– Es-tu vraiment fermier ?

Il rit. Il était le seul de sa tribu à avoir fait des études. Un instituteur avait repéré ses aptitudes. Quand les autres ne pensaient qu'aux exigences du domaine, il s'était laissé mener à Pretoria. Pensionnat, université, diplômes. Le français pour seconde langue, un peu de latin même.

– Le grec, je n'ai pas pu. Ingénieur hydraulique et des mines, au bout de tout ça. C'est vrai, je t'en ai peu parlé. Très utile pour négocier des pierres précieuses.

Elle s'allongea sur le lit, croisa les bras sous sa nuque. La maison était silencieuse. La flambée jetait sur les murs blancs ses reflets changeants. Piet se dévêtit lentement. Leur voyage de noces prenait fin, mais il leur restait leur première nuit à Bonne-Espérance pour conjurer un futur incertain.

– Les Anglais sont forts, dit-elle, rêveuse. J'ai vu leurs canons à Capetown. Et ce train à Durban, pour les blessés.

Il eut un petit sourire, s'assit au bord du lit. Les Boers connaissaient leur pays. Sa conquête ne serait pas aisée. Autant de rochers que d'habitants, des plaines où l'on s'avancerait à découvert, des rivières gonflées par les pluies. Un geste vif, de la main, une caresse par-dessus le lin d'une chemise de nuit.

– Parlons d'autre chose. De cette chambre, par exemple, et de ce lit. Si tu insistes, nous y passerons le reste de notre existence.

Piet participait de bon cœur aux travaux agricoles. En cette saison, le soin des troupeaux — le compte des bovins disséminés dans la campagne et l'escorte des moutons dans les prairies qui leur étaient réservées — en constituait l'essentiel. Marthe vit le plaisir qu'éprouvait son mari à chevaucher avec les hommes de Bonne-Espérance. À ce régime de grand air, le mourant d'Aubervilliers achèverait vite de ressusciter.

Il était bon cavalier. Les chevaux musculeux, un peu lourds, du Transvaal étaient des complices dont il usait avec l'énergie d'un tout jeune homme. Plusieurs fois, il proposa à Marthe d'apprendre à monter. Anna et les siens ne dédaignaient pas de se mêler aux longues courses des hommes.

– Il y a des centaines de chevaux ici. Tu aurais l'embarras du choix. Peut-être y en a-t-il qui comprennent le français.

Marthe refusa. Elle n'avait pas envie de se montrer ridicule. Ses expériences d'équitation se résumaient à des tours de manège à la Fête à neuneu, ce cadeau fait aux Parisiens par Napoléon.

Piet jouissait de ces heures suspendues entre les saisons. Son désir était que Marthe les partageât avec la même ferveur tranquille. Elle ne montait pas, soit. Il lui fit découvrir les confins du domaine en tilbury. Des ruisseaux gonflés par les pluies quadrillaient la terre. Des bêtes hantaient les prairies par centaines, penchées sur l'herbe jaune, à peine troublées par les hordes de chevaux galopant en totale liberté.

Ici et là, des gazelles springboks, gracieuses et craintives. Marthe les avait aperçues par la fenêtre de la voiture. Piet les lui fit voir de plus près. Elle s'inquiéta.

– On les tue ?

– Non, rassure-toi.

Un sourire.

– Non. On les mange, c'est tout.

Piquant le décor de leurs longs cous, des autruches balisaient les chemins. Elles furent pour Marthe le premier véritable contact avec son rêve d'Afrique. Familières sans toutefois s'être laissées apprivoiser, elles vaquaient aux abords des potagers et des parcs, dans l'attente de la nourriture que leur jetaient au passage les enfants : fruits blets et restes de salade, autant que la dizaine de cochons alanguis dans leur bauge n'auraient pas.

Marthe chercha sa place dans cette famille. À part Jakobus, personne ne se donnait la peine d'essayer de lui parler dans sa langue. On descendait des Français mais l'afrikaans s'était imposé au bout d'une seule génération. Et les colons du sud Transvaal n'avaient pas le raffinement des vignerons de Franschhoek. Ceux-là étaient des bourgeois souvent cultivés, influencés malgré tout par les Anglais, au point que certains, même, avaient basculé dans leur camp. Rien de tel au sud de la république de M. Kruger, où l'on vivait encore un peu, comme par défi à l'histoire, à la manière des pionniers fuyant la domination anglaise et parvenus là soixante ans plus tôt.

Des gens visitaient la ferme, des voisins, pour la plupart, avec lesquels Piet et les hommes de Bonne-Espérance discutaient sans même les avoir présentés à Marthe. Un geste de l'index au bord du chapeau, ou pas de geste du tout, pour dire au revoir. Marthe dut se rendre à l'évidence ; elle ne maîtrisait pas ces codes où la courtoisie européenne n'avait pas sa place.

Elle eut assez tôt la conviction, confirmant sa première impression, qu'Anna Viljoen ne l'accepterait jamais comme une des leurs. Non qu'elle sentît de sa part une quelconque hostilité, mais plus simplement parce qu'elles n'étaient pas du même monde.

Anna souriait peu. Occupée en permanence dans sa maison, parlant aux uns et aux autres avec une sécheresse de ton comminatoire, elle semblait ignorer naturellement sa belle-sœur bien davantage qu'elle ne la fuyait. Ses gestes quotidiens, tous relatifs à l'intendance de la maison qu'elle semblait se réserver par un instinct de propriété, tracèrent au fil des jours, aux yeux de Marthe, la frontière qui la séparait d'elle.

Livrée à elle-même dans un univers clos sur des routines qu'on ne partageait pas ou très peu, pas vraiment attirée par l'entretien du jardin et du potager, Marthe s'habitua à passer de longs moments de solitude entrecoupés de balades avec Piet. Ainsi explora-t-elle en sa compagnie les collines et les vallons, les chemins longeant les kilomètres de clôture délimitant les parcelles de grain et les pacages. Des espaces sans fin, survolés par des rapaces silencieux et des canards sauvages poussant des cris rauques.

Les parties domestiques étaient d'une autre nature, colonisées par les cafards et autres bêtes à carapace, dont la servante Nandi faisait une chasse sans pitié. Il n'était de forme que la nature eût omis de donner aux coléoptères du Transvaal. Pattes grêles ou trapues, corps énormes ou effilés, têtes de monstres en réduction, ils rampaient ou volaient, bourdonnaient aux oreilles dans un froissement subit d'hélices emballées. Les écrasait-on, ils répandaient alors leurs bruns viscères puant parfois plus qu'une charogne. Couplés aux moustiques voraces, aux araignées veillant aux coins des plafonds, au creux des matelas ou derrière les meubles, ils étaient le bestiaire familier, l'ami des lumières du soir et des planchers plus ou moins disjoints des terrasses.

– Où sont les girafes ?

La question troubla Piet. Dans cette partie du Transvaal, il ne restait plus guère d'animaux sauvages. En vérité, les Boers les avaient exterminés, pour des raisons diverses : la chasse, la protection des troupeaux, l'ivoire.

– L'Afrique des romans est morte. Il faut aller chez les Zoulous ou chez les Swazis pour trouver encore des grands fauves. Là-bas, les tribus traquent encore le lion. Les jeunes chefs s'initient à ce jeu dangereux.

Il avait connu, enfant, les dernières chasses, n'en éprouvait nulle nostalgie. Autre temps. Comme dans l'Ouest américain, les colons avaient fait table rase de ce qui préexistait à leur venue. Il fallait survivre, arracher à la terre, un à un, les cailloux sur lesquels butaient les socs des charrues. Partout, la savane avait laissé place à l'herbe ordonnée des prairies. Ce n'était certes pas le gazon des clubs de Capetown, mais une matrice gorgée de pluie, jaunie par les sécheresses, verdie par les épis, livrée enfin à l'homme après qu'on l'eut débarrassée de ses hôtes millénaires.

Le président Kruger avait fait installer une réserve d'animaux au nord de l'État, loin de Volkrust. On y rassemblerait les espèces, comme dans une arche. Kruger-Noé. L'image avait de la force.

Les fauves avaient disparu, mais pas les métayers noirs. Aux confins de Bonne-Espérance, ils vivaient à l'abri de maisonnettes de pierre et se partageaient d'assez vastes étendues sur lesquelles ils cultivaient librement à condition de reverser la moitié de leurs gains au propriétaire. Des baux renouvelables les liaient aux colons. Certains de ces gens s'étaient constitués, au fil des ans, de véritables domaines dont la réussite suscitait toutes sortes de jalousies. Des exceptions dans un pays ou les Blancs dominaient, partout.

– Comme dans bien des régions de France, trancha un peu sèchement Piet, alors que sa femme s'émouvait de la condition de ces familles.

Il n'était jusqu'aux enfants de Marieke Viljoen qui n'eussent leur domaine réservé. Marthe avait supposé qu'ils s'occupaient à des jeux de salon, ferraillaient avec leurs sabres en bois, bâtissaient des cabanes dans les eucalyptus et s'en allaient à la pêche dans les pièces d'eau plus ou moins asséchées qui ponctuaient les parcelles. Piet confirma.

– Ils font tout ça, comme tu vois.

D'autres choses aussi. Lorsque le temps le permettait, ils attelaient une carriole aux reins d'une petite mule.

Sans doute l'un ou l'autre des serviteurs nègres allait-il les escorter ? Marthe fut stupéfaite de voir les deux filles et les trois garçons partir seuls. L'aîné fouetta l'animal avec assez de vigueur pour le lancer vers les collines.

– Mais le plus grand n'a pas neuf ans !

Piet la rassura.

– J'en avais quatre lorsque j'ai piqué au cul ma première mule. L'âge du plus petit. Transvaal, *heuning*, Transvaal.

– J'ai sauvé ça pour toi.

Il tenait entre ses bras un autruchon. Marthe avait aperçu, de loin, ces volailles altières et pusillanimes aux abords des herbages. Quelques-unes, moins craintives ou plus affamées, s'approchaient des fermes.

– Mais, que vais-je en faire ?

Il avait trouvé le petit animal encore recouvert de duvet dans un fossé, une patte en mauvais état, laissé pour compte par ses parents.

– Il a mangé au cul des autres, c'est comme ça chez les autruches. Maintenant, il lui faut autre chose. Je te le confie. Vois comme il te regarde. Je lui ferai un enclos. Sinon, il fera un souper pour chiens.

Un poussin géant, becquetant gentiment la main de Piet. Marthe éclata de rire. L'animal avait des yeux immenses et, déjà, l'expression de sévérité outragée des adultes ; un corps rond, doux à caresser, et le cou long, orientable en tous sens.

Piet lui tendit l'autruchon. C'était là la faune que l'Afrique lui offrait. Des springboks, quelques grands herbivores rescapés des massacres, des koudous, des gnous et des autruches ; pour le reste, il faudrait faire quelques centaines de kilomètres avant de découvrir la terrifiante sauvagerie qui faisait tant cauchemarder les enfants d'Europe. Marthe serra l'animal contre elle. Il lui sembla que l'austère routine de Bonne-Espérance lui faisait, par le truchement d'un surprenant animal, un sourire.

Elle avait le sentiment cependant qu'elle pourrait se faire une place au sein de la famille de Piet. Cela ne devait pas être bien compliqué tant les activités des uns et des autres étaient répétitives. À Bonne-Espérance, les jours d'hiver coulaient dans une uniformité propre à endormir toute velléité de surprendre qui que ce fût. Tout somnolait entre aubes grises et crépuscules venteux, devant les cheminées où se répétaient des gestes sortis de la nuit coloniale et conservés comme au musée.

La cuisine et la couture, la lecture à la lueur des chandelles... Devant l'âtre, les cavaliers faisaient sécher leurs bottes et devisaient à voix basse, les fesses offertes à la flambée. Et le vieil homme, le nez dans sa Bible, tel un étudiant préparant un concours, allait et venait entre les chapitres, fermant les yeux de temps à autre, comme pour se pénétrer d'une phrase, d'une image, d'un souvenir. Tout était patience et silences, complicité de fait. Piet trouvait là le repos de l'âme.

Comme il ne se déplaçait presque plus, on installait Anders Marais dès le matin, au sud, sur une petite terrasse en bois d'où l'on apercevait, au loin, les reliefs de la plus haute colline de la région, Majuba Hill. Lorsqu'il en avait terminé avec sa lecture du Livre, il se plongeait dans celle des journaux que le vaguemestre de Volkrust s'en allait distribuer, à cheval, dans les fermes les plus proches de la gare. Les voisins venaient se servir et récupérer leur courrier, une manière aussi de prendre et de diffuser, oralement, les nouvelles du pays tout entier.

Ainsi Marthe, qui se fendait d'un sourire chaque fois que son regard croisait celui d'Anders, finit-elle par en recevoir un en réponse. Furtif, comme s'excusant de masquer la question qui hantait les esprits, que ferait-on de cette femme proposée en offrande au clan par un voyageur décidément imprévisible ?

Septembre 1899

Lorsqu'elle aperçut la famille réunie devant la maison, enfants compris, dans les deux attelages du domaine, Marthe eut un mouvement de recul. Son long voyage depuis la France l'avait rendue indifférente au temps qui passe, aux heures comme aux jours. Elle pensa « dimanche », sentit la main de Piet se poser sur son épaule. Il lui avait simplement dit de ne pas traîner au lit.

– Le temple, fit-il, c'est à Volkrust, à un peu moins d'une heure de route.

Marthe se raidit. Un troisième attelage arrivait, avec à son bord une partie de la domesticité noire. La foi rassemblait les races le temps du culte au Transvaal de Paul Kruger.

– Mais je n'irai pas, dit-elle dans un souffle.

Piet parut surpris. La question religieuse n'avait pas été abordée jusque-là. Paris était la ville des libertés, une oasis plutôt joyeuse dans un pays où les politiciens s'affrontaient au nom de la laïcité sur fond d'intolérances diverses. Marthe avait choisi de ne pas pratiquer. À l'image de ses parents que la condition ouvrière avait exemptés d'obligations jugées obsolètes.

La vision des Marais et des Viljoen alignés, tout de noir vêtus, sur les banquettes des calèches, ne ferait pas sourire Marthe. Même les petits, avec leurs robes blanches et leurs pantalons propres coupés aux mollets, ne la dérideraient pas. Piet hasarda une explication. On serait libres d'entrer ou nom dans le sanctuaire. Il n'eut pas le temps d'argumenter.

– Je n'irai pas, répéta-t-elle.

– Bien, concéda Piet. Veux-tu que je reste avec toi ?

– Fais comme d'habitude. Ce sont les tiens. Rejoins-les.

Il n'avait pas imaginé qu'elle pût ainsi se dérober. Il pensait pouvoir négocier. Elle aurait pris le frais sur un banc, en attendant la fin de l'office. Auparavant, elle aurait fait la connaissance de gens importants. Son feutre entre les doigts, penaud, Piet la vit rentrer dans la maison. Jakobus lui donna un ordre. Il fallait prendre la route. Les femmes s'impatientaient.

– Nous reviendrons tard, lui lança Piet.

Elle saurait s'occuper. Il choisit l'attelage des jeunes, se hissa à bord. Jakobus riait. L'oncle Piet n'avait pas ramené n'importe qui à Bonne-Espérance. Quant aux *Franse*, elles étaient bien comme dans les livres, fières avec ce qu'il fallait d'insolence.

Demeurée seule, Marthe s'assit devant une fenêtre donnant sur le bas du vallon et la piste de Volkrust. Lorsque les attelages eurent disparu et que la poussière soulevée par les roues fut retombée, elle ferma les yeux. Elle n'avait pas espéré débarquer à Bonne-Espérance au milieu des cris de joie, des fleurs et des flonflons. Mais, de loin, les fermes des Mille Collines, puis celles du nord Natal, lui avaient paru des havres où il devait faire bon résister aux saisons extrêmes, au brouillard de juillet comme aux canicules de décembre. Dans le giron rassurant de Piet, elle avait imaginé des soirées passées à discuter, à rire de choses futiles, à jouer aux cartes devant l'âtre. Piet l'avait pourtant prévenue, à sa façon un peu évasive, l'air de ne pas y toucher. « Les gens sont plutôt sérieux, chez moi. C'est dans leur nature. Mais ils savent aussi s'amuser. »

Quand ? Dans quelles circonstances ? Sur quelles musiques ? Marthe devrait attendre pour le savoir. Tout, à Bonne-

Espérance, contredisait le ciel d'août limpide. Les rares averses y tenaient lieu de distraction. Cela ne manquerait pas de s'amplifier au printemps, aux dires de Piet. La boue envahirait tout ; il ne pouvait en être autrement sur cette terre attendant l'eau comme le supplicié sa délivrance. Et le silence des gens, là-dessus, comme un couvercle.

Anna régnait sur ce monde rude dont l'immensité donnait le vertige. Dans son ombre, Marieke Viljoen tenait son rôle de seconde. Souriante, capable de chantonner à l'occasion. Face à ces deux piliers du matriarcat ménager, les hommes. Jeans Viljoen et sa masse silencieuse, soucieux en permanence de quelque détail agricole, force en mouvement pour le bien de tous, rassurante pesanteur. À ses côtés, à table comme à l'écurie, son frère Louis, dominé par son aîné comme l'était sa femme par Anna.

Et tout ce petit monde rassemblé sur les banquettes des coupés qui s'en allaient au temple.

Comme s'il avait deviné la présence de sa tante *Franse* derrière la fenêtre, Jakobus Viljoen lui avait fait un petit signe, de loin, avant que la calèche n'atteigne la piste. Oui, il y avait, heureusement, ce tout jeune homme pour égayer un peu l'atmosphère. Et les jeux des petits, avec leurs caisses à roulettes, leur mule et les poupées de chiffon des filles.

Anna Viljoen ordonnait, sa sœur Marieke besognait, accablée de progéniture, sous l'œil sans tendresse du patriarche. Les hommes étaient quant à eux maîtres de tout sauf de cette intimité-là. Ainsi s'organisait la vie derrière les murs blancs de la demeure.

Marthe se leva, sortit de la maison. Piet avait construit pour l'autruchon, près du cimetière, un large enclos grillagé dans lequel l'animal avait pris ses repères. Boitillant, quoiqu'un peu plus assuré chaque jour sur ses longues et grêles pattes, il allait de l'écuelle d'eau à celle de salade, piquait du bec ici et là, observait, figé, ce qui l'entourait.

– Mimile.

Marthe lui avait donné le petit nom du président Loubet. Elle avait pensé à Popaul, en hommage à son homologue du Transvaal. Piet l'en avait gentiment dissuadée. De Pretoria à Volkrust, en passant par Johannesburg ou Lydenburg, on ne plaisantait pas avec les pères de la nation. Mimile donc, les Français n'avaient pas de ces pudeurs.

6

Un jour de septembre, Marthe pénétra dans la vaste pièce de vie. Anna y passait une toile sur le plancher. Courbée sur le sol, ahanante, elle peinait à nettoyer des taches de boue laissées par les bottes et les sabots. Près de la cheminée où luisait une flambée, le patriarche se balançait doucement dans son fauteuil en rotin. Vêtue sans la moindre coquetterie, fardée du seul carmin naturel de ses joues, Anna avait des allures de servante. Marthe s'immobilisa. Elle n'avait pas fait un aussi long voyage pour laver le sol d'une ferme boer. Elle se trouva dépareillée, dans sa robe de citadine serrée à la taille par une large ceinture arrondissant ses hanches.

Elle s'apprêtait à rebrousser chemin lorsque son regard croisa celui du vieillard. Elle y lut une réprobation confinant au mépris. Confuse, elle marcha, se cherchant une contenance, vers la longue planche de bois sur laquelle s'alignaient ustensiles et victuailles. Elle s'arma d'un couteau et entreprit de peler ce qu'elle prenait pour une courge.

– *Sny !* lui lança Anna.

Joignant le geste à la parole, elle lui indiqua de loin, ironique, comment trancher une pastèque. Marthe n'en avait jamais vu. De toute façon, l'art culinaire, hors la cuisson des œufs, des pâtes et du riz, manquait à sa sommaire éducation. Elle pesa sur l'objet, sentit sa résistance puis, forçant son geste, s'affala sur le fruit subitement ouvert.

– Et merde, je m'en suis foutu partout.

Elle essuya sa robe de la main.

– *Vaatlemoen*, fit Anna dans un bref sourire.

Comment disait-on ça en français ? Marthe hasarda « gros melon ». Anna lui montra comment faire, avant de lui rendre le couteau et de retourner à sa tâche ancillaire. Marthe imagina le contentement du patriarche, sa satisfaction de paysan face à la gaucherie d'une Parisienne. Par la fenêtre, elle vit les cavaliers qui s'en revenaient de leur randonnée, soupira, impatiente. Piet était son rempart contre la morose et raide compagnie d'Anna.

Ses efforts pour apprendre des rudiments d'afrikaans, s'ils arrachaient de temps à autre un sourire à ses belles-sœurs, faisaient la joie des enfants. Un jeu s'était établi entre Marthe et eux. On traduisait tout, en français également. Bientôt, elle eut l'impression de ne plus mâcher la bouillie grasseyante d'une langue sans douceur, pour le bonheur de Jakobus.

Des deux neveux de Piet, celui-ci s'était montré d'emblée le plus curieux de la *Franse.* Avec Christian et la dernière de la fratrie, Eltsie, ils partageaient les mêmes jeux d'adolescents passant à l'âge adulte, les mêmes aventures à travers les immensités du domaine, le même goût pour la liberté offerte par les grands espaces.

Aucun des trois n'ayant manifesté le désir d'étudier au-delà de l'enseignement de base dispensé par les religieux, on les avait gardés à la ferme. Piet s'en désolait un peu. Les Anglais de leur génération, qui allaient au collège puis à l'université, considéraient leurs voisins des républiques comme des attardés tout juste bons à ficeler des ballots de laine et à nourrir les cochons.

Jakobus et Christian avaient dix-neuf ans, Eltsie, dix-huit. Piet les avait retrouvés tels qu'il les avait quittés ; bons chrétiens mais espiègles, ils avaient établi entre eux toutes sortes de codes, jusqu'à des bizarreries de langage auxquelles Marthe demeurait évidemment étrangère.

Les jeunes étaient aussi bons cavaliers que leur oncle. Le quotidien sans charme de la maison les poussait à s'aventurer aux confins de Bonne-Espérance, où il n'y avait rien d'autre à faire que de galoper pour le seul plaisir. À peine sortis de l'enfance, ils en conservaient la malice, l'insouciance, le sourire. Quand leurs parents étaient plongés dans les réalités de l'existence, ils ne se résignaient pas encore à en rejoindre l'austère agencement.

– Martha.

Jakobus s'était d'emblée intéressée à l'étrangère tandis que son frère demeurait à distance. Il se prit au jeu des leçons de français que lui dispensait une institutrice de luxe.

Au milieu d'une famille d'un genre plutôt silencieux, sur laquelle veillait l'austère et quasi permanente présence du patriarche, Marthe éprouva un réel plaisir à enseigner sa langue à l'adolescent. À ses éclats de rire aussi, qui tranchaient avec les chuchotis des femmes dont Marthe finit par se dire qu'elle devait en constituer l'objet principal.

– À bari, le zil est barvoi gris.

Marthe corrigeait avec patience.

– À Paris, le ci-el est par-fois gris.

– À bari, le zi-el est farpoi gris.

Et de rire tel un enfant. Puisque Piet ne lui proposait rien d'autre que ce séjour à Bonne-Espérance, Marthe entreprit, parallèlement à ces leçons, de se créer un espace de liberté. Sa liberté. De quoi en vérité ?

« Tu fais ta place », lui disait Piet.

Elle en doutait, acceptait cependant d'être ainsi encouragée. Elle était habile à la couture et savait retoucher n'importe quel vêtement : une ceinture jugée trop lâche, un corsage flottant un peu à la taille, une culotte trop longue pour serrer le mollet.

Elle s'amusa du regard que posaient Anna, les filles de Bonne-Espérance et les femmes de passage à la ferme sur ses créations. Parmi les visiteuses venues là aussi pour découvrir l'étrangère, certaines, vêtues à la mode, ne manquaient pas d'allure. Mais la plupart se noyaient dans le noir de robes sans grâce, de vestes d'épaisse toile, de bottines déformées par les étriers.

– Martha, *franse sjarme.*

Le charme français. La langue des Boers l'intriguait. Elle lui chercha des ressemblances avec des sons, songea au bruit du casse-noix en action. Cela partait de la gorge, dans des roulements de consonnes. Des clapotis d'huile dans une poêle, des roucoulements de pigeons amoureux.

Frêle et agile, Eltsie préférait les chevauchées aux tâches ménagères et bravait avec fougue l'autorité d'Anna. Piet lui avait offert d'emblée son soutien.

– Laisse-la donc faire, Anna. La république aura besoin de bonnes cavalières. Vaguemestres, porteuses de messages, de documents.

– Pas celle-là ! Les guerres ont suffisamment tué chez nous. Elle demeurera ici, comme nous toutes. La place des femmes est dans les fermes. Que mangerez-vous si nous partons au front ? Des cailloux ? De l'herbe à mouton ? À chacun son champ de bataille, il y aura suffisamment à faire pour vous aider.

Il semblait évident que Marthe participerait à cet effort. Les affaires de ce bout d'Afrique ne la concernaient-elles que de loin, la question de sa neutralité ne se posait pas. Depuis leur installation, deux siècles et demi auparavant, la tradition voulait que toute femme présente parmi les colons devienne une partie d'eux-mêmes, indissociable des autres, brique dans un mur, grain de sable au bord d'une rivière, brin d'herbe au cœur de la prairie. « Je ferai en sorte que tu restes à distance de tout ça », lui avait promis Piet.

Marthe ne savait trop que penser. La guerre était pour elle une notion abstraite. Enfant, ses parents lui avaient raconté le siège de Paris par les Prussiens, en 1870. On avait mangé des chats, des rats, des bêtes du zoo. Les cuisinières avaient inventé des sauces épicées pour faire passer d'infâmes brouets. Les campagnards les plus simples étaient devenus, dans l'esprit des citadins, des privilégiés nourris comme des rois, gras et repus. Haïssables. La guerre, c'était l'injustice érigée en loi suprême du désordre.

Les femmes de Bonne-Espérance ne parlaient pas de ça. Anna portait sur son visage sans joie les marques d'une angoisse raccourcissant ses nuits. Elle se souvenait, elle, de l'embrasement du pays, vingt ans auparavant. Le petit cimetière du domaine en détenait le douloureux secret, les corps des oncles et des vachers s'y côtoyaient, veillés par les bâtisseurs. Les serviteurs noirs tués au combat reposaient quant à eux plus loin, près des quelques cases où vivaient les ouvriers agricoles.

Eltsie affectait une gaieté un peu forcée. Il fallait donner le change, chanter, tourmenter les garçons, montrer une autorité de maîtresse de maison en gestation. Indifférente à Marthe, sans hostilité à son égard, elle menait sa vie dans l'espace qui lui avait été dévolu depuis toujours.

– *Vroue is nie maklik nie !* Femmes pas faciles !

Jakobus riait aux éclats. Le désarroi de sa toute nouvelle tante l'amusait. Il s'en ouvrait à Christian, lequel n'en avait manifestement rien à faire. La *Franse* de l'oncle Piet pouvait ou non se sentir chez elle, Bonne-Espérance était assez vaste pour amortir les humeurs des uns et des autres. Marthe interrogea son mari :

– Vous n'avez pas encore trouvé un époux à cette jolie fleur ?

– Eltsie ?

– Tu vois une autre jolie fleur ici ?

– Elle est courtisée. Mais encore un peu jeune.

Anna veillait au grain. Des garçons passaient par sa maison, un jour ou l'autre on en choisirait un. Ces choses-là ne se faisaient pas toujours naturellement au Transvaal. De la même manière que les chefs de famille régentaient leurs métayers avec la même rigueur que leurs propres fils, les femmes, à qui l'éducation des filles était dévolue, orientaient ce choix crucial autant qu'elles le pouvaient.

À Bonne-Espérance, les petits s'occupaient du poulailler en attendant le droit de pénétrer dans les étables et l'écurie, où les coups de sabot faisaient parfois mal. Depuis l'arrivée du printemps, leurs aînés allaient de prairie en champ cultivé, de point d'eau en bois profond, comptaient, rassemblaient, conduisaient à leur guise la fortune sur pattes de Bonne-Espérance. Marthe devrait se trouver un emploi stable dans cette petite usine à ciel ouvert.

Servir le vieillard, couper le pain, envelopper les jambons dans des torchons et les suspendre aux poutres de la souillarde, dresser la table, peler des pommes de terre… Elle fit bien vite le tour des tâches qui lui étaient concédées. Il y aurait aussi de la couture, du ravaudage, l'entretien du maigre trousseau de Piet. Et les leçons de français de Jakobus, considérées comme un jeu, une sorte de luxe inutile et agaçant. Mais comme l'adolescent y prenait vraiment goût, on fit semblant de les trouver naturelles.

Piet Marais n'était décidément pas un fermier ordinaire. S'il s'intéressait au domaine de Bonne-Espérance, il battait le plus souvent la campagne, s'absentait de longues journées, parfois davantage. La situation de la ferme, à quelques kilomètres de la frontière avec le Natal, faisait d'elle un lieu de passage pour toutes sortes de gens. Certains y faisaient halte pour la nuit, d'autres le temps d'un repas ou d'une conversation.

On comptait quelques Français parmi ces gens qui se rendaient à la gare de Volkrust. Ils étaient civils, mais Marthe remarqua leur allure militaire : cheveu ras, maintien raide. Ne leur manquait que le salut réglementaire, dont elle se passa aisément tant elle eut plaisir à converser avec eux dans une langue familière.

Anna régnait sur ce désordre que Marthe supposa inhabituel. Cela ressemblait à une mobilisation éparpillée. Les Français n'étaient guère diserts sur leurs projets. Ils avaient suivi des chemins variés, les uns à travers la colonie anglaise, les autres venant de chez les voisins portugais. La guerre ? Certes, elle était possible. On verrait bien ce qu'il convenait de faire si elle était déclarée pour de bon.

À la différence des hindous et des Malais présents en Afrique du Sud, ils étaient sans emploi. « Le brin d'herbe à la bouche », pensa Marthe. Elle avait du mal à imaginer le déclenchement d'une vraie guerre. Comment cela se passait-il ? Les Français en transit lui livrèrent une partie de la réponse. Ce jour-là, ils sauraient où se rendre. À bien les observer, ils n'avaient pas l'air de marchands, mais bel et bien de soldats attendant de se battre.

– Il faut vous occuper mieux de la maison.

Marthe n'eut pas besoin de Jakobus pour comprendre ce que lui disait Anna. Les récréations en compagnie des Français duraient un peu trop au goût de la maîtresse de maison. On lui épargnait les travaux les plus pénibles : laver les carrelages, porter sacs et cruches, nettoyer les lieux d'aisance. Elle se défendit, péremptoire :

– Vous n'avez pas d'ordre à me donner.

Inutile de traduire là aussi. Anna la toisa. Marthe avait fait des efforts dans sa tenue, remisant ses corsages de soie au placard pour les remplacer par la toile des chemises boers. Chaussée de pantoufles jurant quelque peu avec sa robe, elle allait d'une pièce à l'autre, cherchant à se rendre utile. Cela ne suffisait donc pas. Consciente d'avoir élevé la voix, elle s'excusa, sans toutefois baisser le regard.

– Je fais ce que je peux.

En vérité, Anna ne pouvait guère argumenter. Marthe la soupçonna d'éprouver à son égard une jalousie dont elle ignorait l'objet.

– Vider les pots de votre père n'est pas dans mes fonctions, dit-elle.

Anna haussa les épaules. Les bruits de bottes ajoutaient à sa nervosité. Bonne-Espérance était réputée hospitalière. Elle accueillait parfois jusqu'à quinze personnes qu'il fallait nourrir, abreuver, coucher. Les passants n'avaient guère d'exigences. Ils se faisaient petits entre les combles, le foin des granges, les tapis même.

Marthe comprit qu'elle n'en faisait pas assez pour ces hôtes furtifs. Davantage habituée à faire avaler des potions à des malades qu'à leur cuisiner de la soupe ou du ragoût, elle pensait avoir fait les efforts que réclamait son statut de belle-sœur. Servant à table et débarrassant, pliant le linge propre, elle estimait que, pour le reste, les gens pouvaient faire leur lit, s'occuper de leur pot de chambre et même, mieux, sortir discrètement de la maison pour gagner le cabinet d'aisance, une cabane en bois au fond du verger.

– Je n'en ferai pas plus.

Anna prit son mari à témoin. Marthe se prélassait quand les autres besognaient. Elle s'autorisait de longues promenades dans les prairies, jusqu'aux collines semées de roches grises dominant la ferme. Jeans Viljoen, qui avait à faire, se contenta de hocher la tête, de l'air de celui qui comprenait mais ne tenait pas vraiment à s'en mêler. Marieke, qui n'avait pas adressé plus d'une vingtaine de phrases à Marthe depuis son arrivée, ne désirait pas davantage s'impliquer dans cette querelle. Quant à Piet, pressé par sa femme de prendre position, il finit par intervenir auprès de la douairière.

– Alors ? lui demanda Marthe.

– Boh, pas grand-chose. Laisse dire. Anna avait songé à quelques bons partis pour moi, de quoi agrandir le domaine. Je ramène une Parisienne sans le sou à Bonne-Espérance, alors elle tord un peu le nez.

– Un peu ? Elle pense tellement fort que ça s'entend jusque dans le potager.

– La proximité de la frontière rend les gens nerveux.

– Tu crois que ça ira mieux si je fais semblant de prier à table ?

Il rit. Marthe débarquait dans un univers dont elle n'avait jamais soupçonné l'existence. Elle avait rêvé de forêts profondes, de fleuves gigantesques, d'animaux sauvages aperçus de loin, par la fenêtre. Au lieu de quoi, elle peinait à s'immerger dans un océan de steppe balayé par les vents aigrelets du printemps austral.

Le décor du sud Transvaal était à peine plus riant que celui du Karoo, l'interminable plaine de la province du Cap. L'Afrique des colons boers n'entretenait que de lointains rapports avec celle des gravures de *L'Illustration*. Piet lui fit une promesse :

– Je t'emmènerai voir les montagnes du Drakensberg. Elles sont à quelques jours de voyage d'ici.

– Nous en avons, des voyages à faire.

– Ne te moque pas. C'est vrai, je n'ai pas trop le temps de m'occuper de toi. Avoue que si tu montais à cheval, ça faciliterait les choses.

Quelque six semaines après qu'elle eut posé le pied sur la terre de Bonne-Espérance, elle brûlait de s'en éloigner, ne fût-ce que pour quelques jours. Ses escapades à Volkrust, où les seules boutiques du bourg proposaient des aiguilles à coudre, des cartouches pour la chasse, de l'huile pour les moteurs et des haricots en boîte, n'étaient guère distrayantes. Un temple, deux rues pour y mener les foules, des bureaux de douane attenants à la gare et quelques maisons de notables au milieu de jardins fleuris, la ville frontière se visitait vite.

Piet prit un air contrit. Un peu agacé aussi. Il faisait ce qu'il pouvait, dans des conditions particulières. Que vînt une solution à la crise en cours et tout changerait.

Anna raillerait sa soumission aux desiderata de Marthe. Il ne suffisait pas que les hommes se préparent à en découdre, à cette perspective peu réjouissante s'ajoutaient les chamailleries des femmes. Rien de grave cependant. Piet avait été bon soldat. Civil, il tendait par nature à esquiver les conflits, notamment ménagers. Bonne-Espérance était assez vaste pour absorber les tensions entre ses habitants.

Il y eut une fête au domaine. Piet avait voulu célébrer lui-même son retour au pays, espérant que Marthe y trouverait un dérivatif à son ennui. L'élan patriotique n'était pas étranger à ce désir de retrouvailles. État libre d'Orange et Transvaal pouvaient encore connaître des jours heureux, même sous la menace d'un ciel assombri.

Les gens voulaient se retrouver, comme pour faire corps face aux incertitudes. Une centaine de personnes convergèrent, en ce dimanche de fin septembre, des quatre horizons vers le domaine des Viljoen dans une noria d'attelages et de cavaliers. Des pasteurs tout de noir vêtus, barbes en liberté sous les hauts-de-forme, se mêlaient à la foule. Pour rien au monde, ils n'auraient manqué l'occasion de rencontrer la perle parisienne ramenée par leur brebis voyageuse.

– Sois toi-même.

Piet s'était cravaté de bleu. Les cuisses moulées par un pantalon de toile claire, la moustache lissée jusqu'à ses extrémités, il avait fière allure. Marthe avait fait assez vite le tour de sa garde-robe. Son refus de porter l'habit sans fantaisie des fermières boers aurait bientôt raison du velours de ses robes. Elle en choisit une, rouge sang, la seule qu'elle eut encore peu portée. Piet apprécia, comme les messieurs salués au fil des présentations.

Leurs femmes demeurèrent sur la réserve. Certaines avaient pourtant fait des efforts particuliers pour s'habiller. Si Johannesburg n'était encore qu'une bourgade empoussiérée par le vent, Pretoria ne manquait pas de boutiques de mode. De l'autre côté des monts Drakensberg, Bloemfontein, la capitale de l'État libre d'Orange, offrait également à ses hôtes des vitrines bien achalandées. Question élégance, Capetown et Durban pouvaient se montrer jalouses de leurs concurrentes.

Marthe s'amusa de se sentir observée. Ses premières semaines à Bonne-Espérance avaient été éprouvantes. Faudrait-il qu'elle se convertisse au protestantisme pour qu'enfin on lui témoignât un peu de chaleur ? Le regard des hommes sur elle, les efforts que firent certains d'entre eux pour lui dire quelques mots de français la détendirent. Prévenant et fier, Jakobus la précédait, pour lui traduire des bribes de phrases. Il avait un discours apparemment rodé pour parler d'elle. Il clignait de l'œil à son intention lorsqu'il s'agissait d'aborder quelqu'un d'autre.

– Êtes-vous mariés religieusement ?

Le pasteur qui lui avait posé cette question dans sa langue ne souriait pas. Marthe n'eut pas besoin d'interprète pour savoir de quoi il s'agissait. Il y avait des temples à Paris.

En vérité, Marthe n'avait jamais pensé avoir à s'y intéresser un jour. Piet quant à lui n'avait pas évoqué cet aspect des choses. Le mariage civil arrangeait tout le monde, pour le reste, on avait conclu qu'on verrait plus tard.

Marthe fit « non » de la tête, ce qui plongea l'homme en noir dans une profonde réflexion. Il n'était guère malaisé de suivre son raisonnement. Perdue dans un océan huguenot, Marthe rejoindrait la majorité spirituelle du pays comme les rivières la côte sud de l'Afrique. Alerté par la mine de son invité, Piet vint au secours de sa femme.

– Il veut te convertir ?

– Je ne sais pas. Peut-être.

Le pasteur se mit à parler. La mécréance probable de la *Franse* le navrait tout autant que la mémoire des dragonnades du Roi Soleil. Cela pouvait se purger. À voir l'air contrit quoique sceptique de Piet, Marthe se rembrunit.

– Ce n'est ni le lieu ni l'heure.

– Tu as raison, *heuning*.

Elle trouva le mot désagréable cette fois, quand il lui semblait d'ordinaire un rien rustre. *Heuning*. Elle préférait « chérie », prononcé dans un roulement de *r* aussi sonore que celui des galets sous une vague. L'arrivée d'Anna acheva de la contrarier. On réclamait de l'aide en cuisine, un lieu où ne se rendaient pas les hommes. Marthe chercha du regard le soutien de son mari, mais Piet ne s'engagerait pas dans ce genre de débat. Un peu lâchement, il prit le pasteur par le bras pour le conduire vers les brasiers sur lesquels rôtissaient, près de quartiers de bœuf, des moutons entiers.

Marthe bouillait intérieurement. Elle n'avait aucunement l'intention de passer l'essentiel de cette fête entre les casseroles et les poêlons de Bonne-Espérance. On s'était réuni là en l'honneur de Piet Marais. La femme du héros du jour était honorée elle aussi. Elle suivit néanmoins Anna jusqu'à la grande cuisine où l'on pelait des légumes dans la vapeur du riz et des pommes de terre. Une volière s'activait, assez joyeuse ; des invitées chapeautées par Anna, surveillées du coin de l'œil par Nandi.

Marthe s'assit, saisit un couteau, des courgettes. Se sentant observée, elle tenta de prendre une contenance. Des rires fusèrent, qu'elle prit pour elle, à tort ou à raison. Furieuse, elle se leva, posa légume et lame sur la table puis, s'étant détournée, les joues en feu, elle quitta la cuisine et marcha jusqu'à sa chambre.

Assise au bord du lit, elle écouta le silence baignant le décor sans joie du potager et du petit cimetière. Le printemps austral ne l'enthousiasmait guère, avec ses premières pluies. L'air, jusque-là desséché par la relative rigueur de l'hiver, se teintait d'un soupçon de moiteur. Ainsi les saisons passaient-elles au Transvaal.

Une onde de tristesse l'étreignit, un sanglot l'en délivra l'espace de quelques secondes. L'absurdité de sa présence dans ce pays inconnu lui apparut. Que faisait-elle au fin fond de l'Afrique, au milieu d'un peuple somme toute hostile ? Piet la rejoignit dans la chambre. Il lui donna une partie de la réponse.

– Ils vivent dans l'angoisse, ils voient bien que la guerre se rapproche. Et puis ils sont un peu jaloux aussi.

Il s'était assis près d'elle, la main sur son genou, puis en balade sur sa nuque, le long de son dos.

– Ils t'admirent. Crois-le. Et ils pensent que j'ai de la chance d'avoir une femme aussi jolie. Ils imaginaient ton pays à ton image.

Elle se dégagea, alla à la fenêtre.

– Je ne suis pas la domestique de ta sœur qui pèle les patates dans le sens des aiguilles d'une montre sans quoi elles cuiront mal. Elle va le savoir. Quant au pasteur qui s'inquiète du salut de mon âme, je m'en vais lui dire ce que j'en pense.

Il écarta les mains en signe de reddition.

– Je serai ton messager auprès des uns et des autres.

– Je ne suis pas très bonne catholique, alors, tu imagines si on me demande d'être une parfaite protestante ? Est-ce que les gens vont un peu se détendre par rapport à ces fadaises ? Si la guerre vient, tu crois qu'ils seront mieux protégés par leur croyance quelle qu'elle soit ?

Il n'avait jamais abordé ce sujet avec Marthe, pressentant qu'il valait mieux remettre ça à plus tard, voir à jamais. Le petit peuple de Paris et de ses faubourgs éprouvait des sentiments partagés pour la religion. Quelques révoltes demeuraient ancrées dans sa mémoire. Piet admettrait qu'imposer quoi que ce fût à Marthe Macaire était inutile.

Il la prit dans ses bras. Les Boers ne s'épanchaient pas facilement, leur passé comme leur mode de vie les confinaient dans une austérité qu'exacerbait l'incertitude des lendemains. Ils avaient lutté pour une terre domestiquée au prix de la fatigue, des maladies, du sang versé dans les guerres et sur la caillasse. Tout était à regagner, jour après jour, sans cesse.

Marthe était lasse. Elle perdait son temps à Bonne-Espérance, de l'énergie aussi. Piet l'aidait, certainement, mais il n'entrerait pas en conflit avec sa sœur pour la défendre, et de quoi la défendrait-il d'ailleurs ? Elle n'était pas attaquée ou méprisée, seulement invitée à adopter des manières qui ne lui convenaient pas. Il la prit par la main.

– Viens. Nous allons retourner à cette fête. Et personne ne te demandera plus si tu es catholique, protestante ou adoratrice des locomotives à vapeur.

Elle daigna sourire, suivit son mari. Dehors, les gens s'étaient regroupés autour d'un arrivant tout juste descendu de cheval. Piet pressa le pas. Marthe vit les mines défaites des invités. D'instinct, elle sut que l'homme était porteur de nouvelles inquiétantes.

– *Oorlog*, lui souffla Jakobus en passant près d'elle. Guerre.

– Pas encore, dit Piet lorsque, s'étant renseigné, il l'eut rejointe. Chamberlain a sommé Kruger d'accorder les mêmes droits aux Utlanders qu'aux Boers. Ah ! Ça équivaut à nous noyer dans la masse. Le président n'acceptera jamais.

– Donc…

– Donc ce que tu imagines. Nous allons devoir nous préparer au combat, *heuning*.

Elle revit la charge de la police contre les protestataires de Capetown. Ceux-là devraient encore attendre un peu avant d'investir à nouveau les mines du Transvaal. Mais si ce jour-là devait arriver, leur soif de possession, décuplée par l'attente, en ferait des fauves.

Un silence de plomb s'abattit sur la fête, comme si, tout à coup, les gens redoutaient ce qu'ils avaient longtemps désiré. Piet alla de l'un à l'autre. Il fallait espérer que la raison l'emporte. Rien n'était joué, même si l'ultimatum anglais sonnait comme une insupportable provocation. Des gesticulations, rien de plus. Les voisins du Sud ne prendraient pas le risque d'une seconde déculottée. À mesure que les conversations reprenaient, Marthe vit les visages s'éclairer de nouveau. Piet lui-même avait l'air confiant. Le déferlement britannique dans les ports du Sud ne l'inquiétait pas plus que la présence, parmi les soldats, de Canadiens, d'Australiens, d'hindous même. Derrière le masque de leur inquiétude, les Boers avaient confiance en eux. Marthe n'était pas dupe.

Depuis quelques jours, Piet était cependant nerveux. À heures fixes, il se mettait en selle pour se rendre au télégraphe. Marthe s'était mis en tête que les bruits de bottes ne dérangeraient pas leur projet. La proximité de la voie ferrée la confortait dans l'idée qu'il leur serait aisé de s'évader de Bonne-Espérance pour quelques semaines. Elle avait espéré ce voyage comme une embellie dans le ciel embrumé de ses jours.

Quand son mari lui annonça qu'ils ne pourraient visiter Pretoria, elle en convint. Pourtant, la perspective de rester au domaine ne l'enchantait pas. Heureusement, il passait du monde, sans doute en viendrait-il de plus en plus.

– Guerre, répéta Jakobus en s'approchant d'elle.

Il riait presque, inconscient. Son jumeau ne manifestait pas la même insouciance. Visage fermé, il contemplait le gras fondu dégoulinant sur les flancs d'un mouton embroché. Marthe aperçut les femmes de Bonne-Espérance. Elles avaient quitté leur cuisine pour venir aux nouvelles. Parmi elles, la jeune Eltsie, tout excitée. Kruger allait river leur clou à ces damnés Rosbifs. Et comme vingt ans auparavant, ils repartiraient vers l'Angleterre la queue entre les jambes.

Les invités s'en étaient retournés chez eux, à l'exception d'une demi-douzaine de personnes qui seraient hébergées à Bonne-Espérance. Cette fois, elles auraient le gîte et un couvert particulièrement bien rempli.

Piet s'installa dans un fauteuil à bascule, sur la terrasse. Le soir tombait, des nuées grises s'amoncelaient, loin encore, sur l'horizon. Là où montaient, vers Ladysmith, Dundee, Newcastle et les autres villes de la zone frontalière, les troupes de Sa Majesté la reine Victoria. Marthe peinait encore à croire que l'on se battrait pour des mines qui appartenaient déjà en partie aux Britanniques.

– Nous leur avons arraché par les armes un désert de savane, dit Piet. Là, ils exigent qu'on les rembourse avec la totalité de ce qu'il y a dessous. Il paraît qu'en refusant nous les agressons. Les Britanniques sont des tigres. Ils rôdent en grognant, à la recherche de leur prochain repas. Jamais rassasiés. Ici, le festin sera doré, assemblé en jolis lingots brillant sous le soleil. C'est à nous mais ils le veulent, le bazar que tu as vu sur les quais de leurs ports est là pour nous en persuader. C'est beau la politique, n'est-ce pas ?

– Que vas-tu faire maintenant ?

– Moi ? Je suis citoyen du Transvaal, assez fier de ma condition et prêt à la défendre.

Elle s'assit face à lui. Septembre imposait ce jour-là une tiédeur nouvelle. Tout, à Bonne-Espérance, semblait ancré dans le temps passé. Comme un navire à l'abri d'une jetée qui ne reprendrait pas la mer. Les gestes des hommes et les silhouettes trapues des bâtiments, les horizons figés d'une colline à l'autre, dans la monotonie des grands espaces. Un bout du monde sans grâce, fascinant malgré tout.

« On ne choisit pas sa patrie », plaidait Piet. Il aimait celle que le hasard de la naissance lui avait donnée. Des portraits d'anciens balisaient le grand couloir de Bonne-Espérance. Cela remontait loin, aux origines de la colonie. Les héros du Grand Trek manquaient à l'appel, ceux-là n'avaient pas eu le temps de se faire immortaliser dans des postures avantageuses. Les Zoulous qui avaient tenté de leur interdire le passage avaient été taillés en pièces à Bloody Creek.

Et voilà que cela recommençait. Faudrait-il fuir à nouveau, trois quarts de siècle plus tard, envisager de gagner une patrie de secours en convois de chariots ? Ces terres promises n'existaient plus, on en avait épuisé la réserve, et c'était sur leurs domaines, dans leurs herbes desséchées par l'hiver, que les descendants des protestants hollandais et français se battraient pour ne pas devoir migrer une fois de plus.

Marthe s'était imprégnée de cette évidence au fil des jours. Les gens qui vivaient là ne céderaient pas la place sur l'ordre d'une reine lointaine. Déjà actionnaires des mines d'Orange et du Transvaal, les Britanniques exigeaient désormais le reste, comme s'il leur appartenait depuis toujours, à eux qui n'y avaient jamais mis les pieds.

Les colons de Rhodésie, rivés tout comme les Boers à la terre durement gagnée sur le néant africain, pourraient raisonner les financiers et les diamantaires, mais les Anglais ne les écouteraient pas. Ils plaideraient pour leurs voisins, tenteraient de dissuader les monstres froids de la City de ruiner la petite civilisation blanche d'Afrique du Sud. En vain, Piet en était persuadé.

Il n'avait pas les ressources de foi de son père, cette faculté de trouver dans les textes l'explication de tout et l'espérance qui allait avec. Le vieux Marais se gavait des orgies sanglantes de la Bible avec la certitude d'en extirper le moyen de dominer ce qui viendrait : la guerre et la mort chevauchant aux côtés de la conquête et de la famine. La raison était du côté des Boers et la justice serait rendue au Jugement dernier quoi qu'il arrive.

Les Français fourniraient aux Boers les canons qu'ils avaient mis en réserve après la reculade de Fachoda. Quelques exemplaires de la fameuse artillerie républicaine avaient déjà transité par la colonie portugaise du Mozambique. « Secret », avait dit Piet.

Marthe avait appris à ne pas questionner. La guerre était une affaire d'hommes. La fin de l'hiver était en soi un événement suffisamment remarquable pour lui faire oublier les incertitudes de l'époque.

– Je veux que tu me dises tout ce que tu as gardé pour toi depuis notre départ de France. Je connais ton souci, ton angoisse, même. Je t'ai suivi parce que je t'aime, sans doute, mais il n'y a pas que ça. Je veux savoir la vérité. On ne m'aide pas beaucoup à comprendre, ici. Je dois accepter les silences, les têtes d'enterrement, les chuchotis dans mon dos. Ça dure maintenant depuis suffisamment de temps. Ce qui m'intéresse, je te le dis, c'est ton rôle dans cette histoire. Tu es paysan comme je suis carmélite. Un fermier boer chez les militaires français des beaux quartiers de Paris, c'était déjà singulier, non ?

Les poings serrés sous son menton, un léger sourire au coin des lèvres, Piet contemplait sa femme tandis qu'elle parlait. Hochant la tête de temps à autre. Elle le força à ouvrir une paume.

– Ce n'est pas celle d'un laboureur, ça. Ici, il y a ceux qui travaillent la terre avec leurs grosses mains et ceux qui en mangent le produit avec leurs doigts fins.

– Je sais les efforts que tu fais pour t'adapter à notre façon de vivre, dit-il.

– Il ne s'agit pas de ça ! Tu dévies la conversation.

Elle avait haussé le ton, une fois de plus. Les affaires des hommes concernaient les femmes de loin, au Transvaal comme en France. Elles ne décidaient pas de la guerre ou de la paix, du prix du bœuf sur pied ou de la balle de laine. Cela pouvait changer. Piet vit que le menton de Marthe tremblait. Dans ses yeux brillait un éclat de colère qu'il ne connaissait pas.

– Eh bien, monsieur mon mari ?

Il soupira. Les Françaises de la ville ne raisonnaient pas tout à fait comme les fermières d'Afrique.

– Nous allons entrer en guerre.

– Ça, pour l'ignorer, il faudrait être sourd, aveugle et un peu crétin aussi. Tu m'as déjà dit beaucoup de choses. Il en manque, à mon avis.

La soudaine véhémence de Marthe le surprit. Il déposa les armes.

– Je serai mobilisé comme lieutenant-colonel. J'espère finir général, au moins. Tu verras cette armée, il va y avoir de tout là-dedans, des vachers et des nègres, des bureaucrates costumés en soldats et de vrais soldats costumés en laboureurs. Vous, les Français, vous appelez ça « confusion des genres ».

– Eh bien, voilà. Lieutenant-colonel. Ce n'est pas si difficile à dire. La chose ne sortira pas de cette chambre, de cette maison, de ce pays. Secret d'État. Fais-moi voir ta veste d'officier. Vingt ans dans un placard, les barrettes ont dû se découdre, ou alors elles ont été bouffées par les mites. Les mites, ça aime bien les vestes des lieutenants-colonels du Transvaal.

Il la considéra, ahuri. Elle se mit à rire. Ne sachant comment réagir, pensant qu'il avait décidément épousé une femme peu ordinaire, il prit le parti de rire lui aussi. En vérité, de sourire, n'ayant pas tout compris.

7

À pied ou en carriole, par le train de Pretoria et les diligences, ils arrivaient du pays profond, accompagnés de leurs enfants en âge de se battre. Par des vieux aussi, vétérans de la guerre d'indépendance pressés d'en découdre à nouveau. Des fratries entières le plus souvent, sans les femmes et les filles restées à l'arrière pour que vivent les fermes. Chez les Boers, on allait à la guerre comme au vêlage ou à la moisson avec en plus, cette fois, la détermination que donne la certitude d'être injustement forcé à la génuflexion.

– Ils sont beaux, murmura Marthe.

La trogne en partie dissimulée sous le large rebord de leurs chapeaux de feutre, bottés de cuir, la ceinture attachée haut sous le thorax, des cartouchières barrant leur poitrine en guise de bretelles, les combattants de la république du Transvaal affichaient leur résolution avec fierté. Marthe cherchait les officiers dans la troupe que la ruée vers le sud faisait transiter par Bonne-Espérance. Piet sourit.

– Ils sont parmi eux, pareillement accoutrés. Comme moi. Les Anglais ne doivent pas forcément savoir qui ils captureront, s'ils capturent qui que ce soit !

Elle jouerait aux devinettes. Qui commandait qui. On appelait ça une « armée du peuple », selon Piet.

– Comme chez toi, à Valmy. Tu vois, je connais ton histoire.

Elle s'abstint de lui répondre « mieux que moi ». De près, les Burghers républicains pouvaient faire peur. Moustaches et barbes drues, le col de chemise ouvert sur des torses souvent velus, ou fermé par des cravates noires de paroissiens, ils semblaient partir pour une battue, armes en main, de Dieu sait quelle horde de bêtes sauvages menaçant leurs récoltes.

Ils avaient pour la plupart le cheveu blond et l'œil bleu-gris, aux joues la pâleur de cire des Bataves, ou le rouge assorti au teint de leurs femmes. Tous laissaient une impression de force maîtrisée. On les provoquait sur leur terre. Ainsi l'Anglais appâté par les filons dorés du Witvatersrand[1] prétendait-il leur imposer la loi de son foutu Bord of Trade[2]. Piet résumait la situation à sa façon.

– Nous agaçons cette garce de Victoria.

Londres, exaspérée par les ruades de ces bouseux parlant un créole que même leurs anciens esclaves noirs ne comprenaient pas. L'insolence lancée au visage de la souveraine la plus adorable que le monde eut jamais connu ne pouvait rester impunie.

À l'ultimatum de Chamberlain, Kruger avait répondu que, si l'on persistait à maintenir des civils Utlanders non désirés à l'intérieur des frontières du Transvaal, la défense se ferait attaque.

– La guerre est déclarée. Tout bascule, aujourd'hui.

Piet Marais savait ce qu'il avait à faire. Son bataillon passerait la frontière dès le déclenchement des hostilités, avec pour mission de participer à la prise des collines dominant les villes anglaises les plus proches : Ladysmith et Dundee. Si tout se passait bien, on pousserait vers Pietermaritzburg.

Si tout se passait bien.

1. Région des mines d'or, autour de Johannesburg.
2. Bureau du commerce de Londres.

Le voyage vers Volkrust se fit dans une étrange atmosphère. Tout était calme, la campagne s'étalait, désertée, sauf par les fourmis dans leurs buttes de terre. N'eût-ce été le nombre inhabituel d'attelages empruntant la piste d'herbe, de boue et de cailloux menant à la petite cité, on aurait cru à un banal jour de marché.

Piet avait pris les rênes. Il garda le silence tout au long de la route. Jakobus et Christian étaient restés à la ferme. Impatients, surtout Jakobus, d'en découdre. Ils étaient mobilisables, mais leur oncle leur avait recommandé d'attendre l'ordre de rejoindre les lignes. Il ne servait à rien de s'exposer aux premières heures du conflit.

Lorsqu'elle aperçut, au sortir d'un bois d'eucalyptus, les premières maisons du bourg, Marthe éprouva une angoisse mêlée de tristesse. Le temps, ce météore, l'avait emportée dans la tourmente. Paris, Capetown, les gens du vignoble, Durban et déjà la dispersion des familles dans les rassemblements de soldats. Tout allait trop vite, à la vitesse des nuages dans le ciel de pluie. Un peuple se mettait en armes, dont Marthe ne savait rien en dehors de quelques bribes d'histoire. Trois mots enseignés par un instituteur hilare, un clan austère tenu par une duègne sans fantaisie. Et un mari qui déjà s'en allait.

« Pas loin, *heuning.* » Dans le Sud anglais que les armées boers investissaient depuis la déclaration de guerre. Une ruée à travers les domaines où l'on allait autrefois acheter du grain, du bétail, des fruits.

– Tu te souviens de Berto-Linnoz, *heuning* ?

Le Français s'inclina devant Marthe, baisa sa main comme il l'avait fait chez les Joubert près du parc Monceau. On était entre gens du monde. Le capitaine de dragons portait un uniforme gris d'officier du Transvaal, avec, au col, les trois couleurs de la France sur un minuscule ruban de soie.

– Pour les amis, Berto suffira, fit l'homme.

– Je me souviens de vous, oui.

Les Français avaient insisté pour participer à la première offensive. En vérité, les plans n'avaient pas été préparés seulement à Franschhoek, à Kimberley ou à Pretoria, mais aussi à Paris, à Berlin, à Stockholm, à Moscou, même. Les agents des deux républiques avaient sillonné l'Europe, recruté, montré des cartes, échafaudé des stratégies. Derrière l'apparente sérénité des uns et des autres, la guerre hantait les esprits depuis longtemps.

Piet Marais et Jean Berto-Linnoz se vouaient une amitié sincère. Il en allait souvent ainsi entre gens de même destinée. Les leurs se noueraient le temps d'une guerre, le hasard trancherait. Berto-Linnoz avait hâte de se battre. Fachoda lui restait en travers de la gorge. Une humiliation domestiquée, domptée, rentrée pendant quinze ans... Et l'armée des Britanniques commettait une vilaine action. Un peuple défendait son bien. La justice ayant choisi son camp, on pouvait s'aventurer sur son territoire, en l'occurrence celui du voisin haï. Piet posa la main sur l'épaule de son compagnon.

– Marthe, sais-tu que ce brillant officier est né Piémontais ? Tu te rappelles, avant que Napoléon III ne décide d'offrir la Savoie à la France ? Par référendum, attention, on n'est pas chez les Barbaresques de Tripoli.

Marthe dut fouiller dans ses souvenirs d'écolière. Sur les cartes de géographie, on lui avait surtout montré l'Alsace-Lorraine, élevée au rang de pays à défaut d'être restée française. La Savoie, c'était ailleurs. Quelques bribes lui revinrent en mémoire.

– Comme Nice, bien sûr.

Berto-Linnoz apprécia, s'inclina. Il avait fait de la France sa patrie avec la ferveur des nouveaux arrivants. Et l'avait servie en Afrique.

– Regardez qui vient, dit Piet, contrarié.

Jakobus et Christian, avec en main le fusil à très long canon des chasseurs blancs du Transvaal, descendaient d'une carriole en compagnie de jeunes gens de leur âge. Eltsie conduisait l'attelage. Marthe sentit son cœur se serrer.

– Tante Martha !

Jakobus l'avait dit presque sans accent. Piet devrait faire contre mauvaise fortune bon cœur. Ses neveux étaient entrés dans l'âge adulte. Ils étaient libres de décider. Il les prit par le bras. Il faudrait faire une photographie de cette unité d'élite, l'invité français et ses hôtes boers sur le sentier de la guerre.

– Je surveille ces deux-là, dit Piet. Ils resteront à l'arrière, enfin, pas trop, disons qu'ils ne seront pas à portée de fusil. Comme moi il y a vingt ans.

– Sauf que tu es monté avec les autres en haut de la colline de Majuba, lui lança Christian.

Marthe se laissa prendre par l'effervescence qui régnait à la gare de Volkrust. Elle avait craint l'irruption des bataillons anglais, un déferlement salué par les canons débarqués à Capetown et à Durban. Au lieu de quoi, c'était une troupe composite de militaires et de civils armés qui s'élançait vers l'ennemi. Quelle hardiesse ! Et quel culot pour défier de cette manière l'armée la plus puissante du monde. Piet donna le signal.

– Eh bien, messieurs, nous allons prendre un train pour Durban via Ladysmith.

Berto-Linnoz était déjà sur le marchepied. Cigarette aux lèvres, il s'imprégnait lui aussi de l'ambiance particulière de ces premières heures de conflit. Piet prit Marthe par les hanches, qu'il tapota comme on l'eût fait d'une enfant sage en qui l'on a confiance. Une privauté qu'on ne se permettait pas en France.

– Je sais ce que tu penses, *heuning*. Je t'abandonne à mes sœurs, à mon triste père. Je dois te demander pardon.

– De quoi ? souffla-t-elle dans un sanglot.

– De ne pas t'avoir tout dit d'emblée, en France. Tu ne serais peut-être pas venue. Mais je ne pensais pas que la guerre viendrait si vite. J'imaginais que nous aurions le temps de voyager, de nous habituer l'un à l'autre, de nous disputer même. Comme ça, pour voir.

Elle parvint à sourire.

– Ce sera pour plus tard, dit-elle.

Tout allait très vite. Le train s'emplissait de sa cargaison militaire. Des hommes continuaient à rejoindre la gare, en un flot incessant d'attelages. Pretoria avait déjà envoyé d'autres convois dont le terminus serait bientôt Durban, si Dieu le voulait.

Marthe s'inquiéta. Comment un tel désordre se transformerait-il en une troupe apte à se battre ? Le débarquement des Britanniques sur les quais du Sud laissait une impression de méthode, de discipline aussi. Rien de tel à Volkrust où l'on criait fort, pour des retrouvailles amicales, des paquetages et des fusils à retirer d'un entrepôt. Marthe se laissa aller contre Piet. On s'embrassait pareillement, le long des wagons.

Piet releva le menton de Marthe.

– Chez nous, les dames ont le droit de visiter les combattants. On va voir la guerre comme on va au théâtre, ou au pique-nique. Je te dirai quand me rejoindre. Tu verras même des choses étonnantes.

Elle lui recommanda de prendre garde à lui et de veiller sur les deux garçons. Lorsque Piet se fut détaché d'elle, elle fut prise de vertige, et dut s'affermir sur ses jambes. Près d'elle, la main devant la bouche, Eltsie prenait soudain conscience de la réalité. Les visages aux fenêtres des wagons, les mains levées pour un dernier au revoir et, sur le quai, des femmes, des enfants et des vieux ; le pays boer se déchirait brusquement.

Marthe se souvint d'une phrase de Piet. « Si les Anglais déclenchent la guerre, ce sera pour la gagner ; ils y mettront jusqu'au dernier de leurs hommes, jusqu'à la dernière de leurs guinées, mais ils le feront pour nous écraser définitivement. »

Un frisson la parcourut, intense. Elle sentit la main d'Eltsie se glisser dans la sienne. Le geste la toucha. Il fallait avoir le courage d'écouter les sifflets de la locomotive, de regarder ses panaches de fumée annonçant le départ, de voir le mouvement d'abord imperceptible des roues s'accélérer, comme dans un de ces rêves où l'on ne peut arrêter l'enchaînement angoissant d'événements irréels.

Un autre convoi s'annonçait déjà. Une heure d'attente, pendant laquelle une nouvelle fournée de combattants se préparerait au voyage. Les deux femmes attendirent que le train eût disparu à l'horizon. Lasses de suivre la montée vers le ciel de son panache blanc, elles quittèrent la gare sans un mot.

Octobre 1899

Anna Viljoen tenait la ferme comme un lieutenant son fortin. Tout passait par elle. En l'absence des hommes, il fallait un chef à Bonne-Espérance, capable de prendre les décisions, et de cela le domaine ne manquait pas.

Il fallait nourrir les guerriers.

Autrefois vendue sur les marchés de Volkrust, de Vryied et jusque dans les villages anglais du Natal, acheminée par trains entiers jusqu'aux mines du Nord, la viande des Boers irait garnir les assiettes des combattants. Pas un gramme ne devait leur manquer, tout le long de la ligne tranchant le continent entre Basoutoland et Mozambique.

Serait-on payé un jour pour cet effort sans précédent ? Les présidents l'avaient promis, mais d'une frontière à l'autre des deux États, l'on savait bien que toût cela n'avait qu'une importance relative. Face à la supériorité affichée des Anglais, les colons devaient fédérer leurs énergies, oublier leurs intérêts privés, tout donner à ce qui était très vite devenu une lutte pour la simple survie.

– *Warriors !*

Anna ouvrait grand ses yeux bleus, tançait Marthe. On n'en ferait jamais assez pour les soldats. La jolie Parisienne arrivée au Transvaal dans les bagages de Piet Marais se souvenait-elle que les Prussiens avaient amputé son pays de deux provinces, l'Alsace et la Lorraine, trente ans à peine auparavant ? Anna connaissait cette histoire, un peu comme si sa lointaine ascendance française s'était rappelée à elle. Ses ancêtres avaient fui un roi sans compassion, mais ils avaient gardé, au secret de leur mémoire, une certaine nostalgie pour la patrie quittée, et l'avaient transmise à leurs enfants.

– Bismarck, pas bon pour France ! France, *ligsinnig.*

Un geste de la main, évocation d'un papillon voletant dans la grande pièce. Marthe n'eut pas besoin de Jakobus pour comprendre que l'on parlait frivolités. Elle encaissa sans broncher le jugement de sa belle-sœur. Tout y était critique, reproche, constat d'une légèreté dont on n'avait que faire au moment où se déclenchait la guerre. À la sévérité ordinaire des femmes, il faudrait ajouter le poids d'angoisse sécrété par les incertitudes à venir.

Marthe fit le compte des soutiens dont elle pourrait disposer à Bonne-Espérance, en l'absence des hommes. Marieke Viljoen ne lui serait pas d'un grand secours. Soumise et silencieuse, elle entretenait à sa manière l'ambiance de la ferme et s'occupait du patriarche comme d'une zone militaire interdite. Son mari avait rejoint un commando vers les territoires zoulous, quant à Jeans, seul représentant de la gent masculine au domaine, bien qu'il eût passé l'âge de la mobilisation, il se réservait la possibilité de rejoindre les lignes un jour.

Il y avait Eltsie, sa blondeur dans le vent de ses chevauchées, son rire étonnamment sonore. Elle aussi devrait changer ses habitudes, quoique à dix-huit ans, elle sût à peu près tout de la conduite d'une ferme au Transvaal. Elle avait eu ce geste, à la gare ; prendre la main de Marthe sans un mot, comme une petite fille ébranlée par la brutale soudaineté des événements. Le retour à Bonne-Espérance s'était fait lui aussi dans le silence, à petite vitesse, et cette fois, il s'était agi de laisser passage aux gens pressés de parvenir à la gare.

Marthe choisit de se fondre dans le décor. Elle cessa d'aller se promener sur les chemins, regarda grandir l'autruchon tout en participant à de menus travaux. Des Français passèrent à Bonne-Espérance, officiers pour la plupart mais aussi quelques simples soldats, volontaires poussés au sud de l'Afrique par un chagrin amoureux, un désir d'aventure, pour une solde aléatoire et la promesse de l'or.

Étranges rencontres, tout de même. Cette guerre était celle des fermiers boers et de son prédateur anglais. Qu'allait-on y faire, sinon risquer sa peau pour une cause étrangère ? Un Basque en transit lui donna cette réponse : « C'est ainsi, madame, on est là et on a intérêt à ne pas trop y penser. »

Marthe se fit à l'idée qu'elle devait sagement attendre le retour des guerriers. Les premières informations parvenues à Volkrust faisaient état d'une rapide avancée des Burghers vers leurs cibles. Dundee était déjà bombardée, Ladysmith allait bientôt être assiégée. On prenait des collines stratégiques, les Anglais perdaient des hommes, c'était comme si les républicains traversaient l'épreuve sous la protection d'impénétrables armures.

Les journaux dont on se disputait la lecture montraient des combattants tapis derrière des rochers ou fumant des cigarettes au sommet des buttes conquises. Les présidents Steyn et Kruger lançaient des appels, les généraux à cheval posaient pour la postérité devant des prisonniers en partance pour Pretoria. À ce train, on serait à Durban avant le plein été, juste pour y fêter Noël sur les rivages conquis de la province anglaise. Eltsie triomphait.

« *As daar twintig.* » Comme il y a vingt ans. Elle n'avait jamais été inquiète. Les Boers savaient se battre. Anna n'était pas de son avis. Les soldats dans le genre de ses jumeaux lui paraissaient bien frêles. Et puis l'on commençait à voir des hommes qui, leur devoir fait, s'en revenaient chez eux pour les travaux de l'été. L'inquiétude de Piet était fondée. Désertaient-ils ? Pour eux, la question ne se posait même pas. On avait besoin de leurs bras dans les fermes. La guerre, ils y retourneraient si le besoin de renforts se faisait sentir.

Les femmes de Bonne-Espérance reçurent des courriers. Pour leur parvenir, les lettres ne mettaient guère plus de quelques heures. Le temps d'être chargées dans un wagon, de parcourir la cinquantaine de kilomètres séparant les premières lignes de la frontière, puis de passer par les mains de quelques trieurs bénévoles, des vieux pour la plupart qui se rendaient ainsi utiles à l'arrière des fronts.

Piet allait bien. Jusqu'à présent, les Anglais avaient cédé leurs positions sans opposer une forte résistance. « Ce n'est pas trop difficile, *heuning*. Il va simplement falloir achever de prendre une certaine colline que nos voisins d'en face s'obstinent à tenir. Pour le reste, c'est la vie ordinaire, entre hommes, mis à part quelques infirmières qui n'ont pas beaucoup de travail. »

Il mentait. Marthe en était sûre. Mais il était normal que l'on s'efforçât de ne pas inquiéter les civils. Pour un peu, on aurait cédé à l'optimisme des journaux où l'on n'apercevait que des morts coiffés de casques coniques. Semblant dormir dans des fossés ou appuyés, bouche ouverte, regard perdu, contre des rochers, les soldats de Victoria s'effaçaient du décor au fil des pages.

Anna ne laissait pas à Marthe le temps de rêver. Il fallait en terminer avec le linge pour Talana. Le trousseau de Bonne-Espérance devait être lui aussi mobilisé. Draps et couvertures, taies d'oreiller, tout ou presque serait empaqueté, ficelé, embarqué direction le sud. Le confort de la ferme devait profiter à ceux qui se battaient. Au passage, la petite leçon de morale. On se sacrifiait pour les gens de Bonne-Espérance, et pour les autres aussi.

Anders Marais la soutenait du regard. On n'en ferait jamais assez pour eux. Porter une autre couleur que le noir en devint quasi obscène, comme si le deuil était pris par avance. Tout baignait dans une ambiance de crépuscule, le rire fut banni du domaine, sourire y devint un luxe furtif, volé sur l'angoisse nouant les gorges et raréfiant la parole. Et même Eltsie, qu'un rien amusait autrefois, se fondit dans la taciturnité générale.

La frontière avec le Natal s'apaisait. On la franchissait librement maintenant qu'elle était sous le contrôle des Burghers. Aux norias des premiers jours succéda un trafic régulé par des civils redevenus les fonctionnaires qu'ils étaient, souvent, avant la guerre. Puis, dans les trains qui remontaient vers le nord, l'on commença à apercevoir les premiers blessés en route vers Pretoria. Ceux que Marthe croisa alors qu'elle était en ville avec Eltsie, pour des achats, revenaient de Talana, une colline dominant la ville anglaise de Dundee.

Les hommes étaient allongés dans un wagon sur lequel avaient été peintes des croix rouges. Des infirmières semblables à celles du *Princess Christian* s'activaient dans ce qui avait pris l'allure d'une salle commune. Inquiète soudain, Eltsie fit le siège des accompagnants. Il existait des listes de noms. Elle fut soulagée de ne pas y voir ceux de ses frères. Que se passait-il au sud ?

– Nous tentons de prendre la totalité de la colline, lui dit un officier. C'est difficile. Mais si nous réussissons, la ville sera directement sous notre feu et tombera.

Ainsi les choses n'allaient-elles pas aussi aisément qu'on voulait le laisser croire. Les blessés saignaient pour de bon, leurs grimaces n'étaient pas feintes, le regard qu'ils portaient sur les valides reflétait une vraie souffrance, portait la trace de ce qu'ils avaient vécu.

Des dames avec des paniers s'avançaient. Des mains se tendirent. Marthe se hissa dans le wagon, où régnait une odeur pesante d'alcool, de méthylène, de chair ensanglantée, la même que dans les mouroirs d'Aubervilliers, où l'on trépassait souvent de gangrène.

Pétrifiées, livides, les visiteuses manquaient défaillir. Mais c'était cela, la guerre, des choses que les journaux ne montraient pas, que l'on cachait tant bien que mal. Marthe fit le compte des infirmières présentes, une demi-douzaine que l'on avait soustraites du front. Avait-on besoin de personnel, là-bas ?

Une religieuse qui parlait quelques mots de français la conforta dans l'idée qu'elle devait y aller. L'armée boer était vaillante. Elle connaissait bien le terrain, même s'il s'étendait au-delà de ses frontières. Mais les Anglais résistaient cette fois et l'on disait que des renforts, massifs, se préparaient dans les villes du Sud.

Marthe descendit du train. Il lui tardait de savoir quand passerait le prochain convoi pour le Natal.

– Dans deux ou trois heures.

Un télégramme annonçait l'arrivée d'un bataillon, destination Dundee. Les républicains se déployaient d'est en ouest. Il n'était de ville anglaise entre les pays des Basoutos et des Swazis qui ne serait bientôt sous leur feu. C'était désormais par dizaines de milliers que se comptaient les forces boers en territoire ennemi.

Eltsie ne parut pas étonnée. Lorsque Marthe lui annonça qu'elle partait rejoindre Piet, elle se contenta de sourire. La vie à Bonne-Espérance ne convenait guère à cette Française égarée au Transvaal. Anna ? Elle s'y ferait. Marthe était devenue pour elle une ombre familière, ses velléités d'indépendance avaient fondu au fil des jours. Il manquerait quelqu'un pour peler les légumes, servir les hôtes de passage et recoudre quelques boutons. Pas grand-chose.

Eltsie s'alarma. Marthe n'avait pas de bagage.

Quelle importance ? Marthe serra la jeune fille contre elle. La jeune fille lui accordait la place que les aînés lui concédaient avec réticence. En la laissant simplement libre de choisir.

– Pour garçons, Jakobus et Christian.

Eltsie avait fait quelques progrès en français. Dans sa main, des pièces de monnaie, des billets froissés. Ses frères amélioreraient un peu leur ordinaire. Marthe prit l'argent. Elle tremblait un peu. Le clan de Bonne-Espérance se disloquait, comme tous ceux des deux républiques. La détresse de la jeune fille la bouleversa. Le monde d'Eltsie s'effondrait sans qu'un seul véritable écho du combat en cours ne soit encore parvenu aux oreilles de la jeune fille. On était entre rêve et cauchemar.

Métronomique et ponctuelle, ainsi la guerre venait-elle hanter, l'une après l'autre, les générations de colons du Transvaal.

Le train était plein de civils et de soldats mêlés. On montait au front comme on allait au marché aux bestiaux de Volkrust. Dans la fumée des cigares, les hommes dormaient ou mangeaient. D'aucuns chantaient à tue-tête, d'autres jouaient aux dés ou aux cartes, d'autres encore, installés sur le toit des wagons, figuraient, enveloppés dans leurs longues vestes de laine, une escorte armée convoyant un trésor.

On fit une place à Marthe. Les nouvelles qui parvenaient du Natal étaient encourageantes. Les guerres se suivaient en se ressemblant, le temps de renvoyer les Rosbifs en Angleterre et l'on s'en retournerait à Lydenburg, à Pretoria ou à Bethal.

D'où venait la charmante femme à côté de qui l'on se rendait sur le champ de bataille ? De Paris ! L'événement était aussi considérable que l'ultimatum de Chamberlain. Une Marais, qui plus était. Deux mots de français, trois d'anglais, Marthe se mettait au service des combattants. On lui fit signe que c'était bien. Ainsi le monde extérieur reconnaissait-il la justesse et la justice de cette guerre.

8

La première chose que fit Marthe, lorsque le train se fut arrêté à l'abord d'un village de tentes, fut de demander si le lieutenant-colonel Piet Marais y résidait à cette heure. On lui fit comprendre qu'il était sur la colline.

L'officier en charge des listes de combattants marchait sur une jambe. L'autre était restée vingt ans plus tôt sur une colline ressemblant comme une sœur à celle qui dominait Dundee. À sa place, un pilon prolongé par un simple cylindre de bois lui permettait de tenir debout sans l'aide de sa béquille.

Une salve salua son bref discours. Cela venait d'assez loin. L'homme se tendit, l'espace d'une seconde. D'un geste, il expliqua que le tir venait des leurs, cap au sud. Presque simultanément, le bruit des impacts se fit entendre, plus sourd. Les Anglais ne manquaient pas de répliquer, mais la présence de la colline gênait la précision de leurs pièces. Ils arrosaient au jugé, par à-coups. Le camp était trop loin pour eux, de toute façon. Cela étant, l'homme se répandit en recommandations.

Marthe n'eut pas besoin de traducteur pour comprendre qu'on s'inquiétait. L'officier lui indiqua un réduit derrière des sacs de sable. On ne savait jamais. Un tir plus long que les autres, un canon d'un calibre encore inconnu. La guerre permettait des progrès techniques fulgurants. Marthe obtempéra. Un soldat l'avait précédée derrière l'abri. Elle ne s'aperçut pas tout de suite de sa présence.

Assis jambes écartées, bras ballants, le dos des mains contre la terre, l'homme dardait son regard vers elle. Marthe pensa qu'il venait d'être blessé, qu'on l'avait porté là, à distance de la fusillade, en attendant qu'il fût pris en charge. Elle vit qu'il respirait bizarrement ; une inspiration lente, prolongée, de pêcheur de perles, puis une apnée, interminable, comme pour mettre l'air au secret, un soupir, enfin, rauque, interrompu presque aussitôt par le cycle suivant.

Dormait-il ? Était-il inconscient, anesthésié par la souffrance ? Elle se pencha, découvrit ce qu'elle n'avait pas vu jusque-là. Un petit trou noir, à la racine du nez, à égale distance des deux orbites, un orifice d'où ne sourdait pas la moindre goutte de sang. Elle chercha le regard de l'homme, croisa le vide. D'instinct, elle vérifia la voie de sortie possible, à l'occiput, du projectile. Rien. Le mort-vivant respirait, à sa manière régulière, face à la ligne brisée des sacs de sable.

L'officier écarta les bras.

– Il est comme ça depuis des heures. Qu'est-ce qu'on peut faire ?

Marthe se releva. La balle n'avait pas accordé au Boer une délivrance immédiate. Par quelle perversité avait-elle choisi de jouer ainsi avec sa cible ? Piet lui avait raconté qu'il avait vu, lors de la guerre précédente, un cavalier foudroyé par un éclat d'obus. Debout, pied à l'étrier, la main crispée sur la selle. Mort, autant que celui-là pouvait l'être, mais tenant sur son cheval par Dieu sait quel réflexe.

Marthe fit « non » de la tête. Elle ne pouvait s'abstraire du spectacle. Les hommes qui passaient et découvraient, comme elle, le blessé, demeuraient fascinés par cette anomalie, un type détruit, coupé du monde, dont le souffle rythmait une agonie surnaturelle.

Que ressentait-il ? On lui avait parlé. S'il gardait les yeux ouverts, c'était qu'il vivait. Des amis l'avaient entouré, un cousin. Il y avait du divin là-dedans.

Le mieux serait sans doute de l'achever. Personne ne s'était porté volontaire. Alors on l'avait abandonné là, parce qu'il y avait autre chose à faire que de se questionner sur une pareille bizarrerie. Les médecins s'étaient déclarés impuissants.

S'il vivait encore à la fin de la journée, le Boer serait peut-être transporté ailleurs. Conjuratoire et redouté, il avait fait le vide autour de lui, chacun se demandant à quel moment il subirait le même sort.

Marthe décida qu'elle avait assez vu ce spectre. Elle fit quelques pas, se retourna cependant, tenaillée par une curiosité dont elle avait honte. L'homme s'obstinait à respirer. Les mouvements de son thorax semblaient ceux d'un titan, démesurés. En même temps infimes, à peine perceptibles. En bons parieurs, les Anglais auraient misé quelques livres sur la durée du phénomène s'il s'était produit derrière les lignes ennemies. Une heure ? Un jour ? Piet avait raison. Ces reîtres si pleins d'eux-mêmes méritaient d'être corrigés par des laboureurs sans malice.

Marthe s'en voulut. Voyeuse. La guerre lui réservait sans doute d'autres étrangetés. Il y eut un éclair suivi d'un coup de tonnerre. Elle rentra d'instinct la tête dans ses épaules. Piet l'avait prévenue. Parfois, il était difficile de faire la différence entre les orages et la canonnade. Le ciel se déchira brusquement, un rideau de pluie barra l'horizon, estompa en quelques secondes les toiles du camp. Comme s'ils se plaisaient à marier le bruit de leur artillerie à celui du ciel, les Anglais de Dundee tirèrent une salve dont les effets se perdirent dans la bourrasque.

L'esprit encore occupé par la vision du mourant, Marthe se rendit au quartier des médecins. Au milieu d'un village de tentes, une bâche posée sur des piquets de fer abritait un hôpital de campagne. Autour, une petite armée d'hommes vêtus de vestes et de pantalons de drap épais, pistolet à la ceinture pour beaucoup, vaquait à des travaux divers : consolider l'unique chemin menant à la colline d'où partaient les tirs de républicains, entasser des fusils et des barils de poudre sur des charrettes, transporter des vivres, des couvertures, des caisses, d'un abri à l'autre.

Porter des blessés également. Il en arrivait quelques-uns, touchés au hasard des bordées anglaises. On se battait encore ici et là sur la colline. Les assauts boers entamaient les défenses britanniques sans toutefois les emporter. Une situation qui ne pourrait se pérenniser.

Marthe pénétra sous la tente chirurgicale. Une équipe s'activait, penchée sur une hanche profondément entamée par un éclat de mortier. Les présentations furent rapides. Le chirurgien, un râblé aux mains de bûcheron dégoulinant de sang, parlait le français.

– Marais. Oui, le colonel de milice. Je le connais. Vous êtes sa femme, très bien. Mettez une blouse et voyez ce que vous pouvez faire. Vous ne serez pas de trop ici.

Elle était engagée sans plus de formalités. Sa robe, dans laquelle elle avait transpiré durant le voyage, lui pesait. Elle l'ôta derrière un paravent, se vêtit à la hâte. Un corsage, un jupon. Sa silhouette, amincie par les repas frugaux de Bonne-Espérance, avait changé. Marthe vit son reflet dans un miroir ovale accroché par une pince à la toile du vestiaire. La perspective de revenir à son métier lui plaisait, fût-ce dans des circonstances imprévues. Avoir quitté Bonne-Espérance complétait ce sentiment.

Des religieuses sous cornettes blanches en terminaient avec le bandage d'une cuisse. Elle les rejoignit, aida. Des sourires en guise de dialogue, et des salves, au loin, pour annoncer qu'on aurait de l'ouvrage. Elle était au plus près de la guerre et en éprouvait de la curiosité, une sérénité aussi, inconnue d'elle jusque-là.

Le chirurgien se nommait Stephens. Un buffle, broussailleux de sourcils, mat de peau, noir de poil et de regard, une anomalie de la nature au milieu de la blondeur générale.

– Madame Marais ! Bienvenue ! Vous ne serez pas de trop ici. Que savez-vous faire ?

Elle lui parla du service de chirurgie viscérale d'Aubervilliers. Pour le médecin, c'était Paris, et cela suffisait à classer quelqu'un.

– Ollier, l'orthopédiste ? Un génie ! On aimerait qu'il soit ici en ce moment.

Il s'assit au bord d'un lit, regarda, pensif, le plâtre qu'il venait de poser. Fatigué. On ne dormait guère à Talana, du moins de ce côté-ci de la colline. De l'autre, ce devait être pire. Quelques prisonniers anglais, eux aussi blessés, étaient allongés aux côtés de leurs adversaires. Stephens se mit à rire ; c'était gras et sonore, empreint de tabac et d'alcool.

– Ils se parlaient encore il y a quinze jours. Peut-être même qu'ils vidaient des chopes ensemble. Et les voilà qui se tirent dessus. Enfin, bon.

Un geste désinvolte. Il tendit l'oreille.

– Ah, la carriole des estropiés.

Des assistants nettoyaient la table d'opération à grande eau. On n'avait pas pensé à poser quelques planches sur le sol. Graviers et herbe rase étaient maculés du sang que les seaux n'avaient pu contenir. On irait les vider dans une fosse, à l'extérieur.

– Champêtre, conclut le chirurgien en se levant.

Marthe sortit, le cœur battant. Des chevaux tirant une remorque bâchée galopaient vers le camp. Marthe vit des corps à l'intérieur. Un cocher réclamait en hurlant que l'on se préparât à l'accueil de blessés. Marthe se hâta, anxieuse de découvrir Piet ou l'un de ses neveux parmi cette misère ensanglantée. Les brancardiers s'activèrent. Stephens examina un homme dont la moitié du visage avait été emportée par un éclat d'obus.

– Mort. Un autre.

Une demi-douzaine de blessés furent allongés sur les lits de fer. Les draps se teintèrent de rouge tandis qu'on les déshabillait. Une psalmodie monta dans l'espace confiné de la tente, murmures et plaintes sourdes. Il fallait trier l'arrivage, établir les priorités. Marthe se sentait dépassée. Elle se souvint d'une intervention à laquelle elle avait assisté à la Salpêtrière. Les opérés y étaient dûment préparés, même en urgence. Rien de tel ici.

Une main agrippa son épaule, à lui faire mal. Elle fut plaquée, comme pour un baiser forcé, contre le thorax ensanglanté d'un homme. S'étant dégagée, elle coupa au ciseau la chemise du Boer.

L'homme la fixait avec angoisse. Il respirait vite, voulait parler. Sa blessure s'avéra petite, en séton. La balle qui l'avait touché au poumon était ressortie dans le dos.

– Voilà, voilà, murmura-t-elle.

Elle inonda le thorax d'eau oxygénée. Ces blessures-là étaient-elles accessibles à la chirurgie ? Elle en doutait. D'autres passeraient avant, plus simples ; bras déchiquetés, plaies diverses, non mortelles. Elle entendit le bruit d'une scie, vit le chirurgien amputer une jambe. En quelques minutes, la tente était devenue une ruche geignarde, l'antichambre d'un purgatoire guerrier.

Une femme en blouse blanche se pencha vers le patient de Marthe, parla en afrikaans, fit la moue. C'était suffisant pour le moment. Elle désigna un lit sur lequel un tout jeune milicien attendait que l'on s'occupât de sa main. La tâche était plus facile ; une entaille gluante laissait entrevoir, à la paume, des chairs dilacérées et, blanc comme de l'ivoire, le relief d'un os. Marthe introduisit un pansement dans la plaie, retira un mélange de sang et de terre. Le garçon la regardait faire, dents serrées, avec aux yeux les larmes d'une douleur maîtrisée. Un très jeune homme aux joues rondes, un duvet à la lèvre en guise de moustache, dix-sept ans, peut-être moins.

Lorsqu'il eut été bandé, il se laissa aller et pleura comme un enfant. Marthe l'aida à s'étendre, le couvrit. Un rayon de soleil s'était invité par l'étroite fente de la bâche. Dans son triangle de lumière blanche, la table d'opération semblait décor de théâtre. Tandis qu'elle lavait ses mains sous un broc tenu par un aide, Marthe observa furtivement le chirurgien, sa gestuelle précise et froide. La guerre lui sembla soudain chose simple. Elle y tiendrait son rôle. Servir dans ces conditions n'était guère différent de ce qu'elle avait connu lors des épidémies de typhoïde ou de variole. On mourait là, quand on ne passait pas des heures à méditer sur sa propre douleur. La déchéance humaine se suffisait à elle-même, quelles que fussent les circonstances.

– Le Creusot, France, annonça fièrement l'artilleur.

Marthe était sortie de la tente à la fin d'une épuisante après-midi opératoire. Elle se pencha vers une marque gravée sur la fonte. Le canon venait de Bourgogne. Un Long Tom au cou interminable, à demi dressé sur son affût, prêt à servir. Les Boers en possédaient trois en tout et pour tout, chichement répartis sur le front. Talana recevait le sien.

Elle recula tandis que l'attelage s'ébranlait en direction de la colline. Il avait plu abondamment, sans qu'elle ait eu le temps de s'en rendre compte. Elle fit quelques pas sur la piste boueuse. Il faisait froid, une pluie fine crachée par le ciel bas s'obstinait à tomber, estompant le paysage. Elle scruta l'horizon, au sud. Une vaste plaine caillouteuse s'étendait jusqu'au relief de Talana, une butte haute de quelques dizaines de mètres, plate, sur laquelle s'égrenaient les pièces boers. Partout poussait entre les pierres une herbe encore jaunie par l'hiver, un tapis inhospitalier montant jusqu'aux genoux. De ce décor sans le moindre charme sourdait une mélancolie interrompue de temps à autre par une détonation.

Marthe frissonna. Elle s'habituait à la musique de la guerre. Bientôt, elle saurait faire la différence entre les départs d'obus et la survenue de la réponse anglaise. Question de nuance. À deux kilomètres de l'épicentre, les notes de la partition se confondaient.

Piet était sur cette crête qu'en temps normal l'œil d'un voyageur n'eût même pas remarquée. De l'autre côté, Dundee, un bourg semblable à ceux que Marthe avait traversés en train : une rue principale, rectiligne, des maisons en bois ou en pierre brune, une église jouxtant une mairie, quelques venelles menant à des bâtiments agricoles. L'essentiel était ailleurs, dans le réseau lâche des immenses domaines, peuplés de troupeaux erratiques rassemblés ici et là par des cavaliers portant feutre et bottes à éperon.

Loin des hautes montagnes bordant la côte, ce n'étaient qu'ondulations molles de la terre, mamelons semés de chaos rocheux, veld vaguement égayé par les taches vertes des fermes. Semblant irriguer la prairie, des veines de boue grise martyrisées par les roues des attelages filaient vers d'invisibles carrefours. On se battait pour ce décor semblable de part et d'autre de la frontière. Toute la violence du monde se concentrait là, pour la possession d'un tas de pierres.

Marthe huma l'air moite. Sa blouse et sa robe trempaient dans des bassines d'où s'échappait la vapeur des lessives. Les cantinières lui avaient offert de quoi leur ressembler : un corsage de toile écrue, une robe noire, austère tuyau de laine, une blouse, enfin, sur laquelle était cousue une croix rouge.

Point n'était besoin de se comprendre pour agir. D'autres blessés arrivaient, que l'on installa dans le dortoir désormais plein. Les moins atteints se mirent à raconter. Marthe comprit que la bataille avait changé de nature. Las de subir les bombardements de l'artillerie boer, les Anglais avaient décidé d'attaquer la colline pour en déloger l'adversaire. Par bataillons entiers, ils montaient à l'assaut du petit millier d'hommes les surplombant, et c'était au corps à corps que l'affaire se réglait.

Piet était de cette mêlée. Son grade lui permettait en principe de commander une unité. Il était cependant évident que, dans cette armée de culs-terreux, la notion de hiérarchie s'estompait. Marais, un soldat parmi d'autres, sous le feu d'une vingtaine de canons, confronté aux colonnes kaki aperçues dans le port de Durban. « Nous sommes à égalité », prétendait-il. Comparé au *Princess Christian* et à ses blocs opératoires, le quartier médical du camp de toile monté hâtivement à Talana démontrait le contraire.

Des corps pantelants furent déposés sur les lits, veillés par des blessés plus légèrement touchés. C'était l'arrière, un mouroir pour ceux dont l'aventure n'irait pas plus loin, un refuge pour d'autres réclamant parfois qu'on les remît assez vite sur pieds pour leur permettre de rejoindre leurs compagnons.

– Madame Marais, vous nous êtes bien utile !

Le chirurgien Stephens était content de sa volontaire. On n'avait guère de temps à accorder à la formation du personnel soignant. Tenir des pinces, comprimer des vaisseaux, nettoyer des entrailles, tout s'apprenait vite, au fil des arrivées de la carriole sanitaire. Stephens n'en démordait pas :

– La guerre est l'avenir de la chirurgie. Le progrès, madame Marais, le progrès ! Ah, les Français, des génies, je vous dis, des génies !

Il avait le cynisme assez joyeux de sa confrérie, une carapace contre la misère. Marthe avait vite reconnu ce trait commun des redresseurs de fémurs brisés et des dénoueurs d'intestins occlus. Une caste, internationale et se moquant des frontières.

La charrette était pleine à ras bord, mais d'hommes valides, cette fois, autorisés à prendre un peu de repos à l'arrière. Autour d'elle, des cavaliers empoussiérés, boueux, barbes drues sous les feutres. Épuisés, posant le pied à terre comme s'ils étaient chargés de plomb.

– Eh bien, *heuning*, on ne salue plus son mari ?

Marthe eut du mal à reconnaître Piet. Visage émacié, lèvres desséchées, les yeux cernés du brun des insomnies, il souriait. Elle se jeta dans ses bras, consciente de la chance qu'elle avait de se trouver là quand tant de femmes attendaient des nouvelles, loin du front. Piet Marais, vivant, indemne.

– Alors, comme ça, tu fais la guerre toi aussi ?

Elle caressa ses joues, son front.

– Regarde qui est avec moi.

Des soldats arrivaient. Parmi eux, Jakobus et Christian. Marthe joignit les mains en signe de prière. Piet lui donna des détails :

– Nous avons enfin pris cette foutue colline et renvoyé les Rosbifs à Dundee. Maintenant, on va faire la même chose à Ladysmith.

Pas encore, pas tout de suite. Marthe les conduisit sous la tente où se reposaient les soignants. Il y avait là des chaises longues, des matelas posés à même le sol, une table garnie d'assiettes, d'une bouilloire, de pain et de charcuterie. Combien de temps les hommes resteraient-ils au camp ? Piet soupira.

– Pas longtemps. Il y a des chances pour que Dundee soit évacuée. Ladysmith sera bientôt encerclée. Une autre affaire, en rase campagne cette fois. Si nous prenons cette ville, nous établirons une ligne est-ouest quasi impossible à franchir.

– Tu vas te battre là-bas ?

– Eh ! Qui, sinon ?

Elle l'aida à se débarrasser de sa veste. Les garçons s'étaient couchés sur des matelas et dormaient déjà. Piet s'en amusa.

– C'est beau, la jeunesse, non ? À croire qu'ils ont oublié ce qu'ils ont vécu.

Piet avait choisi de ne pas les exposer. Néanmoins, les contre-attaques anglaises les avaient obligés à se défendre. À leur tour, ils avaient goûté aux longues attentes derrière les rochers, aux sifflements des balles au-dessus de leurs têtes, à l'odeur de la poudre et à la fumée blanche derrière laquelle tombaient des hommes.

Marthe servit Piet. Une saucisse, des haricots blancs, du vin de Franschhoek. Debout derrière lui, elle caressa ses épaules, son cou, tandis qu'il se restaurait. Elle avait envie de le serrer contre elle. Le sentiment amoureux qu'elle éprouva, fort à ce point pour la première fois, la bouleversa. Les sœurs infirmières qui pénétrèrent sous la tente ne s'en émurent pas. Des dormeurs occupaient leurs lits de fortune. Elles choisirent de se mettre à table. La fin prochaine de la bataille de Talana signifiait, pour tout le monde, le premier répit de cette guerre. Le reste n'avait aucune importance.

Les jumeaux se réveillèrent et Marthe les trouva changés. Ils avaient vu la guerre de près, eux pour qui elle s'était gravée dans le marbre des exploits de leurs aînés. Des photographies de soldats vainqueurs, de prisonniers en colonnes, de généraux à cheval félicitant les héros. Ils avaient brûlé, chacun à sa façon, de faire un jour la leur, par patriotisme autant que par envie d'aventure. Et puis ils y avaient été plongés.

Ils avaient longé les fossés au creux desquels s'alignaient les Anglais morts. Ou les morceaux d'Anglais, car le Long Tom du Creusot et ses petits camarades avaient montré leur efficacité. Têtes arrachées, corps éventrés dont les entrailles luisaient sous la pluie, membres dispersés… Les postures grotesques des cadavres… La guerre, bien différente de celle représentée dans les journaux.

Des hommes. En quelques jours, les jeunes gens de Bonne-Espérance avaient accompli une mue qui leur aurait pris des mois dans la vie normale. C'est qu'il leur avait fallu relever les corps de leurs compagnons fauchés par une balle ou, à l'image de leurs adversaires, démembrés par un obus. Les menuisiers avaient entrepris leur besogne, l'on s'était parfois restauré sur un cercueil vide. Un photographe avait posé son appareil devant ce spectacle. À la fin de cette journée mémorable, le capitaine Berto-Linnoz rejoignit ses amis et Piet fut soulagé. Il avait été engagé dans un secteur différent de la colline.

– Ainsi prenait-on les châteaux forts au Moyen Âge.

L'affaire l'avait diverti. Monter à l'assaut sous le feu continu des Anglais l'avait débarrassé en grande partie des vieilles rancœurs accumulées depuis Fachoda.

– J'ai encore un peu de place pour la revanche. Mais, mon cher Marais, vous avez dans ce pays un tel nombre de ces collines où rien ne pousse que je ne me fais aucun souci à ce sujet. Nous en prendrons d'autres.

Piet l'avait vu aller sus aux Anglais au tout début de la bataille, cigarette aux lèvres et colt en main. Sous leur feu. Quand les Burghers progressaient tels des chats d'un rocher à l'autre, le Français bravait la mort avec l'insolence des corsaires, ou des inconscients. Marthe penchait pour l'inconscience. La guerre provoquait d'étranges comportements, chez bien des gens. De la peur panique aux actes les plus fous.

– C'est le mot, dit-elle à Piet. Folie.

– Il n'a rien à perdre. Personne ne l'attend. Nulle part où traîner son ennui, sauf ici, pour le moment.

– Il est ton ami pourtant.

– Oui, vois-tu, il est comme un frère. Ces hommes-là donnent au-delà d'eux-mêmes. Ils cherchent quelque chose qui les dépasse, une chimère. Il y a beaucoup de gens comme lui sur nos champs de bataille. Je ne sais si je suis son ami. En vérité, je pense qu'il ne peut en avoir. Mais nous n'avons pas besoin de beaucoup parler pour savoir qu'on est d'accord sur le fond. Notre combat est juste, mais bon, qu'est-ce qu'une guerre juste ?

Les couples n'étaient pas nombreux qui, tels Marthe et Piet, pouvaient ainsi envisager de traverser ensemble l'épreuve. Marthe se prit à espérer que, passé ce premier affrontement, les gens raisonnables se mettraient autour d'une table pour discuter. Les Boers avaient montré aux Anglais qu'ils étaient capables de faire mieux que se défendre. Déjà propriétaires des diamants, ceux-ci accepteraient de négocier leur retour dans les mines de l'ouest. On ne pouvait pas tout vouloir, tout posséder. « Il faut en laisser un peu aux autres, c'est ça ? » lui avait fait remarquer Marthe.

La naïveté de sa femme amusait Piet. Elle ne désirait pas entendre la réponse. Elle contemplait le spectre tremblant d'Aubervilliers devenu chef de commando, ou de bataillon, elle ne savait pas très bien en vérité. Il était là, bien vivant, contre elle sous la minuscule tente qu'il avait trouvée au dépôt. Piet Marais, avec sa peau très blanche, son torse glabre aux muscles saillants, ses bras puissants qui l'enserraient comme pour l'emprisonner à jamais. À l'étouffer.

– J'ai besoin de me savoir de ce monde. Tu comprends ça ?

Elle comprenait. Maintenant qu'il avait accompli son devoir pour la patrie, on lui dirait peut-être qu'il pouvait rentrer chez lui ou terminer la guerre dans un bureau de Pretoria. Si un général passait par le camp de Talana, elle s'arrangerait pour le lui demander, en cachette de Piet. Elle plaiderait les fièvres, la guerre précédente, le besoin qu'elle avait de ce soldat assez fatigué en fin de compte. Pour s'épargner le risque d'être veuve, elle serait capable de faire ça.

Elle se lova contre lui. On reprendrait le jeu interrompu par les nécessités de la guerre. Elle tendit son buste, ouvrit les lèvres. On aurait droit aux soupirs maîtrisés. En attendant, il fallait être raisonnable, ne pas se donner en spectacle. C'était déjà peu ordinaire, un officier faisant l'amour à sa femme sous une tente militaire, à trois kilomètres d'une ville bombardée.

Elle le força à poser les mains sur ses hanches, noua ses bras autour de son cou. Il avait, de chaque côté de sa bouche, des fossettes d'enfant. Elle les explora de sa langue, sentit qu'il se détendait. Les doigts de l'homme sur ses flancs, son souffle encore contenu, le regard cherchant la fente oblique de ses paupières.

– Un chat devant l'âtre, voilà ce que tu es.

Il la ploya doucement, entreprit d'ouvrir le haut de son corsage. C'était bien une rouerie de femme, ces boutons, minuscules, alignés, et l'obligation de les vaincre l'un après l'autre ; l'impatience pouvait à tout moment vouer à l'arrachage ce travail de couturier.

Elle vint à son aide, dévoila le lin de sa chemise de corps, le flou du vêtement jusque-là mis au secret sous l'austère cuirasse du corsage. Piet posa ses mains sur sa poitrine. Elle avait dû, par le passé, desserrer l'étau d'autres mains, mordant sa propre chair pour ne pas crier, comme elle l'avait fait sous l'assaut du médecin d'Aubervilliers. Les hommes se ressemblaient, impatients d'en finir.

– Doux, monsieur, doux, murmura-t-elle.

Elle vit son trouble extrême, une forme de désarroi. Un obus anglais plus fantasque que les autres, ou tiré sous un angle propice, pouvait fracasser la toile complice et les corps allongés sous elle. Il fallait vivre, le temps manquait. Le souffle de Piet s'accéléra. Marthe se sentit possédée par une onde puissante de désir. Elle ouvrit grand la bouche sur le cou de son mari, un bâillon, exquis, qu'elle pouvait dénouer à tout instant. La guerre s'arrêterait, domptée par le lamento étouffé des amants.

Le général Daniel Jakobus Elardus « Maroela » Erasmus avait fière allure. Il en existait donc pour de vrai, dans cette armée de civils hâtivement costumés en soldats. Celui-là se tenait droit sur son cheval tandis que la troupe défilait au pas devant lui. Une salve d'obus salua au loin la mise au garde-à-vous de la compagnie. Raide et souriant, le général ôta son chapeau qu'il tint levé haut pendant que les décorables s'avançaient vers lui.

Marthe joignit ses mains sous son menton. Pour la circonstance, Piet avait troqué sa veste de laine et sa chemise de toile contre une vraie tenue d'officier. À sa droite, Berto-Linnoz avait quant à lui conservé la sienne, de dragon français. On voisinait là avec d'autres soldats réguliers, avec des miliciens de tous âges aussi, paysans et citadins mêlés pour recevoir l'hommage des républiques. Les combats avaient déjà valu la mort au commandant anglais. La grande victoire à venir annonçait la chute de Dundee.

En vérité, les Boers butaient encore sur la résistance anglaise et seules les lourdes pertes subies forceraient peut-être le successeur du général tué à abandonner la ville. Il ne serait pas facile de s'en aller assiéger puis de prendre le chapelet de bourgs et de collines délimitant un front bien fragile. Mais il convenait de ne pas inquiéter l'arrière. On avait gagné la première grande bataille de cette guerre, cela seul comptait.

Le général mit pied à terre. La cérémonie serait brève car il fallait retourner se battre. On lui tendit une boîte en fer pleine de médailles. Chacun eut droit à son petit mot consacré par l'accolade réglementaire. Comme le flux de blessés avait cessé, on s'accorda un verre de l'amitié et de la bravoure, sous la tente du colonel commandant le camp. Du vin de Franschhoek, dédié aux volontaires du lointain pays d'origine. Marthe leva son verre en direction de Piet. Elle lut dans son regard un contentement mêlé de fierté.

Un nom de ville fut prononcé, Ladysmith. Il honorait la femme d'un pionnier britannique. C'était dans le Natal anglais, à quelque distance d'un bourg appelé Harrysmith. Harry et sa *lady*, une histoire de couple, une cible militaire de première importance également. Dundee sous contrôle des républicains, on irait se commettre au siège de Ladysmith et, si ce verrou-là sautait, la route de Durban s'ouvrirait toute grande devant les hommes de Kruger.

Il y eut un silence. À ceux qui pensaient que la guerre s'arrêterait sur les hauteurs de Talana, la nécessité donnait l'indication contraire. Marthe frissonna. De Mafeking au nord à Ladysmith au sud, en passant par Kimberley également assiégée, deux mille kilomètres de front offraient aux belligérants l'opportunité de garnir leurs vestes de quelques médailles supplémentaires.

9

Piet se tenait à distance de la voie ferrée, en compagnie d'un commando chargé de verrouiller la piste menant à Frere. Couverts de leurs longues capotes, les assaillants, tous volontaires, sous les ordres d'un fier guerrier nommé Botha[1], s'étaient fondus dans la nuit.

Berto-Linnoz avait tenu à être de cette mission. Prendre d'assaut les collines du Natal était divertissant, certes, mais sans doute moins que de s'emparer d'un convoi anglais.

Une pluie fine tombait, invisible. Tout feu était interdit, on n'avait même pas le droit à une cigarette. Dans le silence à peine troublé par le chuintement de l'eau, les hommes attendaient, accroupis de part et d'autre du chemin.

Enfin, le halètement de la locomotive se fit entendre. Cela venait du sud. Le convoi était parti de Durban, direction Ladysmith. À son bord, de la troupe et peut-être quelques canons destinés à dévaster les rangs boers. Quoi qu'il en fût, la prise serait bonne et les Anglais découragés de se risquer à nouveau dans la zone.

Piet serra la crosse de son pistolet, donna une petite tape sur l'épaule de Berto-Linnoz. Le souffle de la chaudière se rapprochait. Le capitaine français attendit, un

1. Futur commandant en chef des armées boers.

peu d'angoisse au cœur, le bruit de l'explosion. Qui vint, presque aussitôt étouffé. Une flamme jaillit à cinquante mètres des embusqués, tandis que l'écho du déraillement se répandait alentour.

Piet se rua vers la cible, aux côtés d'un lieutenant. Il désirait voir le chaos, la lumière du brasier. Il courut, à demi courbé. Un talus lui offrit un abri. De là, il pouvait apercevoir la tête de train versée dans un ravineau et le reste du convoi toujours sur les rails.

Des hommes criaient. On se dispersait à la hâte, chacun pour soi. La nuit serait complice des fuyards. Piet résista à l'envie de partir à l'assaut. Il lui fallait patienter encore. Éclairé par l'incendie d'un wagon, un Britannique de grande taille organisait, pistolet au poing, l'évacuation de ses camarades.

– Pour moi ! cria Berto-Linnoz.

Au moment où le Français le visait, l'homme disparut, comme happé, tandis que les dynamiteurs et leurs clients du jour échangeaient des coups de feu.

– On va en recevoir quelques-uns ! hurla Piet.

Il rejoignit sa petite unité, s'accroupit à nouveau. Des silhouettes franchissaient le talus, venant vers lui. Il n'avait fallu que quelques minutes pour que le gros du contingent anglais disparût dans la nature. La priorité était de prendre le train, le reste était juste une question de hasard.

Des fugitifs portant le casque conique des fantassins de Sa Majesté se hâtaient vers une possible échappatoire. Une demi-douzaine d'hommes affolés. Les Boers jaillirent au moment où le groupe passait devant eux.

– Halte ! cria Botha.

Les fuyards étaient déjà cernés, quinze canons de fusil leur signalaient la fin du voyage. Ils n'insistèrent pas, laissèrent tomber leurs armes, plus ou moins lentement.

– *Passasiers vir Pretoria*[1], ironisa quelqu'un.

Piet ordonna qu'on liât les poignets des captifs. Il reconnut alors l'Anglais que Berto-Linnoz avait manqué. Très grand, tête nue, le front dégarni, aux lèvres une moue fataliste, souriant presque. Bizarrement vêtu d'une vareuse militaire ouverte sur une chemise de civil, le tout couvert d'un mélange d'huile et de terre. Un aristocrate, peut-être auxiliaire dans l'armée.

Les Boers s'activèrent. Une carriole attelée attendait. On y fit monter les hôtes du président Kruger. Quelqu'un alluma une lanterne, on reçut l'autorisation de fumer, de boire un peu d'alcool à la gourde. La lueur de l'incendie se fondit peu à peu dans la nuit noire.

C'était une bonne prise. Des fusils par dizaines, de la poudre et des balles, un affût de canon, à défaut des grosses pièces espérées. Quant aux prisonniers, une vingtaine au total, ils iraient grossir le contingent de leurs semblables, plus de mille déjà, à Pretoria.

Les commandos furent accueillis au hameau de Roosboom comme il convenait. On s'était enfoncés loin en territoire ennemi. Les premières semaines de la guerre étaient décidément favorables aux républicains. On se congratula en attendant de retourner au siège de Ladysmith. Une bouteille de champagne récupérée sur le butin circula dans la maisonnette de vacher où les officiers Boers avaient pris leurs quartiers.

Piet eut la surprise de voir entrer le grand Anglais dans la pièce servant tout à la fois de bureau, de dortoir et de mess provisoire. L'homme gardait ses mains désentravées dans ses poches. Il répondit d'un mouvement de tête au bref salut de ses hôtes. On pouvait se faire la guerre et

1. Passagers pour Pretoria.

conserver des manières polies. Berto-Linnoz s'avança vers lui, tendit un paquet de cigarettes, puis son briquet.

– *In memory of a meeting in Fachoda, fifteen years ago*[1]. Vous en étiez ?

– Trop jeune encore, répondit en français le prisonnier dans un sourire.

– Vous préférez peut-être les cigares ?

– Comment le savez-vous ?

– Une impression.

– Le coche pour Pretoria est prêt, annonça l'officier Botha qui avait dirigé le commando. Ce monsieur le prendra pour une captivité un peu spéciale.

Il ménageait son effet. L'Anglais accepta un verre de champagne. Piet le vit y tremper les lèvres avec le détachement quelque peu narquois nommé « flegme » par les Britanniques. Les Boers, assez excités, parlaient entre eux. Piet cueillit un nom au passage, qu'il ne comprit pas tout à fait. Le captif fut invité à quitter les lieux pour rejoindre la troupe, ce qu'il fit sans les saluer cette fois.

Piet avait besoin de quelques précisions.

– J'ai vu ce visage quelque part… En Europe, je pense.

Berto-Linnoz avait lui aussi une impression de déjà-vu. L'officier se fit un plaisir d'égrener les indices.

– Un journaliste du *Morning Post.* Descendant du sieur Marlborough, fils de chancelier, au début d'une carrière politique. Il nous a dans le viseur depuis longtemps. *Rule, Britannia !* Pour les types comme lui, nous sommes tout juste bons à brouter avec les vaches. Eux s'occupent des mines, en bons Rosbifs, quoi. Celui-là est un gros bonnet. Il aura droit à un traitement de faveur à Pretoria : œufs au bacon le matin, thé à cinq heures, panse de brebis farcie, au besoin. Nous ne manquons pas de moutons, chez nous.

1. En souvenir d'une rencontre à Fachoda, il y a quelques années.

– Comment s'appelle-t-il ?

Botha se fendit d'un large sourire. Puis, sérieux :

– Churchill, Winston de son prénom. Nous avons ferré un gros poisson, mon cher Marais.

Bonne-Espérance

– Ainsi tu as participé à la capture de ce Churchill. C'est un noble d'Angleterre.

Le patriarche Anders Marais avait une façon de parler qui était respectueuse même des ennemis. Piet renchérit :

– Il fait un peu le malin dans cette guerre, se promène d'une bataille à l'autre sans qu'on sache très bien s'il est militaire ou journaliste, mais il ne manque pas de courage. Je l'ai vu attendre que le train ait été évacué pour se retirer. Ces gens de l'aristocratie ont du panache.

– Les nôtres aussi, dit Anders. Seulement, des aristocrates, on n'en a pas beaucoup au Transvaal.

– Bien sûr. Je ne dis pas le contraire.

À l'exception de Louis Viljoen, tenu en réserve à Vryied, aux marches du pays zoulou, la famille était réunie pour quelques heures de permission. L'été austral imposait ses travaux agricoles. La victoire de Talana ouvrait des perspectives de paix dans la région, les trains circulaient librement vers le nord. Épuisés par des semaines de combat dans la boue printanière, les guerriers boers avaient obtenu de leurs chefs le droit à un peu de repos.

Les femmes avaient commencé à cuisiner la veille. On avait sacrifié un agneau, invité des voisins autour de la broche sur laquelle cuisait l'animal. L'azur piqué de petits nuages blancs invitait à la paresse des dimanches en famille. La rumeur des exploits de Piet Marais avait résonné d'une colline à l'autre. Il annonçait des succès futurs, décidément les Burghers savaient se battre et ceux de la première guerre pouvaient être fiers de leurs successeurs.

Il n'y avait, autour de la table sur laquelle s'alignaient les bouteilles de vin et de bière, aucune tension particulière. Ceux qui se réunissaient à Bonne-Espérance ne pleuraient aucun des leurs. Certes, on avait vu tomber des hommes, mais les pertes anglaises étaient de loin supérieures. Le Long Tom avait fait des ravages à Dundee, forçant une grande partie de la population à l'exil. De Pretoria et de Bloemfontein parvenaient félicitations et encouragements. Il était même question d'une visite du président Kruger sur le front sud.

– Dieu nous aide, dit Anna en se signant. Nous sommes ici très près de ce front-là.

Elle considérait Marthe différemment. Il y avait désormais ceux qui se frottaient à la mitraille britannique et les autres, qui restaient à l'arrière. Tous participaient à l'effort de guerre, mais à des postes différents. Les enfants entouraient leurs héros et ceux-ci, dans leurs vestes et leurs pantalons de toile épaisse, ayant posé leur fusil contre les murs de la terrasse, redevenaient les civils qu'en vérité ils n'avaient jamais cessé d'être.

– La madone des blessés.

Piet regardait Marthe avec fierté. Elle aurait pu demeurer à Bonne-Espérance, travailler avec les femmes et les deux hommes demeurés là. Il la soupçonnait d'avoir craint de s'y ennuyer. Anna devrait en convenir, la Parisienne maquillée, aux robes ajustées, aux souliers à talons, avait montré un certain mépris du danger, un dévouement total, sinon à la cause dont les arcanes la dépassaient, du moins à ceux qui la servaient.

– La madone des blessés, oui.

Des infirmières en poste à Talana et à Ladysmith avaient pris le même train qu'elle. Elles contourneraient le Basoutoland pour gagner le front de l'Ouest, où le siège de Kimberley se poursuivait. Y tiendrait-on aussi fermement qu'à l'Est ? Les victoires étaient certes belles, mais rarement complètes. Quelques collines conquises, au-delà desquelles il n'était pas évident qu'on se lançât. Les conversations là-dessus n'allaient pas plus loin que les vœux pieux. Peut-être les stratèges le devinaient-ils. On ne tirerait rien d'eux.

Marthe s'immergea dans la tranquille assurance des Boers. Immenses étaient les espaces prolongeant de tous côtés les frondaisons de Bonne-Espérance. Les hommes présents à la célébration de leur propre courage semblaient assez forts pour écraser n'importe quel ennemi. Leur regard bleu couvrait le pays à défendre comme celui de l'aigle le nid au sommet de la montagne. Les craintes de Piet n'avaient en fin de compte pas d'objet. Aux quelques désertions de fermiers pressés de retourner à leurs travaux agricoles, l'immense majorité du peuple colon répondait par son calme, sa présence pérenne sur le terrain des combats, sa certitude d'avoir raison et pour cela de vaincre. La justice triompherait.

Marthe se sentait bien au milieu de ses sœurs soignantes. On se quitterait dès le lendemain ; un train conduirait les volontaires vers leur destinée. L'Afrique de ces gens n'avait qu'un lointain rapport avec le rêve que Marthe en avait fait. Âpre et austère, couverte de savane que l'on avait imaginée forêts profondes, perdues au fond d'horizons inaccessibles. « Tu aimeras ce pays », lui avait promis Piet. Et de fait, elle s'était mise à l'aimer au fil des semaines, comme si elle y possédait depuis toujours ses racines.

Elle souhaita que ce jour de paix durât le siècle. Les sombres nuées accumulées dans le ciel des deux républiques avaient absorbé les conflits dans les familles, les bisbilles. La gravité du moment, dissimulée derrière les masques des gens, unissait les cœurs et purgeait les mémoires de ce qui les encombrait.

Piet s'approcha de Marthe. La bonne fortune des armes leur accordait un peu de répit. L'étrange organisation des armées boers, en vérité la relative liberté qu'elle laissait aux gens, les gardait en couple sur le front. Une guerre où les femmes tenaient leur rang aux côtés des combattants de première ligne, on n'avait encore jamais vu ça. Pour un peu, certaines eussent pris le fusil et fait le coup de feu contre les collines anglaises.

– *Frenze*, dit-il.

La place qu'elle avait prise semblait avoir été créée pour elle, quand tout demeurait incertain et fragile. Elle se blottit contre Piet, contempla la petite foule rassemblée devant la terrasse de Bonne-Espérance. Il pourrait y avoir encore de ces journées baignées de fraîcheur et de soleil. Des gens jusque-là inconnus lui souriraient, comme les Joubert ou les Villiers. Lorsque la paix serait revenue, on irait avec eux visiter les immensités du Nord-Est, où fauves et bêtes prodigieuses vivaient en liberté. Deux journées de train, autant en coche ou en chariot, pour enfin apercevoir les éléphants et les buffles, les rhinocéros, les hyènes attablées aux charognes. Piet s'y engagea :

– Je t'y emmènerai. On passera d'abord par Pretoria. Tu t'y habilleras à ta guise. Que crois-tu ? Ici, c'est la campagne, mais là-haut, c'est un petit Paris.

Il y aurait de la besogne avant. Piet se détacha de Marthe au moment où elle désirait qu'il la prît dans ses bras. Il en allait souvent ainsi, comme si au besoin de tendresse de la femme correspondait, par une sorte de jeu involontaire, la nécessité pour l'homme de remettre ça à plus tard. Et puis on ne montrait guère ses sentiments en public, au Transvaal du président Kruger.

Marthe rejoignit Eltsie. Leurs brefs adieux à la gare de Volkrust les avaient rapprochées. Les premières semaines de guerre avaient mûri la jeune fille, fait d'elle l'égale de sa mère et des hommes dans la gestion du domaine. Finies les longues courses à cheval, des jours durant. Il fallait tenir les comptes et s'occuper des hôtes, veiller, en compagnie de Jeans Viljoen, aux travaux des ouvriers dans les champs jouxtant la maison.

– Martha.

Le sourire d'Eltsie, la joie de vivre éclairant son visage étaient les soleils de ces temps d'inquiétude. Aux échos des deuils frappant les familles, elle répondait par l'insolence de sa certitude ; on gagnerait cette guerre et ce serait pour toujours la paix, la liberté, le bonheur de jouir des bienfaits de la terre. Dieu reconnaîtrait ses Justes et les récompenserait.

– *Sit*, Martha.

Elle invitait la Française à se reposer. Ses frères étaient allés dormir, comme des enfants épuisés par une course sans fin à qui il suffirait de fermer les yeux pour s'extraire du monde.

Marthe se laissa glisser au creux d'un épais fauteuil de cuir. Près d'elle, balançant doucement son fauteuil à bascule sur le bois de la terrasse, le patriarche méditait, par cette habitude qu'ont les vieux de juger les autres du haut de leur silence. Bonne-Espérance bruissait de son peuple en transit. Si la guerre venait à se rapprocher, le domaine deviendrait camp militaire.

Marthe posa les yeux sur les hautes collines balisant au loin l'horizon. Le bruit du canon, le galop des chevaux tirant les affûts, la poudre, les chariots débordant d'hommes et, pour musique de fond, le soupir des blessés qui se muait parfois en cris. La symphonie des batailles. Marthe sut d'instinct qu'elle veillerait encore longtemps au chevet des soldats. Sa gorge se serra.

La rumeur paisible de Bonne-Espérance la rassura. Le temps ; elle et Piet apprendraient à se connaître. Leur statut privilégié leur permettait d'oublier les rigueurs du temps dans de brèves et violentes étreintes, quand les autres devaient se contenter de leur imagination. Parce que les tentes étaient proches les unes des autres, il leur fallait continuer, comme par un jeu subtil et prenant, à étouffer leur plaisir derrière leurs lèvres closes. Une pudeur de circonstance.

– Les jumeaux s'en vont aussi, lui dit Piet lorsqu'elle s'éveilla. Ça les embêtait de ne pas te dire au revoir.

– Déjà ? Où vont-ils ?

– À Ladysmith. Tout le monde ou presque s'y rend. Une grosse partie, qui va se jouer pour le contrôle du Natal.

Les ordres avaient été donnés. Les hommes de Kruger se rassemblaient autour de la ville clé. Une bataille avait déjà eu lieu en octobre. Les Anglais y avaient laissé plus de six cents hommes. Un choc pour une armée sûre de régler le problème en quelques jours. Les Boers n'avaient pas poussé leur avantage. Piet le regrettait.

– Il fallait prendre la ville. Maintenant, ils l'ont fortifiée, et c'est le siège, comme à Kimberley et à Mafeking, au nord. On s'épuise, à ce genre d'exercice.

Marthe serra les mains des grands adolescents devenus ses neveux. Nerveuse et triste, Anna tournait autour d'eux. Elle aussi avait pensé que la prise de la colline surplombant Dundee suffirait. La réalité était tout autre.

Les deux garçons se virent munis de besaces arrondies par de la charcuterie et des miches de pain. On avait pensé à la citronnelle contre les moustiques et aux chaussettes de laine. Jakobus s'offusqua. Il faisait assez chaud comme cela, le coton siérait mieux aux orteils miliciens. Les pieds devaient être serrés au maximum dans les bottes. Piet confirma, un brin solennel :

– Vous avez un peu vécu, pas assez cependant pour vous considérer comme des briscards.

Eltsie leur tendit des petites outres pleines d'un alcool de prune capable de réveiller des morts. On pria, mains jointes, nuque fléchie, pour Louis Viljoen, qui avait déjà rejoint les assiégeants de Ladysmith. Jeans demeurerait cette fois encore le seul homme de la ferme.

Marthe songea à la voracité de cette guerre. Bonne-Espérance s'était vidée de sa substance en à peine quelques semaines. Il n'était jusqu'aux ouvriers xhosa et zoulous que la mobilisation générale n'eût engagés comme porteurs de cantines ou poseurs de traverses. Pas de fusils pour eux, mais de la besogne auxiliaire, épuisante, sous la mitraille et les mortiers souvent.

Le pays boer comptait ses soldats. Des villes assiégées, les Anglais tentaient des sorties en attendant les renforts massifs promis par Chamberlain et Kitchener. Pour les républicains, l'entrée dans le XXe siècle devait impérativement coïncider avec la prise de ces verrous, car tous les rapports décrivaient un effort colossal des Britanniques, encore jamais vu en Afrique. « La Grande Armée de ton Napoléon », avait froidement conclu Piet.

Il rejoindrait bientôt à son tour les troupes massées autour de Ladysmith. Les Boers mettaient le paquet pour prendre ce lieu hautement stratégique. Il devait auparavant retourner à Talana, où l'attendait un Belge travaillant pour les autorités de Pretoria. Un certain Mercier qui avait de la famille à Bloemfontein.

À l'idée de devoir quitter Bonne-Espérance, Marthe éprouva pour la première fois un pincement au cœur. Les gens qui l'entouraient cachaient comme ils le pouvaient leur profond désarroi. Les femmes étaient fortes, capables de défendre, carabine en main, leur bien. L'éclatement de leur société les inquiétait davantage que la perspective de devoir se battre. Elles faisaient front, l'âme hantée par le devenir des domaines.

Anna Viljoen n'ouvrit pas ses bras à sa belle-sœur. Néanmoins, elle la laissa venir contre elle pour un témoignage furtif d'affection. Elle reconnaissait un service rendu, que l'on n'avait pas réclamé. Au moment où Marthe le saluait, Anders Marais hocha longuement la tête. Les événements le dépassaient. Ce rassemblement familial à Bonne-Espérance avait été un leurre. Un grand silence allait tomber sur le domaine et les souvenirs de la guerre passée occuperaient, seuls, son esprit.

– *Pasop*, Martha, murmura Eltsie en essuyant une larme.

Piet traduisit.

– Oui, je prendrai garde, dit Marthe, et vous aussi, faites bien attention.

Jakobus Viljoen prit les rênes de l'attelage. Son fusil à canon long près de lui. Anna était déjà rentrée dans la maison. Chacun avait sa manière de vivre la petite mort du moment. Marthe chassa un pressentiment. Un soleil de triomphe noyait Bonne-Espérance dans sa chaleur : les prairies, le bétail disséminé, l'écurie abritant les chevaux, les champs qu'il faudrait tout de même moissonner entre les orages de janvier. Aux frissons de l'entrée en guerre succédait, malgré l'écho des victoires, une sourde inquiétude.

Dundee, décembre 1899

– *Frenze*, les soldats anglais ont quitté la ville. Nous allons occuper Dundee sans tirer une balle de plus, lui annonça Piet.

Un cavalier, messager d'une providence bienveillante, galopait de poste en poste, depuis l'aube, pour annoncer la nouvelle. La longue patience des Boers, l'énergie dépensée à tenir la colline avaient contraint l'ennemi à replier ses troupes vers des positions plus sûres, abandonnant la ville. Piet fit son rapport à Marthe. Ils avaient instauré un rituel du genre militaire. Piet dépliait une carte d'état-major et faisait le point.

– Ils tenteront de rejoindre Ladysmith en franchissant nos lignes. J'enrage de ne pouvoir leur couper la route, mais c'est ainsi, nous ne sommes pas assez nombreux.

Des bataillons promis manquaient à l'appel. Irrésolution de certains chefs, ordres contradictoires, indiscipline, la pâte boer jusque-là liée se fissurait malgré les apparences, dans les chaleurs de l'été.

– Bricoleurs, lâcha Piet. Enfin, je pourrai toujours te faire visiter Dundee.

Marthe faisait mine de l'écouter. Ils séjournaient chez l'un de ces républicains dont les ancêtres s'étaient installés sur une terre devenue, par le hasard des traités, possession britannique. Marthe prit son mari par le bras. Elle était encore sous le charme de leur nuit, de leur désir d'arrêter le temps dans la sueur de leur fougue. Elle ne laisserait pas la guerre obérer cet envol.

Ils firent quelques pas sous un soleil blême encore prisonnier de la brume de chaleur. Passé le parvis embourbé de la maison, un chemin menait au lac immense et verdoyant des champs. Une famille boer régnait là sur un bon millier d'hectares, entre des collines semblables à leurs sœurs du Transvaal. Des bovins s'en partageaient les vastitudes, quelques moutons piquaient le paysage de leurs taches beiges. À une heure de coche de Talana, l'endroit, qui ressemblait à Bonne-Espérance, baignait dans le silence.

Marthe s'arrêta, huma l'air, tandis que Piet, pensif, regardait les bâtiments.

– Si les Anglais prennent l'offensive et repassent par ici, ces gens auront du souci à se faire, dit-il.

Des silhouettes allaient et venaient devant la demeure du maître. Civils et soldats, serviteurs. Marthe vit les robes noires des femmes, ses compagnes désormais. Elles l'avaient accueillie avec chaleur, installée dans l'une de leurs chambres comme elles l'eussent fait d'un hôte de marque, ministre ou général. Trois cents blessés avaient transité par l'hôpital de campagne de Talana. La *Franse* s'était bien comportée, avait travaillé jusqu'à l'épuisement. « On est fiers de toi, un peu partout », l'avait complimentée Piet.

– C'est un peu bizarre, dit-il alors qu'ils s'en revenaient vers la maison des maîtres, il n'y a pas grande différence entre nos pays. La frontière est un leurre, tout serait si simple sans elle.

Il parla des premiers colons du Natal, partis de la province du Cap, soixante ans plus tôt, pour s'affranchir de la tutelle anglaise. Le Grand Trek, ainsi nommait-on cette odyssée en chariot jusqu'aux confins des pays xhosa et zoulou. Beaucoup de ces pionniers l'avaient payé de leur vie.

– Nous sommes de cette race-là. Ce pays n'est que guerre, depuis le début.

Marthe soupira. Elle attendait un moment d'absence, une escapade, mais Piet était immergé dans le présent. Bougon, et inquiet.

– Ces Boers sont trop indisciplinés, dit-il, ils ne pensent qu'à leur bout de terrain. Les diamantaires seront les vrais vainqueurs. Eux sont loin, à Anvers, à Rotterdam ou place Vendôme. Ils s'entendront avec les uns comme avec les autres, l'argent n'a pas d'uniforme.

Elle chercha son regard, l'air de dire qu'à cet instant, cela n'avait pas vraiment d'importance. Il daigna sourire.

– En tout cas, tu t'es vraiment fait une place à la Croix-Rouge, et bien au-delà.

– Eh bien, j'ai eu raison de te forcer à m'emmener.

– Sans doute. Tu risques de voyager beaucoup. Ladysmith possède autant de grâce que Dundee. Des patelins sans la moindre originalité, à se demander pourquoi on meurt à seule fin de s'en emparer.

– On y tue des Anglais, non ?

Elle s'était éloignée de lui. Le charme était rompu. Piet prenait la revanche dont il avait rêvé et n'en éprouvait qu'un plaisir amer. Des Rosbifs dans sa ligne de mire, enfin. Elle n'avait pas osé lui demander s'il en avait abattu, et suffisamment. Il la considéra sans mot dire. Cette femme au parler presque sommaire, capable de se jeter dans la guerre pour y agir aussitôt, savait le démystifier.

Il mettait entre elle et lui une distance qu'il se savait incapable de briser. C'était ainsi. Le temps amenderait peut-être cette sorte de paresse. Il y avait certes le contact charnel, intense, brûlant, mais le bel objet consentant à l'amour n'était pas que cela. Marthe le connaissait, d'instinct. Il en éprouvait de la gêne, choisit de la railler.

– Cantinière pour agonisants. Après tout, tu es rodée. Le service des maladies tropicales d'Aubervilliers est un signalé mouroir, je m'en souviens.

Elle marcha dans les hautes herbes que le plein été jaunirait bientôt. C'était au milieu de nulle part. Elle épousait une cause bien qu'elle ne fût pas la sienne. Elle passait par des humeurs contraires. Un jour heureuse de s'être fondue dans la troupe combattante, elle doutait le lendemain d'avoir un quelconque rôle à jouer, perdue au milieu de ces étrangers.

Ce devait être un effet délétère de la guerre. On s'efforçait de montrer bonne figure, les héros comme les anonymes, on crânait un peu bien que cela ne fût pas vraiment dans la nature des Burghers. Au fond des cœurs et des âmes, c'était bel et bien l'angoisse qui brûlait tel un feu.

Marthe regarda vers le sud, où s'organisait le front. Imaginer des colonnes en marche, des trains emportant hommes et matériels, des bâtiments soufflés par les obus et des cadavres jonchant les champs de pierres lui était désormais familier. À Paris, les arbres devaient commencer à perdre leurs feuilles, les femmes avaient ceint leur cou d'écharpe, le ciel pommelé contemplait la ville de haut ou la nimbait d'une de ces pluies fines de fin d'automne. Une bouche de métro déversait des foules devant les grands magasins, quelqu'un proposait de s'asseoir derrière la vitre d'un café.

– Eh ! Iras-tu loin, comme ça ?

Piet se tenait au milieu du chemin, les mains dans les poches. Sous son feutre à large bord, dans la tenue réglementaire des paysans boers, il ressemblait trait pour trait aux gens avec qui il combattait. En même temps qu'elle l'admirait, Marthe ne put se départir d'une certaine tristesse. Malgré son attirance physique pour elle, il lui faisait comprendre à sa manière cynique qu'elle passait après les nécessités de la guerre. Être femme de chef n'était pas aisé.

Elle songea à leur différence d'âge. Les tavernes de Montparnasse, les bals échevelés du Moulin Rouge avaient été pour eux des refuges où, à égalité, ils pouvaient oublier leur quotidien. Se jeter dans la fête, ensemble, leur avait permis de gommer ce qui en vérité les séparait. Une embellie, volée sur les vicissitudes de l'existence, tricheuse sur le fond. Mais consentie.

En vérité, Piet ne l'avait pas forcée à le suivre en Afrique. Les choses étaient allées d'elles-mêmes, on était entre gens libres, disponibles pour l'aventure. Elle ne lui reprocherait pas de l'avoir laissée participer à un conflit absurde. La découverte des ressorts intimes de la guerre confortait malgré tout son sentiment d'être utile en ces lieux davantage qu'ailleurs. Mais un geste de tendresse, un élan autre que celui des reins et du ventre… Quelques mots, murmurés au terme d'une étreinte… Quelle patience la mènerait à les entendre un jour ?

Il écarta les bras. On ne bivouaquerait pas longtemps dans la savane à vaches. Dundee désormais sous contrôle, il avait à faire. Ladysmith, Vryburg, Colenso, Kimberley, victoires et défaites, les premières claironnées, les autres maquillées en retraites stratégiques. Elle apprenait la géographie au jour le jour, comme sur les cartes des écoles de la République : pastels des empires, étoiles ou petits carrés des matières premières, le tout sur le fond vert des champs cultivés, des forêts et des jungles d'un continent trop grand pour elle.

– Eh bien ? Tu attends les premières chaleurs ?

Elle le rejoignit, prit à nouveau son bras. À son interrogation muette, elle répondit par un haussement d'épaules.

– Il y aura donc de l'ouvrage pour moi, ailleurs.

– Oui, je le crains. Les Boers vont essayer de pousser leur avantage vers Durban. Mais s'ils ne prennent pas Ladysmith, cela voudra dire qu'ils devront se retirer de cette province à un moment ou à un autre. Une guerre, ça bascule d'un côté ou de l'autre pour un détail, des gens qui sont arrivés trop tard, ou trop tôt, un chef qui n'a pas osé quand il le fallait, un message attendu en vain.

Marthe murmura : « Ladysmith. » Un joli nom, pour une ville que le train la conduisant de Durban à Volkrust avait traversée, à peine quelques mois plus tôt.

10

– Es-tu prête à voyager un peu ?

Piet souriait derrière son cigare.

– Je pense que oui, ajouta-t-il.

Marthe se retint de sauter en l'air. L'atmosphère de Bonne-Espérance lui pesait davantage que les premières chaleurs printanières. Bien qu'elle ne l'exprimât pas ouvertement, il n'était guère difficile pour son compagnon de deviner son malaise. Piet l'informa qu'ils partiraient pour deux ou trois semaines, histoire de voir des montagnes un peu plus hautes que celles de Volkrust.

– Je te dois un voyage de noces, ma jolie.

Elle en avait fait un, et pas n'importe lequel, passant d'un hémisphère à l'autre, changeant de monde. Piet n'était pas tout à fait d'accord.

– Oui, peut-être, mais il lui manquait quelque chose.

– Quoi donc ?

– Pouvoir regarder le temps passer, hors de tout, sauf de toi et moi. Je t'emmène au Drakensberg.

– On s'y bat ?

– Non, enfin, pas encore. Nous partageons ce pays-là avec les Anglais, nous au nord, eux au sud. Les Basoutos sont au milieu. Les British les ont un peu annexés, une manie chez eux, mais ils sont protégés par une muraille de roche et de neige. Nous en verrons, peut-être.

Elle s'efforça de masquer le plaisir que lui avait fait cette annonce. Anna Viljoen et son mari n'avaient presque jamais quitté Bonne-Espérance. Un séjour à Durban, déjà ancien, des escapades dans les comtés voisins pour visiter des cousins et des amis ; le Drakensberg était un décor dont on rêvait en regardant des photographies, en se disant qu'un jour, on ferait les deux cents kilomètres qui séparaient Volkrust des premiers cols. C'était à la fois proche et lointain. En vérité, Jeans Viljoen détestait l'idée même de dépasser les limites de son domaine. Quant à sa femme, chevaucher sur les hautes collines cernant la propriété suffisait à satisfaire ses envies d'ailleurs.

Anna haussa les épaules. Piet était à ses yeux un oiseau migrateur en perpétuel mouvement, un fantasque. Très tôt, une fois ses dispositions à l'étude repérées par un instituteur, il s'était imaginé dans la peau d'un ingénieur ou d'un médecin. Courtier international en fin de compte, par le hasard des rencontres, des amitiés et des guerres. Il avait la bougeotte, pour de bon, s'impatientait s'il demeurait au même endroit plus d'une semaine. Se battre fusil en main était peut-être bien un dérivatif pour lui.

– *Drakensberg, waarom nie*[1] ?

En pleine guerre, l'idée paraissait saugrenue. Piet finit par révéler le pourquoi de cette escapade. Pour l'instant, la fortune des armes souriait aux Boers, mais des troupes seraient déployées en montagne s'il fallait un jour reculer. On empêcherait les Anglais de prendre en tenaille les républicains en descendant du Basoutoland. Pour cela, il fallait baliser les cols, prévoir les bivouacs et les lieux d'embuscade, mettre à jour les cartes d'état-major. Des habitués de la chasse en altitude se retrouveraient là-haut pour cette tâche importante.

1. Pourquoi pas ?

Marthe ne lui en voudrait certainement pas d'avoir maquillé cette mission en voyage de noces. Elle ne traîna pas pour boucler son bagage. On irait de ferme en ferme, vers le sud-ouest. Piet Marais était en vérité une sorte de notable itinérant, connu de tous, disposant de son rond de serviette et de son lit partout où il passait. Un hôte respecté.

– Vous ne savez pas pourquoi ? Piet ne vous l'a pas dit ?

C'était à cinq heures de piste de Bonne-Espérance, près d'un bourg minuscule nommé Memet, au bas d'une passe balayée par les rafales d'un vent tiède. L'attelage y était parvenu couvert de poussière, ses passagers, à peine moins. Des Joubert régnaient là sur quelques milliers d'arpents.

– Eh bien non.

L'hôtesse était ronde et rousse, parlait quelques mots de français. Des yeux d'un bleu pâli par des mélancolies cachées, un sourire fugace, des doigts épais, durcis par de rudes besognes.

– Il est héros national. À cause de la guerre, il y a vingt ans.

Modeste, aussi. S'effaçant, à Bonne-Espérance, derrière les vicissitudes d'une vie quotidienne âpre. Peu désireux, sans doute, de se raconter. Tandis que les hommes bavardaient autour d'une bouteille de cognac, la maîtresse de maison emmena Marthe dans un petit bureau aux murs tapissés de cartes.

– Ici. Beaucoup d'Anglais morts. Majuba Hill.

Sous son doigt, une colline, à quelques kilomètres seulement de Volkrust. Marthe en fut stupéfaite. On s'était battu à proximité de Bonne-Espérance et personne ne parlait de cela à la ferme. Ainsi était le malade de l'hôpital d'Aubervilliers.

– Qu'a-t-il fait ?

Elle comprit que cette bataille avait été un désastre pour l'armée de Victoria. Un vrai carnage qui avait couché pratiquement tous les officiers vêtus de vestes rouges, cibles idéales sur le fond gris de la roche. Piet avait pris la place d'un capitaine tué près de lui. Comme les hommes hésitaient, il s'était dressé, baïonnette au canon, pour les entraîner vers le sommet où l'on avait lardé du Rosbif.

– Le vieux Anders Marais en était aussi, dit la femme.

Ainsi le patriarche, lorsqu'il humait l'air du Transvaal sur la terrasse de Bonne-Espérance, contemplait-il en même temps, chaque jour que Dieu faisait, la colline qu'avec son fils et ses compagnons de l'armée boer il avait arrachée aux Anglais. Piet avait résumé l'affaire à sa façon laconique, comme détachée d'événements devenus sans importance. « On s'est battus, là-bas. »

Rien de plus que ce souvenir apparemment vague dont les huguenots avaient fait une sorte de secret réservé aux seuls intimes. En parler davantage était pour eux une obscénité insultant le Créateur.

Marthe contempla les photographies accrochées au mur du bureau. Rien de tel chez les Marais, où l'on préférait afficher quelques portraits d'anciens commis par des peintres de passage. Marthe ressentit une certaine fierté à l'évocation de cet exploit. Tout pays en guerre possédait ses héros, généralement morts sur un champ de bataille. Celui-là vivait, il fallait en remercier le dieu des tueries militaires.

– Tu ne m'avais pas dit pour cette colline dont j'ai oublié le nom. Il faut voyager pour en apprendre sur toi. Piet Marais, héros national.

La piste menant au Drakensberg n'était pas faite pour les rhumatisants. Il fallait un attelage renforcé et bien suspendu pour y parvenir sans y laisser ses reins, son dos ou même sa nuque. Les rares portions planes tenaient lieu de récompenses pour les aventureux perdus au milieu de cet océan de terre rouge peuplé d'arbustes jaunes et de fourmilières géantes.

Ils firent halte dans d'autres fermes boers, toutes semblables : la maison de pierre au crépi blanc, les dépendances, dans leur hamac de verdure, îlots esseulés au milieu des immensités de la savane. Autour, la houle des collines mangeait le paysage, rompue çà et là par les sinuosités d'une rivière. Rectilignes, épousant le moindre accident de terrain, des kilomètres de fil de fer délimitaient les domaines, assignant aux troupeaux leur espace. « Grandiose et triste », songea Marthe.

Loin encore, les contours irréguliers, gris dans la brume, de la montagne, se dessinaient. Ils parvinrent au pied du Drakensberg après cinq jours d'une chevauchée fatigante amendée par les soirées passées sous des toits amis. De loin, les sommets ne faisaient pas grande impression, mais au fur et à mesure que l'on s'en approchait, leur dimension se précisait.

Des à-pics vertigineux voisinaient avec des vallées d'altitude comme suspendues dans l'éther bleu. Nées des neiges encore présentes sur les hauteurs, cascades et rivières se ruaient de leur nid vers la plaine dans des vapeurs d'écume. Surgie de la steppe endormie entre ses molles collines, la barrière minérale, somptueuse, se dressait entre Transvaal et Basoutoland.

Piet n'évoquait jamais ses exploits passés.

– Je ne t'en parlerai pas ici. Admire et patiente. L'air de ce pays est d'une pureté rare.

Elle se demanda à quoi pouvait ressembler un adolescent de dix-sept ans propulsé dans une guerre qu'il avait fini par dominer, à sa manière de jeune inconscient. C'étaient des images d'Épinal, un chapitre de l'histoire appris à l'école, le petit Bara et la République contre l'arbitraire ou supposé tel. Piet détenait un secret enjolivé par la mémoire des gens. Les peuples ont besoin de ces diamants enfouis dans leur orgueil, s'ils les oublient un jour, c'est qu'ils n'appartiennent plus à aucun peuple ou qu'ils ont changé de maître.

La nature était d'une grande beauté. Au Drakensberg, l'Afrique des savanes et des mornes plaines devenait Alpes, Caucase, dans une végétation hybride de feuillus et de conifères. Des cabanes érigées pour les transhumants abritèrent le couple. Piet était aussi homme des bois, capable de tirer le lapin ou le phacochère. Les hôtes précédents avaient laissé de quoi supporter la fraîcheur des nuits.

– On fera de même. Il faut être un peu bûcheron et partageur au Transvaal.

Il la contempla, dans la lueur d'une chandelle mourante. Loin de là, le canon avait dû tonner tout le jour, par intermittence. Ladysmith ne se laisserait pas prendre aussi facilement que Dundee. Piet en était obsédé. La vague de l'artillerie boer buterait jour après jour contre le rempart invisible de la cité assiégée. Des rumeurs annonçaient la reddition, mais l'opiniâtreté anglaise les démentait. Ces gens se laisseraient mourir de faim plutôt que de sortir, bras levés, en implorant la clémence des assiégeants.

– Tu t'en fous, n'est-ce pas, *heuning* ?

Elle goûtait chaque instant de leur escapade. Les ornières déséquilibrant les attelages, les abats d'eau tombant du ciel sans prévenir, la fatigue et les courbatures… L'addition de ces menues souffrances se fondait dans le sentiment de liberté éprouvé heure après heure, jour après jour. Et la nuit venait, peuplée des murmures du vent, de mystérieux feulements. Des chacals, selon Piet.

Il connaissait par cœur la nature de son pays. Rapaces de nuit et antilopes, cochons et chiens sauvages, koudous et lynx. Il comprenait le langage des animaux hantant la luxuriance du Drakensberg. Serrée contre lui, éprise de l'homme et de son décor, Marthe profitait de cette embellie, du secret partagé d'une solitude à deux, au milieu des autres.

– Je ne m'en fous pas, Piet. Je jouis de toi, le reste attendra.

Ils furent bientôt rejoints par le capitaine Berto-Linnoz et par d'autres volontaires. Du camp de base, ils se disperseraient ensuite vers les passes menant au pays des Basoutos. Piet annonça une bonne nouvelle à Marthe :

– Nous, nous resterons ici. Privilège de chef.

– Ma parole, tu es passé général ou quelque chose comme ça ?

– Quasi.

– C'est-à-dire ?

– Colonel. Tu as vu nos uniformes ? On n'a pas la grosse tête chez les Boers.

Marthe fut heureuse de revoir le capitaine français, le temps d'un bivouac. Berto-Linnoz était plus excité qu'un enfant récompensé par un cadeau.

– Emmerder les Anglais jusque dans leur sanctuaire, je ne pouvais rêver mieux. Et puis ce pays, quelle beauté. Il ressemble à ma Savoie. Profitez bien de votre séjour, madame, on respire plus facilement ici qu'à l'ombre des Long Tom.

Sa connaissance de la montagne en faisait un compagnon de choix. En vérité, la mission était plutôt agréable. Malgré les torrents subits d'une pluie presque chaude qui faisait chanter la terre et les coups de tonnerre, terrifiants, répercutés par la roche. Marthe se lova devant la cheminée, bercée par la conversation des hommes.

Vue de cet endroit, la guerre se fondait dans les brouillards succédant aux averses dont ne survivait que le léger bruit des gouttes achevant de tomber des arbres. Puis tout redevenait silence. Les chaos rocheux de Talana abritant les hommes en armes ne semblaient plus qu'un vague souvenir.

Les volontaires avaient quitté le camp de base. Piet contempla sa femme qui offrait ses doigts aux flammes. Le temps pouvait s'arrêter là, laissant deux êtres à l'écart de ses fantaisies, de ses incertitudes. Sans avoir à le dire, ils pensèrent la même chose au même moment, unirent leurs regards dans les caprices du feu. Songeant à la guerre qui occupait les esprits, Marthe s'abstint d'en évoquer l'ombre tenace. L'homme qui la tenait dans ses bras était assez fort pour la rassurer. Ce fut lui qui parla.

– Des choses me hantent. Je sais te les avoir dites quand j'avais la fièvre, à l'hôpital. Elles me traversaient l'esprit, je sentais ma bouche s'ouvrir. J'étais incapable de me maîtriser.

Il sourit.

– C'était en afrikaans. Il t'aurait fallu un dictionnaire. Mais c'est ta force qui m'a tiré d'affaire.

Elle s'étonna. En quoi était-elle forte ?

– Je t'ai vue au chevet des blessés. Ici, c'est autre chose que la salle commune d'Aubervilliers. Tu encaisses la souffrance comme une guerrière. Tu donnes sans réserve et tu tiens le coup. D'autres s'effondreraient. J'ai vu des dames des bonnes œuvres pleurer, vomir même. Pas toi. Et ce n'est pas par indifférence, il y a autre chose.

– Mon métier, peut-être. Tu ne crois pas ?

Elle se sentait bien, adossée à un pied de lit, la nuque de l'homme au creux de son ventre, dans une cabane au fin fond de l'Afrique. Piet lui appartenait. Elle l'imagina soudain paralysé, dans un fauteuil, confié à ses seuls soins. Cette pensée l'horrifia.

– Qu'as-tu ? lui demanda-t-il. Tu me griffes.

– Rien. Je voudrais qu'on reste ici longtemps.

– Nous n'irons pas de l'autre côté de ces montagnes, dit-il.

Les Anglais renforçaient les défenses du royaume nègre. Les pistes n'étaient pas sûres.

– De plus, avec la fonte des neiges, c'est trop dangereux.

– Alors nous resterons ici ?

– Oui.

– Combien de temps ?

– Quelques jours, je pense, une semaine peut-être.

Elle ferma les yeux, ravie. Le feu crépitait dans l'âtre. Jamais elle n'avait connu pareille plénitude. Loin du monde, des souffrances et des gloires, des orgueils et des vanités. Elle en oubliait les mornes journées passées à la ferme, les tensions avec Anna, le regard sans chaleur du patriarche qui ne pensait qu'à la convertir. Pourquoi ne s'installerait-on pas ici, au pied des passes menant vers un pays inconnu ? On ouvrirait une sorte d'auberge, avec une table d'hôte à laquelle on servirait le poisson des torrents et le gibier de la forêt. L'idée amusa Piet.

– Un jour, peut-être, quand la menace sera écartée.

Elle décida de ne pas l'interroger sur les événements à venir. Des négociations avaient peut-être lieu entre Boers et Britanniques, cela faisait partie du jeu. L'or du Transvaal gisait, en lingots ou encore mêlé à la pierre et à la boue, dans les profondeurs de la terre. La finance réglerait de toute manière le conflit en cours. Était-elle la cause de tous ces morts, cette gueuse dressant les hommes les uns contre les autres ?

Marthe songea à la scène de Capetown où manifestants et représentants de l'ordre s'étaient affrontés dans un combat inégal, à cette violence qu'une guerre libérait au centuple. Elle se recroquevilla devant la cheminée, heureuse, infiniment, de sentir le bras de Piet entourer ses épaules, son front s'appuyer contre son cou. Le temps allait s'arrêter, c'était la certitude du moment.

– Berto-Linnoz devrait déjà être là.

Marthe remarqua le léger tremblement animant les lèvres et les doigts de Piet. Il se tenait debout dans l'embrasure de la porte, l'épaule appuyée contre le chambranle. Lorsqu'il se tourna vers elle, Marthe sut qu'une crise de malaria se déclarait.

– Tu as la fièvre.

– Je ne sais pas. Peut-être.

Elle demeura coite, ne sachant que faire. Les circonstances étaient quelque peu différentes de celles de l'hôpital d'Aubervilliers. Elle vit le désarroi de son mari. Si c'était pour de bon une tierce ou une quarte, Piet ne pourrait se déplacer sans risquer une complication. Marthe parut sortir d'un rêve.

– J'ai de la quinine.

– Ah. Tu as pensé à ça.

Il s'assit au bord du lit, prit sa tête entre ses mains. Marthe imagina le tumulte grandissant sous son crâne, la céphalée, la montée plus ou moins brutale de la fièvre. Il deviendrait vite difficile pour Piet de tenir sur ses jambes.

– Allonge-toi.

– Je dois aller au-devant de Berto-Linnoz. Il aurait dû arriver hier. Je crains que les Anglais soient descendus du Basoutoland. Ils lui seront tombés dessus, et sur les autres aussi. Cette mission n'est pas vitale pour nous. Comme si nous avions les moyens d'aller occuper ce pays perdu.

Elle n'avait que faire de son discours sur les stratégies. Elle le prit par le bras, le força à s'asseoir près d'elle.

– Tu es livide. C'est la malaria, tu le sais bien. *Nie beweeg nie.*

Il parvint à sourire.

– Tu fais des progrès, tu as même l'accent. Bien, je ne bouge plus, rassure-toi.

Elle prit une gourde d'eau, emplit un verre dans lequel elle fit fondre un peu de poudre. Piet fit la grimace. De toutes les misères du paludisme, avaler de la quinine était sans doute la moins supportable. L'amateur de vins de Franschhoek et de Bordeaux redoutait d'y perdre définitivement le goût. Il considéra le verre d'un œil accablé.

– Comment dites-vous, déjà, en français ? Dégolasse.

– Dégueulasse. Mais utile.

Il se mit à trembler plus fort. Ses dents claquaient, ses joues passaient de l'écarlate à la lividité des morts.

– Bon Dieu, ça va vite.

– C'est peut-être une tierce bénigne, cette fois.

– Va savoir.

Cela pouvait durer trois jours, ou quatre. Bizarreries de ces fièvres dont on souffrait d'Alger à Capetown, de Conakry à Hanoi. Les coloniaux en étaient les commensaux ordinaires. Ils en mouraient parfois, dans d'atroces céphalées précédant le coma. Question de chance. Piet posa la main sur l'épaule de Marthe.

– Berto-Linnoz…

– Je veillerai. Il ne devrait pas tarder. La pluie l'aura ralenti. Tu as vu l'état des chemins.

Elle devait le rassurer. Ingambe, Piet se fût porté au-devant de ses compagnons. Le calme de la montagne Drakensberg était trompeur. On se faisait la guerre tout autour de ce sanctuaire. Marthe posa un linge frais sur le front de son mari. C'était un geste dérisoire. La quinine ferait un peu d'effet, mais pas avant le lendemain.

Piet finit par s'endormir entre deux accès de fièvre. Pour en avoir vu évoluer beaucoup, Marthe fit le pari d'une tierce bénigne. Les symptômes étaient moins violents qu'à Aubervilliers, le malade frissonnait, certes, mais il était capable de dominer en grande partie le désordre de son corps.

La pluie avait cessé. Marthe enfila ses bottines de cuir, sortit de la maisonnette. Un silence absolu régnait alentour, veillé par une lune pleine au mitan d'un ciel pur. Un moment de grâce, hors du temps. Marthe fit quelques pas sur le chemin pentu sur lequel les compagnons de Piet s'étaient engagés. Parvenue au sommet d'une butte, elle aperçut, devant elle, dans une douce lumière grise, la barrière du Drakensberg, dressée dans la nuit d'un bord à l'autre de l'horizon, à la fois attirante et mère d'enfantines inquiétudes, un mur de roche sombre aux crêtes enneigées, strié çà et là par les cascades. Une merveille.

Il sembla normal à Marthe que les hommes fussent hantés par ce qu'il y avait derrière ces reliefs hostiles. Qu'au besoin ils s'entre-tuassent pour leur possession était accessoire. La magnificence du décor était d'ordre divin. Tendre le doigt pour la toucher, avant de se l'approprier ; les guerres étaient en vérité le douloureux réveil de ces sortes de rêves, et leur accomplissement.

Elle demeura un long moment face au mystère de cette Afrique interdite. Cela ressemblait aux Alpes des gravures. Les Européens installés sous ces latitudes n'étaient pas trop dépaysés, il y avait même à parier qu'ils s'étaient choisis à dessein des contrées familières. Les Mille Collines du Natal, les immensités du Transvaal, les rivages du Cap, semblables à ceux de la Cornouaille ou de la Bretagne, de préférence aux jungles équatoriales.

L'aval était plongé dans l'obscurité. Un jour, Marthe traverserait la nuit opaque pour voir les grands fleuves, les rivières larges comme des mers, les forêts ruisselantes où vivaient les fauves. Elle se faisait cette promesse quand, à quelques mètres d'elle, surgirent des ombres parlant l'afrikaans. Et le français.

– Madame Marais, à cette heure ?

Le capitaine Berto-Linnoz s'en revenait de sa mission aux confins du pays des Basoutos. Marthe l'informa aussitôt de l'état de Piet. Berto-Linnoz compta ses hommes, une demi-douzaine au total, assez pour envisager de le porter jusqu'au camp de base.

– Huit kilomètres, à peine. Nous ne prendrons pas le risque de séjourner trop longtemps ici. Les Anglais constituent des bataillons derrière ces montagnes. Ils vont venir à notre rencontre pour desserrer l'étau sur leurs villes. Et nous avons rendez-vous avec eux à Ladysmith.

Marthe eut l'impression de recevoir un coup. Il s'était passé une semaine sans que le nom d'un de ces lieux ne fût prononcé. On avait oublié Dundee, Talana et Kitchener. On aurait pu continuer ainsi, toute une vie, dans ce refuge perdu sur les pentes d'un col.

– Ladysmith.

– Oui. Grosse affaire en vue. Vous reste-t-il un peu de vin ?

Piet était affaibli. Ses efforts pour marcher s'étant révélés vains, on l'installa sur un brancard de toile et de bambou et la colonne se mit en marche.

– C'est plus facile dans ce sens, fit remarquer Berto-Linnoz.

Ils quittèrent le couvert de l'épaisse forêt abritant le refuge. À l'aller, occupée à reprendre son souffle, Marthe n'avait pas prêté attention au paysage. Éblouie, elle découvrit, dans une sublime éclaircie égayée par un arc-en-ciel, les immensités du pays boer étalées à ses pieds. Cela n'avait pas de fin. Vues de haut, les collines du Transvaal se repéraient à peine, survolées par des oiseaux, parsemées, partout, de ces roches derrière lesquelles on se tapissait pour éviter le tir ennemi.

Le silence, absolu, régnait sur ce monde aux couleurs verte et jaune de l'été austral. Décembre. Les confins du ciel s'armaient des nuées grises annonçant les prochains déluges. À mesure que l'on descendait vers la plaine, la chaleur se fit plus lourde. Marthe ressentit ce poids comme celui du retour au monde normal, mais qu'était la normalité en cette fin de siècle dont la paix coloniale était rompue par le seul foyer du Sud africain ?

Apercevait-on Ladysmith depuis les hauteurs du Drakensberg ? La question amusa Berto-Linnoz.

– Non, tout de même. Mais je crois savoir que le paysage y est assez semblable à celui-ci. Cailloux, herbe à mouton. Et pas plus de fauves qu'à Volkrust.

Sauf Kitchener, évidemment.

La désinvolture assez joyeuse du capitaine français, en même temps qu'elle la troublait, rasséréna quelque peu Marthe. Les hommes avec qui la jeune femme voyageait n'étaient pas ordinaires. Dans un continent trop vaste pour eux, au début d'une guerre dont personne ne pouvait prévoir l'issue, ils tenaient leur rang. Piet n'avait pas de mots assez élogieux pour ceux de ses compagnons qui, au bout d'un long voyage, risquaient leur vie pour l'honneur autant sinon plus que pour une quelconque cause.

Berto-Linnoz appartenait à cette race-là, comme ses semblables, comme leur chef, Villebois-Mareuil. Tous auraient pu vieillir paisiblement dans une France en paix, maîtresse d'un empire considérable, hantée dans ses profondeurs par le souvenir des provinces cédées à l'Allemagne, tandis que, un peu partout, l'on se rapprochait de l'Anglais détesté depuis le Moyen Âge. Une situation inacceptable pour eux. Leur choix était fait, sans hésitation. En attendant de rentrer dans le lard du Prussien, on allait étriper un peu de bétail du Sussex ou de la Cornouaille. Et se maintenir ainsi en forme physique. Berto-Linnoz se voulut rassurant :

– Piet se remettra vite. Ces fermiers boers sont d'une robustesse peu commune.

Marthe effectua la descente vers la vallée aux côtés de son mari. Elle fut soulagée de voir enfin le paysage se dessiner à l'horizontal devant elle. Le sommeil de Piet était agité. Marais suait d'abondance, ses doigts tremblaient. Marthe s'inquiéta. Amènerait-on directement Piet à Ladysmith ?

– Non, bien sûr, lui répondit Berto-Linnoz. C'était prévu, mais je pense qu'il est préférable de repasser par votre ferme. Nous pouvons y être dans quatre jours. Une halte fera du bien à tout le monde. J'ai les jambes, un peu… comment dire ? en compote, et mes hommes aussi.

La situation le divertissait, somme toute. Les étrangers engagés chez les Burghers disposaient d'un réel espace de liberté. S'ils suivaient les grands mouvements militaires de leurs hôtes, ils pouvaient choisir à l'occasion le lieu et l'heure de leur prochaine action. Dans cette troupe auxiliaire assez peu disciplinée, parlant dix langues différentes, se trouvaient des caractères estimables, d'autres moins. L'aventure australe avait attiré toutes sortes d'aventuriers au Transvaal. « La crème et la lie », disait Piet.

Le capitaine Berto avait décidé de suivre son ami de campagne avec lequel il pouvait parler aussi bien de Dumas père que de Berlioz, entre deux digressions sur Clausewitz et Sun Tsu, en attendant de monter à l'assaut de collines désolées, la cigarette au coin des lèvres.

– Il pleut d'abondance en été, dans ce pays. Se battre y est plutôt salissant. On attendra un peu avant de s'y crotter à nouveau les bottes.

Marthe le remercia. Piet voulut leur dire quelque chose. Ils se penchèrent vers lui tandis que l'on apprêtait les attelages demeurés en attente au bas des cols, sous la garde de Zoulous.

– Je dois prendre des ordres.

Il avait saisi la manigance. Berto leva le doigt, sentencieux.

– Vous n'êtes pas en état, mon vieux. Je vous transmettrai les ordres en question. Pour le moment, je vous vois mal soulever votre flingot pour tirer, même sur un phacochère immobile à moins de trois mètres. Encore moins commander qui que ce soit, sauf peut-être un serveur, pour une bisque de homard.

Piet eut un geste d'abandon. Ses quelques tentatives pour se mettre debout s'étaient révélées vaines. Au deuxième jour de sa fièvre, il devait encore redouter le dernier assaut. Ce serait sur la route de Bonne-Espérance.

– Contente, *heuning* ?

Marthe regarda le ciel. Une formidable offensive s'y préparait, jamais Marthe n'en avait vu de pareille. Cela bourgeonnait en monstres gris au-dessus d'une ligne noire barrant la moitié de l'horizon. Des nuées affolées peuplées d'éclairs se détachaient du magma, poussées par le vent chaud. Les hommes se hâtèrent. Il fallait bâcher solidement les chariots. Bientôt, il fit presque nuit. Une bourrasque plus violente que les autres emporta des toiles après lesquelles les soldats se mirent à courir.

– C'est folie, dit Berto.

On transporta Piet, alors que l'apocalypse se déchaînait, dans une masure qui avait servi de logis aux chauffeurs noirs.

– Pardieu, c'est du solide, apprécia le capitaine.

Des gouttières se déversaient à pleins seaux sur la terre battue de la pièce unique, dans un bruit de cataracte. Une lampe-tempête fut allumée dans la quasi-obscurité. Marthe prit la main de Piet. Le charme de leur séjour sur le chemin des cimes avait vécu. Il transpirait à grosses gouttes.

Marthe lui fit boire un mélange amer d'eau et de quinine. Il fallait attendre. Elle se posta derrière l'ouverture découpée à même le mur de terre, observa, stupéfaite, la transformation du paysage alentour.

Les premières pentes que la petite colonne venait de quitter fondaient littéralement sous l'épais rideau de la pluie. Des rus s'en détachaient, qui serpentaient en tous sens, se croisaient, mêlaient leur boue. Dans la lueur blafarde des éclairs, la montagne surgissait par intermittence, menaçante, mur de pierre et de végétation semblant prêt à se détacher de la grisaille pour s'effondrer en contrebas.

– Ça ne durera pas, dit Berto.

Marthe se retourna vers ses compagnons. Il lui arrivait, parfois, de ne pas croire tout à fait à ce qu'elle vivait. Là, au milieu de nulle part, des ombres tâchaient de se réfugier sous des chariots tandis que le Drakensberg coulait vers la plaine comme une soupe de sa noire marmite. Dans quelle guerre était-on ?

Elle éprouva la sensation oppressante d'être cernée par l'armée anglaise tout entière. Un bataillon allait surgir, sous des capotes de cuir, ou alors un commando de cavaliers boers sortirait de la vapeur générée par l'orage, couvert de fange, trempé jusque sous les rebords des feutres, fantômes égarés, spectres happés presque aussitôt par la brume.

Comme la fièvre de Piet Marais dans le corps de son hôte, l'orage s'imposa, fantasque et colérique, à ces témoins immobiles. Passant sous la porte, l'eau vint lécher les bottes des hommes. Quelqu'un amena une gourde de vin qui circula de lèvres en lèvres, fraternellement. Berto ordonna que l'on coupât du saucisson. Pareil déferlement de la nature ne pouvait se produire sans qu'on le saluât, à la française.

– Du rouge et du cochon. Nous survivrons.

Puis, au bout d'une heure qui en parut le triple, le vacarme s'apaisa, lentement. Son écho se mit à ressembler à celui d'une banale ondée sur un village de France. La lumière revint à l'extérieur et l'on se souvint qu'il était à peine midi. Les hommes achevèrent de se restaurer tandis que la terre, déjà bien abreuvée, se gorgeait d'un supplément d'eau.

Un lac d'où émergeaient, par endroits, des tronçons de piste, telle était devenue la steppe longeant le Drakensberg. Une mer intérieure luisait sous le soleil à nouveau triomphant. Une beauté surnaturelle transformait le tapis uniforme de la savane en un décor d'aube du monde orné du scintillement pacifié de la pierre.

– Trompeuse splendeur, apprécia le capitaine.

Piet fut chargé à l'intérieur d'un chariot.

– Le carrosse des officiers, annonça Berto en s'installant près du cocher, un Noir rigolard.

– *Ons gaan baas ?*

Piet traduisit :

– Il nous demande si nous souhaitons y aller. Vous commandez la division, Berto. C'est à vous de voir.

La piste se trouvait quelque part sous la surface de l'eau. On aurait besoin de tous pour dégager les deux chariots des ornières. Berto donna le signal. Ils croisèrent alors, sortant de nulle part, une bande de nègres portant sagaies et boucliers. On se salua, lances levées d'un côté, fusils de l'autre.

– Le Grand Trek, Marais. On a même les Basoutos en ligne de mire !

Les chasseurs rentraient chez eux. Ils avaient de la route à faire. Les autres aussi, en sens inverse. Personne, en vérité, n'avait intérêt à engager les hostilités.

11

Comme le capitaine Berto-Linnoz l'avait prédit, on s'embourba, puis on se désembourba pour s'embourber à nouveau quelques kilomètres plus loin. Les hommes savaient quoi faire, les chevaux aussi. Il n'était pas question de s'attarder. Lorsque enfin la colonne parvint à Volkrust, Piet en avait terminé avec sa petite guerre personnelle contre la fièvre.

Il tenait à peine debout, éprouvait un grand besoin de boire. On lui proposa du whisky, du schnaps allemand. Jeans et Louis Viljoen, ses beaux-frères, prétendaient que cela prévenait les accès.

Dormir.

C'était le vœu de tous. Un vrai lit, des draps propres. Les fermiers chez qui l'on avait bivouaqué n'avaient pas tous l'aisance de ceux de Bonne-Espérance. Les étables avaient ici et là fait office d'hôtel pour la troupe. Anna veilla à ce que chacun ait un couchage digne de ce nom. La réputation du domaine n'était pas usurpée.

Marthe fut heureuse de revoir ceux qui étaient devenus les siens. Eltsie fut la première à venir vers elle, naturellement.

– Martha, *liewe tante.*

Un bref baiser sur la joue, quelques mots aimables. Marthe tendit sa main à Anna. Il s'était passé, au Natal anglais, des événements qui changeaient tout.

– *Wilkom*, Martha.

On n'irait guère plus loin dans les effusions. Marthe sentit cependant la différence. Pour la seconde fois, elle s'était trouvée au chevet de son mari quand il avait eu besoin d'elle. Endurante, la Parisienne, malgré ses mains sans cals, sa peau épargnée par le soleil, son apparence frêle. Et toujours catholique, ou quelque chose comme ça.

Le patriarche s'arracha de sa Bible pour se fendre d'un sourire furtif. Les affaires de la génération en lutte ne le concernaient plus que de loin, comme si l'inexorable à venir, quel qu'il fût, le détachait par avance des événements.

Piet s'allongea près de lui sur le canapé en rotin où l'on prenait le frais lorsque le soir venait. Marthe s'empressa, sous le regard complice d'Eltsie. On préparerait des jus de fruits, des soupes. Le malade devait boire, à défaut de manger. Piet réclama de l'alcool. Les fermiers du Transvaal avaient le droit d'en fabriquer pour eux-mêmes. Certains en revendaient même aux Noirs, sous la table, risquant des amendes.

Les armoires de Bonne-Espérance renfermaient de la prune de tous âges, de la poire aussi et même un brûlot de pomme que Piet comparait un peu abusivement au calvados des Français.

Eltsie s'exécuta. Débotté, les pieds appuyés sur la rambarde de la terrasse, Berto participait aux agapes. Piet s'enquit du sort des jumeaux.

Les nouvelles de Ladysmith étaient bonnes. Jakobus et Christian avaient participé à la mise en place du siège. Les Anglais ruaient dans les brancards, tentaient des sorties précédées par les salves sporadiques de leur artillerie. On attendait les ordres pour partir à l'assaut de la ville. Marieke lui dit que Louis était passé au domaine. Il était alors en route pour Bethléem, avant de se rendre à la frontière de l'Orange. L'immensité démesurée du front apparaissait. Un jour, peut-être, ce serait au tour des villes du Transvaal d'être encerclées. Eltsie servait les hommes. Elle conjura la menace, affirmant que, sur l'exemple des Juifs qui trinquent en se promettant de se retrouver l'an suivant à Jérusalem, ils allaient boire en se souhaitant de faire de même l'an prochain à Pietermaritzburg.

Puis, à l'adresse de Marthe :

– *Volgende jaar in Pietermaritzburg.*

Berto répéta le vœu, songeur. Marieke était déjà en cuisine. Il y aurait du monde à table ce soir-là. Eltsie contempla son petit monde réuni autour du patriarche. Il y manquait quelques éléments importants, ses frères. Mais Piet était de retour. Avec son ami français, il formait un duo rassurant de chefs capables de faire dérailler un train, de capturer un seigneur anglais, de prendre d'assaut une colline stratégique avant de gravir des montagnes sous les orages pour collecter des renseignements.

Berto-Linnoz la complimenta. Il connaissait quelques mots d'afrikaans, et les Français s'essayant à cette langue donnaient aux gens l'occasion de rire de bon cœur. Son jeu de séduction amusa Marthe. Eltsie Viljoen ne manquait pas de soupirants. Le capitaine indiquait, par son seul regard, qu'il se mettait sur la liste. Eltsie pointa le doigt vers lui.

– *Perd, kaptein ? Loop ?*

– Que dit-elle ?

Piet releva légèrement la tête.

– Elle vous demande si vous voulez faire une balade à cheval.

– Là, maintenant ? Pourquoi pas.

Il désirait manifestement se reposer encore un peu. La jeune fille ne lui en laisserait pas le temps. Un bref soupir en signe de reddition. On ne refusait pas la proposition d'une aussi charmante hôtesse. Il entreprit d'enfiler à nouveau ses bottes. Piet s'inquiéta :

– Vous êtes bon cavalier, vieux ?

– Un fantassin d'Afrique doit savoir tout faire.

– Méfiez-vous, ma nièce est une adepte des galops sur la caillasse et, comme vous avez pu le constater, ça ne manque pas ici.

– Il est des devoirs moins agréables, dit Berto.

Eltsie avait déjà filé vers l'écurie.

– Ladysmith est complètement encerclée. Il est temps pour nous de rejoindre la troupe.

Piet Marais se regarda dans la glace de l'armoire. Il avait repris un peu de muscle et des couleurs. Marthe avait remarqué les rides sur son front, les mêmes que celles qui avaient marqué son visage à Aubervilliers ; cette fois, cependant, elles ne semblaient pas disposées à disparaître.

– Tu te sens d'attaque, pour de bon ?

Il fit jouer ses biceps, prit des poses d'athlète.

– Un bon coq est un coq maigre, disait ma mère.

Une semaine avait suffi pour restaurer en lui l'envie d'agir. Berto-Linnoz avait rejoint le quartier des Français, une dizaine de volontaires venus prêter main-forte aux assiégeants. Les nouvelles des différents fronts étaient plutôt bonnes, même pour ceux qui, derrière les communiqués officiels, connaissaient la réalité des choses.

Ils se préparèrent pour le départ. Eltsie tiendrait une fois de plus les rênes de l'attelage. En l'absence de ses frères, elle avait pris du galon, commandait les moissonneurs et les vachers noirs avec l'autorité d'un vieux colon. Marthe salua les femmes. Lorsque Anna lui demanda si elle ne préférait pas rester à Bonne-Espérance, elle marqua un temps d'arrêt, ne sachant pas au juste ce que signifiait cette proposition.

– La maison ne manque pas de bras, dit-elle.

Jeans Viljoen n'était pas mobilisé. Les hôtes de passage aidaient aux travaux de la ferme chaque fois qu'ils en avaient le temps. Bonne-Espérance vivait ainsi au rythme de la guerre.

Piet lui avait annoncé que sa famille viendrait les voir, sur le front, pour le changement de siècle.

Marthe avait assisté à des visites de ce genre, à Talana. On allait au front comme à la promenade. Les combattants se voyaient remettre toutes sortes de présents, on se retrouvait en couple à l'écart, ici et là, sous une bâche de chariot, avec la ferveur que donnaient le sentiment de précarité, le dénuement guerrier, loin des lits tièdes et des odeurs de cuisine.

Elle ne savait pas si Piet désirait vraiment se mêler à nouveau au chaos. Au fond d'elle-même vivait le désir qu'il décidât, un jour, que cela suffisait, qu'il était temps de vivre une autre vie, en Afrique ou en Europe, loin en tout cas du champ clos où l'on se battait pour des diamants et de la boue dorée. Les femmes de Bonne-Espérance ne pensaient pas différemment, mais elles avaient fait le choix de se taire. Patriotes. Marthe ignorait le sens de ce mot et, l'ignorant, elle ne pouvait en mesurer le poids ni la lumière.

– Vous vous battez pour nous. Merci.

Marthe n'avait jamais imaginé qu'un jour Anna pourrait prononcer ces quelques mots à son oreille, en français, les premiers dans sa langue, au moment de se séparer. On se réconciliait, bien qu'on ne se fût à aucun moment fâché pour de bon. Les femmes étaient ainsi, dans leurs guerres à elles pour un drap mal repassé, une sauce brûlée, de la poussière sur une table. Bisbilles pour temps de paix.

– *Sorg vir jouself.*

Marieke l'étreignit à son tour. Au sud, dans des déserts de roche torturés par les orages, des enfants étaient confrontés au pire. Marthe veillerait sur eux.

– Je prendrai garde à moi, répondit-elle en français.

Marthe regarda le ciel paisible, bleu entre les petits ventres blancs qui ne semblaient pas pressés de quitter le décor. Rien à voir avec les torrents du Drakensberg, quelques jours plus tôt. Mais la puissance des paysages, la réserve de violence contenue dans les éclaircies succédant aux coups de vent lui avaient appris la prudence. On pouvait se perdre sous le déluge dans cette nature à peine domestiquée.

Dundee

– Que penses-tu de ça, *heuning* ?

Des avant-gardes boers occupaient la ville désertée par ses défenseurs. C'était une situation un peu étrange. Les Anglais livraient les lieux aux Boers, lesquels y risquaient un orteil presque timide. D'abord terrés chez eux à cause de l'artillerie de Kruger, les citadins s'aventuraient à nouveau dans les rues. Allait-on les passer par le fil de l'épée ? Piet affranchit sa femme :

– Cette bourgade ne présente plus d'intérêt. Le vrai défi, c'est Ladysmith.

À cinquante kilomètres au sud. Tout se déciderait là. Assise près de son mari sur la banquette d'un coupé, Marthe découvrit la petite ville. Pas grand-chose, en vérité : une rue principale en partie pavée, des ruelles adjacentes au sol raviné par les pluies, un hôtel de ville en pierre et une église. Elle reconnut la gare, une maisonnette.

Le Long Tom du Creusot avait fait quelques dégâts ici et là, mais on voyait bien qu'au fond les Boers n'avaient pas voulu raser Dundee.

– Ça ressemble à Volkrust, dit-elle.

– *Cosy*. C'est anglais, n'oublie pas.

– Si l'on veut.

On ne s'attarderait pas. Les Boers laisseraient là une garnison réduite à quelques dizaines d'hommes. Piet avait hâte de rejoindre ses neveux et ses camarades de combat. Berto-Linnoz n'avait pas fait étape à Dundee, lui aussi brûlait de retrouver l'ambiance des camps de toile. Et la rumeur des assauts le tenait, comme les autres, en éveil tard dans la nuit.

12

Comme elle l'avait fait à Talana, Marthe avait pris ses quartiers près des tentes réservées aux soignants et à leurs patients. Le chirurgien Stephens avait suivi lui aussi la migration de l'armée. Il fut heureux de retrouver sa *Franse*. Des dames de Talana étaient là, quelques religieuses infirmières qui fêtèrent le retour de Marthe parmi elles.

Son privilège marital lui offrait la jouissance d'une vie presque bourgeoise, à l'abri d'une toile privée. Dans ces conditions somme toute confortables, l'ordinaire de cette guerre lui convenait. En vérité, elle s'était mise à ressembler aux femmes boers du sud Transvaal, dont les maris, dès qu'ils le pouvaient, les retrouvaient à la tombée de la nuit après avoir fait le coup de feu dans la journée. Piet déplorait cette façon de se battre. Trop de fermiers traînaient chez eux au lieu de rejoindre les positions républicaines. Il y avait là une licence qui s'apparentait à de la désertion pure et simple. D'ailleurs, certains ne réintégraient jamais les rangs.

Marthe comprenait, malgré tout. Ce n'était qu'humanité, une tendresse rude, aléatoire, des moments pris sur les incertitudes et les angoisses.

– Non, ces types sont des déserteurs. Les Anglais ne raisonnent pas de la même manière. Leurs dulcinées sont à dix mille kilomètres d'ici. Les bontés que leur offrent les prostituées ne les consolent pas. Pour eux, achever l'ennemi le plus vite possible signifie se rapprocher de Londres, de Liverpool ou de Bristol. Nous allons vivre des temps difficiles.

Ladysmith serait une bataille plus importante que Dundee. L'encerclement quasi complet de la ville nécessitait un grand nombre d'hommes. Ce réseau n'était pas étanche ; des marécages couvraient le terrain à l'ouest, les assiégés y concentraient leurs tentatives de sortie.

Les défenseurs de Ladysmith tenaient leur rôle avec assez de résignation, quant à celui des Boers, il se résumait à tenir l'ennemi en alerte par des salves censées ruiner son moral. Pour décor, une plaine où des rivières paresseuses, gonflées par les pluies, coulaient entre les collines de Rietfontein, de Waggon, de Middle et de Telegraph. Un premier cercle, tenu par les Kakis, un second, à distance, piqué de canons boers. Piet avait averti Marthe. « Tu vas faire des progrès dans la langue de Shakespeare. »

L'hôpital mobile nord était situé au pied de la colline de Rietfontein. Piet conduisit sa femme au sommet du poste de commandement. Aux jumelles, Marthe distingua, à une distance qui lui parut énorme, une fourche de voies ferrées, des mamelons gardés par des soldats invisibles et, au fond, quelque chose qui ressemblait vaguement à une ville.

Où était la guerre cette fois ? Les échos d'obus lui avaient donné un élément de réponse.

– J'entends parler de vous, madame. Vous œuvrez sous le drapeau suisse de la Croix-Rouge. C'est un beau geste. Vous voyez que cette guerre met en jeu des moyens nouveaux : des canons plus puissants, des mortiers aux obus plus lourds. Les blessures sont hélas la conséquence directe de ces progrès.

Marthe soutint le regard froid, scrutateur, de M. de Villebois-Mareuil. Comme le capitaine Berto-Linnoz, le Français se battait sous l'uniforme de son pays, veste bleue, pantalon garance.

Villebois avait séjourné quelque temps au Mozambique, pays sur lequel les Anglais exerçaient une forte pression maritime. Il rejoignait le front ouest, où une brigade française se constituait.

– Il vaudra mieux ne pas avoir à passer par chez eux, dit Villebois. Pour peu que nous fléchissions, ils se feront un devoir de nous tirer dans le dos. Lourenço Marques grouille d'agents de Chamberlain. Nous avons tous dû jouer les civils pour nous fondre dans le paysage.

Il considéra Marthe avec aménité.

– Nous voici plutôt loin des promenades au parc Monceau, n'est-ce pas.

Elle eut un bref sourire.

– Les miennes étaient du côté de Nanterre ou de Colombes.

Villebois eut un geste désinvolte. Ces différences-là n'étaient plus de mise si loin de Paris.

– Mon cher Marais, je vous félicite. Les hasards de cette guerre font bien les choses, vous avez la chance de demeurer en compagnie de votre épouse. Ce n'est pas donné à tout le monde.

Le colonel s'épongea le front. Il faisait de plus en plus chaud. Des averses se succédaient. Bientôt, le grain serait en épis, les hommes davantage inquiets de le mettre à l'abri que de se colleter avec les Anglais. Piet évoqua les difficultés qu'éprouvaient les Boers à se plier à la discipline des troupes en campagne. Villebois acquiesça.

– Je suis bien d'accord avec vous, Marais. Les armées paysannes sont braves mais imprévisibles. L'histoire donne raison aux grandes mobilisations, forcées celles-là. Nous aurons du mal à vaincre dans ces conditions.

Berto-Linnoz se joignit à eux, salua son supérieur.

– Votre main, ami, votre main, exigea Villebois.

Il la serra avec effusion. Les Français pouvaient être satisfaits. Partout où ils se battaient, les Britanniques reculaient ou se terraient. À ce compte, l'humiliation de Fachoda serait vite oubliée. Villebois s'en amusa.

– Laissons nos politiques à leur… comment disent-ils ? ah, oui, Entente cordiale. Mme Victoria Plantagenêt reprendra bien un petit verre de bordeaux, c'est la tournée de M. Loubet, patron d'estaminet à Saint-Émilion. Mais bon, il faudra aussi que les Prussiens nous rendent Strasbourg. De la besogne en perspective, mes amis.

Tous se figèrent pour saluer le général Joubert, un descendant de huguenots français lui aussi. Cousin de ceux de la plaine Monceau. On était en famille. Marthe fut impressionnée par la stature du chef. Massif, le poitrail large sous la vareuse à demi déboutonnée, le front haut, la barbe longue. Marthe se demanda comment il s'y prenait pour monter sur un cheval. Par automatisme sans doute, comme ses pairs souvent taillés à son image dans la dure roche africaine.

On s'assit autour d'une table de guingois, devant la tente du colonel Marais. Canonner une ville ne manquait pas d'agrément. Joubert demanda à Marthe comment elle envisageait son travail d'infirmière. Les femmes tenaient un rôle essentiel dans cette guerre. Aux moissons comme au ravitaillement des hommes et au chevet des blessés.

– La France nous aime, dit-il dans un français qu'il voulait exemplaire.

Marthe vit le regard que Piet portait sur son chef. Respectueux, distant aussi. « Quand Dieu vous donne un doigt, ne prenez pas la main complète », tel avait été le court sermon de Joubert au soir de sa victoire d'octobre. Piet doutait que les Anglais se fussent rendus aux mêmes conclusions. Ils avaient perdu un doigt à Ladysmith ; les Boers devraient les rembourser avec leurs bras et leurs jambes. On ne gagnait pas les guerres en se montrant magnanime.

Marthe se leva. Son temps de repos était terminé, elle rejoindrait ce que Piet nommait sa « position stratégique ». Les soignants boers ne croulaient pas sous la besogne. Les Anglais tentaient une sortie de temps à autre. Ils envoyaient à la mort quelques hommes, puis se repliaient, abandonnant des blessés aussitôt pris en charge par les assiégeants. La consigne des présidents Kruger et Steyn serait respectée jusqu'au bout. On soignait l'ennemi à terre. Romantisme, pour Piet Marais.

– Je dois voir quelqu'un, dit-il.

Ils étaient allongés côte à côte sous une tente, à distance du camp boer. Marthe s'assit sur la paillasse de crin leur servant de matelas. S'étant emparée de la cigarette que fumait son mari, elle en tira deux bouffées avant de la lui rendre. Longtemps, elle s'était interdit le tabac. Maintenant, la liberté que prenaient les uns et les autres lui était agréable. Piet l'avait rassurée ; George Sand fumait la pipe en écrivant *La Mare au diable*.

Elle appuya son front sur ses genoux. La main de Piet vaquait sur ses reins dénudés. Elle se cambra. Il faisait chaud. Piet avait éteint la lampe à pétrole et les canonniers des deux camps respectaient la trêve nocturne.

– Un type de Johannesburg. Il doit arriver ici demain.

– Un militaire ?

– Pas vraiment.

Elle se tourna vers lui, dans l'obscurité. Piet lui avait appris que l'on pouvait faire comprendre des choses sans avoir besoin de parler.

– Nous allons migrer de nouveau ? demanda-t-elle.

– Moi, oui. Mais cette fois, tu ne me suivras pas.

– Un civil qui vient de Johannesburg pour rencontrer un ingénieur des mines, cela veut dire que tu vas descendre dans les entrailles de la terre, comme les gens des corons, chez nous ?

Il s'esclaffa. Il n'était pas question de cela, mais simplement de nécessités tactiques. Le front ouest était plus fragile que celui du Natal. On y concentrerait des troupes afin de garder le contrôle des gisements.

– Je ne verrai pas les mines de Kimberley pour la simple et bonne raison qu'elles sont tenues par les Anglais. Le terrain n'est pas le même qu'ici, là-haut, c'est vastes plaines sans collines pour s'abriter.

Il se lança dans un exposé de géologue qu'elle n'entendit pas. Le silence de la nuit était troublé, à intervalles réguliers, par des cris d'animaux se répondant.

– Donc cette fois, je t'attendrai.

– Oui. Il le faut. Mais tu peux aller librement à Pretoria si tu le désires. C'est l'avantage du bénévolat en temps de guerre, on l'interrompt à sa guise. Les trains pour la capitale ne déraillent pas, même si Kitchener tente de saboter les voies.

– Et là-bas, je trouverai M. Churchill qui me parlera de l'Angleterre, dans sa prison dorée.

Il la sentit rêveuse, vaguement désabusée. Il la caressa d'une main légère. L'Afrique australe n'était pas celle qu'elle avait imaginée. Européenne au sud, neutre ailleurs sous ses allures trompeuses de savane domestiquée. Pour seul exotisme il y avait cette guerre avec son front tracé en pointillé, et les blessés qui en démontraient la sanglante réalité.

Elle s'allongea, les doigts croisés sous la nuque. Elle avait appris à aimer ces nuits de chaleur, malgré la sueur, ou grâce à elle, quand elle glissait sur le corps de Piet comme sur une onde. Nageuse dont chaque parcelle de peau vivait au feu d'un bain brûlant.

– À quoi penses-tu, *heuning* ?

– À rien, ou presque. Ici, on se bat comme on va au bureau et puis on rentre à la maison, on s'occupe de choses et d'autres, on se couche et, demain, ce sera pareil.

– Tu préférerais Austerlitz ou Solferino ? Les Boers n'en ont pas les moyens, ils tiennent deux mille kilomètres de frontière. Bientôt, ils seront à un contre vingt. Les grands massacres avec tambours et fifres, ce n'est pas pour eux.

Des Français participaient au siège de Kimberley. Villebois-Mareuil les rejoindrait, Berto-Linnoz aussi, peut-être. Elle eut une moue de scepticisme.

– Ça m'étonnerait.

– Ah ?

– Tu n'as pas une petite idée ?

Il réfléchit, sous le regard moqueur de Marthe.

– Eltsie !

– Ben, oui.

– Pourquoi pas, après tout. Je crois qu'il est veuf et sans enfant. Mais tout de même, ils n'ont pas le même âge.

Il réalisa qu'ils étaient à peu de chose près dans la même situation. Quinze ou vingt ans de différence, la belle affaire si l'on partageait l'essentiel. On verrait. La guerre n'était pas un temps ordinaire. La raison ne s'y montrait que fort peu.

– Justement, dit Marthe.

– Ce qui veut dire ?

– Qu'il faut protéger le peu de fantaisie qu'elle permet.

Il admit qu'elle avait raison. Elle s'abstint de le questionner sur les détails de sa mission. Il réitéra sa proposition :

– Veux-tu aller à Pretoria ou à Johannesburg ? Je t'y rejoindrai.

– Il y a de l'ouvrage ici. Et la poste fonctionne, le télégraphe aussi. Les gens reçoivent des lettres. Adresse les tiennes à la Croix-Rouge, elles me seront réexpédiées si nous changeons de position. Je n'ai pas envie de passer pour une touriste suivant son mari au hasard des routes en tricotant des chaussettes.

Il se tut, décontenancé par sa réaction. Marthe ferma les yeux. Piet lui livrait des informations au compte-gouttes. C'était une sorte de jeu, depuis le début de leur aventure.

– Je suis à ma place ici et utile, je crois. On s'est habitué à moi. La femme du fermier de Bonne-Espérance. Je peux te le dire en afrikaans : *die boer se vrou van Goeie Hoop.* C'est une drôle de langue, pas vraiment poétique.

Elle ne l'attendrait pas dans un hôtel de Pretoria. Elle ne rentrerait pas davantage en France. Rejoindre la colonie portugaise serait, en cas de désastre, trop aléatoire. Elle resterait là, attachée aux blessés des deux camps dans l'ombre du chirurgien Stephens. Piet insista :

– Par la Croix-Rouge, tu pourrais retourner à Durban puis au Cap.

Elle l'interrompit sèchement. La discussion sur ce point était close.

– Tu as voulu me suivre, n'est-ce pas ? dit-il d'une voix douce et ferme à la fois. Ne me dis pas que j'aurais dû te laisser au Cap ou à Franschhoek.

Elle ne répondit pas, consciente d'avoir forcé son mari à s'encombrer d'elle. Elle conservait cependant, taraudant par moments son esprit, un doute sur les intentions premières de Piet. L'amour ? Marais le pratiquait volontiers, sans la tendresse qu'elle avait espérée. Comme s'il retenait en lui une partie de ses forces quand il se libérait. Cela pourrait certes venir, mais l'homme atteindrait bientôt la quarantaine ; il était loin des émotions de la jeunesse et la sensuelle beauté de Marthe ne suffisait pas à les lui rappeler.

Il se colla contre elle, caressa sa poitrine, son flanc, l'intérieur de ses cuisses. Voyant qu'elle ne réagissait pas, il grogna, pesa sur elle au point qu'elle dut s'allonger sur le ventre.

– Il le faut, murmura-t-il.

Il répéta : « il le faut », passa un genou entre ceux de Marthe. Leurs peaux ruisselantes glissaient l'une sur l'autre, sans heurt. Marthe réalisa que tenter de résister ainsi inondée de sueur était absurde. Elle tourna son visage vers lui. Les yeux grands ouverts, elle scruta l'obscurité, perçut le souffle accéléré de Piet. Il fallait être discrets, même si l'on avait droit à une tente individuelle. L'exercice n'était pas toujours facile.

Cette fois, elle ne mêla pas ses soupirs à ceux de son mari. Elle éprouva une amertume qu'elle tenta de chasser. Lorsqu'il l'eut saisie par les reins pour la mettre à genoux, elle enfouit sa tête entre ses bras, attendit. Il était, à cet instant, indifférent à ce qu'elle pouvait faire ; c'était chacun pour soi.

– Je t'ai parlé de M. Mercier, Marthe. Il m'accompagnera. Ensemble, nous rejoindrons Villebois-Mareuil aux abords des mines de Kimberley. Comme je te l'ai dit, les nécessités de cette guerre sont changeantes. Le front est stable ici, ce qui n'est pas le cas à l'ouest. Les Anglais défendent leurs diamants, les républiques ont besoin de renfort là-bas.

Marthe serra la main du Belge. Un civil, courtaud et rouge de teint, aux longs favoris frisés, dont le costume de lin noir, presque anachronique, détonnait quelque peu au milieu des miliciens et des paysans boers en veste brune et pantalon de gros fil. Piet continua de parler. Elle ne l'écoutait pas vraiment, l'esprit ailleurs, sidérée par l'enchaînement des faits et des gestes.

Que venait faire ce visiteur à Ladysmith ? Les civils ne manquaient pas, attirés là par le commerce qui se pratiquait à la lisière des champs de bataille. Mercier semblait pressé de quitter le front. Il arrivait que des projectiles peut-être plus légers que d'autres s'écrasent à proximité d'endroits réputés hors d'atteinte. Il avait peur.

– Quand partez-vous ?

C'étaient les affaires de Piet Marais. Marthe se souvint du minuscule diamant qu'il lui avait offert à leur arrivée à Capetown. Elle l'avait rangé dans sa trousse de voyage, puis n'y avait plus pensé. Pour qui travaillait le gros Belge dont l'occupation principale était de s'éponger le front ? Or et diamant étaient le sel amer de cette guerre. Pour eux, des centaines d'hommes avaient déjà perdu la vie. Mercier devait faire partie de ceux qui en décidaient.

– Maintenant, dit Piet. L'ami Berto veillera sur toi. Il me l'a promis. Pas d'imprudence, de toute façon. N'est-ce pas ?

Elle ne réagit pas, se contenta de hocher la tête. Travaillant pour la Croix-Rouge, elle devait s'estimer heureuse d'être restée si longtemps en compagnie de son mari.

Les larmes aux yeux, elle se réfugia sous la tente-hôpital où se rassemblait la cohorte des exclus. Le blanc des bandages y dessinait une carte des douleurs soldatesques. Là s'agglutinait, sur des lits de fortune, une humanité provisoirement écartée du feu, en quelque sorte préservée, le temps d'une convalescence ou, au pire, d'un constat d'infirmité définitive.

Piet rejoignit sa femme pour de brefs adieux.

– Ça ne durera pas longtemps, *heuning*. Nous devons préparer des actions autour des gisements aurifères. Il faut sécuriser ces zones. Elles sont vitales, tu le sais.

Les véritables chefs de guerre se trouvaient à Anvers, à Londres, à Paris. Le Parti républicain n'était en vérité qu'un sympathique désordre porté vers l'avant par le courage et le fatalisme serein de ses gens. Des volontaires prenaient le train à Pretoria, de leur propre gré, pour aller sur le front. Ils passaient là trois ou quatre jours, parfois une semaine, puis repartaient vaquer à leurs occupations civiles. Malgré ça, la milice burgher, constituée ici et là en vrais régiments, tenait tête à l'armée la plus puissante du monde au point de la tenir, piégée, sous le feu de ses canons. Marthe chuchota :

– Ton ami s'impatiente. Prends garde à toi.

Elle lui tournait le dos. Il se serra contre elle, baisa son cou, sa tempe. Lorsqu'il se détacha d'elle, elle eut l'impression d'être précipitée dans un ravin.

– *Mev*[1] ?

Un homme l'appelait. Sa plaie au front saignait, un filet écarlate coulait entre ses yeux. Celui-là avait eu de la chance, le shrapnel l'avait caressé d'une tempe à l'autre. Le sillon creusé par l'éclat de métal jouxtait l'os. Des points d'épais fil noir joignaient les bords de sa peau rougie par un œdème bourgeonnant.

1. Madame.

Elle s'activa. Un pus épais sourdait d'entre les rives de la plaie.

– *Vinnig, terugkeer*, lui dit l'homme.

Vite, et quoi ? Il fit comprendre par signes son désir de retourner se battre. Marthe essuya son visage creusé de rides. L'homme avait plus de cinquante ans. Un volontaire. Piet était resté à l'extérieur de la tente. Il discutait avec des gens. Marthe espéra qu'il reviendrait vers elle pour lui dire qu'en fin de compte sa mission était reportée. Elle croisa le regard bleu du blessé, étrangère, soudain, à tout ce qui l'entourait.

Elle ne pouvait se laisser aller au chagrin. Elle résista, puis se sentit soudain submergée. Un sanglot réprimé à grand-peine, bouche fermée, laissa la place à un flot de larmes. L'homme parut davantage contrarié que surpris. On souffrait sans emphase chez les Boers du Transvaal. Quant aux soignants, ils devaient tenir leur rang et contenir leurs émotions. Marthe sécha ses yeux, tenta de sourire. Elle s'excusa.

– Si tu veux mourir, eh bien, vas-y. Je vais t'apprêter pour ça.

Elle remplaça le pourpre du sang par le bleu de méthylène. Les Anglais devaient disposer d'une pharmacopée plus efficace que les Boers. Tandis qu'elle badigeonnait la blessure, Marthe songea aux caisses embarquées sur le *Princess Christian*. Piet n'avait pas tort lorsqu'il raillait, à sa manière, les certitudes de ses supérieurs. Sous l'apparente force des républicains, il y avait une sorte de précarité, suffisamment bien répartie cependant pour donner le change.

Lorsqu'elle en eut terminé, Piet avait disparu. Elle le chercha du regard, en vain. Autour d'elle, les gens vaquaient à des occupations devenues routinières. Un commando de cavaliers passa entre les tentes, soulevant la boue du chemin.

Des chariots, avec ou sans remorque, prenaient la route des collines. Des canons. Était-ce le fait de se retrouver seule pour la première fois ? Elle frissonna, épuisée.

24 décembre 1899

C'était sur la route d'Elaandslaagte, assez loin du siège pour que le bruit des canons ne parvînt à la ferme Botha que sous la forme de vagues borborygmes. Ce jour-là, pourtant, nul écho.

On était à plus de six kilomètres des assiégés.

– Pas de guerre aujourd'hui, lança un volontaire français en passant devant Marthe.

Et il ajouta, le doigt pointé vers le soleil triomphant :

– Noël !

Précédés par une fanfare de fifres, des Irlandais défilèrent sous leur drapeau, suivis par des Allemands. Quelques Russes, des Danois, les Français de Berto-Linnoz complétaient la phalange étrangère. Les dames étaient arrivées dans la matinée, en calèche, avec des cadeaux pour les combattants. Beaucoup avaient retrouvé là leurs maris, leurs frères ou leurs fils.

La plupart étaient paysannes. Elles portaient leurs robes de lin noir boutonnées haut, certaines avaient gardé leur tablier. Elles étaient rougeaudes, arborant un teint batave avivé par la chaleur et le soleil. Quelques-unes étaient de la ville, cela se voyait à leurs dentelles, à leurs chapeaux fleuris, à la distinction de leurs gestes.

Dans le camp anglais, les assiégés devaient souffler. Pas de tir erratique, de sifflement d'obus. On pourrait presque leur proposer des gâteaux à tremper dans leur thé.

Les épouses de Burghers, elles, servirent du café à leurs maris. Il y eut aussi du pain blanc, de la viande. Marthe vécut comme dans un rêve ces étranges festivités. Des athlètes en maillot s'affrontèrent au lancer du poids et à la course. Le public hurla, applaudit, congratula les vainqueurs en attendant la partie de football entre l'Allemagne et le reste du monde.

C'était pour Marthe un songe où tout se mêlait, la cruauté de la guerre et la joie des jeunes gens. Où était-on en vérité ? Peut-être en vacances, les mains dans les poches d'une blouse, à regarder le capitaine savoyard Jean Berto-Linnoz, ganté de cuir épais, boxer un canonnier russe.

Des blessés plus ou moins rafistolés se pressaient aux côtés des civils. Les pensionnaires de Marthe et des sœurs, qui portaient souvent des noms français, penchaient naturellement pour leur lointain compatriote, qui, las de voir son adversaire lui tourner autour telle une guêpe, lui décocha un coup à la tempe. Sonné, l'homme alla s'asseoir sur sa chaise. Il avait chaud, semblait vouloir sommeiller un peu. Marthe sourit. Un lit l'attendait au besoin, tout près.

Eltsie applaudit à tout rompre. Elle avait fait le voyage en train en compagnie de sa tante Marieke. L'arbitre ayant compté jusqu'à dix, Berto couvrit ses épaules d'une serviette tandis que l'on ventilait son adversaire à grand renfort de linges et de chapeaux.

– Que pensez-vous de cela, mesdames ?

Le capitaine était ravi. Il ne tarderait pas à précéder le vaincu en direction des lignes anglaises, une manière de se réconcilier pour une bonne cause. Les républiques injustement agressées fédéraient les cœurs, à défaut des poings. Berto prit la main d'Eltsie qu'il baisa.

– Vous m'avez inspiré, mademoiselle.

Elle ne comprenait pas. Il haussa les épaules.

– Dommage que Piet ne soit pas là pour traduire.

Les Boers allaient affronter le reste du monde à la corde, par équipes de six. Parmi eux, Jakobus et Christian Viljoen, exemptés de leurs tâches pour cette journée pas comme les autres. Les gens de Bonne-Espérance étaient nombreux à l'arrière du front. Question d'honneur, de piété aussi. On avait prié longuement devant les autels de campagne, tous ensemble, le matin.

Berto-Linnoz s'assit sur des caisses de munitions, près d'Eltsie. Noël dans la touffeur de l'été austral. On aurait du mal à communiquer, alors on échangea des sourires. L'officier viendrait-il bientôt à Bonne-Espérance ?

– *Miskien*, dit Berto.

– Peut-être, traduisit Eltsie.

Quelqu'un suggéra d'inviter les Anglais aux agapes, ces grands joueurs devant l'Éternel. On rit.

Au fil de la discussion, Eltsie s'emporta. Berto n'avait pas besoin de traducteur. Le nom de Kipling qu'elle avait cité lui suffisait pour comprendre que les poèmes du Britannique avaient suscité la colère de cette jeune patriote. Les Boers n'avaient aucun grand homme à opposer à des personnages d'une telle importance. Marthe eut un pressentiment. Les Anglais gagneraient par la force de leur histoire.

Était-ce la chaleur de plus en plus lourde annonçant les orages dans la boue desquels les hommes s'enfonceraient de part et d'autre de la ligne ? Elle s'assit, prit sa tête entre les mains. Le départ de Piet la laissait désemparée. Depuis leur rencontre à Aubervilliers, ils étaient demeurés au contact l'un de l'autre, chaque jour ou presque. Tentant de se comprendre, de se fondre dans un voyage commun. Piet avait souffert à la pensée que Marthe l'avait soupçonné de s'être servi d'elle pour donner le change aux autorités anglaises. Elle s'était imposée quand il aurait peut-être fallu le laisser libre de ses mouvements.

– Martha, *is jy siek* ?

Marieke Viljoen se penchait sur elle. Marthe fit « non » de la tête. Elle n'était pas malade, seulement triste, infiniment. Marieke, l'ombre de sa sœur Anna, silencieuse et discrète, mère tardive qui avait rattrapé le temps en fondant une famille nombreuse de petits blonds turbulents.

Marthe se releva. On allait s'affronter à la corde pour les beaux yeux des femmes. Jakobus sautait sur place, la main sur le cœur. Il serait le champion de sa tante *franse*. Marthe lui sourit, pourtant étreinte par l'angoisse ; tout ce à quoi elle assistait aurait pu se passer à Bonne-Espérance : les moutons et les agneaux grillant sur les broches, les filles battant des cils sous les hommages, les hommes se défiant à des jeux avant de trinquer aux moissons. Tout, sauf la guerre.

Enfin, les calèches, chariots et tilburys prirent la route du retour et disparurent dans la brume de chaleur. Les jouteurs regagnèrent leurs postes, la gaieté de cette brigade internationale engagée pour l'honneur dans un conflit qui n'était pas le sien s'estompa.

Des orages montaient à l'ouest, l'herbe immobile attendait la pluie. Un troupeau passa, conduit par des cavaliers. Les armées ont besoin de viande, dans toutes les guerres du monde. Quant au journaliste Winston Churchill, on apprit en fin de journée qu'il s'était évadé de sa prison, à Pretoria. Sa tête avait été mise à prix dix mille livres par les autorités. Marchant la nuit, volant de quoi se nourrir dans les fermes, poursuivi par des chiens, il lui avait fallu près de dix jours pour rejoindre la frontière du Mozambique.

– Sacré type, tout de même, commenta un Français. Il aurait pu attendre tranquillement qu'on le renvoie chez lui.

Marthe reçut la nouvelle d'une étrange manière. Piet avait risqué sa vie pour la capture de cet homme. La vanité de ses efforts était un signe. Piet avait raison. Si Ladysmith ne tombait pas, les prisonniers du jour seraient peut-être bien les geôliers du lendemain.

13

– Et celui-là, un éclat de shrapnel dans le pied, une vilaine blessure, dit l'homme.

Il transpirait sous la double charge d'un blessé corpulent et d'un autre, plus léger. Marthe mit du temps à reconnaître Jakobus Marais. Le garçon avait pris la teinte des suaires. Livide, les yeux cernés de brun, les lèvres serrées sur une cyanose de mauvais aloi.

– Mon Dieu, c'est toi ! Mon pauvre petit, comme tu es pâle.

Elle ordonna qu'on l'allongeât sur un lit, entreprit de l'examiner. Le corps de Jakobus était intact jusqu'au bas de la jambe droite qu'un trait noir semblait avoir détachée du pied. Une artère avait été touchée, qui pulsait de l'écarlate par à-coups, ainsi l'adolescent s'était-il vidé en partie de son sang.

– Personne ne l'a garrotté ?

Il ne fallait pas trop en demander aux paysans que l'on chargeait du transport des blessés. Homme ou bête, c'était en gros pareil. On les soustrayait des champs de bataille, c'était déjà quelque chose. Ce qu'il advenait d'eux était une autre histoire.

Marthe comprima la plaie de son poing serré. Jakobus n'avait pas perdu conscience. Ses yeux de mer limpide semblaient s'être dilatés.

– Petit, murmura-t-elle, ça va aller. *Moed*, Jakobus.

Elle répéta le mot qui voulait dire « courage », cria le nom du chirurgien.

– Eh bien quoi, madame ?

– Il faut clamper, c'est l'affaire d'une minute.

Du menton, elle désigna l'articulation ensanglantée. Stephens se pencha, grogna. Ayant saisi une pince, il nettoya la plaie d'un geste, puis, ayant repéré l'origine de l'hémorragie, il plongea l'instrument dans les chairs. Un clic, suivi d'un autre, la gaze à nouveau.

– C'est bon. Je l'ai eue du premier coup.

Il eut l'air satisfait, comme le sont les chasseurs lorsqu'ils tuent au premier tir. Chirurgien. Marthe aurait le temps de comparer cette arrogance-là avec celle de ses anciens compagnons de la salle commune d'Aubervilliers. La suite ? On verrait plus tard. Marthe vit la fatigue sur le visage du médecin. Passé le jour de Noël, les Anglais avaient tenté une sortie par l'est de la ville. On s'était battus au corps à corps et cela continuait. Joubert avait envoyé des renforts tandis que les assiégés essayaient désormais de passer entre les collines du sud.

– Il doit lui rester la moitié de son sang. Il va survivre. Vous le connaissez ?

– C'est mon beau-frère, de Bonne-Espérance lui aussi.

– Ah, oui, les Marais, de grands patriotes depuis toujours. Pansez-le et rejoignez-moi, on me dit que des thorax arrivent et des amputables. Je verrai ensuite pour votre gamin. On lui retirera des morceaux de métal, je pense qu'il en a quelques-uns dans la cheville.

Des « thorax », des « abdomens », des « pieds crevés », des « crânes », tout un bréviaire de la chirurgie de guerre. Marthe réprima un sanglot. Elle ne parvenait pas à détacher son regard de la cheville de Jakobus. La pince pendait le long de la peau saine, l'hémorragie avait cessé. Restait la ferraille disséminée. Ces shrapnels n'étaient pas forcément meurtriers. Ils se fragmentaient en centaines de billes qui criblaient littéralement leur cible.

Marthe achevait de nettoyer la plaie lorsque, comme pris d'une sorte de remords, le chirurgien revint vers le lit où reposait Jakobus.

– C'est l'affaire d'un instant.

Il écarta les bords de la plaie, fouilla l'os du bout d'un mince stylet. À gestes secs et précis, il expulsa des fragments noirs, arrondis, comme il l'eût fait de noyaux d'olives. Puis il vérifia qu'il n'avait pas provoqué de nouvelle hémorragie.

– C'est bien, dit-il. S'il reste de ces éclats, ils sont inaccessibles. On refermera en fin de journée, si on a le temps. Je vais avoir besoin de vous maintenant.

Le capitaine Berto fit irruption sous la tente. Il allait inspecter une position d'artillerie quand la nouvelle de la blessure du jeune homme lui était parvenue. Il se pencha vers Jakobus, fut stupéfié à son tour par la pâleur du gamin. Marthe avait simplement couvert la cheville d'un linge propre, remettant à plus tard les pansements indispensables.

Des mouches énervées tournaient à distance de la serviette. Elles cherchaient avec obstination la source de ce qu'elles sentaient, allaient et venaient sur le tissu blanc. Lorsqu'un peu de sang le colora, elles se ruèrent sur le festin. Berto tenta de les disperser, en vain. Ces infatigables insectes étaient le cauchemar des soignants, éclos par millions depuis le début de la guerre et vivant sur elle.

– *Laat, my kaptein*[1].

Berto demeura un moment pensif, puis il serra longuement la main de Jakobus, se releva. À trois pas de lui,

1. Laissez, mon capitaine.

Marthe épongeait un ventre ouvert à grand renfort de compresses. Il sortit, anxieux d'avoir laissé le neveu de son ami outrepasser sa mission. Jakobus s'était cru obligé de monter sur une colline pour y observer la ville. Le shrapnel l'avait touché alors qu'il migrait d'un rocher à l'autre. Berto pesta.

Le siège de Ladysmith ne ressemblait pas à celui de Dundee. La garnison anglaise y était suffisamment importante pour risquer des sorties de plus en plus hardies. Cela se terminait souvent au corps à corps, au creux des fossés ou entre les blocs de roche tapissant la plaine.

Berto-Linnoz songea aux combats des Américains contre les Sioux ou les Cheyennes. Ça criait fort pendant les assauts, de toutes parts. Chaque engagement était une petite guerre à lui seul. Le capitaine soupira. Si la manœuvre boer échouait, si les troupes de Kitchener dont on annonçait les renforts réussissaient à briser le siège, tout prendrait une autre tournure. Et Jakobus Viljoen, comme beaucoup d'autres, aurait été blessé pour pas grand-chose.

Lorsqu'elle en eut terminé, anéantie de fatigue, avec sa matinée opératoire, Marthe trouva Berto au chevet de Jakobus. Il était épuisé lui aussi. Ses joues s'étaient creusées, comme la terre labourée par les obus anglais. La guerre n'avait que quelques mois, pourtant elle laissait déjà ses acteurs hébétés. Partout, les fronts se stabilisaient, peuplés des échos intermittents de l'artillerie lourde. On se battrait pour un mamelon désert, un vallon, une ferme, cent mètres de caillasse. À la vue du Français prostré devant son cadet, Marthe eut le pressentiment que les Boers seraient un jour défaits.

Elle s'assit à côté de l'officier français. Les joyeuses festivités de Noël étaient loin, le plein été les accablait de sa chaleur torride à peine tempérée par des orages d'une rare puissance. La boue se répandait partout, jusque sous les tentes. Des brouillards saumâtres, couleur de crépuscule, s'élevaient autour des cavaliers et des chariots. Sous ce climat, les blessures s'infectaient vite. La gangrène qui semblait portée par les nuées d'insectes s'y mettait avec ses traînées brunâtres et son parfum de mort.

– Il va mourir, vous pensez ?

Berto considéra la blessure de Jakobus avec une circonspection mêlée de dégoût. Il en avait déjà vu de semblables. Point n'était besoin d'avoir fait de longues études pour deviner que l'affaire était mal engagée. Il observa les allées et venues du chirurgien entre les lits. L'homme était seul pour faire face à l'afflux des blessés de ce côté-ci du siège. Son relatif dénuement, l'épuisement lisible sur son visage défait, sa démarche lourde trahissaient la disproportion des forces en présence dans cette guerre.

D'un côté, une armée disposant de ports, de navires, de canons en nombre et d'un empire capable de lui fournir la chair des batailles, de l'autre, des compagnies de paysans, de mineurs, recrutés sur place, de Noirs rétifs aux tâches que l'on prétendait leur imposer, le tout jeté à l'assaut des collines. L'époque était aux victoires, pourtant le sort ne tarderait pas à sourire au plus fort, au plus armé, au plus obstiné.

– Je ne sais pas, dit Marthe.

– Il nous manque quelqu'un, aujourd'hui, n'est-ce pas ? dit Berto.

Un soupir lui répondit. La guerre, c'était aussi des histoires d'amitié, d'amours foudroyés ou distendus, d'absolus hasards. Pour conjurer peurs et angoisses, le mieux était d'y plonger en entier, de limiter le temps des pensées et des méditations ; elles ne servaient pas à grand-chose.

Berto était en poste sur Thornhills, à trois kilomètres de là.

– Je reviendrai dès que possible. Ce soir même, promit-il.

Marthe vit son embarras. Des jeunes gens de dix-huit ans, Berto en avait vu tomber quelques-uns dans sa carrière. Celui-là aurait pu être protégé. Marthe le réconforta. Personne ne pouvait prévenir les comportements étranges au milieu d'une bataille. Quand la majorité s'abritait prudemment, Jakobus avait cédé à la curiosité. Et puis il avait en tête les exploits de son oncle. La faute avait peut-être été de vouloir le cantonner à distance de son rêve.

– Peut-être, fit Berto. Je n'en suis pas vraiment sûr.

Comme il s'y était engagé, le capitaine revint dans la soirée. Lorsqu'il découvrit la cheville de Jakobus, il fit la grimace.

– Ce garçon devrait être amputé.

Le chirurgien s'était absenté dans l'après-midi. Une tente médicale devait être installée sur le flanc est du siège, près d'une rivière dont on se disputait le contrôle. Il y aurait des combats de plus en plus violents dans ce secteur. La nuit tombait lorsque le docteur Stephens rentra.

Il paraissait dubitatif. Des traînées lilas serpentaient sur la peau du jeune homme, vers le creux du genou. Il palpa les muscles de Jakobus, fit la moue.

– *Amputasie.*

Berto serra le bras de Marthe. La décision de Stephens était la bonne. Sous le climat humide de janvier, les choses iraient très vite, si l'on attendait encore. Une vapeur suffocante s'échapperait de la plaie, envahirait peu à peu la tente, le membre doublerait de volume, colonne violacée parcourue de veines noires. Les plaies n'y seraient même plus visibles, noyées dans la boursouflure en quelques heures. Gangrène.

Il fallait désormais faire vite. La blessure avait été souillée de terre, réparer l'artère tiendrait du miracle. Et puis on n'avait pas le temps de finasser. Marthe préparerait le champ. Elle supposa que l'on couperait au-dessus de la malléole.

– *Knie*, fit Stephens, péremptoire.

Et il ajouta, pour parfaire son français :

– Genou ! Dessous, pourriture.

Jakobus scrutait Marthe avec intensité. Passé le choc de l'annonce, il avait réussi à sourire. Puisqu'il le fallait. Les estropiés de la guerre précédente n'étaient pas rares, qui clopinaient aux abords des fermes, appuyés sur leurs béquilles.

– Martha. My cholie tan-teu.

Il avait suffi de quelques heures à peine pour que le pied de Jakobus commençât à dégager un vague remugle de venaison.

– Je t'aime bien, Jakobus, dit-elle.

Elle caressa ses cheveux frisés. Le gamin se mit à chantonner. Il avait vu des hommes tomber, foudroyés, d'autres s'éparpiller à terre, démembrés, décapités, hachés par les obus de Kitchener et par ceux du Long Tom du Creusot. Dieu s'occupait des absents et, s'il fallait les rejoindre, Jakobus Viljoen, milicien, obéirait sans poser davantage de questions.

Le canon tonna vers Ladysmith. C'était un dialogue aux reprises régulières. Les artilleurs en calculaient les intervalles en fonction des réserves dont ils disposaient. On ne gaspillait pas. La ville tenait. On parlait de renforts anglais, une colonne puissamment armée venue de Pietermaritzburg. Marthe cessa de penser. Le tour de Jakobus était venu.

– Sur la table, ordonna Stephens.

Il se gratta le crâne. Par où attaquer ? Une grimace. Il traça une ligne imaginaire, sous la rotule. Jakobus fut allongé sur la table, sanglé à la taille. Marthe glissa entre ses dents un tissu cousu sur un morceau de baderne en cuir. Le reste irait vite. Au moment où elle allait soulever la jambe de son neveu, elle se sentit pâlir, chercha du regard une aide qui vint aussitôt ; voyant son trouble, une infirmière boer prit sa place.

Stephens grogna. Les émois de son personnel ne le concernaient pas. Son couteau, effilé tel un rasoir, trancha au-dessus des stries violacées. Marthe entendit le gémissement de Jakobus. Cela venait des profondeurs de son corps, un cri étouffé de terreur et de refus. Elle prit le jeune homme contre elle, serra sa tête contre sa poitrine. La main du chirurgien ne tremblait pas. Un sang épais gicla, se répandit sur le sol.

– *Compress !*

L'infirmière s'exécuta tandis que Stephens, de deux doigts, pinçait l'artère. L'hémorragie cessa. Puis le médecin saisit une scie. Marthe serra plus fort. Elle entendit le grincement des mâchoires de l'adolescent, un bruit de poulie rouillée, souhaita qu'il perdît connaissance, mais au lieu de cela, il se mit à ruer des fesses, tentant d'échapper aux sangles.

Stephens jura. Marthe s'était presque couchée sur Jakobus. Elle le maintint ainsi, murmura à son oreille un mot appris au chevet des souffrants, *kalm*, qu'elle répéta en une psalmodie rompue par le bruit du membre que l'infirmière, surprise par l'agitation du blessé, avait laissé tomber sur le sol.

C'était fini. Le chirurgien mécha le moignon qu'il sutura sous le garrot provisoire d'un linge torsadé. Marthe se détendit. La lutte avec Jakobus la laissait sans force. Elle songea au pire ainsi évité, à la gangrène gagnant le ventre, s'insinuant en lui tel un monstrueux ver pour déclencher l'agonie. Berto-Linnoz avait raison. Quand les autres eussent retardé le seul traitement raisonnable, il avait approuvé la décision avec pertinence.

Stephens regarda son infirmière, un léger sourire au coin des lèvres. La *Franse* s'était bien comportée une fois encore, elle était une *goeie werf*, une bonne recrue. D'autres auraient esquivé l'épreuve. Marthe avait envie de vomir. Il lui fit signe de s'asseoir, prit le blessé dans ses bras puissants et le déposa sur un lit. Après quoi il tira de sa poche une flasque, fit boire son patient et s'en offrit une gorgée.

– Whisky. Bon pour vous.

Marthe accepta d'avaler à son tour un peu de cet alcool inconnu. Le feu coula dans sa gorge, elle toussa. Le chirurgien s'assit face à elle, pensif, tandis que Jakobus sombrait dans une somnolence geignarde.

Une salve lointaine confirma les bordées de la matinée. Les Anglais tentaient une fois de plus de sortir et préparaient le terrain. La guerre était une question de rituels, elle ignorait les souffrances et les états d'âme des individus. Des habitudes y naissaient, tant pour les assiégés que pour ceux qui les tourmentaient.

Stephens enveloppa lui-même la jambe dans un linge, sortit de la tente pour ordonner que l'on allumât un brasier à distance du camp. Marthe songea aux cérémonies funéraires zouloues dont Piet lui avait parlé. On y ajouterait le complément chrétien : un trou, de la terre par-dessus et un remerciement adressé à Dieu pour avoir bien voulu maintenir en vie ce qui restait du milicien Jakobus Viljoen.

– Vous devriez dormir, dit calmement Berto.

Il fumait un cigare, assis face à Marthe, devant l'entrée de la tente. Des combats avaient eu lieu au sud de Ladysmith ; l'ouvrage serait pour les soignants de cette zone, ce soir-là. Marthe hocha la tête.

– Impossible. Ce n'est pas une journée comme les autres.

Berto leva les yeux vers le ciel couleur d'océan. Un brin de fraîcheur tempérait vaguement la chaleur accumulée tout au long du jour. Des hommes allaient et venaient entre les tentes, certains en chemise, d'autre torse nu, malgré les ordres. Berto exhala une dense volute de fumée.

– Ciel de canicule. C'est difficile, pour une infirmière parisienne, d'être mariée à un fermier boer aux prises avec l'Anglais, n'est-ce pas ?

Il souriait, bonhomme.

– Je ne m'attendais pas à ça, c'est vrai, répondit Marthe.

– Vous êtes admirable, madame. D'autres seraient rentrées depuis longtemps en France.

Elle réalisa à quel point elle s'était attachée à Piet. Elle ne vivait plus que pour le voir réapparaître à l'entrée de la tente chirurgicale. Travailler dur pour que le temps passe plus vite, espérer la fin d'un conflit qui ne la concernait pas. Elle soignait les prisonniers blessés sans faire de différence avec les Boers, quand ses sœurs masquaient mal, souvent, leur répulsion pour la chair kaki.

– L'homme désarmé, diminué physiquement, est un modèle unique. Il n'a plus de nationalité, plus d'identité. Il est hors jeu, tout simplement. Seul son nombre pose un problème. De ravitaillement.

Le capitaine demeura silencieux. Marthe vit qu'il désirait ajouter quelque chose. Il finit par se décider.

– J'ai télégraphié à Volkrust. Ceux de Bonne-Espérance viendront chercher le jeune homme. Je serais heureux de voir votre nièce parmi eux.

– Elle conduira l'attelage, ou même montera-t-elle pour aller plus vite.

– Je vous parle franchement. Je suis veuf, sans enfant, vous le savez. Ma femme est morte du typhus à Dakar, il y a près de dix ans. Elle aurait dû accoucher deux mois plus tard. L'action m'a permis d'oublier peu à peu. J'ai bourlingué, jusqu'ici. Je ne suis pas là par hasard. Il y a le souvenir de Fachoda, certes, mais pas seulement.

Il tourmentait ses doigts sans finesse, toussotait, observait Marthe à la dérobée. Un adulte mûr un peu amoureux cherchant à savoir. Quoi ? Ce qu'en pensait une femme qui devait bien avoir une idée sur la question. Marthe lui demanda un cigare. Elle ne s'amuserait pas de ce soldat comme elle l'eût fait d'un soupirant transi sous le chaume d'une guinguette de Nogent.

– Vous ne lui êtes pas indifférent, capitaine. Elle est jeune mais mature. Ce qui arrive à son frère va la marquer. On vieillit vite dans ce genre de circonstances.

Il tendit vers elle son briquet tempête, la regarda tirer sur le cigare. Marthe fumait de temps à autre. Elle préférait les cigarettes. Berto se confia, détendu :

– L'Empire français est vaste. C'est pourtant ici que j'ai envie de rester. L'Oubangui, la Haute Volta, le Congo, c'est bien, mais je n'y connais pas de huguenote aux yeux si bleus et aussi bonne cavalière.

Ils rirent. Les choses iraient leur cours. Marthe prit congé. Elle se sentait lasse.

– Le petit s'en sortira. Il faudra le gaver de viande rouge, conclut Berto-Linnoz en baisant la main de Marthe.

14

Marthe sortit de la tente au moment où Anna Viljoen et sa fille Eltsie descendaient d'un chariot bâché. Il en allait ainsi à l'arrière du front, et pas seulement à l'occasion d'affrontements sportifs. Les civils qui ne venaient pas simplement aux nouvelles y retrouvaient ceux des leurs que le sort accablait. Souvent, on venait chercher le blessé dont la guerre ne voudrait plus.

– On a essayé de sauver son pied, dit Marthe.

Anna ne la comprit pas. Berto n'avait pas donné de détails par télégraphe. Pressentant des moments difficiles, elle entra dans la tente, s'assit au bord du lit, scruta le visage de son fils. Jakobus dodelinait de la tête. S'endormait-il ? Cela faisait maintenant trois jours pleins qu'il avait été opéré. Avec succès. Le moignon était propre, la peau irriguée. Pas même un de ces abcès de cicatrice redoutés par les infirmières.

Eltsie se tenait debout au pied du lit. Lorsque Marthe passa près d'elle, elle prit sa main, d'un geste devenu familier entre elles. Il n'y avait rien d'autre à faire qu'attendre.

– *Hoe bleek hy*[1], murmura-t-elle.

Elle caressa ses joues.

Il était inutile de lui dire que Jakobus avait perdu beaucoup de sang. Il vivait, c'était l'essentiel. Vint le moment

1. Comme il est pâle.

où il fallut soulever le drap couvrant le bas de son corps. Ce fut Anna qui tira lentement le coin du tissu immaculé. À la vision du membre sain voisinant avec du vide, elle se figea, marmonna quelques mots. Marthe prit Eltsie contre elle. Le seul à sourire fut Jakobus. Le garçon récupérait vite. On l'alimentait avec des fruits, du lait, de la viande rouge sur prescription du capitaine. Il raconterait tout ça aux femmes.

Anna se releva. Où était Christian ? Elle avait deux fils dans cette affaire. Marthe se lança dans une explication compliquée par le problème de la langue. Jakobus leur donna des précisions. Le capitaine français veillait sur lui, lui assignant des tâches loin des collines, des rivières, de la voie ferrée. Christian portait des messages à l'arrière. Ses qualités de cavalier lui offraient ce privilège.

Anna décida que son fils serait ramené à Bonne-Espérance sans délai. Marthe tenta de la persuader d'attendre encore. Jakobus serait en sécurité sous l'œil du chirurgien et des infirmières. Comme pour la démentir, l'écho lointain de quelques départs d'obus rappela aux uns et aux autres que l'on se trouvait à portée ou presque des canons anglais.

Eltsie tança sa mère. Dans l'état où se trouvait le jeune homme, un voyage en train puis en chariot ou en coche ne pourrait que l'affaiblir davantage. Le docteur Stephens n'en avait pas encore terminé avec lui. Mais Anna ne voulait pas que son fils fût ainsi laissé sous la menace. Elle se mit à hurler. Des hommes attirés par les cris la forcèrent à quitter la tente.

La chaleur de midi était accablante. Un orage se préparait à l'est. Il porterait en lui les touffeurs du tropique mozambicain. Les climats du Transvaal ne laissaient guère de répit aux gens, l'hiver y était la seule parenthèse de confort.

Marthe invita Anna à s'asseoir sur l'une des chaises réservées aux opérés. Des convalescents séjournaient là, fumant des cigarettes, rêvassant, attendant, peut-être, de recevoir l'ordre de retourner se battre.

Anna sembla se calmer. Soudain, elle se releva, vint vers Marthe pour lui lancer à la figure des mots pressés, violents, anathèmes ou insultes. Eltsie fondit en larmes. Stoïque, Marthe encaissa. Que lui criait-on ainsi ? Des frustrations, sans doute, l'ennui un peu jaloux des gens de l'arrière, le regret d'avoir laissé échapper une auxiliaire pour le domaine. Marthe baissa la tête. Elle ne tenait pas à affronter la colère de sa belle-sœur.

Qui se tarit comme elle avait commencé. Anna s'effondra soudain. Sa carapace se fissurait. Marthe la confia à Eltsie. Les femmes boers devaient savoir contrôler leurs émotions.

Berto rejoignit les visiteuses à la tombée du jour. Anna s'était apaisée. Convié à donner son avis, le chirurgien avait admis que Jakobus serait en état de voyager à condition de faire des étapes.

Le projet convenait au capitaine français. Il s'offrit comme escorte, une précaution presque inutile puisque l'on traverserait des territoires conquis sur l'adversaire.

– Gare aux commandos de Sa Majesté.

La recommandation amusa Eltsie. On n'irait pas très loin pour commencer ; quelques kilomètres séparaient l'hôpital militaire de campagne du havre où l'on passerait la première nuit. Berto insista :

– J'y tiens. En vérité, c'est un ordre.

Les fermes anglaises qui jouxtaient les collines occupées par les Boers au nord de Ladysmith avaient été réquisitionnées par le commandement. On y expédiait les convalescents, on y réparait matériels et armements. Des détachements civils et militaires y stationnaient. À l'occasion, les anciens chalands des marchés à bestiaux du Natal et du Transvaal devenus adversaires s'y retrouvaient. Un autre visage de la guerre, à proximité d'un foyer brûlant.

Les Viljoen de Volkrust parvinrent ainsi chez les Farrell de Peace Town un soir de janvier. Ils avaient chargé leur blessé à l'arrière d'un attelage tiré par des chevaux réquisitionnés chez des Anglais de Craigsforth.

Parler de convivialité eût été exagéré. Les fermiers du Natal étaient simplement autorisés à demeurer sur leurs terres, avec obligation d'accueil. Anna se souvint qu'elle avait déjà croisé ses hôtes aux grandes foires de Newcastle. Les Boers venaient y vendre leurs bœufs et repartaient vers le nord avec de ces jolis pur-sang, fins et racés, que leurs voisins importaient directement d'Angleterre. En temps de paix.

Berto fit évacuer une chambre au rez-de-chaussée. On y installa Jakobus, dans un mobilier victorien propice à la sieste et à la grasse matinée. Tapis d'épaisse laine, peaux de félins avec têtes naturalisées, bibelots, boîtes, bonbonnières se reflétaient dans des miroirs de toutes formes. Les propriétaires des lieux durent prendre leurs quartiers à l'étage, dans les carrées réservées au petit personnel et aux saisonniers.

Le capitaine rejoignit Eltsie à l'écurie. Aux galopeurs fantasques du Sussex ou du Kent, les Boers préféraient leurs propres bourrins, épais et opiniâtres, infatigables et d'humeur égale.

– *Hulle is pragtig.* Maguenific ils sont, non ?

Eltsie n'avait jamais vu autant de merveilles réunies dans un seul lieu. Leurs maîtres les faisaient courir sur les champs du Natal, de Pietermaritzburg à Durban. Berto appréciait modérément ces bêtes. Il était plutôt terrien, trop lourd à son gré pour l'exercice équestre. Fantassin, à la rigueur artilleur. Et il préférait les cercles de jeu aux champs de courses.

Il contempla la jeune fille qui caressait les chevaux. Les fermiers de Peace Town conservaient le droit d'entretenir leurs écuries. Berto se souvint de l'histoire des Acadiens déportés par les soldats de George III. Fermes brûlées, bétail confisqué, cales de navire emplies d'une cargaison humaine dont la moitié n'avait pas survécu à l'épreuve.

Steyn et Kruger avaient donné des ordres stricts. On réquisitionnait quand c'était nécessaire. On ne pillait ni n'incendiait. Les civils désarmés devaient demeurer en dehors du conflit. Qu'en serait-il si les Anglais prenaient le dessus et déferlaient sur le pays boer ?

Eltsie en avait assez vu. Passant devant le capitaine, elle leva vers lui son regard de mer calme, pencha légèrement la tête, comme pour le scruter plus commodément. Il prit sa main qu'il porta lentement à ses lèvres.

– Charmante.

– Mots français. *Ek is lief vir.* J'aime.

Souriante, elle attendit, immobile, le geste suivant, les doigts de l'homme sur sa joue, le baiser dans son cou. Tout vint naturellement, l'étreinte légère, la respiration suspendue, le contact des corps. D'intenses secondes à se deviner. Puis elle se dégagea.

– *Ek is lief vir jou*[1].

Il hocha la tête. Il n'avait pas imaginé ressentir un tel vertige. Une femme, entre ses bras, frêle et forte en même temps, de près de vingt ans sa cadette, et cette différence abolie comme par magie.

Il prit le visage d'Eltsie entre ses mains, tenta de répéter ce qu'elle venait de lui dire. Elle rit. On s'aimait. Comme ça, par le hasard de la vie. Cela suffisait. Compte tenu des circonstances, il n'y avait pas grand-chose d'autre à dire.

– Je viendrai à Bonne-Espérance, murmura-t-il.

Elle répéta « Bonne-Espérance ». Le lieu où tout était possible. Elle se serra contre lui, dans un mouvement doux et félin de valse lente. Ce fut lui, cette fois, qui, doucement, recula. Un peu. Juste pour la contempler, se dire que cette

1. Je t'aime.

guerre finirait un jour. Un train s'arrêterait alors à Volkrust, duquel il descendrait, venu de Pretoria, de Capetown ou d'ailleurs, avec en poche un aller simple et la vie devant lui, vaste comme le décor du domaine.

Le même convoi que les Viljoen prirent le surlendemain. On y avait entassé toutes sortes de gens et de choses, direction le nord. Les blessés y disposaient d'un wagon spécial, où l'on installa Jakobus. Une religieuse accompagnait les hommes qu'on débarquerait au fil de la route, du front aux confins rhodésiens des républiques.

Christian Viljoen vint saluer son jumeau. L'envie de monter dans le wagon le tenaillait. Il fit en sorte de n'en rien montrer. Comme Jakobus, et comme des centaines d'autres, la guerre l'avait changé. Elle lui laissait ses jambes, mais pas sa jeunesse. Les anciens eux-mêmes devaient en convenir. Leur guerre d'indépendance, vingt ans plus tôt, avait été une aimable promenade militaire en comparaison des derniers affrontements. Or et diamants brillaient cette fois au firmament des guerriers.

Eltsie chercha Berto-Linnoz. Aux limites de leurs campements, les Boers avaient établi en pleine savane ce qui ne ressemblait que de fort loin à une gare. Matériels en tas, montagnes de caisses, de barils, de cantines, tentes, attelages et chariots composaient un décor provisoire et changeant. « Dernière station avant l'enfer », plaisantait Piet Marais.

Eltsie parcourut le chantier tandis que la locomotive faisait le plein d'eau et de bois. Le Français avait promis d'être là. Dépitée, elle se résolut à regagner les wagons des civils. Elle jeta un dernier regard derrière son épaule avant de monter sur le marchepied.

– *Mis, Mis* Eltsie Villon ?

Elle se retourna. D'où sortait donc le capitaine ? Elle porta ses mains à sa bouche. Berto était descendu d'un coupé conduit par un soldat. Il tenait une courte lanière au bout de laquelle un cheval noir tourmenté par les mouches donnait des coups de tête.

– Pour toi. *Vir jou.* Où dois-je l'installer ?

Elle n'en revenait pas. Tandis qu'il conduisait l'animal vers un wagon à bestiaux, elle se mit à tourner autour de lui, le questionnant dans sa langue, riant, incrédule. Il tenta de lui expliquer. L'achat aux fermiers avait été un peu forcé, certes. En temps normal, ils ne se seraient pas dessaisis aussi facilement de leur pur-sang.

– Quelques veldpounds.

Les Boers avaient créé leur propre monnaie, frappée de l'aigle. Un veldpound pour cinq livres anglaises, une surévaluation en forme de pied-de-nez à la superbe victorienne. Berto avait choisi le cheval qu'Eltsie avait caressé à la ferme des Farrell. Elle saurait lui parler, l'amadouer, le charmer même. Et battre la prairie en sa compagnie jusqu'aux collines formant l'horizon de Bonne-Espérance.

Le pur-sang rejoignit un contingent de bourrins plus ou moins réformés ou promis à la boucherie. Les portes du wagon furent refermées. Eltsie se mit à pleurer. Il la prit contre lui.

– *Mis... Mis.*

Il eut du mal à affermir sa voix. Elle aurait pu être sa fille. Elle serait sa femme, sa jeunesse pérenne, sa raison de vivre hors des guerres, loin de ceux qui les faisaient. Le coup de sifflet la fit sursauter. Elle sécha ses yeux dans le creux de son coude, la goutte au nez. Il rit.

– Va.

Elle s'exécuta, le dos rond, le pas pressé, dans une attitude enfantine qui le troubla. Il l'imagina, crinière frisée au vent, sauter par-dessus les rus, prenant en plein visage le vent, la lumière, la belle liberté que lui offrait son domaine. Les gens du Transvaal avaient raison de défendre ces biens sommaires et immenses qui n'étaient ni des lingots ni des pierres.

Le train s'ébranla, quand la chevelure d'Eltsie parut à la fenêtre d'un compartiment. Un salut de la main, à peine visible dans la fumée blanche que rabattait un vent d'est.

Berto-Linnoz remontait vers les positions de son bataillon lorsqu'il aperçut Marthe. Elle allait d'une tente à l'autre, les bras chargés de draps et de serviettes. Il arrêta le coupé qu'il avait emprunté à son colonel pour se rendre à la gare, se précipita vers elle pour la soulager.

– Ils sont mouillés, ce n'est pas de refus.

Il vit les taches de sang sur sa blouse. Profitant d'une accalmie, le docteur Stephens avait entrepris de réparer une gueule cassée ; une moitié de visage avait été emportée à la suite de l'explosion accidentelle d'une caisse de munitions.

– Je lui fais confiance, dit Berto, prudent.

Il n'avait pas envie de voir ça.

– Jakobus est parti ? À l'heure ?

– Le train avait dix minutes de retard, dit Berto en riant. Une histoire de traverse mal boulonnée. La négligence est aussi dangereuse que le sabotage.

– Vous avez vu Eltsie ?

– Oui. Je lui ai même offert un cheval.

Il donna quelques détails.

– Comment allait Anna ?

– Mieux, elle récupère son fils. Il sera dorloté, je pense. Il faudra l'équiper d'une prothèse. Les guerres permettent généralement de gros progrès dans ces domaines.

Il n'avait pas plu ce jour-là. Le soleil couchant jaunissait un pan entier de la colline Rietfontein, roche et herbe mêlées dans la même teinte dorée. Les Boers avaient délogé les Anglais de là au prix de durs combats. C'était au tout début de la bataille. Il y avait presque trois mois. Marthe offrit son visage aux derniers rayons. Tout se passait de l'autre côté de la colline. Ce jour-là, le silence y régnait.

Berto s'inquiéta.

– Que ferez-vous, ce soir ?

– Je ne sais trop. Le général offre un gâteau aux infirmières pour la nouvelle année. Et vous ?

– Veillée avec quelques camarades du tir à la corde et du lancer de tonneaux de bière.

Elle acquiesça, comme absente. Berto la salua, se recoiffa du feutre qui semblait, au terme de ces quelques semaines de siège, de combats, de chaleur et de sueur, avoir été rivé à son crâne.

Elle le retint.

– Donnez-moi un cigare, Berto.

Il lui tendit une boîte en fer ouverte sur des cylindres bruns. Elle se servit, attendit qu'il ait amorcé son briquet.

– Nos glorieux chefs ont raison, madame Marais. Vous êtes une femme admirable. On aimerait presque recevoir une balle pour bénéficier de vos soins.

Elle leva haut le cigare en signe de remerciement, tourna les talons. Le capitaine Berto-Linnoz demeura un instant rêveur. Il devait retrouver les siens autour de saucisses, de jambon et d'une dizaine de bouteilles, quelques bonnes choses pour continuer à fêter dignement, cette nuit-là encore, le gué séparant le XIXe siècle de son successeur.

Février 1900

Piet Marais revint aux abords de Ladysmith alors que la nouvelle de l'arrivée d'une colonne anglaise lourdement armée, partie de Durban pour faire jonction avec les assiégés, se répandait. Avant de rejoindre le camp, il s'était mis au service d'un bataillon qui s'en était allé prendre une colline à l'ouest, sur l'une des routes du Drakensberg. Spyonkop, cimetière de plus de deux cents Canadiens. Un cauchemar pour les Britanniques subissant les assauts de la meute boer qui les avait cloués en terre, au bout de ses baïonnettes.

Marthe vit venir vers elle un homme amaigri au visage tanné qu'elle trouva superbe. Et qui l'entraîna sans tarder sous leur tente.

– *Heuning*, cette guerre ne durera pas éternellement.

Cela voulait dire pas mal de choses. Le discours officiel prônait toujours l'offensive. On avait certes taillé en pièces des Canadiens à vingt kilomètres de là, mais dans le même temps, une armée boer presque entière avait été piégée à l'ouest. De cela, il était moins question et, pour en savoir plus, il fallait avoir ses entrées dans les bureaux du commandement, voire dans ceux des présidents.

– C'est comme l'orage, Martha chérie. Ça tourne dans le ciel sans qu'on sache vraiment d'où ça vient et où ça ira. Et puis, d'un coup, ça pète, juste au-dessus de toi.

Il répéta « ça pète », éclata de rire. La langue française avait de ces roueries. Elle lui dit qu'elle était heureuse de le revoir. Près de six mois après la déclaration de guerre, tout était suspendu au souffle râpeux des canons, dans le langage codé des chefs.

Elle se laissa aller tandis qu'il prenait possession de son buste, de ses seins, de la vallée soyeuse et tiède reliant ses hanches.

– Nous allons perdre, tu crois ?

Il la serra plus fort. Son front émergea des jupons de Marthe, puis sa bouche.

– Tu as dit « nous ». C'est un progrès. Aurais-je épousé une vraie Burgher, une lionne en chasse pour nourrir le clan ? C'est bien… Je ne sais pas si nous allons perdre. Tout se jouera dans les semaines qui viennent. Une chose est sûre, les Kakis vont nous envoyer le gros de la troupe, avec des canons plus longs, plus lourds, et des armes capables de cracher cent balles par seconde. Nous reparlerons de ça plus tard, tu veux bien ?

Il était passé par Bonne-Espérance avant de rejoindre Ladysmith. Jakobus s'y remettait peu à peu. On lui faisait ingurgiter force viande rouge.

– Son père lui a fabriqué une jambe en bois avec un pied métallique articulé. Un système de butoirs assez compliqué. Au début, ça grinçait un peu et le gosse se cassait la figure, et puis il s'y est fait. Il monte même à cheval maintenant. Il va devenir le petit chef du domaine, l'égal de Jeans Viljoen. Eltsie le seconde. Je l'ai trouvée différente. Une femme. Je suppose que c'est ainsi que les choses se passent de toute façon. Je suis resté longtemps sans la voir grandir.

Marthe le regarda en souriant.

– Je crois que le capitaine Berto-Linnoz lui plaît bien.

– Berto ? C'est sérieux ?

– Peut-être. Qu'est-ce qui est vraiment sérieux, dans cette guerre, à part la guerre elle-même ? Tu es contrarié ?

– Mais non. C'est que l'on penserait d'abord à un jeune du pays, sorti d'une ferme ou d'un village.

– Cette fille n'est pas comme les autres.

– Tu as raison. C'est un esprit libre, un farfollet.

Elle le corrigea :

– Farfadet ou feu follet. Il faut choisir.

– Ah, la langue française ! L'afrikaans est moins compliqué.

Il arriva que le général Joubert, sans doute un peu diminué tant par l'âge que par la corpulence, fît une chute de cheval qui donna de l'ouvrage aux chirurgiens et le laissa alité, incapable de conserver son commandement. La prise d'armes en l'honneur du général Botha, qui prenait sa relève, permit à Berto-Linnoz de se rapprocher de ses amis pour quelques heures.

– Après tout, fit-il remarquer, nous avons capturé ensemble ce Churchill.

Piet le considéra d'un œil différent. Amical, toujours, mais avec un peu plus de distance. Marthe se dit que c'était une histoire d'hommes, l'oncle protecteur d'un côté, le soupirant de l'autre, dont il fallait tout de même s'assurer qu'il était sincère. Berto paraissait heureux. Impatient, aussi.

– Je m'ennuie un peu sur Thornhills. Nos artilleurs se divertissent à heures fixes et les Anglais tentent l'essentiel de leurs sorties de l'autre côté du siège. C'est un peu routinier. Qu'en pensez-vous, Marais ?

– Vous cherchez de l'action, capitaine Berto-Linnoz ?

– Quelque chose comme ça… mon colonel !

– Vous savez que Kitchener va chercher à briser le siège.

– Je ferais la même chose à sa place.

– Eh bien, vous serez exaucé, mon vieux. Ensuite ?

Le capitaine réfléchit. Il aurait d'autres missions à remplir dans la région des mines. Le gros des Français se battait à l'ouest sous la houlette de Villebois-Mareuil. Les autres, comme lui, se mettaient à la disposition des chefs boers, assez librement.

– Cela vous dirait de m'accompagner, si je dois retourner vers Johannesburg ? lui proposa Piet. Il nous faut une escorte. Je recrute chez les commandos, généralement. C'est risqué.

– Vous accompagner ? Et comment ! Un plaisir, et l'occasion de voir un peu de pays. Ce coin du Natal n'est pas laid, mais quand on a vu le Drakensberg, on devient exigeant.

Piet alluma un cigare en hochant la tête.

– Assiéger une ville n'est pas palpitant, cela dit, les nerfs s'y usent un peu. Vous auriez parfaitement le droit de prendre du repos.

Le capitaine parut surpris, attendit la suite sans mot dire. Piet exhala une bouffée de fumée.

– À Bonne-Espérance, par exemple. Je crois que vous appréciez cet endroit.

Berto se raidit légèrement. On se comprenait sans avoir besoin d'entrer dans les détails. Il alluma une cigarette, planta son regard dans celui de Piet.

– Il y a un temps pour tout, mon colonel. Et une guerre à terminer. C'est une question d'honneur, mon cher Marais. Ensuite et puisque vous me proposez une mission dans les gisements aurifères, sachez que j'aurai plaisir à montrer les trésors du Transvaal à nos amis de la plaine Monceau. Lorsque nous les aurons sauvés, bien sûr.

Il ôta son feutre, salua Piet, un rien ironique. Ils rirent de concert. On laisserait Marthe en dehors de l'affaire, pour le moment. Les deux hommes se serrèrent la main. Il y avait des priorités.

Telle celle qui porta pour l'histoire le nom de bataille de Ladysmith. L'été austral noyait plaines et collines lorsqu'une grande offensive boer fut déclenchée. De toutes parts, au terme d'une longue préparation d'artillerie, les hommes jaillirent de leurs tranchées, dévalèrent les collines pour se ruer sur les défenses anglaises. En vain. Ils durent refluer, abandonnant des dizaines de morts et de blessés entre les lignes.

On ne faisait pas la guerre en 1900 comme on la faisait au Moyen Âge. Enhardis par cet échec, les Britanniques contre-attaquèrent par de brefs raids de commandos contre les canons boers. Une bascule s'opéra tandis que la colonne de renfort anglaise s'approchait de la ville assiégée.

26 février 1900

– Ça cède là-bas, constata Berto.

Il tendit ses jumelles à Piet. Plus puissantes que celles du colonel Marais, elles fouillaient loin dans les lignes ennemies.

Quinze mille hommes avaient franchi la rivière Tugela à vingt kilomètres au sud de la ville, balayant les avant-postes boers. Une armée lourdement équipée. Espérer renforcer les défenses des collines de ce secteur était illusoire. Les Boers ne disposaient pas d'assez d'hommes pour dégarnir leurs flancs.

– Flatted Top va tomber, fit sombrement Berto. Nos canonniers n'ont aucune chance. Il vaudrait sans doute mieux pour eux se replier.

Les points d'appui est et ouest se préparèrent à l'assaut, lequel, les nouveaux arrivants semblant pressés d'en finir, ne tarda pas à débuter. Piet Marais se mêla à ses hommes sur Telegraph Hill tandis que le Français regagnait Thornhills, à deux kilomètres au nord. On se ferait signe, de loin.

– N'oubliez pas, Marais, vous m'avez promis de m'emmener dans les mines dès que possible.

– Ça risque d'être plus tôt que prévu.

Ils se souhaitèrent bonne chance. On se battrait au corps à corps dans peu de temps et, cette fois, ce serait au tour des républicains de subir le choc. Piet arma son pistolet. Il excellait au tir rapproché qu'il préférait aux encombrantes manipulations du fusil. Et puis se retirer en dernier quand il le fallait, tout en tiraillant, demeurait le dangereux privilège des officiers supérieurs.

Il n'eut pas à attendre longtemps. Un déluge de mortiers, de shrapnels et d'obus à longue portée s'abattit sur sa troupe soudée aux rochers comme les moules à leurs bouchots. Il apparut bientôt que les canons de Telegraph Hill avaient été mis hors jeu. Des cris de plus en plus audibles annoncèrent la survenue des fantassins kaki. On s'étripait le long de la pente.

Lorsqu'il vit les premiers casques anglais se déplacer derrière les rochers, venant de trois côtés, Piet ordonna que l'on se rassemblât au sommet de la colline, près de la piste menant au nord.

Au pilonnage de l'artillerie anglaise succéda le bruit prenant de la mitraille. Cela venait de partout, en détonations sèches, parfois groupées par salves. Des hommes tombèrent. On en ramena certains vers l'arrière, sans la moindre certitude de pouvoir les protéger jusque-là. Piet fit rapidement le compte. Il disposait d'une centaine d'hommes valides. En face, les rescapés de l'aval en comptaient un bon millier.

Perdu d'avance.

Il se dressa, agita le bras pour ordonner le repli. Il n'était pas le seul à en décider ainsi ; à l'est comme à l'ouest, les Boers choisissaient, en même temps ou presque, de rompre les combats devant la supériorité de l'ennemi.

Accompagnés par un feu nourri, les hommes dévalèrent la pente opposée. Piet avait fait creuser des tranchées défensives au bas de Telegraph Hill. Des hommes s'étaient postés là, quelques dizaines. Parvenus à leur hauteur, ses Burghers prirent position à leurs côtés et se retournèrent contre le flot kaki imprudemment lancé à leur poursuite.

– *DogGone dit val*[1] !

L'assaut anglais vint se brûler au feu boer dans un terrible jeu de chamboule tout. Les rangs britanniques se trouvèrent soudain exposés, sur le plat. Il y avait de la place pour une action. Piet fit mettre baïonnette au canon, puis il ordonna la charge, derrière lui. Les cris changèrent d'accent. La ruée boer traversa, sauvage, l'alignement adverse, tuant à bout touchant, pointe des lames vers les ventres offerts. Trente soldats de Sa Majesté Victoria gisèrent bientôt au sol. D'en haut déferlait une nouvelle vague. Piet ordonna le repli. On tiendrait, dans la tranchée, le plus longtemps possible.

De Thornhills, Berto observait la mêlée en cours sur Telegraph. Il avait vu les Anglais se rendre maîtres du

1. Nom de Dieu, il en tombe !

sommet. Puis les Boers avaient disparu dans le vallon d'où s'élevaient des panaches de fumée blanche.

– Nettoyage au mortier, murmura-t-il.

Il attendit les ordres. La situation se dégradait rapidement. Lorsque pour la première fois il entendit quelqu'un dire : « Après tout, on n'est pas chez nous », il comprit que le siège ne tarderait pas à être brisé et la retraite ordonnée.

Enfin, les hommes de Telegraph Hill se montrèrent au pied de Thornhills. Berto fut soulagé de voir Piet grimper la colline au pas de course pour le rejoindre. On se compta tandis que les canons légers arrosaient Flat Top évacué. Berto observa longuement l'horizon sud.

– La prochaine est pour nous, Marais. Ils vont mettre le paquet.

Des troupes étaient apparues sur les flancs de Flat Top, suivant le fil des affluents de la Tugela. Un peu partout, des cavaliers se ruaient plein nord. Les sabots de leurs montures soulevaient une fine boue au bord des ruisseaux. Ça convergeait de plusieurs points, une curée. Les deux cents Burghers de Thornhills ne tiendraient pas longtemps.

Ils attendirent les ordres. On se battrait s'il le fallait, mais en pure perte. Et la courte bataille de Flat Top avait laissé de nombreux hommes à terre, des deux côtés.

– Ça se verra moins en face, commenta Piet, la mine sombre.

Les premiers rangs boers subirent l'assaut au bas de la colline. Un instant surpris par le feu des républicains, les Anglais décidèrent de lancer leur cavalerie sur les tranchées adverses.

Les chevaux jetèrent aux pieds des fantassins ennemis leur chargement de ferraille et de chair bonne à découper au poignard. L'élan britannique, dix fois supérieur en nombre, emporta la tranchée. L'affaire n'avait pas duré plus d'un quart d'heure.

Les tenants de Thornhills devraient attendre que les Horse Guards de Victoria, pas vraiment faits pour l'ascension des collines du Natal, aient laissé place aux hommes à pied. L'ordre arriva ; on mettrait les pièces d'artillerie à l'abri.

– Retraite ici aussi, conclut Berto.

Ça ne traînerait pas. Personne n'avait envie de jouer les Custer à Little Big Horn. Les Anglais eux-mêmes avaient perdu mille cinq cents des leurs et de leurs alliés noirs dans une seule bataille contre les Zoulous, non loin de là. C'était en 1879. Le lieu se nommait Isandhlwana. Un petit Waterloo dans la nuit d'une éclipse de Soleil ; la bravoure d'un bataillon cerné au pied d'un formidable rocher, exterminé jusqu'au dernier de ses soldats, n'avait pas suffi. Berto se voulut philosophe :

– Pas de regrets, Marais. C'est foutu. Ils y laisseront autant d'hommes s'il le faut. Une armée entière arrive en renfort pour nous écraser. Nous serons plus utiles ailleurs. De toute façon, les Boers ne pouvaient espérer l'emporter en attendant la reddition de cette ville, jambes croisées, la pipe à la bouche.

Piet ne releva pas. Il donna une fois de plus le signal du repli. Les attelages tirant les canons s'ébranlèrent dans une nuée de poussière et de boue tandis que les tirailleurs de l'avant se repliaient. Piet veilla à leur retraite. On reculait en emportant casseroles et marmites, toiles de tente et vêtements de nuit, sans oublier les bibles, compagne du laboureur devenu soldat le temps d'une bataille.

Hommage aux perdants du jour, des volées de mortier arrosèrent le versant nord de Thornhills. Ainsi raccompagnait-on les visiteurs dans leur Transvaal d'origine.

L'armée anglaise de secours fit sa jonction avec les forces défendant la ville de Ladysmith. En passant, elle avait brisé le siège et suffisamment menacé les Boers pour leur faire envisager l'abandon du Natal. Le commandement des assiégeants décida que la partie avait assez duré. On tiendrait la rivière Tugela le plus longtemps possible, sans s'obstiner.

– Ensuite ?

Marthe n'obtiendrait pas de réponse de Piet. Le repli s'effectuait en bon ordre.

– Ensuite… ma foi, *heuning*, nous devrons faire la guerre chez nous. Mais toi, comment vas-tu ?

Ils étaient épuisés, l'un comme l'autre. Le bloc chirurgical fonctionnait à plein depuis le début de la bataille, recevant des blessés par dizaines. Les nouvelles des autres sièges n'étaient guère meilleures. Mafeking au nord, Kimberley à l'ouest, on ferait sans doute retraite là aussi.

– Cinq cent mille hommes face à nous, *heuning*. C'est ton Napoléon à l'assaut de la Russie.

– Nous ne tiendrons pas, c'est ça ?

– Nous n'avons plus aucune chance. Nous serons balayés.

Il appuya son front contre le cou de Marthe. Le camp des assiégeants commençait à se vider. Par convois entiers, hommes et matériels prenaient le chemin de la frontière. On s'arrêterait peut-être à Newcastle. Rien n'était sûr. Tout sentait la défaite, le brutal ploiement de ce qui semblait jusque-là métal rigide. Piet finit par avouer :

– Ça peut aller très vite, maintenant. Les Kakis foncent à travers le Karoo et, là-bas, il n'y a même pas de collines pour les arrêter. Ils sauveront Kimberley comme ils ont sauvé Ladysmith. Quant à Pretoria, elle sera bientôt sous les tirs des canons déplacés de Rhodésie.

Il s'ébroua. Marthe était réclamée sous la tente du chirurgien Stephens, lequel avait été rejoint par ses confrères des autres secteurs. On évacuerait en priorité les thorax et les abdomens, par le train. Le reste suivrait comme il pourrait, à condition que la voie ne soit pas sabotée. Piet sourit.

– Notre ami Winston Churchill est devenu quelqu'un en Angleterre. Un héros national, une sorte de Bonaparte londonien. Grand bien lui fasse. Quoi qu'il en soit, il s'est bien conduit.

Il pointa le doigt vers Marthe.

– Tu iras à Bonne-Espérance, compris ?

– Pourquoi ça, et quand ?

– Dès que tu auras passé la frontière du Transvaal.

Elle haussa les épaules. La guerre ne s'arrêterait pas à Volkrust par miracle. Il la tança :

– Tu en as assez fait. Les derniers trains pour le nord vont partir. Tu seras dedans et tu iras prendre le bon air de chez moi.

Elle demeura pensive. Piet ne l'accompagnerait pas. Il suivrait les lignes de front, ces serpents ondulant sur les cartes d'état-major. Ou d'autres itinéraires, connus de lui seul. Elle fuyait son regard. Il lui tapota l'épaule.

– Tu m'en veux ?

– Nous avons déjà parlé de ça. Non, je ne t'en veux pas. Je ne t'en voudrai jamais. Il y a suffisamment de gens qui attendent tranquillement dans leur salon que l'on décide pour eux.

Il n'y avait rien à ajouter. Marthe fut à peine divertie par l'arrivée de Berto-Linnoz. Des affûts passaient à la vitesse des chevaux au galop. Étrangement, les bruits de la bataille s'étaient estompés. Repus, surpris par leur propre victoire, les Anglais laissaient leurs adversaires organiser leur retour chez eux.

– Je dois conduire mes commandos à Newcastle, dit Piet.

Il s'inquiéta de nouveau pour Marthe. Il viendrait un moment où tout le monde devrait avoir pris la route du Transvaal. L'époque des grandes offensives était révolue.

En attendant, on ne pouvait livrer blessés et soignants aux Anglais.

– Nous avons reçu les ordres, dit Marthe. Les chirurgiens travailleront dans le train. Mais il y a encore de l'ouvrage ici.

– Vous ne la déciderez pas à abandonner son poste, dit Berto sur le ton de la plaisanterie. Botha nous attend sur la route de Newcastle. Il faut y aller.

Piet prit contre lui le corps sans réaction de Marthe et murmura :

– Promets-moi d'aller à la ferme.

Elle fit « oui » de la tête. Puis elle se détourna et regagna la tente où l'on opérait encore, à chaud, les derniers blessés.

15

Marthe regardait ses mains bouger, portées par des poignets libérés de leur poids. Elle toucha son visage, ses reins se soulevaient sans effort. Elle s'assit. Une voix accompagnait cet effort soudain léger. Marthe se vit nue, sous la tente, à Ladysmith. Les canons s'étaient tus. Piet se tenait devant elle, goguenard.

Le siège de la ville allait être levé mais on n'en était pas encore sûrs. Il y avait des alternatives. Marthe ne pouvait croire à la défaite, malgré l'insistance de Piet.

– À un contre dix, aussi indisciplinés que nous le sommes, nous ne tiendrons pas indéfiniment. C'est foutu.

Piet répétait à l'envi ses certitudes. Il semblait avoir toujours raison. Pas cette fois pourtant. Marthe irait au-devant des lignes anglaises. Seule. Face aux Britanniques pétrifiés, elle hisserait le drapeau du Transvaal au sommet de la plus haute colline du Natal. Il y aurait une brume complice, des rochers derrière lesquels s'entasseraient les cadavres en uniforme kaki. Et le président Kruger la prendrait dans ses bras, elle, la petite Française venue de si loin pour gagner la guerre la plus juste qui fût jamais menée.

– Eh bien, colonel Marais, tu ne désires pas me rejoindre ?

Elle devinerait l'hésitation de son mari. Alors son cœur se mettrait à battre follement tandis que Kitchener, Churchill,

Baden-Powell et les autres se tourneraient vers elle, menaçants. Il faudrait fuir, encore une fois.

– *Mevrou ?*

Le milicien devait lui secouer l'épaule depuis un moment. Il avait l'air anxieux. Marthe ouvrit grand les yeux. Elle était encore dans son rêve. Comme dégrisée, elle se débarrassa du drap qui la couvrait. Elle avait dormi tout habillée sur une toile de tente, derrière des cantines en tas.

– *Opskud, Mevrou*, dépêcher, *vinnig.*

Les cantines avaient disparu, comme le décor provisoire de la veille. Plus de tentes, d'attelages, de chariots. Marthe reconnut la voie ferrée, la platitude du paysage. Des soldats la dépassèrent, pressés. Elle suivit le jeune homme jusqu'à une remorque sur rails. Des gens y avaient pris place. Parmi eux, des infirmières qui s'inquiétaient de ne plus la voir furent soulagées de la retrouver.

C'était la grande transhumance des vaincus de Ladysmith. Berto dirait « non-vainqueurs », une manière de relativiser l'échec du siège. Deux hommes mirent l'étrange équipage en marche. Ils actionnèrent à tour de rôle un balancier commandant un engrenage et l'engin, ainsi propulsé à la force des bras, prit rapidement de la vitesse.

Piet avait parlé de Newcastle. Ladysmith était à la jonction de la voie ferrée qui y menait et de celle venant de Pretoria via Heidelberg et Volkrust. On était partis de nuit. Ainsi Marthe ne savait-elle toujours pas dans laquelle de ces deux directions elle allait.

– Volkrust, dit une religieuse.

Des chariots stationnaient au bord de la voie. Marthe y distingua des brancards. Que faisaient ces blessés à l'arrière de la retraite ? Elle eut soudain la sensation de participer à un mouvement de panique. Les cochers avaient pourtant reçu une mission : mener leurs passagers à une dizaine de kilomètres au nord de la colline désertée par le commandement. Un grondement sourd lui fit soudain prendre conscience que la bataille continuait, au sud. Un conducteur hurla :

– *Die Engelse het geboor op die Tugela*[1] !

Les défenses boers cédaient en cascade, livrant aux hommes de Kitchener la route du Drakensberg et de Johannesburg. Peu défendue, Volkrust serait balayée au passage. Marthe se recroquevilla contre une pièce de bois. Il lui tardait d'apercevoir, au bout des rails, le dernier wagon d'un train et cette fois, elle obéirait à Piet, simplement pour le plaisir de dormir, bientôt, sur un vrai matelas, entre des draps propres.

Elle descendit de la plate-forme les reins courbatus. Elle était désormais à l'arrière des combats qui se terminaient au pourtour de la ville anglaise.

Une croix rouge cousue sur la blouse, ainsi ressemblait-elle à ces infirmières du *Princess Christian* croisées à Durban. Petite main dévolue au pansement des estropiés, innocente projetée au cœur des massacres. En mission.

Un train était venu du nord, il serait l'un des derniers à pouvoir pénétrer aussi loin en territoire ennemi. Marthe savait maintenant qu'il s'arrêterait à Volkrust. Piet serait satisfait de la savoir à Bonne-Espérance.

On embarqua des blessés tandis que des éléments de l'armée boer défaite refluaient de la plaine où ils s'étaient engagés et battus, des semaines durant, en vain.

Ni vainqueurs ni vaincus, seulement des hommes rassemblés pour une destination encore inconnue. Ailleurs au Transvaal et dans l'État libre d'Orange, des collines avaient été prises au terme d'assauts sanglants, d'autres perdues au même tarif. Les généraux avaient publié des bulletins de victoire et d'autres exhortant les gens à tenir leurs positions.

---

1. Les Anglais ont percé sur la Tugela.

Cache-misère. On avait coupé des jambes, des bras, pansé des yeux morts, veillé des agonies plus ou moins tranquilles et enterré des corps au bord des chemins. On avait servi une cause exaltante dont le futur basculait dans l'inconnu.

Marthe monterait dans ce train, une fois les blessés alignés par les auxiliaires noirs sur les lits couchettes, en direction du nord et de Pretoria, où les mouroirs étaient, à ce qui se disait, de la dimension des édifices.

Marthe sursauta. Un officier lui indiquait, par signes simples, que si elle le désirait, elle pouvait embarquer.

Poussés par des cohortes de Noirs ruisselants, les canons boers défilèrent avant d'être chargés dans les wagons. Le décor du théâtre fut empaqueté ; on irait jouer la pièce plus loin. Pretoria. Tel un cheval libéré, le mot galopa dans la tête de Marthe.

Piet y serait à un moment ou à un autre. Où se trouvait-il, maintenant ? La poussée anglaise laisserait-elle aux Boers le temps de se réorganiser ? Ou bien faudrait-il continuer à reculer, jusqu'au fond de la nasse formée par la formidable armée de Kitchener ?

Marthe se décida.

– Je vais à Pretoria.

Le Burgher aux longs favoris frisés hocha la tête sous son chapeau de feutre. La *Franse* était libre, elle avait pris en dégoût les odeurs de poudre, de sueur et de gangrène. L'homme s'appelait Oostuizeen. Il pointa vers le sud-est une main de laboureur aux doigts énormes.

Le front se déplaçait aux confins du pays zoulou. Parallèlement, on tentait de consolider quelques positions le long des montagnes du Drakensberg. Marthe songea à une haie d'honneur pour les régiments anglais. Elle n'était pas stratège ; où étaient-ils d'ailleurs, ceux-là, au moment où, déjà, l'on parlait d'un voyage du président Kruger en Europe où il espérait recevoir de l'aide ?

Étrange armée que celle des Boers du Transvaal au printemps de l'an 1900. Elle mêlait, sur des chemins détrempés par la pluie, des fermiers équipés de leurs pétoires et les soldats d'aléatoires bataillons formés en hâte loin des frontières. Des miliciens de seize ans, anxieux d'avoir bientôt à subir le feu anglais côtoyaient des citadins plus ou moins costumés en militaires. Tous découvraient, un peu hébétés, déjà fatigués par les marches forcées, la fangeuse réalité du front.

Cette piétaille promise au massacre marchait entre deux rangées de cavaliers dont seuls les visages ruisselants paraissaient sous les capuches de longues vestes de cuir. Elle sentait fort la sueur et la laine mouillée. Levée au son du clairon parcourant les prairies, il ne lui manquait que les fourches et les râteaux de ses ancêtres pour faire face au déferlement ininterrompu de la puissance britannique sur la Tugela.

Il était arrivé à Marthe de trouver ces hommes beaux. C'était au début de la guerre, au pied d'une colline nommée Talana. Les Burghers l'avaient prise avec panache. Parmi eux, le petit Jakobus avait payé cher la gloire et l'orgueil éphémères des vainqueurs. Maintenant, des centaines de Jakobus marchaient vers des positions que les Anglais avaient peut-être emportées la veille, ou le jour même. Tout cela était d'une parfaite inutilité, mais la logique voudrait que l'on allât au bout.

Un train s'était assemblé au bout d'une voie coupée par une barricade de pierres et de planches. La reculade générale obligeait à rapatrier rapidement les blessés vers Pretoria, tant que les rails seraient en place. Prenant à leur compte la tactique de leurs ennemis, les Britanniques s'avançaient loin à l'intérieur de ce qui restait des lignes adverses. « Fin de section, frontière provisoire », plaisantait Piet lorsqu'ils allaient faire quelques achats à Volkrust.

Marthe se souvint de ces phrases à l'emporte-pièce, du sourire quelque peu cynique qui les accompagnait. Tandis que l'on embarquait un lot de prisonniers australiens aux côtés de civières républicaines, elle éprouva soudain un intense découragement. Ce n'était pas tant l'absence de Piet que le sentiment de s'être fourvoyée au bout du monde dans une histoire qui ne la concernait pas.

C'était comme à Bonne-Espérance lorsqu'elle devait affronter les silences et les jugements de sa famille d'accueil. Une envie subite de tout laisser tomber pour aller boire un jus de fruits à la terrasse d'un café de Saint-Lazare. Elle fermerait les yeux et se laisserait caresser par le soleil, bercée par le murmure de la ville. Elle entendrait les clochettes des chevaux d'attelage, les brefs coups d'avertisseur des coches publics, les rires des enfants et le bavardage des oisifs, près d'elle.

Les nuits courtes rompues par les canonnades de l'aube, la fatigue des longues veillées au chevet des agonisants, l'ennui parfois, paradoxal quand la fureur des combattants se déchaînait à portée de jumelles, formaient un ensemble usant, une sorte de routine dévoyée.

– *Mevrou.*

L'officier lui montra un wagon. Marthe comprit qu'il était temps pour elle de monter dans le train. Bizarrement, elle se demanda comment on en arrivait à dire « *mevrou* » pour « madame ». C'était absurde, une telle langue. Elle en parlerait à Piet, le moment venu.

Sa tête tournait. Elle se hissa dans le wagon. Des hommes en civil installaient des blessés sur des châlits. L'un après l'autre, ils les couvraient d'un drap ou d'une couverture. Des dames de la Croix-Rouge, étrangères et du Transvaal, surveillaient leurs gestes, donnant ici un ordre, recommandant là de la douceur.

Marthe considéra l'agitation ordonnée de ces gens d'un œil neutre. Les chirurgiens de Pretoria auraient de l'ouvrage. Le *Princess Christian* était loin, avec ses blocs opératoires, ses appareils de radiologie, ses dizaines de soignants. La retraite des Boers, rapide, ne s'effectuait cependant pas dans la panique. On dirait d'elle qu'elle se faisait simplement sans traîner.

Marthe se laissa aller contre le bois d'une banquette. Il devait faire bon sur les terrasses de Pretoria. Elle imagina les épaisses frondaisons des jardins, l'ombre des arbres sur les avenues, la fraîcheur des halls et des parcs. Une force invincible la poussait à demeurer là, rivée à son siège. On lui avait proposé plusieurs fois de rejoindre la légation française de la capitale, rien ne la retenait plus sur le front dès lors que son mari était lui-même parti en mission vers le nord. Elle était libre.

Elle pensa aux jardins de Terreblanche. Les proteas de la douairière avaient dû fleurir. Le Transvaal ne manquait pas de couleurs, mais devait faire pâle figure face à l'explosion de la nature dans la province du Cap. Marthe entendit la voix de Magda lui disant qu'elle serait bien, là, entre le vignoble des Français et les sublimes montagnes qui le cernaient de toutes parts. Le paradis pour une touriste désirant le repos.

Elle se mit soudain à trembler, comme étrangère à la cargaison d'humanité ensanglantée qui l'entourait : des estropiés fixant le plafond du wagon de leur regard perdu, des Anglais blessés eux aussi, sans doute satisfaits de s'en être tirés, quelques civils embarqués dans ce qui risquait d'être l'un des derniers trains en partance du sud.

Elle entendit le bref coup de sifflet du machiniste, sentit le train s'ébranler doucement. Un nuage blanc rabattu par le vent longea la vitre contre laquelle elle s'appuyait. Des visages, des silhouettes s'incrustèrent dans le carré de la fenêtre, sur le fond uniforme de la prairie.

Elle voulut se lever. Ses jambes la trahissaient. Un visage se pencha vers elle.

– Martha ?

Une religieuse, infirmière, venue d'un couvent de Heidelberg. Marthe réalisa qu'elle quittait le front où l'on se battait encore. Il y aurait d'autres blessés, des petits Jakobus livrés à eux-mêmes. Le train roulait à petite vitesse. Elle se dressa, empoigna son sac de voyage, puis, sous le regard stupéfait de la sœur, elle ouvrit la porte du wagon, s'affermit sur le marchepied et sauta dans l'herbe poussiéreuse du ballast.

La Tugela serpentait entre des vallons de terre caillouteuse que masquait en partie la végétation des savanes du Transvaal. Un convoi d'une dizaine de chariots prit la route de l'est. Dans les immensités des prairies brûlées par le soleil, le cap suivi devint assez vite une fiction. Sous une bâche que vent et cahots faisaient claquer, dodelinant de la tête et cherchant en vain le sommeil, Marthe se laissait guider.

À Talana comme à Ladysmith, Piet avait été là, auprès d'elle. Un roc face à l'ouragan. Seigneur de la guerre, permissionnaire privilégié qui se couchait de temps à autre contre elle pour une étreinte furtive. Elle s'était habituée à cette protection à vrai dire peu ordinaire, qui ressemblait à du confort.

Crotté, les yeux rougis par les veilles, il se débottait sous la tente, s'allongeait. Quand son secteur était calme, il pouvait faire la guerre buissonnière. Il se lavait à grande eau pour se présenter dignement devant sa femme.

Marthe ferma les yeux. Elle désirait dormir longtemps. Tout devenait irrationnel. Des femmes gardaient les domaines désertés par les hommes, ceux-là s'agitaient et mouraient le long d'une ligne imaginaire fluctuant d'un jour à l'autre. On allait vers quelque Talana ou Ladysmith disputée au canon.

Marthe eut l'impression que des odeurs de gangrène lui donnaient l'assaut. Des nuées de mouches bourdonnaient autour d'elle, leur vrombissement se mêlait aux plaintes des mourants.

La pluie. Soudaine, avec son murmure de cascade. Il y aurait des arcs-en-ciel, des masses grises, formidables de puissance, en transit au-dessus des chariots. D'autres déluges. C'était l'Afrique du plein été au sud Transvaal. La patrie de Piet Marais. « Un pot de chambre renversé sur la tête des gens », disait-il.

Les hommes du commando qui escortait le convoi se couvrirent de leur cuir. Marthe alla s'asseoir à côté du conducteur, contempla le décor de collines pelées au pied desquelles s'étalait, paresseux, estompé par le brouillard montant de la terre malaxée, le flot brun de la rivière.

Par moments, il fallait franchir des rus qui se jetaient dans la Tugela. Le chariot s'engageait alors sur des pentes défoncées. Les roues s'écartaient, le châssis de bois grinçait. L'ensemble semblait pouvoir se rompre à tout instant. Marthe s'agrippa, soulagée de sentir le lourd attelage reprendre de l'élan pour se hisser de l'autre côté de la faille.

Derrière le calme apparent des hommes, c'était l'urgence. On se pressait. Le temps des victoires était passé. Il n'avait duré que quelques semaines. En s'évadant de sa prison de Pretoria, le jeune Churchill était devenu le symbole même de l'insolence et de la bonne fortune britanniques. Narguant les lourds paysans hollandais, les Français du vignoble, les Zoulous et les Xhosa, les métis et même les Indiens, il personnifiait la morgue victorienne soumettant le monde à ses appétits coloniaux. Marthe aurait le temps de réfléchir à tout cela.

Le conducteur, un sanguin suant abondamment sous une chemise de toile déchirée aux manches, n'avait pas envie de bavarder. Concentré sur les ornières, il gardait ses mains crispées sur les rênes. À peine consentit-il à dire que l'on traverserait la Buffiels, un affluent de la Tugela, dans une heure ou deux.

– *Engels. Patrollies.*

Il eut un geste vague du menton vers la droite. À quelques centaines de pas de la piste, des mamelons plus forts que les autres formaient une sinusoïde, comme une chaîne de montagnes en réduction. Nulle ferme à l'horizon. Marthe se souvint de la carte montrant la frontière avec le pays zoulou. Frontière, un grand mot. La savane appartenait à tous et à personne, les tribus y élevaient des bovins assez maigres entre des champs aux épis clairsemés. Piet prétendait que ces gens étaient plus habiles à l'arc et à la sagaie qu'à la pesée sur un soc de charrue.

Le capitaine Oostuizeen s'était réjoui de la décision de Marthe. Attentionné envers la seule femme du convoi, il rejoignit le chariot au galop. Des éclaireurs avaient aperçu des éléments anglais. La Buffiels devenait un enjeu important, ouvrant la porte du nord. Il fallait accélérer le pas.

Marthe s'agrippa au montant de la banquette en bois à peine adoucie par un coussin de plume. Les deux chevaux de l'attelage s'étaient mis au trot. Plus le temps de chercher le chemin le moins raviné.

Une grande demi-heure plus tard, l'on atteignit un gué. Boueuse et large, la Buffiels séparait la steppe aux mols reliefs d'un pays tout à coup différent. Des chaos de roches dessinaient un labyrinthe pénétré par des chemins multiples dont seuls les éclaireurs devaient savoir vers quels horizons ils menaient. Libre soudain de toute nuée, une lumière crue tombait du ciel aux blancheurs de lait. Loin de rafraîchir l'atmosphère, l'eau brune de la rivière dissuadait quiconque d'y plonger ne fût-ce qu'un orteil. Marthe contint son envie de mettre pied à terre. Ses reins lui faisaient mal, son ventre aussi qu'agitaient des spasmes.

– Vous passerez en premier, dit l'officier boer. Je vous accompagnerai.

Le convoi patientait dans la chaleur. Immobiles, économisant leurs gestes, les soldats boers essuyaient leur front, buvaient au col des gourdes. Un silence de plomb s'abattit sur eux, à peine troublé par le soupir des chevaux. Lorsqu'il eut estimé le temps qu'il faudrait à la troupe pour franchir le gué, l'officier donna le signal.

Le chariot s'ébranla, pénétra l'eau dans laquelle il s'enfonça immédiatement jusqu'à mi-roues. Le cocher fouetta les mules, qui hennirent et pesèrent sur leurs reins pour s'arracher à la glu. La rivière était plus profonde qu'il n'y paraissait. Enfin, au bout d'un long effort, l'attelage se dégagea, roula sur un sable vaseux avant de gravir la pente douce de l'autre rive.

« C'est bien, *heuning*, tu ne désertes pas mais comme tu le vois, c'est au prix de quelques souffrances. » Marthe entendit la voix de Piet, perçut sa pointe d'ironie. Elle chercha d'instinct la silhouette de son mari entre les rochers, mais, à cette heure-là, le fermier de Bonne-Espérance était bien loin des rivières du Sud. Ou pas tant que cela, peut-être bien.

La main en visière devant ses yeux, le capitaine boer observait la manœuvre du deuxième chariot lorsqu'un sifflement se fit entendre, aussitôt suivi d'une explosion. Un panache de fumée noire monta de la terre. Il y eut une seconde de stupeur puis les ordres fusèrent tandis qu'une dégelée de projectiles pleuvait sur la troupe.

Il sembla à Marthe que la douce ondulation des collines s'animait. Des gens surgissaient de derrière les mamelons, mettaient en place une artillerie de mortiers et de canons légers. Des coups de feu claquèrent, des hommes tombèrent, certains dans la boue de la rivière, d'autres, blessés, se traînaient derrière les chariots. L'officier hurla un ordre.

– *Sit jy weg !*

Marthe n'eut pas besoin de lui pour savoir qu'elle devait se mettre à l'abri. Elle releva sa jupe, se hâta vers les rochers dont les fantasques alignements formaient des gorges miniatures. Des empreintes de sabots élargies par les orages indiquaient une piste. S'étant hasardée à regarder derrière elle, Marthe se vit entourée de minuscules geysers de poussière. On la visait. Elle se baissa, courut à nouveau.

– *Geraak !*

Elle se souvint que le mot signifiait « touché ». Un cheval galopait entre les blocs de pierre. Au passage, il laissa tomber son fardeau, le capitaine boer qui s'affala aux pieds de Marthe.

Elle sentit son cœur s'affoler. Où étaient les hommes du convoi ? Les échos de l'embuscade lui parvenaient, presque lointains. Elle se pencha vers le corps recroquevillé dans la position, étrange à cet instant, de la prière mahométane. Au moment où elle allait le toucher, il bascula lentement sur le côté. Le regard vide de l'officier contemplait le soleil sans sourciller.

Marthe demeura immobile, sidérée, jusqu'à ce que la réalité du bombardement la tirât de sa stupeur. Le capitaine était mort, personne ne le suivait. Les Boers devaient être restés sur l'autre rive de la Tugela et il ne servait à rien de tenter de les rejoindre.

Un chemin fangeux en ligne presque droite émergeait du chaos, montait à l'assaut d'une colline. Marthe le suivit jusqu'à ce que les échos de la bataille se fussent évanouis dans l'éther surchauffé. Elle devait s'éloigner de la rivière, fuir seule. Où étaient le chariot et son conducteur ? Parvenue au sommet de la longue butte, Marthe aperçut, au loin, des fumées blanches et grises montant vers le ciel. On se battait encore en contrebas. Que pouvait-elle faire pour ces gens ? Le matériel médical de la mission était resté de l'autre côté de la rivière. Marthe décida de poursuivre sa route.

Une savane de hautes herbes piquée de roches éparses s'étendait jusqu'à l'horizon. Marthe avait espéré apercevoir les boqueteaux au creux desquels se nichaient les fermes. C'était ainsi, au Transvaal. Le marcheur épuisé finissait toujours par distinguer, au bout de sa quête du jour, la tâche sombre d'un parc de domaine. Rien de tel dans ce coin inconnu du Natal anglais. Marthe avait soif. Elle but à même la surface d'une flaque un peu moins boueuse que les autres.

Le soleil plongeait dans son dos lorsqu'elle se rendit à l'évidence : il n'y avait âme qui vive à l'est de la rivière Buffiels. Épuisée, elle se laissa tomber contre une pierre. Sa course n'avait plus guère de sens. Elle avait faim et, surtout, redoutait de se trouver face à quelque bête sauvage en quête de dîner.

Les autruches de Bonne-Espérance, les jolies antilopes savaient où trouver à manger. Marthe se releva. Son ventre lui faisait mal. Il lui fallait trouver un refuge pour la nuit. Ses velléités de retourner vers la rivière avaient depuis longtemps fondu dans l'intense fatigue de ses jambes. Jamais elle ne pourrait faire le chemin inverse. Des heures de marche, à condition de ne pas se perdre, avec le risque de tourner en rond si les nuages engloutissaient à nouveau le soleil. Comme sur la mer ou dans le désert.

Le soleil, justement. Il se coucha dans un flamboiement d'incendie. Les roches prirent la couleur de l'or à l'est, puis, ayant peu à peu rosi, elles se laissèrent gagner par la grisaille du soir. Marthe pensa qu'elle allait mourir dans la savane. Nulle trace de voie, de passage d'animaux. Les ruisseaux qui serpentaient au creux des vallons boers coulaient ailleurs, dans un autre monde, très loin de sa désespérance.

Des spasmes subits transperçaient son ventre. Cela faisait maintenant un jour entier qu'elle marchait. L'espoir qui la poussait en avant s'amenuisait. Sans doute était-elle entrée dans ce que Piet nommait les terres sans étoiles, des pays dont on ne savait pas au juste à qui ils appartenaient, des néants.

Tandis que venait l'obscurité, elle traversa des rigoles formées par les averses, chuta pour se relever un peu plus éreintée, désirant se coucher et attendre que quelqu'un prît une décision à sa place. L'homme, peut-être, qui lui avait expliqué autrefois qu'à l'est de la Tugela s'étendait le pays zoulou, un monde collatéral, mal connu, où l'on ne se risquait que pour le commerce ou l'évangélisation.

Marthe ne voyait que la rouge terre ferreuse d'Afrique mâtinée par endroits de brun. Ce n'était pas l'écarlate des blessures ouvertes par la guerre dans les chairs des hommes, seulement une teinte différente entre les lacs de boue d'un sol de désespoir.

Lorsqu'elle distingua dans les dernières lueurs du jour, loin vers le levant et comme inclinés par les vents, les silhouettes de grands arbres, elle se sentit ragaillardie. Elle rassembla ses forces. Dix fois, elle avait dû chercher l'ombre d'un de ces rochers posés, erratiques, au milieu des hautes herbes. Se relevant à grand-peine, elle avait dû remettre en marche ses jambes parcourues de crampes, s'attendant à trouver sur sa route les restes d'imprudents qui s'étaient aventurés, comme elle, dans ces vastitudes sans fin.

La perspective de trouver un arbre portant des fruits lui donna quelque espoir. Titubante, genoux en sang, elle découvrit avec terreur un cloaque cerné d'eucalyptus et de ces broussailles où vaquaient les phacochères. Des bêtes avaient laissé des traces sur les parties les moins détrempées de la vasque.

Anéantie, elle s'allongea à même la terre, contempla le ciel bleu, sombre et pourtant inspiré du crépuscule. Le silence avait pris possession de toute chose. Elle songea au bruit qu'avaient fait ses pensées dans sa tête, tout au long du jour, un murmure constant mêlé au roulement d'anciennes salves d'artillerie. Les échos de la guerre l'avaient abandonnée. Elle s'était habituée à leur compagnie ; le vacarme de l'embuscade ne l'avait pas étonnée. Maintenant, son ventre lui commandait de ne plus rien faire. Elle se recroquevilla dans un creux de terre.

À l'est, très loin, il devait y avoir des villages, des maisons, des gens goûtant le calme. Elle ferma les yeux, ouvrit la bouche sur l'incendie ravageant ses entrailles, comme pour en expulser la flamme. Il ne servait à rien de lutter davantage. Le souffle court, le cœur affolé, elle se mit à gémir, comme pour s'accompagner d'une berceuse.

16

Avril 1900

L'or du Transvaal. Il ne faisait pas seulement briller le cou et les poignets des femmes, il pénétrait les âmes comme il le faisait de la roche mise à nu par des armées suantes de nègres, au fond des mines. Peuplant les rêves des hommes, il gîtait dans les profondeurs de la terre et, fantasque désir de la Création, s'en allait ici ou là baguenauder au creux des rivières où le soleil, parfois, s'amusait à le faire scintiller.

Dans le train brinquebalant qui le menait à Evander, aux marches sud des champs aurifères, Piet Marais observait, amusé, ses deux compagnons de route : le gros Mercier et Berto-Linnoz. Le Belge s'épongeait le front à intervalles réguliers, comme s'il marquait à sa façon somme toute anxieuse le temps le séparant de l'arrivée à la mine. L'ancien capitaine de dragons devenu franc-tireur au pied des canons boers contemplait quant à lui d'un œil neutre le paysage de collines et de prairies proposé à son impatience.

Piet rompit le silence.

– Des blessés dans des wagons et la fortune du monde à quelques heures d'ici. La vie est étrange, vous ne trouvez pas ?

Berto le considéra en souriant. Il s'était sanglé dans un costume civil teinté ici et là de sueur, coiffé d'un feutre à la mode boer. Anachronique et rassurante, la crosse d'un pistolet dépassait de sa ceinture. « Le fusil, c'est pour l'homme de troupe ou le milicien », disait-il.

La prise de Dundee, le siège de Ladysmith, l'offensive anglaise enserrant davantage les républiques jour après jour n'avaient en rien réduit la haine froide, ironique, en fin de compte parfaitement distinguée qu'il vouait à Kitchener, à Baden-Powell et aux héros britanniques de l'Afrique de l'Est.

– Savez-vous qu'il est des esprits forts, en France, qui nomment ces arrogants « vainqueurs de Fachoda ». Non, mais rendez-vous compte, des Français sont suffisamment pleutres pour saluer ainsi ceux-là mêmes qui les ont humiliés. Stupide engeance de défaitistes. Mon pays n'est hélas pas avare de ces girouettes que le vent de la politique fait tourner à sa guise.

Il n'avait pas de mots assez durs pour les politiciens français, plastronnant dans les sous-préfectures et laissant l'Angleterre prendre possession des sols les plus riches d'Afrique. Le député gaulois était le roi du discours d'inauguration de la halle aux grains au fin fond de la Lozère, mais question colonisation, il s'en remettait aux coups de génie des Lyautey, des Dodds, des Laperrine et autres Francis Garnier.

– La République vous fait confiance. Nous, on a un peu forcé sur le chablis ou sur le saint-estèphe. Le monde est à vous, jeunes gens, faites au mieux. On mettra du rose sur les cartes de géographie des écoles primaires.

Il s'esclaffa, exhala, excité, un long panache de fumée.

– Kenya, Tanganyka, tout ça devrait être à nous. Et voilà que vous vous battez pour ne pas vous fondre dans l'empire du bureau de commerce londonien. Il serait vraiment dommage que Victoria se voie offrir votre pays pour la prochaine Saint-Nicolas. L'idée que cette grosse dame sans la moindre fantaisie puisse mettre la main sur vos mines me rend malade.

Piet lui rendit son sourire. On allait vers le centre de la république et son ventre fécond. Les colons, fuyant la province du Cap soixante ans auparavant, y avaient fait verdir la savane, récompensés en cette fin de siècle par la manne dormant sous leurs pieds depuis la nuit des temps.

Le Belge déboutonna le haut de sa chemise. Or et diamants d'Afrique du Sud devaient demeurer autant que possible sous le contrôle des compagnies flamandes. L'objet de la guerre ne concernait que de loin les terres. On se battait pour du minerai. Berto perçut l'impatience de Mercier.

– La coalition contre l'Angleterre n'est pas seulement militaire, lui dit-il. Vos biens seront protégés de la convoitise des uns ou des autres. Nous, on règle d'autres comptes.

Il parla une nouvelle fois de Fachoda, du désir qu'il avait de purger la créance. Ce n'était pas tant pour les Boers qu'il se battait, mais contre l'adversaire honni que les politiciens français commençaient à considérer comme un futur allié face à l'Allemagne du Kaiser. Il s'emporta :

– Entente cordiale ! Nous aurons assez vécu pour entendre cette grossièreté.

La guerre en Afrique australe brouillait les cartes comme à plaisir. Allemands et Scandinaves, Français et Russes, l'Europe entière s'intéressait aux méandres de la politique australe des puissances. Manquaient les Américains, occupés à mettre la main sur quelques confettis espagnols de leur voisinage, Cuba et Porto Rico. Les Anglais leur serviraient bien la soupe à la table des banquiers et des diamantaires. Tout ce beau monde lorgnait avec plus ou moins de concupiscence sur les trésors souterrains du Transvaal.

Berto-Linnoz paraissait goûter en esthète ce voyage suspendu dans le temps. Passé les contreforts septentrionaux du Drakensberg, le train avait pénétré le Veld. Un nom bref pour des platitudes sans fin. Ce n'était pas le désert ni la steppe, mais un horizon dessinant un cercle parfait autour du train. Où que portât le regard, rien, sauf une végétation de misère : arbustes épineux, herbe en touffes étiques, et l'impression de foncer vers un néant en fuite permanente.

– Création d'un génie cafardeux, avait tranché Piet tandis que le train, jusque-là ballotté d'un bord à l'autre de la voie, prenait une allure de navire fendant une mer d'huile.

Le Veld. Une planète de terre jaune dont on peinait à voir si elle était faite de sable, de gravier, de poussière ou de quelque autre chose inventée pour désespérer l'œil. L'automne à son orée y rafraîchissait un peu l'air. Il pleuvait moins, mais par une sorte d'effet d'équateur, le soleil s'y montrait chaque jour, à un moment ou à un autre. Assez pour que le négociant Mercier, messager des offices apatrides qui régissaient le cours de l'or dans le monde, éprouvât le besoin d'essuyer son abondante et pérenne sudation.

– Ça ira mieux au fond de la mine, lui dit Berto, que le perpétuel aller-retour de ses mains entre poche et front agaçait.

Les trois hommes firent silence. De courts sommes les retranchaient alternativement du débat. Piet restait cependant sur le qui-vive. Le Veld était sous contrôle des Boers, mais la rapidité avec laquelle les Britanniques progressaient laissait tout envisager, y compris le pire.

La crête des Eaux blanches. Witvatersrand. Sur deux cent cinquante kilomètres de long et près de cinquante de large s'étendait, jusqu'à des profondeurs de trois ou quatre mille mètres, le fabuleux trésor de l'Afrique, le pendant aurifère des diamants de Kimberley. Qui possédait cela contrôlait en vérité le commerce mondial. Et si les Anglais de Cecil Rhodes avaient réussi à s'approprier en totalité les gisements de l'Orange, ils butaient, au Transvaal, sur des taxations de plus en plus lourdes et sur la volonté affichée des Boers de les exclure du jeu.

La partie qui se jouait depuis vingt ans autour du tapis d'or de Johannesburg, de Londres à Anvers, parvenait ainsi à son terme : la guerre. Déclencher un conflit ne pose jamais de grandes difficultés. Les prétextes abondent, permettant aux uns et aux autres de prétendre imposer leur vision des choses. Généralement, le motif en est une quelconque humiliation d'un individu, d'un groupe de gens, voire d'une nation entière. On réclame des explications, puis des excuses, avant de considérer l'insulte impardonnable.

En refusant d'intégrer, à égalité de droit avec leurs hôtes, quelques dizaines de milliers d'Utlanders de plus, en réalité une invasion civile, les Boers avaient commis une faute. Ainsi commençaient-ils à le payer.

Piet et ses compagnons connaissaient l'histoire. Les Anglais expulsés, les Boers récupéraient la richesse de leur sous-sol. Jouir pleinement de cette acquisition par la force était une autre affaire. Aux victoires des premiers mois avait succédé une série de revers fragilisant le front ouest. Le siège de Kimberley levé, la route de Pretoria s'ouvrait devant les armées de Victoria. La crête des Eaux blanches figurait désormais sur les cartes d'état-major de Kitchener et de Baden-Powell, une voie royale tranchant le pays de Kruger et de Steyn jusqu'aux confins du Mozambique.

– La route que prendront les présidents si nous perdons la partie, fit Piet, rêveur.

Le train arrivait à Heidelberg, une petite ville à proximité des gisements. Un attelage attendait les trois voyageurs pour les conduire à une cinquantaine de kilomètres au nord-est, à la mine d'Evander. Piet regarda le ciel limpide. C'était un temps à chasser le cochon sauvage dans les bois du Sud. Il songea à Bonne-Espérance, à Marthe, la Française que l'Afrique eût dû envoûter. Il résista au remords qu'il éprouvait parfois à l'idée d'avoir entraîné le corps adorable de sa femme, ses yeux de chat sommeillant, son esprit libre dans une telle aventure. Faisait-elle mine d'y trouver son compte ? Aucune personne sensée ne choisirait un tel chaos pour décor de ses noces.

Chacun faisait, seul, sa guerre dans cette histoire.

Quelques bâtiments de brique et de tôle, cernés, à distance, d'eucalyptus et de roues à godets, imposantes, tournant lentement entre des montants de bois, deux hautes et minces cheminées, crachant une fumée grise dont les volutes se perdaient sous un ciel immaculé, tel était le décor de la mine d'or d'Evander. Semblable à celles que l'on exploitait depuis qu'un pauvre fermier du Veld avait découvert, gisant dans le sable d'une rivière, la première poussière dorée. Un conte de fées, coulant par la centaine de conduites d'eau boueuse sillonnant le sol.

– Tout ça pour ça, murmura Piet.

Située à l'extrême pointe sud de la région aurifère, loin des pistes principales et de la voie ferrée menant à Johannesburg et à Pretoria, la mine nouvellement creusée crachait son trésor à jets continus. De Beers avait posé sa griffe sur elle, de l'argent anglais avait été investi là comme ailleurs, mêlé à celui des financiers d'Orange et du Transvaal.

Sans odeur et de provenance diverse, ignorant les frontières, les États, les peuples et même les guerres, vivant pour lui-même et pour ce qui le maintiendrait en vie, l'argent des autres, sous la forme d'un minerai enfoui dans la terre africaine depuis la nuit des temps, filait vers les banques de la City londonienne. À désespérer quiconque de se faire tuer pour pareils arrangements. « C'est pourtant à nous, la belle affaire », pensa Piet.

Hâtivement bâties, les villes qui poussaient à proximité des mines étaient crasseuses, peuplées d'ouvriers livides et de toutes sortes de bestioles de lit, de plancher, d'eau, harcelant les gens jour et nuit. Un enfer aux violentes senteurs de boue méphitique, de cadavres d'animaux, et pas seulement, de désespoir aussi.

Evander répondait à ces critères. Une rue unique où s'alignaient les commerces, la poste et le télégraphe, des tavernes, des magasins de vêtements. Des poteaux portaient des nœuds de fils télégraphiques. Quelques immeubles pour les bureaux des compagnies, des maisons avec jardin louées par les ingénieurs et les fonctionnaires complétaient le tableau d'un décor où, derrière l'apparente précarité des locaux, le prix du mètre carré de terrain avait déjà bondi.

Piet chassa la pensée de risquer sa vie pour des gens qui n'en avaient pas grand-chose à faire. Certes, il y avait les présidents, patriotes, les généraux chargeant à la tête de leurs troupes, comme les maréchaux de Napoléon, et le peuple à qui l'on racontait ce que l'on voulait bien et que l'on jetait à la tête de l'adversaire avec mission d'en débarrasser l'horizon. Il ajusta son feutre sur son crâne.

– *En kak*[1].

Un bruit sourd, lancinant, s'élevait d'un grand hangar couvert de tôle. Par la porte ouverte, Piet aperçut les gigantesques pilons martelant, tels les pistons d'un moteur de chaudière, le minerai extrait de la terre par la fourmilière nègre. Près de là s'élevaient, sous abri, les cuves au creux desquelles le cyanure opérait le tri entre la gangue des boues et le soleil de l'or.

Il précéda ses compagnons sous le frêle auvent d'un bureau improvisé dans une baraque de chantier ouverte en partie au vent à l'entrée du puits principal. Des hommes

1. Et merde.

se tenaient là, noyés dans l'épaisse brume de leurs cigares, les uns observant, les autres penchés sur des feuilles reliées en liasses. Piet fit les présentations.

On avait dû pallier le départ des Anglais. Ingénieurs et comptables boers avaient été réquisitionnés tandis que la main-d'œuvre noire, augmentée en nombre, s'activait dans les entrailles de la terre. Autour de la mine, un village s'était créé, où des hindous avaient ouvert des commerces et proposaient les facilités habituelles : laveries et épiceries, cabinets d'avocats et de médecins. La guerre ? Rien dans cette fourmilière n'en indiquait la proximité.

Piet connaissait le responsable de la mine, Du Plessis, un ingénieur de Pretoria nommé à Evander par la présidence. Les deux hommes se saluèrent. La situation était à ce point tendue qu'il fallait convoyer les réserves de la mine vers la colonie portugaise. Les ordres étaient clairs à cet égard : tout ce qui pouvait être soustrait aux appétits anglais devait l'être. Piet interrogea Du Plessis sur le front d'Orange. Celui-ci ne fut pas rassurant :

– Ça craque un peu partout. À partir du moment où ils ont sauvé Kimberley, les Anglais ont pris l'avantage.

Les canons géants s'étaient affrontés durant le siège, le Long Tom de Ladysmith contre le Long Cecil britannique dans un duel de titans. On comptait des morts par dizaines de part et d'autre.

– Paaderberg nous coûte cher, dit Piet. Quatre mille prisonniers.

Après une semaine noire ponctuée par des défaites sanglantes, les Anglais avaient dispersé les Boers lors d'une bataille décisive. Villebois-Mareuil avait pourtant plaidé pour que les premiers succès fussent parachevés. Il fallait foncer, écraser ce qui restait d'Anglais dans la région. Au lieu de quoi, comme à Ladysmith et comme dans dix autres endroits, le commandement boer avait décidé la pause.

Quarante mille Britanniques les avaient alors encerclés à Paaderberg, les forçant à la reddition. Un désastre dû à la passivité coutumière de trop de chefs dès lors qu'ils avaient remporté ici ou là une victoire. Ayant ouvert une brèche alors qu'ils pensaient devoir abandonner la partie, les troupes de Kitchener s'enfonçaient dans les immensités herbeuses du Karoo.

– Où sont les réserves ? s'inquiéta Mercier.

En vérité, c'était la seule chose qui l'intéressait. Il n'était pas d'Afrique, trouvait ce continent trop vaste pour lui, trop humide quand il ne se desséchait pas dans de mortels déserts. Du Plessis pointa le doigt vers le sol. Lingots et matière traitée au cyanure avaient été entreposés sous terre. Piet fut satisfait de voir une escouade de miliciens et de soldats prendre le frais près du puits principal. Il fallait évacuer le trésor avant l'inévitable panique précédant le retour des propriétaires de la mine. Berto-Linnoz rappela qu'on attendait des renforts français pour sécuriser le futur convoi.

– C'est une guerre très internationale, s'amusa Du Plessis.

L'atmosphère était lourde dans le petit bureau. Piet éprouva le besoin de respirer un air moins empuanti par la fumée des cigares. Il se campa à l'entrée du bureau, observa le décor de la mine, la roue de l'extracteur tournant sans le moindre répit. Jour et nuit.

– Certes, dit-il, nous avons des alliés. Mais en face, il y a des Canadiens, des Australiens, des nègres du Kenya, des Gurkas du Népal, j'en passe et de plus bigarrés. Les Anglais recrutent large, c'est beau, un empire. Et pratique.

Il inspira longuement, les yeux mi-clos. De la fumée s'élevait des deux hautes cheminées. Grise, pressée, elle filait vers le ciel limpide. Du Plessis proposa de descendre dans les entrailles du chantier. Pour ce faire, il fallait emprunter un escalier, dans un étroit conduit vertical, jusqu'à un vaste palier éclairé par des torches. Là, on attendait, souvent longtemps, une plate-forme que la manipulation de grosses masses de pierre faisait monter ou descendre à la force de quelques bras. Ainsi les visiteurs plongèrent-ils dans le sous-sol à la seule lueur d'une lanterne.

Ils quittèrent l'ascenseur pour se retrouver sur un second palier sur lequel donnaient les entrées de trois souterrains anciennement exploités, abandonnés au profit de strates plus généreuses. Il faisait moite. On ne devait provoquer aucune étincelle dans ces catacombes, les fumeurs de cigare attendraient d'être remontés à la surface. Du Plessis leur donna quelques précisions :

– Nous envisageons de creuser plus bas. Là, nous sommes à mille mètres. Il n'est pas exclu qu'un jour il faille une ou deux heures de plongée pour descendre à trois, voire quatre kilomètres.

Lanterne étanche en main, il précéda ses hôtes jusqu'à une salle exiguë meublée de coffres en fonte fermés par des serrures à codes.

– C'est bien gardé, apprécia Berto. Vous craignez une action de vos ouvriers nègres ?

Il connaissait les conditions de vie des mineurs chez De Beers. À Kimberley, on les cantonnait dans des baraquements cernés de fil de fer par-dessous la surveillance d'hommes en armes. La fouille était systématique. Au Witvatersrand, ce n'était guère mieux. L'engagement signé était de trois mois, le pouvoir de l'employeur absolu. Seul l'ordinaire était un peu amélioré, la nourriture étant gratuite pour les extracteurs d'or quand ceux du diamant devaient payer leur dîner.

– Le château d'If. Sauf qu'ici il n'y a pas la mer pour s'évader.

– Le train suffira, dit Berto, qui supportait assez mal le confinement dans les profondeurs de la terre.

Les deux cents lingots sortis des moules après leur bain de cyanure et de mercure ressemblaient fort aux richesses révélées à Edmond Dantès par la magie de Dumas père. Du Plessis éclaira l'intérieur d'un coffre. Un reflet mordoré répondit à la lueur de la lanterne. Berto-Linnoz desserra le col de sa chemise tandis que le Belge se penchait vers le magot. Du Plessis s'esclaffa :

– Vous en avez tout de même déjà vu autant, non ?

– Oui, mais extrait en si peu de temps, ce n'est pas si fréquent, concéda Mercier.

Situé à l'extrême limite du gisement, le filon d'Evander donnait au-delà des espérances. C'était par de tels truchements que la production quasi artisanale de une tonne, cinq années à peine auparavant, pesait vingt fois plus à l'aube du siècle. Du Plessis ajouta :

– Les Anglais ne tarderont pas hélas à plumer la volaille boer. Les patriotes dont je suis le regretteront, mais l'heure n'est pas à la nostalgie. Ce bien de notre terre doit être mis en sécurité, nous sommes tous là pour ça.

Belges et Français étaient garants de la mise en sécurité du stock d'or. Des convois avaient déjà quitté le Witvatersrand pour la colonie portugaise. Là-bas se constituait un trésor de guerre, une réserve pour faire face aux éventuelles conséquences d'une défaite. Des comités de réception en avaient assuré le transport vers des coffres amis à Lourenço Marques. Du Plessis était décidément de bonne humeur.

– L'or fédère les amitiés. Les Portugais sont d'ores et déjà récompensés pour leur compréhension. Les Anglais les travaillent au corps de leur côté. Il n'y a aucune illusion à se faire, nos voisins soutiendront le vainqueur. Messieurs, c'est à vous de jouer. Laissez-moi seulement vous montrer par quel chemin vous sortirez d'ici.

Les Boers craignaient le zèle de leurs ouvriers et voisins du bourg. Réquisitionnés par les républiques, soumis comme tout le monde aux aléas et aux violences du conflit, Noirs et hindous n'avaient au fond d'eux-mêmes pas pris position. Cela ne les empêchait pas de chercher, en bons témoins des événements, les brèches grâce auxquelles ils pourraient profiter des faiblesses des belligérants. On n'en était pas encore à fouiller les cadavres sur les champs de bataille, mais cela pouvait venir à n'importe quel moment, dès lors que l'ordre établi aurait été mis à mal. D'un côté ou de l'autre.

– Les Anglais ont l'habitude détestable de gagner les guerres qu'ils provoquent, dit Piet à l'adresse de Berto-Linnoz. Parfois même sans avoir besoin de combattre.

– Nous parlerons de ça plus tard, éluda l'ancien capitaine.

Un tunnel en pente douce s'ouvrait derrière l'un des coffres. Le chef de la mine s'y engagea, suivi des visiteurs.

– Un peu long, dit-il, mais nécessaire.

Au bout d'un quart d'heure de marche dans le halo de la lanterne, les hommes débouchèrent sur une pente insuffisante pour faire croire qu'une colline rompait le paysage du Veld. Point de roches comme au sud ni de prairies. Des immensités s'étalaient jusqu'aux plats horizons, parsemées d'herbe rare de laquelle seuls les corbeaux semblaient tirer avantage.

– Nous sommes au milieu de nulle part, dit Du Plessis. Personne ne passe jamais par cet endroit. Sauf la fortune des deux républiques.

Il tendit la main vers l'est.

– Marais, je crois que vous connaissez le chemin. L'or sera rassemblé ici de nuit. L'escorte vous attendra à l'endroit précis où nous sommes. Vous prendrez la route à l'aube pour rejoindre la ligne reliant Pretoria à Lourenço Marques. Il se pourrait que vous ayez à convoyer l'un ou l'autre de nos présidents. Je plaisante, évidemment. À Dieu ne plaise d'assister à la fuite de Kruger ou de Steyn.

17

C'était une lumière, uniforme et grise, un ciel dont elle ne distinguait pas les limites. On la portait. Son prénom tournait et tournait encore dans sa tête, Marthe, Marthe. Elle désirait le fondre dans son propre corps, l'écouter disparaître, tentant en vain de le chasser de son crâne, où il résonnait sans fin.

Des voix, dans une langue qu'elle ne connaissait pas. Pourtant, il lui sembla en avoir déjà entendu les accents, quand était-ce, où ? Le coton dans lequel elle baignait se répandait doucement sous sa peau, comme ces animaux glissant sans bruit sur des eaux couleur de terre. Animaux. Des lézards, des serpents. Bonne-Espérance. Elle en avait vu non loin de cette maison à la façade immaculée. Elle en avait eu peur, avant de se rendre compte qu'ils étaient encore plus terrifiés qu'elle. Bonne-Espérance. Elle voulait parler et ne le pouvait.

Une partie d'elle s'était dissociée du reste. Son ventre l'accompagnait comme à distance. Des mains se posaient sur lui, que lui faisait-on ? Elle devait résister mais, pour cela aussi, elle se sentit impuissante. La lumière changeait, tantôt pénombre, tantôt brillance, dans laquelle s'inscrivaient des visages. Elle soupira, s'enfonçant dans des étoffes complices.

– Marthe ?

Le pavé de Paris luisait sous les averses de juin. C'était le mois des premières chaleurs.

– Piet ?

Elle s'entendit murmurer. Ses cuisses étaient un étau qu'une force, née sans douleur à l'intérieur de ses entrailles, cherchait à desserrer. Boire. Tendre la main, saisir un verre, apercevoir, par une fenêtre, le même ciel sans relief. Fermer les yeux et souhaiter dormir.

De l'eau. Ses lèvres s'entrouvrirent. Des ombres la dominaient, murmurant des mots qu'elle ne comprenait toujours pas. Tout tanguait et roulait en elle, et autour, la forçant à agripper la lice d'un navire perdu dans une mer immense. Il y avait une musique, ailleurs. Des silhouettes virevoltaient dans une lumière crue de lustre en cristal. Le ronronnement d'une chaudière rythmait le temps dès que l'on retournait à la nuit océane.

Un bateau avait quitté le port, son sillage blanc dessinait une route sous les étoiles, invitant à la rêverie. Les navires en mer sont hors du monde. Ils relient le cœur battant du départ au mystère des horizons inconnus, l'impatience de larguer les amarres à l'angoisse ténue quand paraissent, dans les premières lueurs de l'aube, les côtes des pays dont on avait longtemps rêvé. Comment s'appelait le navire dans le salon duquel on dansait ainsi ?

L'eau déborda de ses lèvres, coula sur ses joues. Elle fut soudain terrorisée à l'idée de se noyer, espéra entendre la voix devenue familière. Elle s'éveillerait entourée par les femmes qui avaient embarqué, comme elle, sur le bâtiment dont elle cherchait en vain le nom. Des officiers tout de blanc vêtus les enlaçaient. Elles tournaient, dans un vertige semblable au sien, sous le regard faussement détaché des joueurs de bridge.

Des rires de gens heureux peuplaient l'ivresse au fond de laquelle elle se sentait incapable du moindre mouvement. Une douce nausée monta vers sa gorge, elle voulait toucher ce ventre qui vivait à l'intérieur d'elle sans lui faire de mal. On lui parlait, mais c'était peut-être Marthe Macaire qui murmurait à l'oreille d'un malade à l'esprit en voyage, l'un de ces rescapés des fièvres qui ne l'entendait pas.

Était-ce cela, le délire ? Étaient-ils rassurés, dans leur absence, ces passants d'Aubervilliers, à l'écoute d'une voix amie ? Et celui-là, dans sa chemise trop grande pour lui, exhalant un souffle paniqué sur un mot répété cent fois : Transvaal.

– Piet. Piet Marais.

Des yeux la scrutaient, des regards cherchaient le sien. Noirs comme du charbon. Elle avait distingué, dans la lumière sans pitié, les jambes nues, les perles autour des reins, en colliers. Des piquets de bois la cernaient, surmontés de flèches aux reflets de métal. Les hommes étaient emplumés, ils riaient, leurs dents étaient immenses, d'une absolue blancheur. Leurs muscles puissants roulaient sur leurs bras, sur leurs poitrines, comme de l'anthracite sous une pluie d'orage.

Elle se souvint subitement d'un soleil dur montrant ses facettes, d'un astre minuscule au dessin parfait, irradiant sa flamme glacée dans le halo d'une lampe à pétrole. Un diamant, extrait de la terre africaine, et le sourire de Piet éclairé par lui. C'était à Capetown, dans une vie antérieure. Des steamers vomissaient des soldats en uniforme kaki par bataillons entiers.

Elle était incapable de bouger, ses paupières lourdes refusaient de laisser ses yeux s'ouvrir tout à fait. Elle errait dans des limbes peuplés des visages aperçus au fil de son voyage. Elle tourna la tête vers un mur de pisé brun. Dormir.

Des cris d'enfants ou d'animaux. Brefs, impérieux, de joie ou de peur, ce pays en était fait depuis toujours, à ce qu'on disait. Le ciel gris de nuages s'était figé, comme un décor de théâtre abandonné au fond d'une scène. Des ombres passèrent, des visages se penchèrent vers ce qui devait être elle. Une douleur aiguë la transperça.

Elle était couchée sur une surface dure, terre ou plancher. Ses cuisses ruisselaient, telle une source dont elle ne pouvait contrôler le flux. Elle se vidait, mais de quoi ? Eau, sang, humeurs ? Quelqu'un arrêterait peut-être cette hémorragie à laquelle elle était indifférente. Ça devait être ça, mourir, sentir son corps s'alléger de ce qui l'encombrait, flotter au milieu de chuchotis, comme dans un bain d'algues, accepter l'escorte de passeurs invisibles, anonymes.

Elle s'entendit répéter le nom de l'homme dont elle cherchait les traits. Des passages entiers de sa vie passée lui revenaient en mémoire, comme dans un livre ouvert sur la table de nuit qu'elle consulterait au hasard. Elle entendit la voix de Piet. Il n'était pas là et elle le savait, cela rendait l'intrusion du fermier boer encore plus énervante. « Eh bien, te voilà dans la guerre… Que te dire ? Tu l'as voulu. Ce n'est pas pour les femmes. Tu pouvais rester à Franschhoek, au calme, parmi les vignes, et te voilà Dieu sait où. Tu n'aurais pas dû courir ainsi la savane, les bêtes auraient pu te dévorer. »

Elle se vit à Franschhoek. Des gens vaquaient entre les ceps. Des chais montait la senteur entêtante de la vendange précédente qui mûrissait dans des fûts. Les vendangeurs devraient attendre l'automne austral ; ils étaient muets, accroupis, taillant la vigne à petits coups de ciseaux.

Qui hurlait ainsi ? Des bras se tendaient vers des mèches de canon.

– Bois, ce vin a dix ans d'âge.

Elle offrait ses lèvres à une coupe translucide. On l'observait pour savoir ce qu'elle pensait de son contenu. Piet gardait le silence. Marthe n'avait aucune expérience du vin. Elle dirait quelque chose d'insignifiant, « c'est bon » ou une banalité de ce genre. On lui sourit ; elle savait les gens bien élevés chez les vignerons du Cap.

Elle éprouva de la honte, sans savoir pourquoi. Il fallait qu'on la sorte de sa situation humiliante. Ses cuisses écartées, son ventre offert, et la manne liquide inondant sa peau. Elle gémit, voulut se lever. Une poigne la maintint sous le ciel brun de la pièce. La pénombre revint autour d'elle. Elle creusa ses reins dans un effort dont elle ignorait le but, décida de ne plus lutter.

Elle ouvrit les yeux sur la voûte en terre d'une case zouloue. Trois solides piliers de bois, ronds, tenaient en équilibre la construction que parcourait, au niveau du sol, un banc circulaire sur lequel des personnages se tenaient assis. Des peaux de bêtes, alternant avec des tapis aux couleurs vives, couvraient la terre dont l'ocre paraissait entre des interstices. Marthe fit un effort pour soulever son buste de la natte sur laquelle elle gisait. Épuisée, elle se laissa retomber, sous le regard neutre d'une négresse à la chevelure ceinte d'un épais turban de tissu rouge.

Elle entendit une langue qu'elle ne comprenait pas, des phrases mêlées de quelques expressions afrikaans. La femme pointait le doigt sur son ventre, mimait un flux s'en échappant. Marthe réalisa soudain qu'elle avait fait une fausse couche. Ainsi, les symptômes qu'elle avait ressentis à Ladysmith, les nausées, l'impression de peser plus lourd, étaient-ils ceux d'une banale grossesse. Pas de règles depuis près de deux mois ; elle avait pensé à la fatigue, à ses nuits trop courtes, à son alimentation aléatoire. En vérité, elle n'avait même pas eu le temps de s'intéresser à la question.

Que faisaient là les témoins muets de son réveil ? Elle n'avait aucune importance pour eux, du moins s'en persuada-t-elle tandis que son regard parcourait la case. Les gens étaient vieux pour la plupart, des inactifs cherchant un peu de fraîcheur sous le pisé. Ils devisaient en tirant sur des pipes, riaient de temps à autre. Un hospice de brousse ou quelque chose de semblable.

L'infirmière de garde avait les seins nus, la peau couleur de charbon, des dents larges comme des écailles et un simple pagne en guise de jupe. Elle se pencha sur la femme que les hommes de la tribu, revenant de la chasse, avaient trouvée inanimée sous un rocher balisant la piste menant à Ulundi, la capitale zouloue.

Marthe lui posa une question à laquelle elle répondit en lui tendant un bol en terre plein d'un jus jaunâtre. Le goût tenait du grain, du lait et d'épices inconnues, agréable passé l'étrangeté de la mise en bouche. Marthe se surprit à en vouloir davantage. Elle en terminait avec son agape, la nuque dans la main de la femme, lorsqu'un personnage étonnant s'inscrivit dans son champ de vision. Elle n'en distingua d'abord que le ventre, énorme, débordant d'une ceinture censée maintenir ce ballon de peau noire sous une jupe de natte de paille. Les cuisses, étonnamment musculeuses, étaient nues, comme les bras. Seul le thorax était pour de bon couvert par une large étole prélevée sur un léopard ou une autre bête tachetée. Marthe n'en savait pas assez sur la faune africaine pour faire la différence.

L'homme, un colosse aux traits lourds, au front bas sous un drôle de petit chapeau rond frangé de fauve, l'inspecta du regard de la tête aux pieds. La présence silencieuse de la femme lui parut un gage de protection. Néanmoins, elle fut soulagée de voir le nègre s'éloigner en grognant. Il n'avait pas prononcé la moindre parole.

Elle observa son propre corps. On l'avait déshabillée, revêtue de la toile bleue couvrant les servantes de Bonne-Espérance. Hottentotes à Franschhoek, zouloues dans les fermes de l'Est. Le linge était propre, exhalant une odeur neutre de corde ou de terre. Marthe distingua ses pieds, ses mollets qui lui parurent amaigris. Elle voulut soulever la robe, sentit la main de l'Africaine peser sur la sienne. Un geste du menton, pour dire « non ». On s'occupait d'elle, cela suffisait pour le moment. Elle se laissa aller, contempla le plafond de lattes entrecroisées. Il faisait bon dans cette case.

– Zoulou.

Elle répéta, murmurante, le mot. Dans la bouche des Boers, il n'avait pas de signification particulière. Les tribus se tenaient prudemment hors d'une guerre qui semblait ne pas les concerner. Ceux de leurs hommes qui n'étaient pas restés au village s'employaient ici et là, à l'arrière des fronts : portefaix, pousseurs de chariot sur rails, porteurs de munitions… Combattre était l'affaire des Blancs. Les autres, Noirs et hindous, n'avaient pas accès aux armes. Alors, ils attendaient le moment où il conviendrait de discuter avec le vainqueur désigné.

Marthe ferma les yeux. Déjà, l'envie de se lever et de quitter le lieu lui traversait l'esprit ; elle espérait retrouver les siens, car ce fut ainsi que, soudain, elle considéra les étrangers qui l'avaient accueillie à Bonne-Espérance. Sa famille d'Afrique.

Marthe sentit qu'elle ne tarderait pas à se remettre. Elle put se lever dès le surlendemain de son arrivée au village.

– *Jy hier bly*[1].

La vieille était ridée comme une pomme. À la voir ainsi desséchée sous sa haute coiffe de tissu bariolé, cassée en

1. Vous restez ici.

deux sur une canne de bambou, il était difficile de croire qu'elle avait un jour ressemblé aux femmes plutôt bien en chair de son clan. Elle parlait l'afrikaans, peut-être pour avoir travaillé dans une ferme frontalière du Zoulouland ou ailleurs en pays blanc.

Joignant le geste à la parole, elle frappa le sol de la pointe de sa canne, en souriant cependant. Marthe comprit le message. Se faire entendre en français par une interprète maniant la langue des boers ne serait pas aisé. Par gestes, elle décrivit le gros bonhomme qui lui avait rendu visite à son réveil.

– *Koning*[1] *!*

– *Ja. Koning.*

Elle eut soudain envie de partir, de quitter ce lieu où l'on s'occupait pourtant d'elle d'une manière naturelle, sans cérémonie. Elle n'avait rien à faire ici. Les gens venaient s'asseoir sur les bancs circulaires de la case, comme si de rien n'était. Ils devisaient tout en jetant sur elle un coup d'œil de temps à autre. Était-elle un meuble vivant, au milieu des nattes, des ustensiles de cuisine accrochés aux murs, des bols et des marmites en terre cuite empilés au pied d'un des piliers ?

La relative indifférence des villageois à son égard, leur souci de sa santé lui laissaient supposer une reconduite prochaine vers le Transvaal. En était-elle éloignée ? L'avait-on écartée des chemins et des pistes y menant ? Combien de kilomètres avait-elle parcouru avant de s'allonger, ivre d'épuisement, à l'abri d'un rocher ?

Tandis que la vieille s'éloignait, elle se remémora la carte des colonies qu'elle avait vue, étalée sur un lit, à Durban. La Tugela tranchait le plan du sud vers le nord-ouest. L'embuscade avait eu lieu sur l'un de ses affluents, à l'est

1. Roi.

forcément. Marthe fit une demi-douzaine de pas chancelants. Ses jambes lui refusèrent bien vite leur service. Elle tomba à genoux sur une natte d'osier. Un sanglot la parcourut, prolongé, une bouffée de la fatigue qu'elle avait crue dissipée. Elle s'allongea à même le sol, sous le regard des vieux, contempla la fumée d'un brasier qui s'échappait par un trou du plafond.

On l'aida à se relever. Elle fut conduite, soutenue par des femmes, vers une case plus vaste que les autres devant laquelle le roi, les bras reposant sur les accoudoirs d'un fauteuil en osier de fabrication anglaise, prenait le frais. Phunga Maweja ordonna qu'on installât sa visiteuse sur une chaise. L'homme portait un pagne dont les bandes torsadées couvraient le bas-ventre. S'étant penché vers elle, comme pour renifler son odeur, il lui demanda ce qu'elle voulait. Convoquée, la traductrice expliqua que la Française désirait rentrer chez elle. Où était-ce ? Marthe répondit :

– Volkrust.

À l'aide d'un caillou, elle dessina un vague plan sur la terre rouge, marqua le village des colons. Le roi éluda d'un geste. Il connaissait Volkrust, et même des gens parmi les fermiers de la région : Marais, Viljoen, Joubert et d'autres.

– *Hy weet*[1], dit la vieille.

Marthe avait besoin de savoir où elle se trouvait, maintenant. D'un mouvement de son orteil, le roi lui fit comprendre qu'elle était à l'est, loin de là, entre le Transvaal et la colonie portugaise. Il cita un nom de village, inconnu. Le roi leva l'index.

– Zoulou.

Il était arrivé à ses ancêtres de prendre les armes contre des Boers et des Anglais. On s'était fait de multiples guerres jusqu'à ce que les frontières entre les uns et les autres aient

1. Il sait.

été à peu près délimitées. Il y avait un pays zoulou, malgré sa sujétion à la colonie du Cap, et des peuples blancs que ne tourmentait pas le désir de l'absorber totalement.

Phunga parla longuement, avec une certaine emphase ponctuée par des rires sonores et gras, puis il termina son discours le doigt pointé vers Marthe, tel un instituteur tançant une élève.

– *Hy sê jy hier bly*[1], conclut la vieille.

Marthe reçut la sentence comme un coup de massue. Le ton du souverain, sa morgue étrangement mêlée de gaieté signifiaient qu'elle était là en résidence surveillée. Avant qu'elle ait pu demander combien de temps cela durerait, le roi se leva, frappa le sol de son sceptre et disparut à l'intérieur de sa case.

La vieille ne lui en apprendrait pas plus. Marthe contempla son havre que hantaient les fumées légères des brasiers. La campagne environnante était séparée du village par de simples clôtures de planches clouées ou ficelées sur des piquets de bois. Le pays zoulou était tel qu'on le lui avait décrit, tel aussi qu'elle l'avait rêvé : vert et vallonné, différent des steppes du Transvaal jaunies par l'hiver austral puis noyées sous les déluges.

Marthe aperçut, au loin, les murs verdoyants d'abruptes collines. Là, pas de ces roches grises ponctuant le sol comme si une main prodigieuse les avait dispersées depuis les nues, mais une végétation tropicale, luxuriance que les Anglais, étrangement, n'avaient pas encore faite leur. Il était difficile, à ce spectacle, de croire que le village du roi Phunga eût pu se transformer en prison pour une Française égarée.

C'était pourtant la réalité. Les nègres du pays zoulou avaient sauvé ce qu'ils appelaient une femme des autres, une Blanche. Leur souverain en disposait à sa guise. Marthe se

1. Il dit que tu resteras ici.

souvint des récits de son enfance. Sa grand-mère provençale lui avait conté la misère des filles enlevées par les pirates jusque sous les remparts d'Avignon, et en Bourgogne même. Cela avait duré des siècles. Les pucelles disparaissaient, parfois avec leurs sœurs, leur mère, et on ne les revoyait jamais. Par chance, la république y avait mis bon ordre.

La république de M. Loubet était loin. Quant à celle du président Kruger, elle serait bien incapable de porter secours à une infirmière quelque peu contrainte de séjourner en pays neutre. Marthe rejoignit sa case, aidée par des femmes. Il lui fallait se reposer encore, s'accoutumer à la chaleur irradiant son ventre, manger les bouillies que l'on préparait pour elle. Sans doute bénéficiait-elle d'un régime de faveur. Elle songea aux silencieuses soirées de Bonne-Espérance. Les avait-elle redoutées, au point de se retirer dès la fin du repas pour s'en aller lire dans sa chambre, à la lueur d'une chandelle. Elles lui parurent soudain nuits de fête.

18

Lorsqu'en compagnie du capitaine Berto-Linnoz, il regarda la carte du Transvaal, Piet Marais eut le pressentiment que la traversée des régions de l'Est ne serait pas des plus aisées. Il pointa du doigt un bourg sur la piste menant au pays des Swazis.

– Vaterval. Jusque-là, on devrait pouvoir emprunter la voie ferrée. Ensuite, cela dépendra de l'avancée anglaise. Nous pouvons aussi passer par Nespruyt et Lydenburg, ça prendra plus de temps, mais on sera en relative sécurité.

L'officier français n'avait pas d'avis sur la question. Quant au courtier belge, son plus cher désir était de rejoindre au plus vite la frontière de la colonie portugaise.

– Le train, dit-il. C'est plus sûr et facile à défendre.

La décision revenait à Piet. Du pays des mines au port lusitanien de Lourenço Marques, une voie ferrée avait été posée qui faisait du Mozambique l'arrière-cour des financiers européens. La complication essentielle venait de la présence anglaise dans les capitaux de la plupart des exploitations. Propriétaires du sol, les Boers ne pouvaient prétendre à la pleine possession des minerais précieux.

– Le train, conclut Piet.

Celui-ci traçait sa route plein est, longeait le pays swazi avant d'infléchir son cap vers le nord.

– Nous essaierons de précéder les Anglais, plaisanta Piet. Messieurs, l'or du Transvaal va devoir bénéficier de nos soins les plus attentifs.

L'escorte se composait d'une trentaine d'hommes répartis dans les compartiments et jusque sur leurs toits. Au centre du dispositif, le sanctuaire, en vérité un banal wagon à bestiaux dont les portes avaient été simplement verrouillées. Que ferait-on de ce trésor s'il parvenait de l'autre côté de la frontière ?

Piet donna le signal du départ. Le train s'ébranla, prit de la vitesse au rythme de ses jets de vapeur. Piet se souvint du train de Churchill. Ainsi la guerre pimentait-elle de sa fantaisie la vie des gens. On serait cette fois la cible. Les Anglais avaient trop besoin des rails pour les saboter. Ils préféreraient les attaques classiques.

Les voyageurs allumèrent des cigares et se laissèrent aller au creux des fauteuils de première classe. Les flasques de whisky circulèrent, du porto aussi. On vivait sur des prises de l'année 1900, quand la fortune des armes souriait encore aux républicains. Piet ferma à demi les yeux. Le balancement régulier du train le berçait.

– Vous avez déjà chassé la grosse bête, Marais ?

Berto tirait rêveusement sur son cigare. Convoyeur d'or n'était pas sa vocation première, mais, artilleur, il ne prisait guère la guérilla. Se tapir derrière des rochers pour tirer sur des ombres avant de déguerpir ne l'intéressait pas. C'était là un travail de paysans connaissant parfaitement le terrain. Incapables de se coordonner pour les offensives en ligne, fins tireurs, les Boers étaient faits, eux, pour l'embuscade.

– Oui, dit Piet. Au nord-est, loin d'ici.

– Quel genre ?

– Un peu tout : rhino, léopard, éléphant. Mais ça m'a passé et puis les grands fauves ont disparu du Sud. Les agriculteurs appréciaient modérément de se faire dévorer en liant des gerbes ou en rassemblant leurs bovins. J'ai changé de savane. Le gibier anglais ou australien est plus excitant.

Piet eut un geste de lassitude. Sans doute les Burghers devraient-ils se résoudre à la défaite, non sans avoir fait chèrement payer leur peau. Il se pencha vers le Français.

– Rien ne vous obligeait à rester avec nous, Berto.

– Si. Fachoda.

– Seize ans, c'est un peu loin, non ?

– À peine moins que votre guerre d'indépendance. Et puis siroter des alcools à quelques mètres d'un tas d'or est aussi exaltant que de tirer sur un éléphant qui bouge les oreilles.

Piet le scruta, un peu de malice dans l'œil.

– Vous rentrerez en France, ensuite ?

Berto haussa les épaules. En Europe, de nouvelles alliances se formaient. Français et Anglais se lançaient des fleurs, le prince de Galles écumait les cabarets de la capitale. Pour un peu, la mode parisienne s'inviterait dans l'austère costume de Victoria. Berto éluda d'un sourire.

– Je vais veiller sur vous, Marais, afin que vous puissiez un jour m'héberger dans votre belle maison de Volkrust. Je trouve cet endroit, comment dire…

– Charmant. Un mot français d'une grande précision.

– Voilà, c'est ça. Charmant. Et plein de votre amitié. Ces choses-là ne sont pas si fréquentes en temps de guerre.

Piet se fit à nouveau sérieux :

– L'Anglais devient votre ami et l'Allemagne l'adversaire. Elle a tout de même saisi votre Alsace-Lorraine.

– Exact. Elle devra nous la rendre.

Piet en doutait. Les Français demeuraient un mystère pour lui. Deux mille kilomètres de rivages et des désastres maritimes, une aide décisive aux futurs États-Unis et l'anglais qui s'imposait comme la langue de la puissance montante, des échecs historiques derrière le masque arrogant d'une supposée supériorité de l'esprit, un empire, malgré tout, mais au sous-sol infiniment moins généreux que celui des Britanniques.

– *Verloorders*[1].

Berto leva un sourcil.

– Que dites-vous ?

– Rien. Nous sommes dans la même galère, comme vous dites en France.

– Nous arroserons tout ça à Paris ou à Bonne-Espérance, Marais. Je m'en remets à vous. Je n'ai guère d'attaches où que ce soit de par ce vaste monde.

Piet sourit, ferma les yeux. Les Français de Villebois-Mareuil remplissaient leur mission sans faillir. Ils s'étaient fédérés en petits groupes libres de leurs mouvements, de leurs choix, de leurs décisions.

On avait bousculé l'Anglais avant de subir sa supériorité matérielle. On le harcelait encore en maints endroits et cela continuerait tant qu'il y aurait matière à lui rabattre sa superbe. La guerre était capricieuse, une diva courtisée par les puissants. Au gré de sa fantaisie, les amitiés, les deuils express, les mises en terre rapides et l'espoir de voir se lever le prochain soleil s'y partageaient l'ordinaire.

Le Belge s'épongeait le front. Piet s'était interrogé sur la quantité de mouchoirs qu'il lui fallait utiliser pour sécher sa peau de lait boursouflée. Sans doute essorait-il son linge dans des endroits discrets. Comment faisait Marthe lorsque la chaleur devenait difficilement supportable ? Piet

1. Perdants.

se força à ouvrir les yeux sur la vitre à demi dépolie. La jolie *Franse* avait du sang-froid. Sa place était dans les alignements de malades peuplant les salles communes des hôpitaux de Paris. Il l'avait entraînée loin de cette ville où les velléités belliqueuses, domptées depuis longtemps, se fondaient dans la beauté du décor.

Mercier contemplait le paysage. Ses doigts voyageaient sans cesse entre les revers de sa veste et la pointe de ses genoux, comme précédant ou accompagnant ses pensées. L'homme des diamantaires d'Anvers se risquait au pays des chercheurs d'or. Ces pierres, livrées par les entrailles de la terre, transformaient les hommes comme lui en mécaniques suantes. Un jour, Piet lui demanderait s'il lui arrivait de rire aux éclats, de raconter une blague salace, de cesser de suer. Il s'assoupit.

Il se réveilla au bout d'une heure d'un sommeil lourd, sans rêve. Le train ahanait sur des côtes pourtant bien modestes. Sa locomotive était à l'image des républiques, essoufflée, à court de charbon, sifflant un asthme de mauvais aloi. Piet observa d'un œil morne la disparition du disque solaire sous la ligne d'horizon. On arrivait à peine à Witbank, à deux cents kilomètres de la mine. À ce rythme, n'importe quelle escouade d'Anglais montée sur des chevaux en bon état pourrait rejoindre le convoi ici ou là. Piet soupira. Sa préférence allait aux pistes du Transvaal que l'on pouvait quitter si la menace se précisait. Les autorités, en fait les financiers et les propriétaires des filons, en avaient décidé autrement.

Il enjamba le petit palier de métal, alla inspecter le wagon au trésor. Des miliciens montaient la garde à l'intérieur de ce coffre-fort sur roues. Des Boers, quelques Français aussi, démobilisés depuis les avancées ennemies, une troupe disparate qui toucherait son dû si le convoi arrivait sans encombre à destination. Piet offrit une tournée de cigares, une flasque de cognac, qui passa de main en main. Lorsque tout serait fini, la mission, la guerre, l'étrangeté des choses, on évoquerait ainsi les souvenirs, un verre à la main.

La tension montait peu à peu dans le wagon. À trente kilomètres de là, la station de Kaapmuiden marquait l'entrée dans un territoire encore contrôlé par la république du Transvaal, mais dont on savait bien qu'il serait mis bientôt, comme le reste du pays, à l'encan.

– Combien de temps jusqu'à Komatipoort ? s'inquiéta le Belge.

– Une heure environ, répondit Piet.

C'était à quelques encablures du poste frontière avec le Mozambique, au confluent de la Crocodile River et du fleuve Komati.

Piet monta sur le toit du wagon. Les hommes en armes sommeillaient, accablés. Ils traversaient l'un des endroits les plus chauds d'Afrique, un chaudron élimé par l'érosion, une désespérance de savane piquée de boqueteaux épars. Des fermiers s'étaient tout de même installés dans ce désert. Les tuiles rouges de leurs maisons affleuraient ici et là à l'horizon. Piet en connaissait quelques-uns. Des purs et durs, héritiers du Grand Trek, pas bien riches mais attachés à leur lopin comme leur fusil à sa bandoulière.

C'était un long voyage, éprouvant. La récompense serait au bout du chemin, une part du trésor conservé sous les pieds de ses gardiens. L'essentiel était de ne pas s'endormir alors que le convoi se rapprochait de la frontière portugaise. Piet offrit une nouvelle tournée de cognac. Il savait par expérience que l'alcool chauffait le sang des combattants. À Talana comme au siège de Ladysmith, les Boers étaient souvent montés à l'assaut après avoir goûté aux fruits du vignoble colonial. Une vieille recette, depuis la nuit des temps.

Les Portugais de garde au poste frontière de Krokodilpoort eurent la politesse de ne pas les accabler de questions oiseuses. Le télégraphe avait fonctionné comme il fallait. C'était à Lourenço Marques que le transfert se conclurait. Piet se détendit. Le rail de la toute nouvelle voie ferrée fendait maintenant un paysage de marais planté d'arbres erratiques. Un monde différent naissait de la terre détrempée par les orages des tropiques. On devait cultiver du riz au creux de ce lac sur lequel baguenaudait un soleil pâle. Mozambique. On changeait d'univers pour de bon.

– Vous voici rassuré, monsieur Mercier ?

L'homme ne donnait pas vraiment cette impression. Absorbé dans des pensées secrètes, il avait mis une sorte de point d'honneur à ignorer ses compagnons de route. Peu causant, détenteur d'un pouvoir que des financiers en col blanc lui avaient accordé à des milliers de kilomètres du Sud africain, il était censé conduire la mission.

Le train s'engagea sur le flanc d'une colline pentue en partie arasée pour permettre la pose des rails. Son souffle régulier ralentit. Piet pensa à un asthmatique en crise, une comparaison amusante qui lui rappela les voyages de sa jeunesse à Pretoria, quand l'or du Witvatersrand commençait à peine à enrichir le Transvaal. Il se pencha à la fenêtre, observa le défilé herbeux rompant peu à peu la monotonie des zones inondées. La colonie portugaise était réputée humide. L'océan Indien la mouillait de ses moussons, des jungles y prolongeaient les champs cultivés. C'était un paysage étrange, d'eau et de roche blanche. Lorsque le train freina un peu brusquement, Piet se leva, traversa le wagon des passagers jusqu'à la plate-forme extérieure.

Le convoi s'arrêta entre deux petites falaises calcaires marquant l'entrée dans une steppe aride piquée de buissons épineux, rien à voir avec l'éponge gorgée d'eau de la zone frontalière. Piet descendit du wagon, marcha jusqu'à la locomotive. Tout était calme. Se retournant, il vit le Belge qui quittait le train à son tour et s'éloignait, dans l'autre sens. Il se mit à courir, cria tandis que des coups de feu retentissaient.

Le conducteur lui fit signe. Des poutres et de la ferraille avaient été placées sur la voie. Piet vit la poussière s'élever au-dessus des rochers blancs. Le staccato rageur de plusieurs de ces prétendues mitrailleuses dont les Anglais disposaient depuis peu le fit se courber. Les tirs venaient des deux côtés du ballast ; l'attaque, massive, avait été minutieusement préparée. Piet vit les hommes tomber du toit des wagons. Il distingua la silhouette de Berto-Linnoz. Le Français tenait en main son pistolet et faisait feu tous azimuts, sans viser. Un obus de mortier s'abattit près de lui, le jetant à terre dans un nuage de poussière, de caillasse et de terre. Piet se mit à l'abri, derrière la locomotive, comme il put. Des projectiles sifflaient autour de lui, s'écrasaient contre le métal. De toutes parts, des cris, des hommes courant puis tombant, fauchés par les balles.

– Aucune chance ! hurla Berto-Linnoz. Ils ont ces damnées machines.

Le Français avait rejoint son compagnon. Il se mit soudain à tousser et à cracher. Des éclats de mortier avaient déchiré sa veste. Il saignait à l'épaule et au bras.

– Mitrailleuses ? fit Piet.

Cela faisait un moment que l'écho des ravages provoqués par les engins anglais se répandait à travers les républiques. Une manière d'achever la résistance en la hachant menu. Deux hommes pour servir la bête et des centaines de balles propulsées en quelques secondes.

– Les prochaines guerres seront des boucheries, annonça, lugubre, Berto-Linnoz.

Il comprimait sa poitrine de la main, sifflait en respirant.

– J'ai vu Mercier descendre du wagon et disparaître, dit Piet.

– Je l'ai vu aussi. Il les a rejoints.

Dans les guerres, il y a toujours des petits malins qui travaillent pour eux-mêmes, tels que Mercier, le bon gros qui transpirait, le perpétuel inquiet chargé par les diamantaires et autres financiers de l'or d'accompagner leur trésor. L'attaque avait eu lieu chez les Portugais, une tactique non dénuée de sens. Les Anglais exerçaient une pression suffisante sur leurs voisins pour que les fonctionnaires et les policiers du Mozambique leur laissent la plus grande liberté. Marais aurait peut-être l'occasion de réfléchir sur sa propre naïveté, si toutefois les assaillants lui en laissaient le temps.

– Que fait-on ? s'inquiéta Berto-Linnoz presque posément.

Même blessés, les Français étaient capables de ce flegme qu'ils enviaient à leur vieil ennemi britannique. Piet fit rapidement le bilan de la situation. Du tender de la locomotive, il n'était guère facile de commander ce qui restait de sa troupe. Deux pistolets, du charbon et du bois comme projectiles quand on aurait épuisé le plomb, un vieux conducteur terrorisé, des types fuyant la mitraille comme ils le pouvaient, le compte des forces boers et alliées fut vite fait.

– On manœuvre à la Churchill, décida-t-il.

Le capitaine le considéra en grimaçant.

– Ce qui veut dire ?

– Tenter la sortie.

Il fallait pour cela enjamber l'obstacle de ferraille et de poutres et courir le long de la voie, à découvert. Piet interrogea Berto-Linnoz :

– Ça ira pour vous ?

– Je ne sais pas. Oui, peut-être… J'ai encore mes jambes. C'est les bronches qui ne suivent pas.

Le conducteur fit signe qu'il resterait à l'abri de sa locomotive. Piet fut le premier à sauter du tender. Le feu des assaillants était moins nourri ; les toits des wagons avaient été débarrassés de leurs hôtes, les Boers survivants longeaient le train, courbés, cherchant eux aussi à fuir. Piet leur fit signe de les rejoindre. Il en restait trois capables de courir.

– Avec moi, ordonna-t-il.

Ils se mirent en colonne derrière leur chef avant de se lancer le long de la voie.

L'or ? On ne le défendrait plus dans de telles conditions. Déjà, les assaillants investissaient la place, à la course, comme tout le monde, tirant au pistolet ou au fusil. Vainqueurs se hâtant vers un prodigieux butin. Piet aperçut, devant lui, la roche blanche érigée par un sculpteur inspiré de chaque côté de la voie. De plus jeunes que lui le précédaient dans une retraite dispersée.

Il se retourna. Berto-Linnoz peinait à suivre. Piet attendit son compagnon ainsi que des hommes blessés alors que les miliciens ingambes disparaissaient déjà entre les rochers. Lorsque enfin le Français et les Burghers furent parvenus à sa hauteur, il vit des cavaliers se regrouper, refermant devant lui un piège dont il était désormais illusoire d'espérer sortir. Au même instant, un trait fulgurant lui traversa l'épaule.

– Bas les armes, messieurs ! hurla un homme.

– Je crois que nous sommes cuits, dit Berto dans un souffle.

Piet lâcha son Colt. Son bras droit lui refusait tout service. Il considéra, étonné, le trou qu'avait fait une balle juste sous sa clavicule. Il ne souffrait ni ne saignait. Il se laissa tomber, assis, la main ouverte devant lui, inutile.

Le convoi devenait propriété d'une coterie dont il était difficile de détailler l'origine, à défaut de la nationalité. Des Anglais d'une compagnie européenne sûrement, récupérant ce qu'ils considéraient à tort ou à raison comme leur bien. Quelques mercenaires sous chapeau de feutre, Boers déserteurs ou Portugais, une engeance prête à tout pour une once de métal précieux.

Piet se cassa doucement en deux, sa paume valide enserrant ses genoux. Marthe lui conseillerait sans doute de faire un peu d'exercice en dehors des actions guerrières. Marthe. Il tendit le cou. Si une autre balle ne réglait pas son sort dans l'instant, il avait une chance de revoir sa femme. L'espace d'une seconde, la blancheur de sa peau se mêla à celle de la pierre.

Lorsqu'il releva la tête, des civils se tenaient devant lui. Un mélange d'Europe du Nord avec un zest de Lusitanien, mais il y avait des officiers pour commander la troupe. Les intrus se concertèrent. Ils tenaient à merci un reliquat d'armée régulière mâtinée elle aussi de volontaires. Piet plissa les paupières. À côté de lui, assis dans la même position de tailleur levantin, le capitaine se laissait doucement aller.

– Cet homme perd connaissance, dit Piet en anglais.

Un ricanement lui répondit. L'échalas à rouflaquettes blondes qui semblait faire office de chef se pencha vers lui. Il tenait en main un revolver au canon court, de ceux que les tricheurs aux cartes cachaient dans leur botte ou sous leur ceinture. Une arme de salon, pour la parade le plus souvent, qu'il baissa vers Piet. Un autre civil, que Piet identifia comme boer ou cousin proche, était à ses côtés. Avant même qu'il ait eu le temps de réagir, l'Anglais pressa la détente. En vain. L'arme s'était enrayée. D'instinct, Piet avait bondi vers lui, le saisissant au col de sa poigne gauche.

– *Are you crazy !* hurla le Boer.

Des hommes s'étaient immédiatement interposés. Il n'était pas question de tirer sur des prisonniers ou d'achever des blessés. On était de surcroît en terre étrangère, sérieusement violée certes, mais neutre.

– *We have gold. It's enough. Let them go to the devil, if they want.*

Berto-Linnoz s'était doucement allongé sur le dos, livide. Piet s'excusa. Sa compagnie n'était guère reluisante. Il s'enquit de Mercier, sans obtenir de réponse. C'était comme au jeu.

Il sourit.

– On n'a pas tous les mêmes cartes.

Les assaillants étaient nombreux, une quarantaine de cavaliers. Vint le moment où le transfert de fonds fut terminé. Les vaincus ne servaient plus à rien ni à personne. On leur ferait grâce de la vie, on leur laisserait même leur monture à vapeur pour regagner la peau de chagrin républicaine. Une simple carriole suffirait à acheminer l'or dans l'une de ces banques du Mozambique, succursale de celles où se décidait le sort des peuples.

Piet songea qu'il devait sa vie à la défaillance d'un petit pistolet mal entretenu, ces choses-là arrivaient parfois. Le Boer qui commandait leur ordonna de remonter dans le train.

Piet aida Berto, qui peinait à recouvrer ses esprits. Le Français continuait à perdre du sang, l'épuisement le terrassait. Tandis que les assaillants se rassemblaient dans un nuage de poussière, Piet guettait le retour du reliquat de son commando. L'un après l'autre, les volontaires se montrèrent à l'orée du vallon. On se compta, sept au total, sur les vingt-cinq hommes recrutés au Transvaal. En termes de statistique, les journaux des deux camps nommaient cela « défaite ». Berto résuma la situation :

– Ils s'arrangeront toujours pour nous baiser en fin de compte, pas vrai, Marais ?

S'agissant des Britanniques, Piet ne pouvait lui opposer d'objections. Le rappel de la victoire des siens vingt ans plus tôt ne pouvait le consoler. Le capitaine français avait lui aussi ses repères historiques.

– Foutus Rosbifs. La dernière fois que nous les avons battus, c'était à Yorktown, en Amérique. Ça fait longtemps.

– Ils n'étaient pas tous anglais, dit Piet. Il y avait un peu de tout là-dedans. Comme chez nous, en quelque sorte. Il se peut que nous allions vers des guerres mondiales, Berto.

Le capitaine était encore allongé à même le ballast, alors que la locomotive, manœuvrant doucement, se rapprochait de lui. Les hommes s'en allaient ramasser les morts. Piet se joignit à eux. Il ne pouvait plus grand-chose pour les aider, quant à les commander, un fossoyeur de cimetière aurait suffi. On repasserait la frontière, délestés du magot, appesantis par quelques cadavres.

Berto-Linnoz avait lui aussi identifié le son très particulier des mitrailleuses. Les Français travaillaient là-dessus, avec un peu de retard semblait-il. Pareil pour les canons, qui gagnaient partout en puissance et en précision. La guerre changeait de visage. Piet observa les blessures infligées à ses miliciens. Les balles les avaient littéralement hachés, les démembrant en partie, arrachant des morceaux de leurs visages. Un carnage. Cela faisait un moment que les Boers n'affrontaient plus leurs ennemis à découvert, mais même dans une guérilla, ils seraient massacrés par de telles armes.

– Foutus Rosbifs, admit-il.

Un homme lui fit remarquer une tache brune sur son flanc. Sans doute le sang du capitaine. Piet déboutonna sa chemise maculée de sueur et de poussière, un torchon puant fort, et observa l'orifice d'une blessure sous ses côtes.

– C'est ressorti de l'autre côté, constata le milicien.

Un séton. L'homme aida Piet à se rhabiller. N'eût-ce été la présence des cadavres alignés, perpendiculaires au rail, le décor inspirait simplement le voyage : une locomotive respirant doucement dans le silence, des collines de roche blanche descendant en pente douce vers une savane à demi sauvage, le ciel où moutonnait un transit pacifié de nuages.

Trompeuse impression. Berto avait raison. La logique de la guerre favorisait le camp anglais. Cette fois, les cinq cent mille hommes engagés par Kitchener et Chamberlain ne lâcheraient pas leur proie. Il y aurait une négociation. Les Boers sauveraient ce qui pouvait encore l'être : une vague autonomie, le droit d'exploiter les mines au bénéfice de l'étranger. Zoulous et Xhosa se serviraient sur la bête. Déjà, quelques massacres avaient été perpétrés. Les supplétifs noirs se retournaient contre leurs employeurs républicains. La reine Victoria aurait tôt fait de les ramener au calme.

– C'est foutu, pour de bon.

L'équipée mozambicaine des Boers s'achevait. En perdition, saignée à blanc, quasi annihilée, elle était à l'image de ce qu'il restait de la petite civilisation des colons hollandais.

Les Portugais arrivèrent sur les lieux de l'attaque au pas de leurs chevaux, une escouade montée, mélange de soldats, de fonctionnaires coloniaux et de gardes-frontière. En tout, une quinzaine d'hommes, dont les Boers auraient eu grand besoin pour dissuader les pillards. Étaient-ils au courant ? Et si oui, avaient-ils été empêchés d'agir ? Avaient-ils croisé en chemin la cavalerie des amateurs de métal précieux ? Piet ne s'attarderait pas à leur demander la raison de ce délai.

Un officier s'inquiéta de l'état des survivants. Voulait-on enterrer les morts en territoire mozambicain ? Désirait-on voir un médecin ? Piet déclina les offres. On s'était improvisé des pansements. Quant aux cadavres, ils seraient ramenés au Transvaal. On avait l'habitude d'y agrandir les cimetières depuis un an et demi.

Les Portugais devaient faire leur rapport pour les autorités de Lourenço Marques. Piet trouva plus qu'étrange la scène qui suivit. Les uns et les autres, dans cette morgue improvisée pleine de cadavres plus ou moins déchiquetés, s'interrogèrent sur l'origine de l'attaque.

La zone grouillait d'agents de toutes sortes sous les traits de voyageurs, de villageois ou de fermiers. Les Portugais observaient une neutralité de façade. Comme les Noirs des colonies voisines, ils attendaient de savoir qui l'emporterait. On prendrait ce qui viendrait. En attendant, une enquête serait diligentée, même s'il était évident que l'or avait sans doute déjà repassé la frontière en direction des lignes de Kitchener.

– C'est bizarre, dit Berto-Linnoz, tandis que le train s'ébranlait avec à son bord, à la place de l'or, un chargement macabre. Ici, l'apparence de la paix et la paperasse et, chez vous, le chaos.

– Je suis né chez les Boers, dit Piet, c'est comme ça. Question de chance, ou du contraire.

Il se demanda quant à lui à qui il ferait son rapport. La situation se dégradait de jour en jour. Chassés de Pretoria, les gouvernants du Transvaal s'étaient installés dans une bourgade du Karoo, Kronstadt, où ils conservaient un semblant de pouvoir sur des commandos pratiquant la guérilla. Le président Kruger était parti pour l'Europe. Tout se délitait dans le flot kaki déferlant de toutes parts.

– Vous pensez que c'est foutu pour de bon, Marais ?

– Ma foi, je n'en sais rien.

On retournerait vers le Witvatersrand, à condition qu'un raid anglais n'en ait fait perdre le contrôle aux républicains. Il y avait là des hôpitaux qui fonctionnaient encore. Piet songea à Marthe. La situation s'était-elle également retournée au sud ? Lorsqu'ils évoquaient des « retraites en ordre », les communiqués des chefs boers décrivaient à demi-mot l'abandon de territoires entiers. Piet fut envahi par un profond chagrin. Il s'en sortait, une fois encore, avec quelques cicatrices. Le sort des combattants était capricieux, et le Mozambique bien loin de la frontière du Natal.

L'officier portugais avait paru sincèrement touché. Pour les colons du Mozambique, la guerre au Transvaal et dans l'État libre d'Orange était une querelle de voisins à laquelle il était préférable de ne pas se mêler. Ses dégâts humains étaient une autre affaire. L'homme avait donné des ordres. On était allé fouiller une sacoche et des infirmiers improvisés avaient pansé le Français. Piet avait décliné l'offre quant à lui. « Blessure propre », aurait dit le chirurgien Stephens.

Au moment de tourner bride, le Portugais avait tendu à Piet un journal lusitanien. À la une, une photographie montrait des troupes anglaises paradant devant Kitchener à deux ou trois journées de marche de Pretoria. Piet lut l'encadré au bas de la page. Le colonel français Villebois-Mareuil avait été tué au lieu-dit de Boshof, près de Kimberley.

– Que nous dit ce canard ? questionna Berto d'une voix faible.

– Rien, ami. La vie continue.

19

C'était la case la plus excentrée du village. Une nombreuse famille vivait là, tous âges mêlés. On y dormait, comme ailleurs, à terre et sur le banc circulaire, les enfants en rangs serrés, les vieux à l'écart, les adultes s'étant octroyé un espace plus conséquent correspondant à leur utilité sociale.

Lorsque Marthe passait à proximité d'elles, les femmes occupées à battre le grain, à le piler, à colorer les tissus ou à ravauder, comme dans n'importe quel autre pays du monde, ne pouvaient s'empêcher de sourire. Dans sa robe bleue serrée à la taille par une ceinture blanche, Marthe détonnait au milieu des jambes d'ébène et des seins nus de ses hôtesses. Objet de fugitive curiosité, elle se laissait scruter, s'asseyait sur une souche, le temps que ces femmes pensent à autre chose. Une routine s'installa ainsi, au fil d'interminables journées, rythmées par les deux repas rituels, mil et patates parfois agrémentés d'un morceau de viande.

Du gnou, ou du zèbre peut-être. Les vaches de la tribu, pourvoyeuses de lait, ne se mangeaient pas. En revanche, Marthe comprit qu'à certaines occasions on sacrifiait un buffle dont on se partageait la chair. Le buffle avait-il le goût du charolais ?

La fille devait avoir une douzaine d'années. Longiligne et menue, elle montrait les premiers signes de l'adolescence.

Des seins en formation dépassaient d'une légère étole. Penchée sur une vasque de terre cuite, elle abattait son pilon avec de légers soupirs, grimaçait par moments, tordait un peu son cou, comme pour le débarrasser d'une gêne. S'étant approchée d'elle, Marthe ne tarda pas à en découvrir la cause. Un bubon, au creux d'une salière, gros comme un œuf de poule, remontait le long de la jugulaire par une espèce de prolongement couleur lilas.

– Fais voir.

La fille recula, surprise. Marthe écarta les mains. Elle souriait, désirait simplement regarder de plus près. Doucement, elle porta ses doigts vers ce qui lui sembla être un abcès en formation. C'était dur encore, douloureux. Le front chaud révélait une fièvre. Marthe interrogea l'enfant par le geste. Une piqûre ? Oui. D'araignée ou de quelque insecte, la faune du pays zoulou ne manquait pas de diversité à cet égard.

La fille se remit à sa besogne. Sa mère teignait du tissu à quelques pas de là. Marthe alla la voir, expliqua comme elle put qu'il faudrait vider l'abcès lorsqu'il serait un peu amolli. Déjà, l'on pouvait y appliquer des linges imbibés d'eau bouillie. La femme secouait la tête ; on ne ferait rien. Marthe comprit pourquoi lorsque, deux jours plus tard, elle vit venir l'homme-médecine, détenteur des secrets de la science.

Ceint à la taille et aux chevilles de grelots en bois, coiffé d'une dépouille de félin munie d'oreilles, quelque peu furieux, agitant sous le nez de Marthe un long bâton, sorte de canne terminée par un crâne de petit animal, il lâcha une diatribe avant de tourner les talons.

– Eh bien, si c'est ainsi, je te la laisse, marmonna Marthe.

Elle rentra dans sa case. Elle s'y reposait, les bras sous la nuque, les yeux mi-clos, lorsqu'elle reçut la visite du roi et l'ordre subséquent de se rendre au chevet de l'enfant, dont l'état avait empiré. La masse, à la jonction du cou et de l'épaule, avait doublé de volume, fluctuante. Les frissons de la fille, les marbrures sur la peau indiquaient une infection sévère. D'un geste, le roi lui indiqua qu'il convenait qu'elle s'activât.

Elle pointa le doigt vers son confrère qui allait et venait devant la case, son totem au bout du bras et l'incantation aux lèvres, à moins que ce ne fussent des imprécations à l'intention de la concurrence. De lame fine, il n'y avait pas dans le village. Marthe se fit porter un faisceau de sagaies parmi lesquelles elle choisit celle qui présentait l'extrémité la plus effilée, avant d'indiquer au monarque qu'il faudrait en isoler un fragment de la taille d'un bistouri, avec un court manche pour le tenir et l'orienter.

Elle parvint à s'amuser de l'empressement avec lequel on la servit. L'abcès s'était circonscrit dans sa coque. Par chance, il ne se répandait pas dans les tissus du cou et du thorax. Marthe se souvint de Talana, d'Aubervilliers aussi, où les chirurgiens taillaient dans la pestilence comme les bouchers des Halles dans le faux-filet. La chose était mûre, attendant le dard qui la viderait de son contenu. Il ne fallut guère plus d'une demi-heure pour que l'instrument conçu par des mains pressées se retrouvât entre les doigts de Marthe.

Un peu d'eau chaude, un geste vif au bas de la poche tremblotante. Des particules de couleur indéterminée glissèrent le long de la lame. Marthe se mit prudemment de côté, guettant l'extrusion du flot qui vint, moins abondant qu'elle ne l'avait supposé. Une source jaunâtre aux relents méphitiques se répandit jusqu'à son poignet, imbiba le linge qu'elle avait fait placer sous les épaules de la fille. Elle entendit le murmure dans son dos. Surprise ou approbation ? Un peu des deux sans doute. Du sang vint ensuite, souillé d'abord, puis d'un rouge franc.

L'enfant n'avait pas réagi. Marthe pressa doucement l'outre dont elle avait vidé le contenu. Les bords de l'incision dessinaient une bouche aux lèvres minces semblant vouloir dire quelque chose, un soulagement, tandis que l'odeur dégagée par l'abcès se dissipait sous la voûte de la case. Marthe versa de l'eau chaude sur la plaie, en abondance. Elle eut la certitude que l'affaire en resterait là. Une septicémie eût emporté la fille en quelques heures. Là, tout s'était concentré au creux du cou. Il n'en resterait qu'une cicatrice peu à peu fondue dans la peau.

Marthe se releva, tendit ses mains pour qu'on les lavât. Indifférente en apparence, la mère se chargea de cette toilette. Marthe croisa son regard au moment où la patiente s'asseyait, un peu choquée, dodelinant de la tête comme au sortir d'un profond sommeil. Rien. Ni sourire ni remerciements. La logique des choses et le poids de la fatalité. Ces femmes berçaient, le temps de le confier à la rue, un enfant sur deux ou trois qu'elles mettaient au monde, les autres mourant à la naissance.

Les mains sur les hanches, hilare et suspicieux alternativement, le roi Phunga Maweja avait goûté le spectacle jusqu'au bout. Marthe ne chercha pas à savoir s'il en était satisfait. Du pus avait coulé sur sa robe. Elle signifia au souverain qu'il lui fallait encore de l'eau, en quantité, et un nouveau vêtement. Ordre fut donné qu'on accédât à sa demande. S'étant relevée, Marthe soutint le regard du monarque. À quelque distance de la salle d'opération, l'homme-médecine ruminait, appuyé sur son totem, méditant sur les différences de méthode et la compétence des femmes.

Il était clair pour tout le monde qu'ainsi soignée la petite malade devait guérir. Sans incantations, sans grelots, sans poudre avalée ni terre ou herbes appliquées en cataplasme. Il y eut quelques heures difficiles, mais débarrassée de sa purulence, la fillette se remit, au grand soulagement de Marthe, sur qui le regard du roi changea. La libérerait-il en récompense des services rendus ? Elle y songea tandis que l'incision sous le cou de sa patiente se refermait.

– *Mense, gelukkig*[1], lui confia la vieille femme.

Elle en fut flattée, jusqu'au moment où elle vit une file d'attente se former devant sa case, surveillée de loin par son confrère temporairement réduit à ne plus administrer que quelques tisanes. Et ce fut l'assaut.

Vagins en feu et dents gâtées, écoulements de toutes les couleurs, spasmes divers et fièvres enfantines, pustules et plaques d'urticaire. Phunga avait ordonné que l'on ouvrît une consultation à laquelle la quasi-totalité du village se rendit. Hors des conseils d'hygiène élémentaires et quelques coups de lancette bien ciblés, elle ne put faire grand-chose, mais la rapide guérison des abcès lui assura la confiance de ses patients. Le roi s'en contentant, elle fut autorisée à sortir du village pour se promener en compagnie de duègnes court vêtues et d'une ribambelle d'enfants ravis de cheminer à ses côtés.

Jours et semaines. Il y avait eu un calendrier chrétien, autrefois, au village. Égaré, ou sacrifié pour faire du feu. Le roi Phunga avait son idée sur le cours du temps. Les âmes des morts et les phases de la lune lui suffisaient pour savoir où il en était. Quant à la vieille qui avait travaillé chez les Blancs, elle avait tout oublié, sauf l'obligation d'accompagner ses maîtres à l'office du dimanche à Harrysmith.

Marthe finit elle aussi par perdre ces notions. Au village, les gens ne semblaient guère se soucier du découpage temporel des Blancs. Ils vivaient au rythme du climat. Marthe se souvint de son arrivée à Capetown. Était-ce un an auparavant ? Un peu moins sans doute. Elle n'était sûre de rien. Piet l'avait avertie, les saisons au Cap et au Transvaal étaient inversées.

1. Gens, contents.

Elle tenta de deviner. Les nuits fraîchissaient, il pleuvait moins. Avril ? L'ennui la laissait dans un état d'hypnose, à chercher, le regard au plafond, un impossible sommeil. Les échos mêmes de la guerre ne parvenaient pas jusqu'à elle. Sans doute en parlait-on, mais pour des raisons qu'elle ignorait, elle n'avait pas le droit de savoir quelle tournure prenaient les événements. Un jour, elle éprouva pour la première fois l'angoisse de la séquestration.

Il était temps que l'on considérât sa requête. Ses nuits se peuplaient de cauchemars, comme aux soirs des batailles. De nouveau surgissaient les images de l'embuscade, les bouches hurlantes, les yeux fous. Alors elle se mettait à courir, son souffle devenait une musique vrillant ses oreilles, insupportable compagnie qu'elle quittait, tempes battantes, tandis que s'évanouissaient les ombres de son rêve.

– Je veux partir. Pourquoi me retiens-tu ici ?

Elle affrontait le roi du regard. Les nègres n'étaient pas concernés par la guerre en cours, par cette querelle entre Blancs pour la possession des mines. Zoulous et Xhosa n'étaient pas les citoyens d'États indépendants. L'Angleterre les tenait sous son contrôle sans pour autant les avoir annexés. Ils possédaient leurs terres, leurs troupeaux, leurs villages et ne payaient pas l'impôt. Ils étaient libres d'arpenter leurs immenses domaines, libres aussi de se louer dans les usines et les fermes des colons. Aux conditions de ces derniers.

– Tu veux de l'argent, c'est ça ? *Gelt, vir my ?*

Le silence de Phunga confirma son hypothèse. Combien valait-elle ? Les Arabes du Maroc ou d'Égypte estimaient le prix d'une femme en chameaux, selon de très anciennes pratiques commerciales. Souvent, le rapt pur et simple leur épargnait la douloureuse nécessité de payer. Cela durait depuis les Carolingiens, voire même avant. On avait lancé des croisades pour faire cesser ce négoce vidant les campagnes de Sicile, de Provence ou de Bourgogne.

– Je vaux combien, moi ? Mille livres anglaises ? Ça fait deux cents veldpounds. Plus ? Cinquante vaches ? Dis-moi.

Elle défia son geôlier, s'amusa presque de son trouble ; une femme lui tenait tête, blanche de surcroît, mais l'homme dont les officiers de Sa Majesté la reine Victoria désiraient se faire un allié avait des principes, et même de l'éducation. Marthe était invitée dans son fief. Il lui devait respect et considération, mais n'était en aucune façon obligé de répondre à ses questions.

Il la congédia. On verrait plus tard. Marthe n'avait guère mis de temps à comprendre l'importance de la palabre dans la société de ses hôtes. On s'asseyait sous un arbre et la discussion commençait. D'aucuns l'abandonnaient, d'autres venaient s'y mêler. Il fallait laisser au temps son espace. Elle avait brusqué les choses.

Elle se souvint d'une leçon d'histoire à la communale de Saint-Ouen. Saint Louis rendant la justice sous un chêne. Phunga semblait pareillement investi de ce pouvoir. On lui parlait avec déférence. Il avait l'art d'apaiser ses interlocuteurs d'un simple geste de la main. Matois et patient, dominant par sa seule carrure de pachyderme, il rompait lorsqu'il l'avait décidé, se levait et rentrait dans sa case. Marthe songea que sa détention pouvait durer des semaines. Le mot « années » lui vint à l'esprit dans un frisson qui la parcourut de la tête aux pieds.

Kronstadt, mai 1900

– Pretoria est tombée. Kitchener y a fait son entrée hier.

Berto-Linnoz revenait du bourg dont les autorités des deux républiques avaient fait une capitale provisoire. Les fronts craquaient de toutes parts. Entre la ville désormais sous contrôle anglais et le Basoutoland, Kronstadt figurait une sorte de fiction politique et militaire où les restes du pouvoir boer se donnaient l'illusion de gouverner encore.

Piet haussa les épaules. Il sortait d'une fièvre quarte qui le laissait sans forces, bien que, étrangement, il lui en revînt en même temps un peu dans le bras droit. Il s'inquiéta.

– Pas de nouvelles du Sud ?

– Botha constitue des unités le long de la frontière du Natal. Il ne reprendra pas Dundee, certes, mais il fera mal aux Kakis. Quant à notre vieil ami Churchill…

Berto-Linnoz suspendit sa phrase, tira sur son cigare. Piet le tança :

– Eh bien, dites.

– Il a assisté à la libération de quelques prisonniers anglais devant une armée au garde-à-vous sur la place du Parlement. Des gens de son calibre. Nous en avions coffré un certain nombre, tout de même.

Piet se laissa retomber sur son oreiller. La défervescence lui donnait l'impression d'avoir une balle de coton à la place du cerveau. Respirer lui était une épreuve. Il murmura :

– Pretoria prise par Kitchener… Les Rosbifs vont s'en donner à cœur joie.

Les Boers refusaient obstinément de déposer les armes. Leur pays était immense, difficilement contrôlable, même par une armée d'un demi-million d'hommes. Il y avait des montagnes, des déserts, des forêts et ces roches semblables aux résistants qui y trouvaient un abri. Berto frappa amicalement l'épaule de Piet.

– Ils nous asphyxieront à petit feu, vous pouvez me croire. Ça durera le temps qu'il faudra, mais cette fois, ils ne lâcheront pas prise.

Il se tut. Pretoria n'avait pas résisté. Les chefs boers avaient préféré l'abandonner à ses prédateurs. La guerre, sous une autre forme, se déplacerait ailleurs. La nuque appuyée sur son bras, Piet se remémora son retour du

Mozambique. Sa surprise de se retrouver côte à côte avec Berto, pareillement bardé de gaze, sous une tente-hôpital. Puis, très vite, l'obligation de quitter la zone devant la menace anglaise. On était allés plein sud et le Witvatersrand avait changé de main.

– Tout ça pour ça, dit Piet.

Plus personne n'était en sécurité où que ce fût, au Transvaal comme dans l'État libre d'Orange. Les Anglais y faisaient la chasse aux officiers, qu'ils déportaient par bateaux entiers à Sainte-Hélène, à la Caraïbe ou dans des camps à l'intérieur même de la colonie du Cap. On rêvait, à Durban comme à Capetown, de capturer un jour un Botha, un De Wet, un Marais, pour le faire défiler à la manière romaine, entre deux rangées de soldats et quelques milliers de civils conviés au spectacle.

– A-t-on des nouvelles de Bonne-Espérance, Berto ?

– Pas à ce jour, mon ami, sauf ceci : votre beau-frère, Louis, je crois, a été fait prisonnier pas très loin d'ici, sur l'Orange. Il semble qu'il ait été expédié à Sainte-Hélène. J'ai eu vent d'une épidémie de typhoïde, là-bas. L'île ne connaissait pas ce fléau. Les Anglais sont décidément de grands scientifiques. Ils expérimentent, à leur manière.

Il tut ce qu'il avait appris en ville. Furieux de se heurter à la résistance des Boers, les Britanniques avaient brûlé des fermes dans la région du Drakensberg. Une rumeur, peut-être. Ce genre de dommages faisait partie du jeu, depuis la nuit des temps. Piet eut un geste fataliste.

– Nous ne servons plus à rien, capitaine.

– Qu'en savez-vous ? Vous êtes entouré de quelque mystère. Où se cache Piet Marais ? Peut-il nous tomber dessus ? Avec combien d'hommes ? Nous ferons courir des bruits, ça les tiendra en alerte.

Ils firent silence, chacun dans ses pensées. Berto-Linnoz avait été touché au poumon et ne devait sa survie qu'à sa constitution de bûcheron savoyard. Toussant et crachant, il en terminait avec la vidange de quelques reliquats d'hémorragie.

– Nous irons ensemble à Briançon ou à Morzine, Marais. L'air y est vivifiant. On y soigne la phtisie au génépi.

– Génépi ?

– De la genièvre, quelque peu macérée. Cinquante degrés au sortir de l'alambic.

– J'ai de la prune du même genre. Degré inconnu, mais elle chauffe de l'intérieur.

– Je me souviens, en effet.

Il convenait de parler d'autre chose. Si les Anglais investissaient Kronstadt, un repli était prévu plus au sud. À ce compte, on finirait par se réfugier chez les Basoutos.

20

Le roi Phunga Maweja s'était doté d'une descendance susceptible de renforcer un jour sa garde rapprochée. Non qu'il fût menacé par ses sujets, mais à défaut d'affronter des concitoyens en colère, il pouvait, en ces temps de grand trouble, redouter l'intrusion dans son village de visiteurs hostiles, blancs ou noirs. Une dizaine d'hommes choisis parmi les plus robustes du clan se tenaient à ses côtés lors des réunions importantes.

L'aîné de ses nombreux enfants était un long adolescent d'apparence frêle, commis à la surveillance de troupeaux en compagnie d'enfants de son âge. Marthe le vit un jour transfiguré. Vêtu d'un pagne couvrant jusqu'à ses chevilles, il portait une étole écarlate rehaussée de parements dorés dessinant des symboles mystérieux. Signe de sa royale extraction, il arborait en guise de couvre-chef une épaisse calotte de cuir prolongée en un cercle parfait par de longues aiguilles dessinant un soleil dardant ses rayons. La vieille femme expliqua à Marthe qu'il allait être initié.

Elle mima un arc bandé, des coups de sagaie. Le garçon partirait à la chasse, avec des témoins à sa suite. Les animaux vivaient assez loin de là, en lisière de forêt. Les lions y étaient moins nombreux qu'au nord du Transvaal, plus difficiles à débusquer. On les capturait pour les vendre à des Blancs qui les mettaient ensuite en cage dans les villes ou les montraient dans des cirques. Marthe avait vu ça à Paris. Des amis l'avaient emmenée à Medrano. Elle imagina le gosse pointant sa lame vers l'animal. En vérité, il en lancerait plusieurs et le fauve lardé de fer ressemblerait au couvre-chef de son tueur.

Elle assista au rassemblement de la bande armée. Les héros du jour s'encourageaient mutuellement, dans l'enthousiasme des aînés. Pour l'occasion, les femmes avaient revêtu de longues robes colorées. Arborant bijoux et parures, elles dansèrent au son des tambours, à petits pas, leurs seins fermes tressaillant sous les minces étoffes.

Un buffle fut conduit au centre de la place, attaché à des piquets. L'énorme bête renâclait, tête basse, comme si elle pressentait sa fin imminente. Des guerriers se mirent en position face à elle, sous le regard du roi installé sur son trône. Lorsqu'il en eut donné l'ordre, le buffle fut mis à mort à coup de lance. Au bout d'une longue résistance, il s'effondra, agonisa brièvement, accompagné dans l'au-delà par les psalmodies du sorcier. On cuisinerait le bovin en l'honneur du jeune chef, une fois que l'adolescent aurait été scarifié sur les deux joues, et sur le front.

Marthe avait regardé le *sangouma* préparer ses poudres. À défaut d'avoir apprivoisé son confrère, elle avait obtenu de lui la permission de le voir travailler. L'homme n'était pas stupide. Certes, la petite chirurgie pratiquée par Marthe, ses cautères à l'eau bouillie n'étaient pas de sa compétence. D'ailleurs, Marthe avait demandé au roi qu'il lui fût interdit d'appliquer de la terre sur les blessures. Mais pour le reste, elle avait fait comprendre à l'homme-médecine qu'elle désirait apprendre de lui.

Son enseignement était muet. On ne s'abaissait pas à parler à une étrangère, encore moins pour lui livrer ses secrets. Marthe le regardait en silence piler des feuilles sèches, des bulbes, des fleurs, dans des bols en argile. L'eau en faisait des pâtes somme toute semblables à bien des onguents d'Europe. Une fois, Marthe eut le plaisir de constater que le sangouma avait oint la cicatrice d'un furoncle d'un mélange de sa composition. Elle lui avait fait savoir à quel point elle en était heureuse, et fière. Un grognement, quelques gestes. Elle s'en contenterait. On la remerciait.

Elle se leva, visita une case où un enfant était né avec, autour du cou, le cordon qu'elle avait levé en quelques secondes. Le nouveau-né était au sein. Vorace. Elle écouta ses bruits de succion, triste, tout à coup. Elle toucha son ventre, anxieuse à l'idée de vivre, ce jour-là encore, des heures de profond abattement, passées à contempler le chaume du plafond sans pouvoir trouver le sommeil.

Il y eut soudain des cris dans le village. Les gens couraient, se croisaient, échangeaient quelques mots aux accents inquiets. On convergea vers la place centrale. Marthe suivit le mouvement. Un garçon de l'escorte était revenu au pas de course vers les siens. Marthe comprit qu'il était arrivé malheur au fils de Phunga.

Des porteurs tenaient l'adolescent par les poignets et les chevilles. Des femmes hurlaient. Elles se griffaient les joues, levaient des yeux révulsés vers le ciel. À mesure que la petite troupe approchait, Marthe distingua la souillure rouge à l'aine du blessé. Parvenus à l'entrée du village, les hommes posèrent leur fardeau à même le sol. Le garçon était inanimé.

On fit à la prisonnière une sorte de haie spontanée, au milieu de laquelle elle s'avança. À Ladysmith, on lui avait amené des miliciens pareillement touchés dans la région de la fémorale. Tandis qu'elle se penchait sur le jeune homme, elle se souvint du chirurgien clampant la veine ou l'artère après l'avoir repérée et nettoyée à la hâte. Elle souleva les tresses serrées du pagne, découvrit la blessure.

Sous une gangue de sang plus ou moins coagulé, une griffe avait ouvert la peau avec la précision d'un scalpel. Cela plongeait profondément dans les chairs. Trouver les vaisseaux dans ce magma de caillots, de petites boules graisseuses ne serait pas aisé.

Marthe demanda des linges et de l'eau. À peine avait-elle écarté les bords de la plaie qu'un jet poisseux inonda son bras. Elle eut subitement envie de pleurer, de se lever et de prendre ses jambes à son cou. Le fauve avait touché l'artère fémorale, une de ces blessures de toreros espagnols dont on mourait le plus souvent.

S'étant ressaisie, le regard du monarque dardé sur sa nuque, elle comprima l'aine de son poing fermé. Elle ne pouvait rien faire de plus, sauf espérer que, si l'on s'y mettait à plusieurs pour maintenir la compression, un miracle ferait cesser l'hémorragie.

Des mouches avaient quitté les bouses sur lesquelles elles bivouaquaient pour le linge ensanglanté. Marthe ordonna que l'on transportât l'adolescent dans une case. Près d'elle, l'homme-médecine vociférait, oubliant la calme routine de ses leçons d'herboriste. Il avait sa théorie, prônant les cataplasmes de terre séchée.

Lorsqu'elle eut passé le relais, recommandé que l'on continuât à comprimer la blessure, Marthe lui fit face. Le grotesque de la situation la plongeait dans un état de relative indifférence. Elle se tourna vers Phunga, lui dit qu'on ne pourrait rien faire de plus, sauf transporter son fils chez les Blancs en guerre, ou dans une mission suffisamment proche.

Bien des aspirants guerriers avaient déjà dû trépasser dans de semblables conditions. Le pays zoulou abritait encore de ces fauves que l'on avait songé à parquer, eux aussi, dans des espaces réservés. Marthe avait rêvé de ces rencontres. Elle en avait été épargnée lors de ses longues marches à travers les prairies zouloues. Tout devenait maintenant absurde, au chevet de cet enfant à peine pubère, bientôt vidé de son sang par une griffe de lionne.

Et qui trépassa au bout de quelques minutes, les yeux révulsés, la bouche grande ouverte sur une langue énorme, desséchée. Marthe eut peur de se voir reprocher son impuissance. Il y avait eu des murmures lorsqu'elle avait quitté la foule rassemblée autour de l'héritier du trône. Il pouvait arriver n'importe quoi. Mais rien ne se passa.

Elle eut vite le sentiment que son hôte ne lui en voulait pas. Phunga savait des choses sur la science des Blancs. Il savait aussi que les esprits qui veillaient sur lui et sur les autres éprouvaient parfois de la colère, des désirs de vengeance. Et qu'ils frappaient.

Des médecins anglais étaient passés par son territoire, cela faisait partie d'une stratégie d'alliance avec les tribus. La guerre les avait éloignés. Quant aux Boers, soigner des Zoulous n'entrait pas dans leurs projets. Et puis il y avait, au-dessus des uns et des autres, ces quelques divinités d'humeurs contraires, les douces qui laissaient vivre les enfants et les autres qui en raccourcissaient l'existence. Au sortir de cet épisode, tandis que du ciel ne tombaient plus que quelques gouttes éparses signifiant le plein hiver, Marthe réalisa qu'on était en juillet ou en août. Elle était là depuis au moins quatre mois et ce constat, fait comme au sortir d'un long et profond sommeil, la terrorisa.

Elle erra dans le village, refusa de soigner des gens pour qui elle ne pouvait de toute façon pas grand-chose, négligea les propositions de promenade de ses duègnes. Sa situation d'otage en attente d'une libération de plus en plus improbable la mettait hors d'elle en même temps qu'elle épuisait ses capacités de résistance. Une nuit de pleine lune, elle profita du murmure continu du vent pour se glisser hors de sa case et quitter sa résidence.

Le chemin était empoussiéré, la pente vers la plaine parsemée d'ornières à cause desquelles elle trébucha plusieurs fois. Une ferveur étrange la poussait en avant. Des chiens aboyaient, flairant son odeur portée par la brise, tandis qu'elle traversait les prairies où bœufs et vaches allaient en liberté. Elle marcha les yeux mi-clos, pensant que, si elle était parvenue jusque-là, elle pourrait faire la route en sens inverse, vers l'ouest et la rivière Tugela. Il y avait, là-bas, une frontière au-delà de laquelle s'étendait le pays des Boers, mais ce pays existait-il toujours ?

Elle tenta de se remémorer une chanson entendue à Ladysmith dont Piet lui avait traduit les paroles. Elle fredonna. Il y était question de patrie, de liberté, d'honneur et de sacrifice. Quelques mots lui revinrent à l'esprit : *moed*, *vryheid*. Courage, liberté.

Vryheid. Une ville anglaise portait ce nom. Marthe chuta dans des fossés, se releva. La nuit était limpide, douce comme une caresse sur la joue d'une dormeuse. Elle éprouva un délicieux vertige ; elle marchait en liberté. Son errance était condamnée par avance. Les chiens qui hurlaient dans l'obscurité seraient bientôt lancés à sa poursuite.

Elle entendit des tambours. C'était étrange, ils ne se répondaient d'ordinaire que pendant la journée. Le pays zoulou était vaste, dépourvu des clôtures délimitant les exploitations blanches. Elle pensa qu'elle longeait des villages, guetta les premières lueurs de l'aube. Lorsque le disque rouge du soleil apparut dans un halo de brume, elle s'assit à même la terre. Peut-être le lion qui avait tué le fils de Phunga lui ferait-il l'aumône d'un coup de griffe.

Le chaume de quelques toits dépassait des herbes hautes. Tandis que les aboiements se rapprochaient d'elle, Marthe songea aux dimanches sur les bords de Seine, du côté de Gennevilliers. Les caboulots étaient pleins d'une jeunesse frondeuse et gaie, on dansait au son des orchestres, le vin blanc coulait sous les tonnelles. Les filles avaient des peaux d'albâtre, leurs gorges s'offraient, tiédies par le soleil, à la vue des garçons et ceux-là, bras nus, portaient des perles de sueur aux tempes quand la valse prenait fin. Tous en quête de l'autre derrière les conventions, les sourires, les chuchotis.

Marthe se souvint des hommes qui auraient bien voulu aller plus loin avec elle. Une valse l'emportait dans les bras de l'un d'entre eux. Piet aurait pu être celui-là, mais il préférait à la danse le plaisir du bavardage. À Montparnasse, les lieux ne manquaient pas pour ça. Marthe s'était laissée aller au fil de leurs rencontres. La force de Piet, son calme, le bleu de ses yeux lui convenaient. Et puis il y avait ce voyage, loin des fumées grises empuantissant l'air des faubourgs au nord de Paris.

Le ciel d'Afrique était un lac immense à la conquête duquel montait un soleil de victoire à peine éclos à l'horizon. Marthe avait essayé d'aimer ce pays sans limites ni cohérence. La sueur de ses étreintes avec Piet était l'eau du fleuve intime qui la portait de la ville anglaise à la ferme boer, de la ferme boer à la guerre absurde. Une amarre désormais rompue.

Elle vit les gens venir vers elle. On ne se pressait pas. Des guerriers, jeunes, revêtus de leurs longues capes, certains portant le bouclier en peau. Chasseurs d'un gibier spécial ce jour-là. Ils se campèrent autour d'elle, la regardèrent qui sanglotait, soudain frigorifiée. Elle dut s'affermir seule pour se mettre debout. Nul reproche dans leurs yeux. Elle en avait soigné quelques-uns. Elle protégea son torse de ses bras. Elle se sentait soudain sale, pitoyable. Le retour au village serait son épreuve du jour, différente de l'ennui habituel.

Le soleil avait jauni. Il triompherait bientôt. Elle ferma à demi les yeux, tendit son visage vers lui. L'Afrique la punissait. Quand et où l'avait-elle provoquée ? Elle aurait le temps de chercher la réponse à cette question.

Elle brava le regard du monarque. Les Zoulous étaient neutres dans ce conflit. De quel droit se permettaient-ils de retenir une étrangère contre son gré ? Il existait des règles dans la guerre, transgressées par des gens qui ne s'y commettaient pas. Le monarque comprit ce qui lui était dit. Le sujet le concernait, en fait. Il ne pouvait laisser son invitée exposer ainsi sa vie.

– En quelque sorte, tu me protèges ?

C'était cela. Le pays zoulou lui-même n'était pas sûr. Britanniques et Burghers y recherchaient des alliances. Certains chefs de tribu n'étaient pas insensibles à leurs propositions. Ainsi les choses allaient-elles leur train. Des gens passeraient bientôt par le village. Des Blancs.

– Anglais ?

Elle verrait, en temps voulu.

– Tu mens.

Elle n'avait rien à perdre, frappa le sol du pied, répéta ces deux mots qui la soulageaient. Le roi se contenta de hocher la tête, pensif. Lâchant, comme gêné, soudain :

– *No lie*[1].

Elle se dit qu'elle commençait à l'encombrer. L'homme fantasque et autoritaire pouvait régler le problème de diverses manières. Elle tourna brusquement les talons, rompant ainsi la discussion pour la première fois.

– Madame Marais, quelle surprise !

1. Pas mentir.

Marthe écarquilla les yeux. L'homme qui se tenait devant elle, à l'entrée de la case, était l'agent des douanes du Cap, celui-là même qui semblait avoir suivi la trace de Piet jusqu'à Durban. Elle chercha son nom, pensa qu'un simple douanier n'avait aucune raison de se trouver dans ce village, à ce moment précis de la guerre.

– Howard, dit-il. Jesper Howard. Décidément, nous empruntons les mêmes chemins. Et que faites-vous chez le bon roi Phunga ?

– J'allais vous poser la même question.

Il sourit, piqué par l'aplomb de Marthe. Elle poursuivit :

– Je me suis engagée comme infirmière auprès des tribus. Il n'y avait pas assez de travail sur les champs de bataille.

Il eut un bref rire, révélant une dentition en mauvais état sous une moustache jaunie par le tabac.

– Je ne crois pas ce que vous me dites, chère madame. Vos compétences ont dépassé les frontières des, comment dire, champs de bataille. La Croix-Rouge, n'est-ce pas, est un organisme international. L'information y circule librement d'un camp à l'autre. La fameuse neutralité suisse. On sait ce que vous faites parce que vous n'avez aucune raison de le cacher.

Il leva son doigt, répéta ses derniers mots.

– Vous étiez cependant du côté des Boers. C'est absolument normal. Et maintenant, vous voici entre les uns et les autres. Êtes-vous bien traitée ? Je pense que oui. Vous avez essayé de quitter ce village sans l'aval de son chef. L'hospitalité zouloue n'est pas un vain mot. Êtes-vous malade ?

– Pourquoi cette question ?

– Vous êtes pâle. Avez-vous des accès de malaria ? Si oui, j'ai de la quinine.

– Je vais bien. J'ai saigné il y a quelque temps. On appelle ça une fausse couche, je crois. Vous avez ce genre de désagrément en Angleterre ? Je veux dire, les femmes ?

Il s'assit près d'un vieillard somnolant sur le banc circulaire. Celui-là, peu causant, capable de demeurer des heures entières les yeux mi-clos, figé, considérait l'étrangère sans la voir. Ailleurs. Howard le désigna du menton.

– Oui, bien sûr. C'est étrange, n'est-ce pas ? Ce vieux a combattu les Anglais il y a près de trente ans. Il en a tué quelques-uns à Isandhlwana. Une de ces collines où décidément tout semble converger. Huit cents des nôtres y ont été massacrés, les survivants achevés au couteau et tous vidés de leurs tripes. Vous savez pourquoi on les purgeait ainsi ?

Marthe s'était assise sur une natte, le menton entre les genoux. Ce type qui venait lui raconter des guerres passées, ce village sans clôture mais d'où l'on ne pouvait s'échapper, ce pays du bout du monde où l'on s'entre-tuait pour de l'or… Elle haussa les épaules. Vider des cadavres, la belle affaire. Howard leva à nouveau le doigt, dans une posture d'instituteur qui semblait naturelle chez lui.

– Par souci d'hygiène publique, afin que la chaleur ne fasse pas éclater les ventres. Ainsi traités, les corps se desséchaient lentement sous le soleil. Nous avons enterré cette horreur sur place et entassé des cailloux sur les fosses communes. Officiers et soldats mêlés, pour le pire.

– Je veux sortir d'ici, dit Marthe.

– C'est une requête estimable.

– À combien ?

Il ne comprenait pas. Elle lui demanda quel serait son prix. Il contempla la pointe de ses bottes, finit par les épousseter avec les manches de sa vareuse. Marthe réalisa qu'il était en uniforme et portait des barrettes, quatre sur chaque épaule. Un major. Les Boers n'attachaient pas d'importance aux symboles de la hiérarchie. Ils se connaissaient civils et savaient leurs différences de statut militaire sans avoir besoin de les exhiber.

– Je peux vous aider, madame Marais.

– J'ai une certaine valeur. Enfin, il me semble. Je pourrais faire payer mon travail d'infirmière.

– Vous avez aidé des femmes à accoucher dans de bonnes conditions. Les matrones vous ont laissé faire. On vous respecte.

– Ce respect-là m'indiffère. Les enfants en question n'ont pas tous survécu, j'ai choisi de sauver les mères. Combien d'argent pour me libérer, monsieur ?

Elle en avait assez de ce bavardage. Howard se leva, marcha jusqu'à l'entrée de la case. Sa silhouette presque frêle se découpait dans la lumière crue de midi.

– Ça me regarde, dit-il, les mains croisées dans le dos. En revanche…

Il cessa de parler, leva la tête vers le soleil. Marthe attendit. Au bout d'un long silence, l'Anglais se décida.

– Je vous demanderai de m'aider à retrouver votre mari.

Elle eut du mal à masquer sa stupéfaction. Quel fil reliait cet homme à Piet Marais ? Ténu, mais bien présent depuis leur arrivée à Capetown. On s'était perdus de vue, oubliés, et la réalité, une réalité, s'imposait. Il y avait une logique dans tout cela.

Marthe se ressaisit. L'instinct lui commandait d'accepter, sans savoir de quoi il retournait ni ce qu'elle devrait faire. Mais sortir du cercle de cases où sa vie s'était arrêtée, voir autre chose que l'horizon des collines, les gestes mille fois répétés à l'identique des femmes, leur démarche alourdie par les grossesses, leurs traits sans âge et leur regard vide, relevait de l'urgence.

– Je le ferai, dit-elle.

Il se retourna, la scruta avec une telle acuité qu'elle se sentit comme nue, livrée. Il avait dû apprendre qu'une Française vivait dans cette région du pays zoulou, et des

Françaises à la frontière du Transvaal et du Natal, ça ne courait pas la savane. Il pointa le doigt vers elle.

– C'est un marché d'honneur, madame. Un *deal*, comme on dit chez nous.

– Oui, j'ai bien compris. Vous n'êtes tout de même pas venu ici spécialement pour moi, monsieur Howard ?

Il devrait lui donner quelques clés. Piet était dans sa ligne de mire depuis longtemps, comme sans doute ceux des Boers, fort rares, qui voyageaient en Europe, parlaient des langues étrangères, commerçaient hors d'Afrique. Marthe avait perçu l'intérêt de Howard pour elle. « Monnaie d'échange. » L'expression lui vint à l'esprit tandis qu'elle interrogeait le visiteur du regard.

– Nous sommes en guerre, madame. Votre cas est particulier. Vous appartenez à mes ennemis et, en même temps, vous vous donnez pour les uns comme pour les autres. Vous avez soigné des soldats britanniques, je sais cela. Votre profession vous met… Comment dire ? Hors du champ.

– Mais je suis la femme d'un officier républicain. Voilà qui crée un problème.

– Notre rencontre est un hasard.

– Sincèrement ?

Il éluda d'un geste vague de la main. Il était des hasards un peu provoqués.

– Pourquoi traquez-vous Piet Marais ?

– Parce qu'il a fait partie des gens qui ont kidnappé M. Churchill.

– Vous plaisantez, j'espère ? À moins que vous n'envisagiez cette guerre-là comme une aimable partie de campagne ou de chasse en Afrique ?

Il rit de bon cœur.

– Je plaisante, oui. M. Churchill a fait ce qu'il fallait pour se tirer d'affaire. Tout seul.

Ils cessèrent de parler. Marthe se leva. Elle désirait savoir combien la reine Victoria accepterait de payer pour sa libération, s'abstint de le demander. Les chefs de tribu n'étaient pas réputés pour être des sentimentaux. À défaut d'or et de diamants dont leur sous-sol était dépourvu, ils connaissaient la valeur des gens.

– Savez-vous depuis combien de temps vous êtes ici, madame ?

– Quel jour sommes-nous ? De quel mois ? Pour le siècle, je me souviens, merci.

Il eut l'air d'apprécier son esprit. D'autres se fussent effondrées, implorant à genoux qu'on les sortît de là. Celle-ci donnait le change. Ou alors connaissait l'indifférence des passeurs de gué.

– Nous sommes au début du mois de juillet.

– Depuis près de cinq mois donc.

Le chiffre lui parut incroyable. Presque une demi-année. Howard la considéra sans sourire, la tête légèrement inclinée sur le côté.

– Oui, c'est long. Les choses ont évolué au Transvaal, au détriment des vôtres. Nos troupes ont pris Pretoria il y a un mois. Pretoria et Johannesburg. M. Kruger ne rentrera pas tout de suite d'Europe, quant à M. Steyn, il a disparu de Bloemfontein. Tous ceux dont la tête est mise à prix vont avoir à faire des choix difficiles. Risquer la capture et la pendaison ou fuir eux aussi, le plus loin possible, car l'est du continent est, dirons-nous, très anglais.

– La tête de mon mari est mise à prix ?

Howard fit la moue. Les commandos burghers n'opéraient pas toujours dans le respect des règles de la guerre. Les Anglais non plus d'ailleurs, mais les Boers n'avaient plus les moyens de le leur faire payer. Au chapitre des exactions et procès sommaires, les officiers de Sa Majesté en valaient bien d'autres.

– Il est une personne importante pour son parti. Vous le savez.

– Vous voulez donc lui mettre la main dessus pour le pendre.

– Je veux récupérer des choses qui ne lui appartiennent pas. Mais je pense vous en avoir déjà trop dit. Soyons clairs, votre séjour ici peut encore durer longtemps.

Il écarta les mains en signe de bonne volonté. Marthe songea au marché qui lui était proposé : suivre un Anglais pour se débarrasser d'un Zoulou. Howard lui fit une dernière révélation :

– Phunga n'est pas plus roi que moi. C'est un chef de clan qui règne sur une dizaine de bourgades comme celle-là. Le vrai roi de ces nègres réside à Ulundi et s'appelle Cetshwayo. C'est assez loin d'ici, au cœur du pays zoulou. Cetshwayo ne prend pas d'otages. Il peut mobiliser quelques dizaines de milliers d'hommes et traite d'égal à égal avec les gouvernements, même s'il doit révérence à notre reine. La politique est une affaire complexe, madame, spécialement en Afrique.

Marthe pouvait passer le reste de sa vie chez son hôte, ou prendre un coup de sagaie par hasard, entre prairies et forêts. La tête toujours légèrement inclinée, lissant sa moustache, Howard observait la captive en passe de devenir son acquisition. Marthe s'avança dans la lumière. Des soldats britanniques stationnaient sur la place centrale. Ils avaient mis leurs chevaux à l'ombre d'une case et se restauraient.

– Cela vous paraît bizarre de voir de si près des casques coniques et des *red necks*[1] britanniques transpirant malgré la saison ?

Elle haussa les épaules.

1. Cous rouges, sobriquet donné aux Anglo-Saxons en raison de leur peau rougie par le soleil.

– J'en ai vu d'autres. Ils étaient truffés de plomb et demandaient qu'on les aide.

Il se raidit un peu, touché.

– Bien, dit Marthe, je vous suivrai, à condition que vous me disiez où vous comptez aller.

– Vers le nord.

– C'est vague.

– Comme la guerre, madame. Les fronts bougent, les gens apparaissent puis disparaissent.

– Je sais aussi que le front du Transvaal tient.

– Renseignement déjà ancien. Nos armées sont entrées en territoire boer. Les vôtres ont fait reddition çà et là. Parfois quatre ou cinq mille hommes. C'est beaucoup. Tout peut se jouer en quelques heures, peut-être n'y a-t-il même plus de front à cette heure. Les gens de chez vous ne sont pas très disciplinés. Courageux, certes, et encore, pas tous, mais il y a une différence entre une armée de métier et des milices paysannes.

Il tira une montre d'une poche de sa vareuse.

– L'heure avance. Il faut vous préparer. Nous aurons à faire un voyage éprouvant.

Il la considéra sans expression particulière. Marthe fit rapidement le bilan des forces en présence : douze Britanniques en pays neutre, un village prison où l'on pouvait négocier un tarif pour les résidents étrangers, une pensionnaire échangée contre quelque chose, ou achetée. Elle interrogea l'Anglais :

– Les vêtements que je porte sont-ils inclus dans le prix de votre acquisition ?

Il eut un pâle sourire, rétorqua qu'il n'était pas courtier en fanfreluches. On trouverait de quoi se changer sur la route de Vryburg.

– Eh bien, je suis prête.

Vryburg. Le nom résonna en elle comme une musique. Enfin, quelqu'un prononçait des mots familiers. Piet avait de la famille dans ce gros bourg de la zone frontalière, des cousins chez qui l'on s'était rendus avant les premiers combats. Tout en réfléchissant au parti qu'elle pourrait tirer de cette proximité, elle plia avec soin sa robe effilochée, déchirée aux manches, que les femmes avaient lavée. Un corsage, une culotte en dentelle, des souliers en cuir sans talons, aux semelles en piteux état constituaient son trousseau de fugitive. S'étant ravisée, elle demanda si elle pouvait revêtir tout cela.

– Bien sûr.

Howard sortit de la case. Marthe sentit son cœur battre plus fort. Elle avait vécu dans l'appareil le plus simple qui fût, pieds nus sur la rouge terre sableuse du village. Le contact du lin de sa robe avec ses genoux et ses cuisses, de la toile fine du corsage sur son buste la fouetta.

Le vieillard, seul témoin de cette scène étrange, la regardait sans paraître la voir, comme à son habitude. Des femmes entrèrent dans la case. Elles avaient appris la nouvelle. Marthe savait leurs noms. Elle pouvait leur parler comme à des sœurs, à ceci près qu'elles étaient encore, aussi, ses gardiennes. C'était ça, une guerre. L'affection un jour, le dédain le lendemain, la haine, meurtrière s'il le fallait, pour clore la discussion.

Les soldats anglais devenaient soudain les garants de son émancipation, des compagnons auxquels il faudrait qu'elle s'habituât. En même temps, ils lui donneraient la chasse sans hésiter s'ils en recevaient l'ordre. Délivrée de sa prison sans barreaux, Marthe demeurait sous le contrôle d'une guerre dont elle était restée longtemps à distance.

Un fourgon tiré par deux épaisses mules stationnait à l'entrée du village. Elle voyagerait en compagnie de supplétifs qui lui parurent être des jeunes Boers. Howard l'affranchit, l'air faussement contrit.

– Beaucoup se rallient à nous, madame. C'est nouveau, ça aussi. Ils ont envie que tout se termine vite, les champs et les porcheries leur manquent.

Elle frissonna. Beaucoup, ça voulait dire combien ? Un sur dix ou sur cent ? Que penserait Piet d'une telle débâcle ?

L'idée qu'elle partait en promenade avec des amis l'effleura. Elle parvint à en sourire. Au moment de se hisser sur le chariot, elle vit, sur le postérieur du cheval de Howard, une marque au fer, un trident. C'était différent des chiffres ou des lettres classant habituellement les montures militaires.

– Votre blason, monsieur Howard ?

Il se pencha, lui offrit sa main pour l'aider à monter.

– Vous ne pouvez mieux dire, madame.

– Vous êtes noble ?

Elle s'assit sur la banquette du conducteur. Une joie intense faisait soudain vibrer l'otage qu'elle cessait d'être pour devenir une simple prisonnière. Howard se recoiffa de son feutre. Étrange soldat qui semblait peu désireux d'arborer le casque conique de la troupe ou même la casquette plate des officiers. Il se pencha vers Marthe.

– Je ne suis pas noble, non. J'ai de la mémoire, c'est tout.

– Vous me raconterez ça.

– Peut-être, madame, peut-être. Nous avons passé un accord. Ai-je votre parole ?

Elle ne put s'empêcher de rire.

– Ma parole ? De soldat ? Et de quelle armée, dites-moi ? De gentilhomme, alors ?

La certitude de quitter le village où elle se morfondait l'égayait.

– Mais je suis une femme, n'est-ce pas ? Depuis quand les femmes disposent-elles d'une parole à donner, surtout en temps de guerre ? Ma parole… Eh bien, pourquoi pas, mais le droit de tout prisonnier, son devoir, même, est de chercher à s'évader. Comme votre M. Churchill, par exemple. Lui avait-on demandé de donner sa parole ?

– Vous n'êtes pas prisonnière, madame Marais. Ou alors, si vous l'étiez, vous voici libérée.

– Eh bien, nous sommes entre… Comment dites-vous déjà ? *Gentlemen*, voilà.

21

Ils instaurèrent entre eux ce que les Britanniques, enclins à parer leur domination du masque de l'élégance, nomment *gentlemen agreement*. La badinerie démentie par l'éclat du regard, l'ambiguïté des mots choisis, et cette manière inimitable de maintenir la tête de l'autre sous l'eau tout en lui vantant le potentiel thérapeutique du thé en infusion.

Un temps persuadée qu'elle pourrait se sortir seule du guêpier dans lequel l'avait fourrée l'embuscade sur la Tugela, Marthe avait assez vite admis que, dans une guerre en passe d'être gagnée par les troupes de Victoria, elle aurait intérêt à se servir du laissez-passer à moustache que le hasard lui accordait pour franchir les nouvelles frontières des colonies.

Howard disposait d'un espace de liberté considérable, le même en quelque sorte dont jouissait Piet Marais du côté boer. Il existait entre ces deux hommes séparés par le pire une ressemblance : cette insolence que donne aux plus chanceux, ou aux plus méritants, l'accession à des responsabilités extraordinaires.

– Je peux beaucoup, mais pas tout. Un traquenard tendu par les vôtres quelque part au Transvaal et je pourrirai au fond d'un fossé, comme les quelques milliers de cadavres de cette guerre.

– Nous cherchons la même chose, n'est-ce pas ?

– Ou la même personne ? C'est plutôt ça, non ? Mais c'est vrai, il y a l'or, l'or du Transvaal ! Comme celui du Pérou, un rêve pour des gens qui dorment mal. Que ferez-vous de tout cet or quand vous en aurez pris possession, monsieur Howard ?

La fantasque philosophie de Marthe, son ironie lui plaisaient, comme l'impressionnait sa tolérance à la fatigue, à l'ennui. Il avait très tôt cherché à s'en faire une alliée.

– Je ne suis pas intéressé.

– Allons donc. On fait une guerre pour ça, ou alors je n'ai rien compris.

– Je n'ai pas d'intérêt personnel dans cette affaire.

Il servait sa reine. Et De Beers par la même occasion. Mais De Beers, c'était l'Angleterre, à nouveau maîtresse de Kimberley et bientôt gérante des mines de l'Est. Du pareil au même. Quand les républiques auraient été vaincues, on les engloberait dans un dominion, comme on l'avait fait du Canada après la défaite des Français. Quand donc Albion paierait-elle ses turpitudes coloniales ?

– Vous ne nous aimez guère, madame Marais.

– Je ne vous connais pas assez pour vous détester.

– L'esprit français ! Et votre belle langue pour en dire les nuances. Je suis jaloux de ça.

– Vous gagnez les guerres, contentez-vous-en. On ne peut pas tout avoir, toujours.

Il devait avoir compris qu'elle ne savait rien de l'itinéraire emprunté par Piet Marais.

– Vous cherchez un homme et celui-là seul parmi des milliers. Pourquoi ?

Elle le scrutait derrière son verre de vin blanc. En amateurs de ce que leur refusait l'âpre terroir de leur pays, les Anglais avaient fait main basse sur le vin des Boers. Les fûts livrés par Franschhoek avaient été dûment répertoriés, étiquetés, avant de se voir dispersés dans le Sud. On ne tenait pas encore les filons aurifères, mais cabernet, zinfeldel et merlot coulaient, soyeux, le long des gorges d'officiers de Sa Majesté.

– Votre mari est bien autre chose qu'un simple fermier de Volkrust, madame Marais.

– L'équivalent de votre M. Churchill ? Ne me dites pas une chose pareille, j'aurai vraiment du mal à vous croire.

Il rit. Après son évasion, Winston Churchill avait fait parler de lui. Le journaliste s'était fait guerrier, d'un front à l'autre. Sa silhouette dégingandée dominant les champs de bataille était devenue une sorte de balise pour les combattants. On pouvait trouver honorable de se battre dans l'aura de sa très aristocratique désinvolture.

Howard éluda une première fois, puis de nouveau lorsque Marthe revint à l'assaut. Piet n'avait jamais parlé d'un quelconque contentieux personnel à sa femme. Un fil reliait pourtant les deux hommes, un mystère auquel Marthe n'aurait pas accès.

– Je voudrais me rendre utile, lui dit-elle tandis qu'un train les emmenait de Dundee à Volkrust.

– Vous soigneriez des Anglais ? De ces horribles... Comment disent les Français, déjà ? Ah, oui, Rosbifs. On pourrait aussi nous appeler taches-de-son. Vous vous pencheriez avec amour sur ces tueurs de Boers, vous, l'épouse d'un héros de la cause ?

– Remettez-moi à la Croix-Rouge. On n'y est ni pour les uns ni pour les autres et j'y connais du monde. Les gens se demandent ce que je fais sous escorte militaire, c'est un peu grotesque, vous ne trouvez pas ? Ils doivent même penser que je suis votre femme. Heureux garçon qui peut faire sa guerre en bonne compagnie. J'espère que cela vous flatte.

Elle avait constaté qu'il lui était possible de provoquer son accompagnateur. Ainsi le nommait-elle, préférant ce mot à ceux de « geôlier », de « compagnon », de « duègne sous casque conique » ou autre gracieuseté née de son imagination.

Il demanda à réfléchir. La Croix-Rouge, pourquoi pas ? L'organisme travaillait surtout de l'autre côté, auprès des populations déplacées par la menace des combats. Ainsi Marthe apprit-elle que les Boers n'avaient pas déposé les armes. Certes, ils avaient rendu les territoires conquis au début du conflit et reculaient, de toutes parts, mais en ordre, apparemment, et non sans infliger des pertes aux Britanniques. Marthe plaisanta :

– Vous craignez que je demande asile en Suisse ? Que je me réfugie auprès d'un consul neutre pour être ensuite conduite à Durban ou à Capetown ? Je prendrais alors un bateau pour l'Europe et vous continueriez à traquer Piet Marais du Transvaal au Mozambique.

– Vous avez dit Mozambique ?

Elle s'en voulut d'avoir lâché cette information. Piet avait évoqué devant elle cette possibilité de repli. La colonie portugaise se préparait à accueillir des gouvernements contraints à l'exil : des ministres, des personnages importants, un président même, qui aurait abandonné sa capitale Bloemfontein, pour se réfugier ici ou là. Vaste était le pays des Boers. Howard insista :

– Où ça, au Mozambique ?

– Je n'en sais rien. C'est le pays voisin, il me semble, et je ne suis pas agent de renseignement, moi.

Il n'insista pas, alluma un cigare. Marthe se perdit dans la contemplation du décor. Le train que l'on était allé prendre à Colenso, théâtre d'une bataille pour le contrôle de Dundee, traversait un paysage familier, déjà parcouru en temps de paix. Les verdoyantes Mille Collines n'étaient pas loin de là, juste un peu plus au sud. Les premiers vainqueurs de cette guerre avaient rêvé de les conquérir.

Les Anglais avaient récupéré leur bien, rétabli les lignes de télégraphe et les voies ferrées sabotées par les républicains. Piet Marais et ses compagnons s'étaient décidément enfoncés loin en territoire adverse. De leur passage restaient les squelettes de chevaux et de bœufs que l'on ne s'était pas donné la peine d'enterrer. Encore charnus, déchiquetés par des crocs et des becs, plus ou moins couverts de peau et de poils, ils balisaient la voie tels des signaux. Les hommes avaient été soustraits à ces cimetières à ciel ouvert. Par charité.

Dundee. Ainsi avait-on fait bombarder cette bourgade comme il convenait. Marthe reconnut la rue principale, bordée de deux rangées de maisons basses parmi lesquelles, tel un symbole de l'obstination anglaise, l'hôtel de ville. Pierre grise, arcades gracieuses avec, devant la large porte d'entrée, le cratère en partie comblé d'un obus qui avait coûté la vie au seul médecin du village.

Lorsqu'elle aperçut, au nord, la masse compacte et plane de la colline de Talana, elle eut un pincement au cœur. Les cartes d'état-major dessinaient avec précision les courbes de terrain descendant vers la plaine. Des hommes étaient morts pour les franchir, l'une après l'autre et dans les deux sens. On s'était retrouvés au sommet pour se tirer dessus à quelques pas les uns des autres. Marthe revit en un instant les fourgons ensanglantés d'où pendaient jambes et bras inertes. Et le petit Jakobus, l'un des premiers mutilés de cette guerre.

– Des souvenirs, n'est-ce pas ?

Howard avait retiré son chapeau de brousse, comme par respect pour le cimetière rocheux réinvesti par le silence. Des cimetières, il s'en ouvrait ici et là en ville et aux alentours, jusque derrière les mines et les usines de charbon un temps convoitées par les Boers.

Mi-civil, mi-soldat, le major Howard ressemblait à ceux de ses ennemis qui, au fond, n'avaient pas clairement choisi entre leur ferme et les champs de bataille. Néanmoins, Marthe ne trouvait pas une seule raison pour qu'il lui fût sympathique. Son geste la toucha cependant.

– Je sais que vous vous y êtes distinguée, à votre manière.

– Vous savez beaucoup de choses.

– C'est mon métier.

Il lui proposa de visiter le seul magasin du village, un fourre-tout où l'on vendait des potions contre la toux aussi bien que de la mercerie, des haricots en boîte, des jupons de flanelle et des cartouches pour fusil de chasse.

– Une robe, peut-être ?

– Celle-ci me convient. Les femmes zouloues l'ont lavée et j'ai tenté de la raccommoder.

– Vous valez mieux.

– Dites votre prix et je me livre avec.

Il blêmit. Elle se trouva insolente. Mais en temps de guerre, on pouvait franchir quelques limites.

– Madame, l'armée britannique n'est pas faite de soudards avinés. Nous avons perdu quelques milliers d'hommes dans cette affaire et ce n'est pas fini. Avez-vous entendu parler de gestes obscènes enfreignant les règles de la guerre ?

– J'ai lu les discours de MM. Kitchener, Chamberlain, Baden-Powell. Et de Cecil Rhodes, le plus déterminé d'entre vous. En leur temps. Ils n'étaient guère amicaux avec les gens de Pretoria et de Bloemfontein. Je me souviens que l'on parlait de scélérats, de porcs, de gibier de potence, de sous-race. N'est-ce pas là une littérature obscène ?

Elle s'en voulut d'avoir ainsi engagé la discussion. Les politiciens de Victoria laissaient les chefs galonnés décider de ce qu'il convenait de faire. Leurs directives étaient cependant claires : réduire la résistance boer par tous les moyens.

Retenir une femme pour d'obscures raisons de terrain ne comptait pas parmi les plus sanglants.

– Excusez-moi, monsieur.

Son ton détaché était un défi de plus. Howard ne releva pas. Sa compagne de route n'était pas trop difficile à contrôler. Marthe Marais se laissait mener vers le pays boer ; elle n'avait pas d'autre choix de toute façon. Quant aux chemins menant au pays zoulou, elle ne se risquerait pas à les emprunter de nouveau. Howard la tança, comme un instituteur l'eût fait d'une élève dissipée.

– Nous avons des intérêts communs, madame.

À Dundee, elle eut droit à une tente individuelle. S'étant levée nuitamment, une sentinelle, à quelques mètres de là, lui indiqua d'un geste les commodités du camp militaire. Comme chez le bon roi Phunga Maweja, Marthe n'était en rien prisonnière. Accompagnatrice en temps de conflit militaire, assignée à résidence, promeneuse sous surveillance rapprochée, les manières de voir sa situation étaient nombreuses, comme était pérenne l'interdiction qui lui était faite de quitter son escorte.

Elle pensait à Piet tandis que son itinéraire aléatoire la rapprochait de Bonne-Espérance. Dundee n'était pas seulement dotée d'une gare. Près de l'hôtel de ville, un bureau de poste disposait d'un télégraphe. Sa ligne suivait celle de la voie ferrée. Contournant Talana par l'est, elle filait vers la frontière.

S'évader n'était guère envisageable, communiquer avec le Transvaal, pas davantage. Les journaux britanniques publiaient des cartes sur lesquelles des flèches indiquaient la pénétration des conquérants dans la substance boer. Cela convergeait de toutes parts, vers les mines. Lorsqu'elle apprit que près de cinq cent mille hommes participaient désormais à cette offensive, Marthe sut que la partie était perdue.

Piet avait peut-être été emporté par la vague. Les trains qui montaient vers le nord étaient surchargés d'hommes et de matériel. Les pétoires des colons hollandais, les bataillons de leurs alliés européens, le courage de tous ces gens ne suffiraient plus à contenir un tel élan.

– Il faut me dire où était votre mari quand vous vous êtes vus pour la dernière fois.

– À la ferme de Bonne-Espérance.

Les hôtes de Howard considéraient le couple avec curiosité. Lui, major en pantoufles, pipe au bec et moustaches rousses, commandant le détachement de troupes demeuré à l'arrière, elle, poupine, frisottante, affairée en cuisine en compagnie d'une servante zouloue. Pour un peu, Marthe se fût persuadée d'être en visite chez des amis. Howard avait pris plaisir à leur présenter sa captive. La guerre réservait des surprises, certaines plutôt agréables.

– Il projetait un voyage, je crois.

– Les gens qui se battent ont coutume de se déplacer, non ?

– Il est parti vers le Witvatersrand, nous savons cela, affirma Howard. Piet Marais n'est pas seulement soldat. Il est aussi ingénieur, c'est un spécialiste des gisements de métaux précieux.

Marthe haussa les épaules. Cela remontait à loin. Les gens avaient eu le temps de bouger, en effet, comme les lignes de front. Elle sourit.

– Vous n'avez pas encore mis la main sur l'or du Transvaal, monsieur Howard ? C'est étonnant. La guerre a pourtant été déclarée par vous pour cette unique raison. Mais vous savez, je ne connais absolument pas les chemins qui y mènent. Et sincèrement, vous m'arracheriez les ongles un à un que cela ne vous avancerait pas davantage.

Comment pouvez-vous penser que je vous servirai en quoi que ce soit ?

Howard considéra Marthe en silence. Longuement. Elle se pencha vers lui :

– En confidence, je me suis habituée à la captivité. Anglais ou Zoulous, pour moi, c'est pareil. Peut-être que je préfère ça à la vie chez les Boers, finalement.

Il ne savait pas si elle maniait ou non l'ironie. Française, Marthe savait adopter le ton léger des siens, avec l'air de ne pas toucher aux mots, aux gens ou aux choses.

– Nous pensons que Marais et ses compagnons sont en ce moment en route pour la colonie portugaise. Il a dû vous parler de ça à l'époque.

Marthe écarta les mains. Howard avait l'air de prêcher le vrai pour en savoir davantage.

– Je ne comprends pas votre obstination. Comment pourrais-je le savoir ? J'ai passé des mois chez les nègres. Le temps pour vous de savoir exactement où se trouve mon mari. Je me dis que, si vous n'y parvenez pas, c'est que la route du nord vous est encore coupée.

Dominés en rase campagne, incapables de conquérir les collines, les Boers menaient des actions de guérilla, sabotant les voies ferrées, harcelant les convois ennemis, faisant sauter les trains sur les tronçons de rails encore praticables. À ce sport, ils surpassaient de loin leurs adversaires. Marthe interrogea Howard :

– Avez-vous cherché dans le Drakensberg ?

L'Anglais tiqua. La montagne cernait le Basoutoland. Des cols inaccessibles, des forêts profondes, des grottes et des chaos de roche. Les derniers défenseurs des États boers finiraient peut-être là. Autant chercher une aiguille dans une meule de foin. Le major eut un geste bref, indiquant la fin de l'échange.

– Panse de brebis farcie, annonça-t-il, le sourire aux lèvres. Je suis écossais. Certains prétendent qu'il faut s'en excuser, ce n'est évidemment pas mon cas.

Août 1900

La plaine ressemblait à toutes les autres, dans ce pays où l'uniformité semblait avoir dessiné les contours du hasard. De mols vallons succédaient à des lignes de collines avec, en fond, quelques sommets dépassant péniblement les mille mètres de haut. D'un bivouac à l'autre, Marthe eut le temps de se remémorer les cirques majestueux entourant les vignobles de Franschhoek. Celui qui, à la fin de la guerre, posséderait l'ensemble de ce pays pourrait changer de paysage au gré de ses humeurs.

– Nous allons saluer la France, annonça Howard.

Le convoi de chevaux, de mules et de bœufs cahotait sur une piste creusée de profondes ornières. Une malle-poste en faisait partie. Des civils s'y étaient joints, s'entassant entre sacs, caisses et cantines : Blancs et Noirs embarqués pour un bout de chemin, matrones corpulentes et femmes des tribus, longues lianes toutes en seins, celles, peut-être, auprès de qui Marthe avait passé cinq mois de sa vie. Ne manquaient à cette cargaison humaine hétéroclite que les familles boers se rendant au marché ou au temple. Ce serait pour une autre vie.

Des bouquets d'arbres, isolés dans les herbes hautes, laissaient penser que des fermes se cachaient dans les environs. Ici et là, un point d'eau signalé par une flaque plus ou moins boueuse où plongeaient les racines d'eucalyptus, puis, de nouveau, la sinusoïde des buttes piquées d'arbustes rabougris, les rochers éparpillés par un semeur d'humeur folâtre, l'impression que cela n'aurait jamais de fin.

Marthe songea qu'au bout de cette route il y avait un gros bourg nommé Volkrust. Et des fermes comme celle de Bonne-Espérance, où vivaient les Villiers, les Du Toit, les Joubert. Ceux-là seraient restés sur leurs terres. Les miliciens démobilisés avaient dû reprendre la charrue. Même sous le joug anglais, il devait être possible de vivre, de faire le gros dos en attendant que les diplomates s'asseyent autour d'une table pour redessiner les frontières. À condition qu'il subsistât des États nommés républiques d'Orange et du Transvaal. Les silences de Howard sur la situation réelle valaient aveux. Les Boers perdaient la partie.

À mesure que passaient les heures, Marthe put constater qu'en effet les Anglais avaient pris le dessus. Ladysmith et Dundee, Vryied aussi, sans doute… Les places conquises par les Boers à peine un an plus tôt étaient redevenues les marchés d'autrefois, irrigués par la voie ferrée. Partout alentour paissaient des bêtes, sous la houlette de cavaliers. Un peuple d'ouvriers noirs et hindous s'activait aux travaux publics. Des maisons sortaient de terre, anglaises autant qu'il se pouvait avec, déjà, le dessin de leur jardin. Tout s'était normalisé.

– Ici est mort celui qui devait un jour régner sur votre pays, madame. Un jour, peut-être, on construira un monument pour s'en souvenir.

Un boqueteau semblable à cent autres. Quelques cailloux blancs, en tas, au bord de la piste.

– Le fils de votre empereur Napoléon III était lieutenant dans l'armée anglaise. Exilé, comme son père. Il s'ennuyait en Afrique et désirait combattre. On l'a laissé partir en reconnaissance en pays zoulou. Votre hôte, le supposé roi Phunga, se battait alors contre nous. Les nègres ont tendu une embuscade à l'imprudent éclaireur, dont les compagnons se sont éclipsés. Prudents. Le prince impérial est demeuré seul, avec la prétention de se battre comme à Crécy ou Azincourt. Il a vite été criblé de flèches et achevé à la sagaie.

Marthe regarda son interlocuteur d'un œil morne. Cela faisait beau temps qu'en France plus personne n'évoquait la mémoire de l'empereur, encore moins celle de son fils. La République gommait ça avec l'énergie d'un ponceur de parquets.

Howard se comportait en guide pour voyageurs désireux de visiter l'Afrique. Avec son escorte, il semblait en dehors de la guerre. L'homme était pourtant en mission. Il cherchait des gens semblables à Piet Marais, eux aussi en marge. Quand les soldats et les miliciens s'entre-tuaient pour des collines, des fleuves, des segments de voie ferrée, il suivait des traces mystérieuses, cap au nord. Marthe n'avait pas tardé à comprendre qu'il poursuivrait sa route jusqu'aux mines du Witvatersrand.

– L'histoire de ce malheureux prince n'a pas l'air de vous passionner, madame.

– Il y a des tas de gens comme lui, qui ne sont pas princes, et qui meurent ici depuis trop de temps.

Le soleil tapait dur sur le bout de terre où le fils de Napoléon III avait trouvé la mort. Bonne-Espérance se rapprochait ; pour Marthe, il n'y avait rien de plus important.

Ainsi fut-elle conviée dans les camps militaires du Natal reconquis. Voir la guerre du côté de l'ennemi fut une étrangeté, un luxe de journaliste dont elle se serait passée. Les soldats ressemblaient à ceux qu'elle avait vus débarquer au port de Capetown. Jeunes, affairés, transpirant d'une tente à l'autre. Tout, dans ces endroits, sentait le provisoire. La dure réalité de la guerre perçait sous les apparences de l'improvisation. Un ordre existait cependant, face auquel l'organisation boer semblait fantaisie pour fermiers invités à se battre deux ou trois jours par semaine, comme on va à la chasse.

Que faisait cette jolie étrangère dans le sillage d'un espion de Sa Majesté ? Comme chez les Burghers, un contingent d'infirmières suivait la troupe. Ici et là, des hôpitaux où s'activaient les amputeurs attestaient la dureté des combats. S'ils pliaient en maints endroits, les Boers ne laissaient guère de répit à leurs adversaires. Marthe visita des infirmeries. On n'avait pas besoin de ses services. Elle se souvint du *Princess Christian*, des dizaines de blouses blanches aux armes de l'empire. Elle se dit que Piet ne sortirait pas vivant de ce bourbier.

– Nous avons désormais plus de cinq cent mille hommes dans cette partie de l'Afrique, lui dit un soir son chaperon, avec l'air un peu compassé de celui qui s'efforce de masquer sa supériorité.

Des Canadiens, parmi eux, que les Boers avaient un jour massacrés à Spyon Kop, des Australiens, des Néo-Zélandais… L'empire au service de sa reine, discipliné, méthodique, obéissant aux ordres, quels qu'ils fussent. Marthe haussa les épaules.

– J'observe, je me renseigne, grâce à vous. Ensuite, je m'enfuirai pour informer ceux de Pretoria et de Bloemfontein. Comme vous le feriez à ma place, si j'ai bien compris.

Il balaya la menace d'un sourire. Les villes en question étaient désormais anglaises. Elles achevaient de se vider de leurs édiles boers.

– Savez-vous que certains des vôtres acceptent de collaborer avec nous ? Des gens raisonnables, en quelque sorte. Je vous tiens en dehors de tout cela, lui dit-il, sibyllin. Un jour, vous m'en remercierez.

Il jouait volontiers avec sa captive, lui laissait supposer des choses, maniant les chiffres, exhibant des photos des troupes qui défilaient dans les villes conquises. À la première page d'un journal, Marthe vit un jour un instantané qui la bouleversa. Au soir d'un procès expéditif, un chef boer était tombé sous les balles d'un peloton. Qu'avait-il fait pour être ainsi châtié ?

– Des choses pas très…

Howard chercha ses mots. Marthe l'aida :

– Militaires ? C'est ça ?

– Oui, l'époque est dangereuse. Croyez-le ou non, je vous protège.

Elle se raidit. On fusillait les prisonniers. Les achevait-on au bord d'un fossé à l'occasion ?

– Me protéger, mon Dieu, et de quoi ? On exécute les femmes dans les fermes du Transvaal ? Les enfants ? On les déporte, comme on le fit des Acadiens ?

– Vous connaissez cette histoire ?

– Tous ceux qui ont affaire à vous sur les champs de bataille se doivent de la connaître. Dans leur intérêt. Je l'ai apprise ici. Un peuple entier chassé de sa terre, dispersé. Vous êtes capables de ça, avec votre bon sourire d'amateur de porto.

– Vous savez des choses.

– J'apprends vite. Vous êtes de parfaits instituteurs.

– *Rule, Britannia.*

– C'est vous qui le dites.

22

Marieke Viljoen étendait du linge entre verger et potager, en compagnie de sa domestique Nandi. Une lettre lui était parvenue de Sainte-Hélène. Une, parmi des centaines qui s'étaient perdues en route, témoignages de prisonniers que des vaguemestres rigolards avaient jetés par-dessus le bastingage des navires de Victoria.

Louis Viljoen allait bien. Il évoquait les fièvres frappant au hasard autour de lui. On avait à manger, juste ce qu'il fallait, sur ce caillou couvert d'une végétation tropicale qui devait ressembler à celle de la colonie portugaise.

– M. Louis reviendra bientôt, lui avait alors promis la servante.

Comme ses maîtres soumis aux restrictions imposées par la guerre, Nandi avait quelque peu maigri. Le partage des bontés de Bonne-Espérance ne laissait aux uns comme aux autres que le strict minimum. À Sainte-Hélène comme à Volkrust, on se serrait la ceinture en attendant des jours meilleurs. Quant à améliorer l'ordinaire, on y regarderait à deux fois tant l'angoisse de voir les troupeaux dispersés était grande.

Lorsqu'une main se posa sur son épaule, Marieke poussa un cri. Son frère Piet se tenait face à elle, dans une curieuse posture, un bras en écharpe, la tête fléchie sur le côté.

C'était une sorte de spectre qui s'en revenait au domaine. Hâve, le front strié de rides.

Les convois anglais transitaient par les chemins, les prairies, les bois environnants. La région tout entière était passée sous leur contrôle. Un filet aux mailles serrées. En ville, Jakobus, que les quelques Boers demeurés là regardaient avec affection et les Anglais avec indifférence, avait entendu dire que le général Botha, nouveau chef des armées, préparait des actions au Natal, sur les arrières de l'ennemi. La guerre, encore, malgré le déferlement anglais. Marieke s'étonna :

– Tu as réussi à passer. Ta tête est mise à prix.

Elle hésitait, entre joie et terreur. Piet la rassura :

– Eh, ma sœur, je connais le pays, non ? Nos amis de chez Kitchener n'en ont pas encore apprivoisé la nuit.

Marieke s'empressa.

– Viens.

Elle ajouta aussitôt :

– Louis est prisonnier. Ils l'ont envoyé à Sainte-Hélène. Tu te rends compte ?

– Je sais. Une bonne partie de nos troupes y est retenue.

– Tu ne dois pas te montrer, Piet.

– Même ici ?

– Oui, même dans ce verger. Il reste quelques ouvriers à la ferme.

– Il faudra s'occuper de mon cheval. J'y tiens, c'est un emprunt aux gens de Kronstadt.

Les femmes l'escortèrent jusqu'à la maison. Pour parvenir à Bonne-Espérance, il avait pris le chemin des écoliers, contourné le domaine par les bois profonds qui le délimitaient à l'est. Une demi-journée ou presque de marche, avec des autruches et des gazelles springboks pour lointaines compagnes. Il avait faim.

– Marthe a disparu lors d'un coup de feu sur la Tugela, lui annonça Anna. Nous avons essayé de te prévenir par télégraphe, mais les lignes ont été coupées en plusieurs endroits. Plus rien ne marche ici, pour nous en tout cas. Les Kakis, eux, n'ont pas de souci avec ça.

Piet avala une gorgée de bière. Le jambon de Bonne-Espérance avait un goût particulier ce jour-là. Quinze jours après son départ de Kronstadt, il retrouvait de précieux repères. Sauf un.

Marthe.

Personne ne savait si elle était vivante. Piet enfouit son visage entre ses mains, tandis que Jeans Viljoen dressait le bilan de la situation dans ce coin frontalier du Transvaal.

– Le front, c'est fini. Les Rosbifs arrivent de Dundee et de Ladysmith, cent mille hommes, à ce qui se dit. Nos collines à moutons ne nous protégeront pas longtemps.

Des commandos s'infiltraient derrière les lignes adverses pour sectionner les fils et faire sauter ou démonter des segments entiers de voie ferrée. Piet savait cela. L'image de Marthe essuyant le feu anglais sur une rive de la Tugela le hantait.

– Ils brûlent des fermes, dit Jakobus.

Piet considéra ses deux neveux. Christian était indemne, démobilisé par la force des choses, mais désireux, lui le taciturne, de rejoindre le maquis pour continuer le combat. Sa mère avait réussi jusque-là à l'en dissuader. Elle avait déjà récupéré un fils infirme. Tenir la ferme, assurer la subsistance, quand les uniformes anglais pullulaient dans les environs, cela suffisait bien.

– Elle a raison, dit Piet. Mieux vaut nous montrer tels que nous sommes, des paysans.

– Je déserte, dit Christian, grinçant. Ça ne me plaît pas.

Anna s'emporta. Jakobus hocha la tête. Attendre ne signifiait pas déserter. Il y aurait une réorganisation des armées, les Boers étaient commandés par des chefs magnifiques, Botha, De Wet, d'autres encore, sortis du rang. Piet laissa dire. Sa religion était faite ; il n'en laisserait rien paraître.

– Il vous faudra faire très attention dans les semaines qui viennent.

On avait envisagé de migrer vers le Drakensberg et le Basoutoland. Fuir au Mozambique impliquait de traverser le pays zoulou. Certains y avaient pensé avant d'écarter l'idée. Les tribus se feraient un plaisir de tailler en pièces les descendants des vainqueurs de Blood-river, après les avoir dépouillés.

La prise de Pretoria au nord et l'offensive au sud formaient un étau qui se fermait sur les Burghers.

– Le pays zoulou…, murmura Piet. Si Marthe est quelque part, il y a des chances pour que ce soit là-bas.

Il restait quelques éléments de l'armée républicaine au nord-est de Vryied, un gros village que les Britanniques avaient investi en mai. Sans doute s'apprêtait-on à faire retraite là aussi. Ces gens refoulés par la progression anglaise devaient savoir ce qui s'était passé sur la Tugela ou sur l'un de ses affluents.

– Des hommes sont venus de Vryied, expliqua Anna, des civils, des combattants aussi. On les a couchés ici. Les Burghers ne recevaient plus d'ordres. En fait, les officiers décident dans leur coin. Ils essaient de regrouper les hommes pour former des bataillons, mais on voit bien qu'à part les commandos il n'y a plus vraiment de solution.

Piet se leva. Il désirait dormir. Au moment où il rejoignait le couloir, Eltsie vint l'embrasser.

– Mon oncle ?

Il sourit. Elle avait en tête une question. Il attendit, caressa sa joue rosie par la confusion.

– As-tu des nouvelles de ton ami français ?

Il lui en donna. Berto-Linnoz s'était rétabli assez vite. La mort de Villebois-Mareuil avait jeté la consternation parmi ses camarades. Il s'était mis à leur disposition, comme chef de commando, aux frontières de l'État d'Orange.

– Mais là aussi, la situation n'est pas simple. Petit lutin, tu es toujours aussi jolie.

Il était épuisé. Quelque chose s'était brisé au fond de lui. La guerre n'avait pas duré une année qu'elle laissait déjà quantité de ses acteurs sur le bord du chemin. La vitesse avec laquelle les événements avaient tourné était sidérante. Et puis il y avait, au bout de son bras droit, cette main rétive et paresseuse, qui lui obéissait mal. Tenir un fusil lui était encore impossible. Inapte. Un Jakobus avec vingt ans de plus.

Le calme de Bonne-Espérance, les arbres frémissant sous la brise, la beauté des champs et des prairies alignés sous le soleil eussent été, en temps normal, une réparation, une promesse de repos. Il pensait à Marthe. Les hasards de la guerre les avaient séparés, comme ils jouent à le faire ordinairement des couples. Les choses semblaient alors stables, malgré les incertitudes. Et puis la force boer s'était dissoute dans la masse anglaise. Cinq cent mille hommes, la Grande Armée de Napoléon investissant Moscou, mais l'hiver africain n'avait rien à voir avec le sépulcre gelé des Français. Doux et simplement pluvieux, aimable la plupart du temps. Un allié pour le plus fort.

– Que comptes-tu faire, maintenant ?

Anna servait son frère comme elle l'avait toujours fait. Ce soir-là, il y avait de l'agneau au menu, avec des patates en sauce, un de ces ragoûts dont raffolaient les voyageurs au long cours. Bonne-Espérance nourrissait ses hôtes par devoir. Malgré les temps difficiles et les restrictions, le passant y trouvait de quoi se restaurer. L'accueil était là naturel, simple comme la prière du patriarche avant le repas. Piet ferma les yeux sur une bouchée de viande.

– J'aurais dû retourner dans la région des mines. Tout s'est effondré, sauf les comptes en banque des actionnaires européens.

– Manquerait plus que de laisser ça à Chamberlain, tout de même.

– Ne te fais pas d'illusions, Anna, c'est foutu pour de bon. Les métaux précieux ont le don de rassembler les hommes autant qu'ils peuvent les faire s'entre-tuer. On en devient fou à l'occasion. Nous aurions dû vider les puits des Rosbifs il y a vingt ans. Tout nationaliser et distribuer selon notre bon vouloir. Seulement nos grands hommes ont joué la mauvaise carte. Des paysans, dominés par les financiers. Ceux-là ont toujours le dernier mot. Il aurait mieux valu les aligner devant des poteaux pour en débarrasser nos pays. Ces arrangements nous coûtent cher. Tu ne me parles pas de ma femme ?

Il avait brusquement changé de sujet. Anna baissa la tête. Le nom de Marthe avait longtemps couru la campagne. Vestale des douleurs, pansant les blessures, veillant les agonisants, elle était entrée dans la mémoire inquiète des gens, quand bien des femmes visitaient le front comme elles l'auraient fait d'un bazar de la charité ou d'une exposition coloniale.

– Tu ne l'aimes guère, n'est-ce pas ? Depuis le début. Il y a eu un peu de chaleur entre vous, de temps à autre, et du gel, beaucoup. Au fond, tu penses que je l'ai imposée ici. Une mécréante en talons. Sais-tu qu'elle porte aussi très bien nos bottes de cuir ?

Une brève grimace déforma les traits d'Anna. Le temps avait manqué pour se connaître mieux, on s'était sans doute jugés un peu vite. La guerre finie, on ferait en sorte d'oublier. Cela n'avait plus d'importance. Piet alluma une cigarette.

– Je vais la chercher.

– Elle a disparu, Piet. Et puis regarde-toi. Tu es l'ombre de toi-même. Tu flottes dans tes habits. J'ai vu ta ceinture, tu as dû y percer un trou de plus.

– On n'abat pas comme ça un Marais de Volkrust, État souverain du Transvaal.

Elle s'éloigna, contrariée.

– Le pays zoulou, répéta Piet.

Il se leva, parcourut du regard le décor familier de sa maison, les meubles massifs et sombres, le vaisselier et ses taches de couleur, les gravures des ports d'Europe, dans la lueur mêlée de la lampe à pétrole et des bougies. On rationnait là aussi ; les réserves de combustible n'étaient pas inépuisables.

Il avait toujours considéré Bonne-Espérance comme un bastion imprenable, une citadelle sans murailles gardée par les immensités qui la cernaient de toutes parts. Sa fragilité lui apparut sous la lune ronde aux pâles reflets.

– *Franse*. Où es-tu, par Dieu ? Tu me manques.

Il devait beaucoup à cette femme qu'il avait conduite vers des ailleurs incertains. Sa responsabilité était évidente, éclatante comme un noir soleil d'orage. Marthe était aussi forte que les femmes de Bonne-Espérance. Au fond, elle avait agi pour elle-même quand il l'avait crue fragile, simplement excitée à l'idée de traverser un pays se préparant à la guerre. Une nature en vérité, dont la force le bouleversait.

– Eh bien, mon fils, tu vas finir ta guerre. Il est temps, je crois, à te voir dans cet état. Ta sœur a raison. Il faut te reposer, et surtout ne pas te montrer. Les Kakis nous laissent tranquilles, nous ne sommes plus guère dangereux pour eux.

Anders Marais avait posé sa Bible sur l'accoudoir de son fauteuil. Inutile et vieux, dépassé depuis longtemps par les événements mais feignant de pouvoir encore peser sur eux par la simple pensée, il se tenait, les mains croisées sur son ventre, face à son fils.

– Prends garde à toi, Piet. La meilleure cause du monde ne justifie pas que l'on aille au-delà de ce que l'on peut faire pour elle.

– Je sais cela, père. Celle-ci est perdue, vous le comprenez, n'est-ce pas ?

Anders ferma les yeux. Si l'on conservait la terre gagnée sur la savane, les prairies ensemencées par les anciens, les bêtes que Dieu laissait librement se reproduire, si l'on regardait de loin les fauves s'entre-déchirer au fond des cratères de mines, dans les cloaques où besognait une humanité sacrifiée sur l'autel de la cupidité, si l'on pouvait se contenter de manger à sa faim, de voir pousser le blé, le maïs et de jeter dans la cheminée le bois qui réchauffait l'hiver, on aurait gagné cette guerre, quoi qu'il en fût.

– J'ai encore à faire, père.

Le vieillard eut une moue de scepticisme. Le règne absolu de Dieu sur son clan lui faisait considérer la destinée des individus comme quantité négligeable. Il y avait un ordre sacré des choses, une logique suprême, une justice transcendant celle des hommes. Et la nécessité de se plier sans se plaindre aux décisions venues d'En-Haut.

Piet attendit en vain de son père un mot sur Marthe. « Elle a du sang dans les veines », lui avait un jour avoué le patriarche. Un compliment, ou une critique derrière l'admiration plus ou moins feinte. Chez les Marais, on ne montrait pas ses émotions, de toute manière.

– Ainsi, tu as pris ta décision.

– Oui, ma chère sœur. Deux nuits de sommeil à Bonne-Espérance vous ressuscitent un homme.

Anna haussa les épaules. Elle lui recommanda une jument.

– C'est celle que ton ami a offerte à Eltsie. Une que les Anglais n'auront pas. Ils ont saisi des bêtes un peu partout, pas encore chez nous. J'abattrai les chevaux s'ils veulent les emmener.

Elle cita des noms de fermiers spoliés, la réponse du berger du Kent à la bergère du Transvaal.

– Va. Eltsie te donne sa jument. Elle ne voulait pas vous voir partir tous les deux. Elle dort, c'est très bien ainsi.

Piet jeta un dernier regard à la façade blanche. Comme souvent, il pensa aux Acadiens du Canada, déportés en masse un siècle et demi auparavant. Les officiers des armées britanniques exécutaient les ordres sans le moindre état d'âme. Ainsi un peuple avait-il été entassé dans des cales de navire, rayé de la carte.

Anna lui sourit. On survivrait en attendant son retour.

– Dieu te garde, Piet Marais.

L'aube pointait à l'horizon du Mozambique. Il ferait sec et beau, une de ces journées d'hiver invitant à la chevauchée et à la chasse. Piet se mit en selle. Il avait noué une carabine à sa selle, lesté la jument d'une simple besace. Ainsi le colonel Marais, plutôt que d'occuper un bureau dans une bourgade en passe d'être conquise à son tour, prit-il la route, une main pour les rênes, l'autre, tel un Bonaparte africain, entre deux boutons de sa veste de laine, en direction du pays des Zoulous.

– Les Anglais massent des troupes à Vryied, lui révéla l'officier en charge de la retraite boer dans le secteur. C'est à moins de quinze kilomètres d'ici. Nous allons sans doute nous replier vers le pays swazi et former des commandos légers. Terminées les batailles frontales. Nous ne faisons plus le poids depuis un moment.

Il prêchait un converti. Piet replia sa carte. L'accès aux collines nègres était coupé. L'officier fut formel :

– Inutile d'espérer passer par là, Marais.

L'attaque anglaise contre le convoi auquel Marthe s'était jointe avait eu lieu bien au sud de la ville. Le temps où l'on s'en allait prendre Dundee ou assiéger Ladysmith était loin. Chevaucher plein sud équivalait à se jeter dans la gueule du loup. La seule solution pour Piet était de contourner, comme les troupes de Botha, les positions anglaises par le pays des Swazis. L'officier avait eu le temps de réfléchir à la question soulevée par la disparition de Marthe.

– Votre femme n'est pas revenue vers les nôtres. Elle a dû hésiter, une fois passée sur l'autre rive. Si les Anglais ne l'ont pas récupérée, elle se sera enfoncée dans la savane. Tout est possible. Ce qui est sûr ou à peu près, c'est qu'elle a survécu à l'embuscade. On l'a vue se cacher derrière les rochers. Les Anglais nous ont rendu les corps du lieutenant Oostuizeen et de quatorze hommes tués ce jour-là. Ils ne sont pas toujours aussi *fair play*, comme ils disent.

Piet était soulagé. L'espoir était réel de revoir Marthe.

Ce fut un long voyage à travers des contrées peuplées quelques décennies auparavant par des Noirs qui avaient fui les incessants conflits contre les colons blancs. Le pays des Swazis[1]. On s'y était choisi une sorte de roi toléré par les Anglais, lesquels, comme à l'accoutumée, lorgnaient sur l'éventuelle future colonie. Piet avait eu l'occasion de séjourner à Mbabane, un simple poste alors contrôlé par les Britanniques, pompeusement nommé capitale du pays.

Des mines d'étain et de fer avaient attiré là une population composite d'Européens, d'Africains et les habituels commensaux hindous et chinois. Piet les interrogea, mais

1. Actuel Swaziland.

nul n'avait remarqué la présence d'une Française en ces lieux majoritairement peuplés d'hommes.

Certain d'échapper au ratissage anglais, Piet poursuivit son chemin vers le pays zoulou. Le détour représentait quelques centaines de kilomètres. Dix fois, le découragement, la conviction de devoir errer sans fin dans un décor trop vaste pour lui, l'absurdité de sa démarche, l'incitèrent à rebrousser chemin. Un Blanc, seul, en territoire nègre, c'était une gageure ; il pouvait se faire trucider sans autre forme de procès au cours de l'un de ses bivouacs dans la savane.

– Une femme de chez toi ? Oui, il y en a une, depuis longtemps.

L'homme chassait à quelque distance d'un village, sur la rive nord d'une rivière nommée Pongola. Le pays des Swazis se prolongeait là, sans frontière visible, par celui des Zoulous.

– Où cela ?

– Loin.

Face à lui se tenait un chasseur, pieds nus, vêtu d'un pagne et d'une sorte de gilet couvrant son thorax. Piet se méfiait. Tout pouvait arriver chez des gens inquiets de devoir sceller une alliance avec l'un ou l'autre des belligérants. Le pays du roi Cetshwayo bruissait de ces velléités. Les Blancs se saignaient entre eux, une aubaine pour ceux qui étaient restés en dehors de leur affaire.

– Tu veux de l'argent ?

L'homme venait de tuer un springbok. L'animal encore chaud gisait sur le flanc, une lame enfoncée dans le poitrail. Piet descendit de cheval, fouilla la sacoche de cuir appendue à sa jument.

– Tu veux acheter le springbok ? demanda le Zoulou.

Piet sourit. On pouvait encore commercer dignement aux confins des pays nègres.

– Je veux savoir où est la femme blanche.

L'homme considéra les pièces de monnaie d'un œil neutre. Son clan saurait quoi faire de cette manne. Piet pressa son épaule.

– Elle est à Ulundi ?

La vraie capitale du pays zoulou était à deux journées de cheval de là. Souverain reconnu par tous, Cetshwayo y vivait dans une case semblable aux autres, observant, matois, le règlement de comptes entre Blancs. Le chasseur secoua la tête.

– Elle n'était pas à Ulundi. Mais peut-être qu'on l'y a conduite depuis.

– Qui l'a trouvée ?

– Il y a eu un combat sur la rivière Buffiels, qui nourrit la Tugela.

– Je connais cette rivière, dit Piet.

– Les Anglais ont tué beaucoup de monde parce que les Blancs étaient le long de la rive, là où il n'y a pas de rochers. La femme a couru longtemps. Les jeunes guerriers de Phunga Maweja l'ont trouvée. Elle saignait. On m'a raconté ça. On m'a dit aussi qu'elle a soigné des gens. Tu connais Phunga ?

Marthe avait donc été blessée.

– Phunga ? dit Piet, l'esprit ailleurs. Oui, le nom m'est connu.

Il avait entendu parler de ce roitelet régnant sur une dizaine de villages. Des gens de son clan avaient été employés à Bonne-Espérance dans des temps reculés. Des saisonniers pour la moisson du maïs.

La carte d'état-major indiquait un lieu-dit, Hiungome, à trente kilomètres de là, sans doute un de ces hameaux de dix ou quinze cases au milieu des prairies.

– C'est là qu'ils l'ont portée ? Tu es sûr ?

L'homme hocha la tête. Il n'en dirait pas plus. Ayant enfoui les pièces sous son gilet, il se figea, hiératique et fermé. Piet se remit en selle. Il touchait au but, la chance lui souriait, pour une fois. L'embellie, peut-être, dans la noirceur des temps.

Des enfants commis à la garde de quelques chèvres lui indiquèrent le chemin du village. De loin, il ressemblait à tous les autres : un cercle resserré de cases, quelques pacages autour, des bovins plus ou moins étiques en liberté, quelques chiens pleutres allant tête basse, regard en coin, prêts à mordre un mollet.

Piet attacha son cheval à un piquet. Pas loin de là, aux portes du pays swazi, un Boer nommé Retief avait été massacré avec ses compagnons, vingt ans plus tôt. Il venait négocier et n'était pas armé. On mourait parfois sans savoir exactement pourquoi dans cette Afrique-là.

– Que veux-tu ?

Vautré dans un fauteuil à bascule, le chef tirait sur une pipe devant sa case. Un gynécée de tous âges s'activait à quelque distance de lui, pilant le grain, secouant les tapis et les nattes, ravaudant. Piet s'accroupit sur ses talons, ainsi se tenait-il à hauteur du Zoulou.

– Une femme a habité ton village, il y a peu. Elle y est peut-être encore. Je la cherche.

– Elle est à toi ?

– Oui.

– Tu es Piet Marais, alors.

Une grimace suivie d'un rire muet. En temps normal, le nom eût été considéré avec respect. Les Marais s'étaient imposés sur leur terre, au fil des générations. Leurs rapports avec les tribus étaient bons, la paye des ouvriers et des serviteurs de Bonne-Espérance correcte. Cette fois, cependant, c'était le soldat d'une armée en déroute qui frappait à la porte de ses voisins. Piet comprit aussitôt qu'il n'avait pas grand-chose à espérer de sa visite à Hiungome.

– Dis-moi seulement si elle encore ici.

– Elle n'est plus ici.

– Avec qui est-elle partie ? Ne me dis pas qu'elle s'en est allée toute seule à pied. Je ne te croirais pas.

Intrigués, des jeunes gens avaient rejoint leur chef. Piet sentit leur présence dans son dos. Il convenait de garder son calme. Il avait laissé sa carabine attachée à la selle de sa monture.

– Des hommes sont venus la prendre.

– Burghers ?

– Anglais.

Savoir pour quelle somme Marthe avait été relâchée n'avait aucun intérêt. Phunga avait dû gagner de quoi enrichir sa case de meubles et d'étoffes.

– Dans quelle direction sont-ils partis ?

Le supposé roi des Zoulous s'impatientait. Il eut un geste vif vers le nord. Piet se releva. Il était temps pour lui de quitter un lieu où il n'était pas le bienvenu.

Il se remit en route vers le Transvaal avec, au fond de la gorge, le goût amer de la défaite. En chemin, il eut le temps de songer à tous ceux qui, de par le monde, ne connaissaient pas la guerre. Par un de ces hasards qu'arrangeait la destinée des peuples, le Sud africain était, en ce début de siècle, le seul endroit de la planète où l'on se tirait dessus entre nations. Partout ailleurs, l'ordre colonial avait apaisé les anciens conflits, installé des pouvoirs stables capables de bâtir des pays aux noms exotiques : Dahomey, Côte d'Ivoire, Cochinchine, Tanganyka, Mozambique, trente autres dont les frontières dessinées par des géomètres sans autre fantaisie que la ligne droite. Être né boer soustrayait Piet à cette paix.

Il sembla à Piet que retrouver Marthe, ce fantasme dont il perdait souvent les traits, était devenu le plus important de ses projets. Des vagues de culpabilité le submergeaient tandis que défilaient sous ses yeux, au pas lent de son cheval, les ondulations verdoyantes des collines zouloues. La disparition de sa femme était un mystère. Des Anglais en pays nègre, c'était la logique même. Londres et Capetown ne lésinaient pas sur les primes à accorder à leurs éventuels alliés. Maître d'un hameau d'une centaine d'âmes, commandant des guerriers en état de se battre, le gros monarque régnant sur Hiungome pouvait se permettre de négocier d'égal à égal avec la reine Victoria.

Que faire d'une infirmière française perdue dans une guerre à laquelle elle n'avait *a priori* aucune raison de participer ? Marthe était un trésor pour qui la tenait dans ses bras. Piet ressentit comme une brûlure la jalousie de l'homme dépossédé d'un bien unique. Elle vivait. Le soulagement des premiers instants faisait place à une inquiétude nouvelle. Les gens de Bonne-Espérance n'avaient guère été tendres avec elle. Leur hostilité l'avait blessée. Anna elle-même n'avait pas encore fait vers elle le chemin que son observance chrétienne lui commandait pourtant de parcourir. Jalousies de femme.

On finirait bien par s'arranger, il y aurait pour cela le cours des ans, les saisons, la patience, l'ancienne tolérance des protestants pour l'étranger.

Piet réalisa à quel point il chérissait Marthe. C'était bien autre chose que le désir physique apaisé par ses mains, avant le sommeil. Un manque profond, douloureux, assez vaste pour couvrir les caprices du ciel, les pluies subites, le vent griffant sa peau. Ainsi une femme pouvait-elle devenir à elle seule patrie. Quand tout s'effondrait, le visage de Marthe occupait l'espace. Qu'importait le reste.

23

Eltsie n'avait pas terminé l'empaquetage de ses affaires. Sur la terrasse en bois, Anna Viljoen s'impatientait. Ses fils tardaient à revenir de l'étable. Jeans Viljoen savait désormais que les troupeaux étaient confisqués, conduits par trains entiers vers le Natal et la province du Cap. À qui confier ceux de Bonne-Espérance ? La vague anglaise qui déferlait du sud emportait tout sur son passage. Déjà, plus de cent fermes étaient parties en fumée entre Vryied et Volkrust et les tribus zouloues des zones frontalières se glissaient dans les pas des Britanniques, pillant ce qui n'avait pas été détruit, réglant quelques comptes au passage avec leurs anciens employeurs.

Anna avait demandé à ses fils de libérer les bêtes. « Chasse-les, même. Elles connaissent le pays et trouveront de quoi se nourrir. Les Anglais ne perdront pas leur temps à les traquer dans les prairies. On les retrouvera. » Elle s'était signée. Si l'on revenait un jour.

Christian avait dispersé les laitières, leurs veaux, les chevaux, tirant en l'air avec Jakobus pour les affoler et les pousser à fuir plus vite. Au moment où les jumeaux regagnaient la maison, ils aperçurent le premier détachement anglais, une vingtaine de cavaliers galopant sur le chemin en contrebas. Ils se hâtèrent vers la ferme, Christian trébuchant, Jakobus poussant sur sa béquille, le souffle court.

L'itinéraire familier qui les menait aux champs devint pour eux une épreuve, à mesure que grandissait leur angoisse. Les cavaliers anglais longeaient au trot les parcelles donnant sur la piste de Volkrust.

Le vieux Anders Marais avait refusé de quitter sa maison tout en exhortant ses enfants à fuir la mise à sac du pays. Mais tel était l'attachement des siens à leur terre qu'ils avaient espéré jusqu'au dernier moment. Quoi ? Ils ne savaient pas, au juste. Une contre-attaque des armées boers, un déluge, de ceux qui noyaient chemins et prairies en quelques heures. Ou l'ordre donné aux envahisseurs d'arrêter leur marche vers le nord parce qu'une négociation, quelque part en Afrique ou en Europe, aurait abouti à un partage équitable, les mines pour les vainqueurs, la terre pour les autres.

Ce bien plus précieux que les diamants ou l'or.

Anna embrassa une dernière fois son père avant de monter dans la carriole.

– Laisse-moi. Je leur parlerai, lui dit le vieil homme. Ils connaissent les textes bibliques eux aussi.

Jakobus se tenait aux côtés de son grand-père, appuyé contre un pilier de la terrasse. Il avait pris la décision de rester.

– Ils n'achèveront pas un infirme.

À vrai dire, personne ne pouvait prévoir le comportement des Britanniques. Les Australiens et les Canadiens, décimés par centaines sur les collines du Natal aux premiers jours de la guerre, avaient soif de revanche. Les mahométans de l'Inde se plaisaient à couper quelques têtes au hasard des rencontres. Quant aux Gurkhas du Népal, mieux valait les savoir employés à la garde des souverains de Buckingham Palace.

Anna se sentit vaciller. La vue de Christian attendant, bras ballants, Dieu sait quoi, la fit se ressaisir. Fuir, aussitôt.

Anna observa la piste, les doigts crispés sur un montant de la terrasse. Le nuage de poussière soulevé par les sabots anglais montait au sud. Bientôt, l'on entendrait les voix des intrus.

– *My God, is dit te laat*[1].

Elle ordonna à Christian de courir vers le bois. Jakobus avait saisi son fusil de chasse, une pétoire dont les coups portaient à une vingtaine de mètres. Elle le lui arracha des mains pour le donner à Christian. Les Anglais cherchaient des garçons en âge de se battre. Le jeune homme ne réagissait toujours pas. Elle le talocha violemment, le poussa en bas de l'escalier.

– *Kry die hel uit*[2] !

Il détala alors que Jeans Viljoen rejoignait les femmes. Eltsie était déjà montée sur l'attelage, rejointe par Marieke et les petits. Tremblant de peur, les domestiques noirs se tenaient auprès du patriarche. Il ne leur arriverait rien. Ceux-là avaient eu de la chance ; les Boers ne les avaient pas mobilisés comme auxiliaires dans leurs bataillons. Neutres, sans intérêt pour les stratèges anglais, ils veilleraient sur leur vieux maître.

Jeans grimpa sur la banquette, aida sa femme à le rejoindre. On irait à Amersfoort, une bourgade à quarante kilomètres de là. Des Joubert et des Plessis y tenaient peut-être encore leurs fermes. Jeans fouetta l'unique cheval attelé. Sentant l'angoisse des humains, l'animal se mit à renâcler. Jakobus lui lança des cailloux jusqu'à ce qu'il se décidât à bouger. Jeans engagea le coupé sur le chemin dévalant la colline. Il n'aurait pas le temps de gagner la piste. Il décida de couper et s'avança sur la pente, sur le sol inégal, accompagné à distance par un commando dont

1. Mon Dieu, il est trop tard.
2. Fous le camp !

une partie, passée du trot au galop, se ruait déjà vers les bâtiments.

Il devrait descendre vers la piste à un moment ou à un autre ; du fil de fer séparait les prairies les unes des autres. Les cavaliers étaient plus rapides que lui, la rencontre inévitable. Hurlant, il frappa la croupe de sa bête. Déjà, les Anglais, ayant pris de l'avance, se dispersaient sur la colline, formant un barrage aux mailles encore lâches.

– On passera !

Anna serra les petits contre elle alors que Jeans se dressait, fouet en main. Une salve partit. Anna vit les petits panaches blancs au bout des fusils. Jeans s'assit, laissa tomber le fouet de ses doigts. Puis, avec lenteur, il posa sa tête sur l'épaule de sa femme tandis que le coupé poursuivait sa course folle. Anna cria. Du sang coulait sur la main de son mari, de son cou aussi. Elle saisit les rênes, tira de toutes ses forces jusqu'à ce que, piaffant et ruant, bouche blanchie par l'écume, le cheval s'arrêtât, à quelques mètres d'une clôture.

Viljoen râlait, la bouche grande ouverte. Son regard fixait le ciel. Anna le toucha, pressa son cou, chercha un linge pour le panser. Affolée, inutile. Lorsqu'elle revint vers lui, ayant déchiré le bas de son jupon, il était mort.

Les cavaliers s'étaient approchés. Immobiles, la main sur la crosse de leurs fusils, ils formaient un cercle autour de l'attelage. Anna posa son front contre le dossier de la banquette et se mit à pleurer. Ce fut Eltsie qui s'adressa aux intrus, le doigt pointé vers eux. Il n'y avait plus de résistance de la part des fuyards, on se rendait. Allait-on tirer sur des enfants ? Des Anglais mirent pied à terre tandis que le gros de la troupe, méfiant, demeurait en alerte.

Anna Viljoen se redressa. Il y avait un cadavre auprès d'elle. On le porterait à la ferme pour l'y enterrer. Sans même ôter son casque, un sous-officier lui fit savoir qu'il n'en serait rien. Le corps de Jeans serait abandonné au bord du chemin. Les domestiques de Bonne-Espérance viendraient le chercher.

– Mais nous allons rentrer chez nous.

– Non, madame. Vous allez nous suivre.

– Les enfants aussi ?

– Tous. Il vous est interdit de retourner là-haut.

Elle cria. Où irait-on ? L'homme indiqua la direction de l'ouest. Anna s'inquiéta.

– Drakensberg ?

– Peut-être.

Anna s'assit, vaincue. Son monde s'effondrait en quelques minutes, le temps pour son mari d'être passé de vie à trépas et pour ce qui restait de sa famille d'envisager l'angoisse de l'exil.

L'Anglais se remit en selle. Deux de ses compagnons se saisirent du cadavre de Jeans et le déposèrent dans le fossé, la tête sous un bras, comme pour une sieste. Les garçons se mirent à hurler, tentèrent de descendre du coupé. Marieke se coucha littéralement sur eux. D'une poigne ferme, les tenant par le col de leurs vestes, Eltsie les maintint à leur place. Le sous-officier donna des ordres, d'une voix sèche. Il n'aurait pas à affréter un chariot britannique ; les Boers de Bonne-Espérance se livraient dans leur équipage, cela simplifiait la tâche.

Ce qui se colportait était donc vrai. On raflait des familles entières, femmes et enfants. Anna avait refusé de croire que ce châtiment pût être infligé aux siens. Elle réalisa soudain à quel point elle avait été orgueilleuse. Piet avait deviné juste. Anxieux de devoir contrôler les immensités des républiques, craignant ce qu'ils appelaient les « essaims d'abeilles boers », ces commandos rapides de paysans retournant chez eux une fois leur coup porté, les envahisseurs détruisaient tout.

Il eût fallu gagner le Drakensberg. D'autres, plus proches des montagnes, l'avaient sans doute déjà fait. Elle murmura :

– *Te Laat.*

Il y eut un bruit sourd. Elle jeta un coup d'œil vers la colline des Marais. De la fumée s'élevait du bois. Tout se précipitait. On emmenait les siens vers un lieu inconnu, peut-être, tout de même, une ferme amie où l'on pourrait se reposer. Au moment où le convoi s'ébranlait, escorté par les cavaliers, elle sauta à terre, courut vers le corps de son mari. Presque aussitôt, deux cavaliers se détachèrent du groupe. L'ayant rejointe, ils la saisirent par les aisselles et l'assirent sur la croupe d'une de leurs montures. Ainsi contrainte, ayant rejoint la troupe, elle aperçut, dans la poussière soulevée par les sabots des chevaux, la colonne de fumée noire qui s'élevait au-dessus de Bonne-Espérance.

La ferme brûlait dans le crépitement de ses grosses poutres. Il n'avait pas été bien difficile pour les intrus de mettre le feu aux ballots de paille entreposés dans la grange. Un bâton de dynamite avait été lancé par la fenêtre d'une chambre. Son explosion avait entraîné l'affaissement subit de la partie centrale de la maison, avec un effet inattendu : l'étouffement de l'incendie, devenu couvaison de quelques foyers que maîtres et serviteurs, ce qui restait des habitants de la colline, s'employèrent aussitôt à éteindre.

Soutenu par ses domestiques, le dos ployé, Anders regardait l'œuvre de ses anciens partir en cendres. Pourquoi les Anglais l'avaient-ils laissé en vie ? Pour qu'il assiste au désastre avec, pour seule compagnie, un couple de nègres et un petit-fils infirme qu'un coup de crosse avait jeté à terre, au pied de la terrasse ? Les intrus n'avaient pas eu à réfléchir longtemps. S'encombrer d'un vieillard et d'un invalide eût ralenti leur chevauchée. Bonne-Espérance n'était pas leur seule cible. De toutes parts flamberaient, telles des torches, les demeures des Boers.

Par ordre du gouverneur Chamberlain, rien ne devait subsister qui pût servir d'asile aux républicains. Terre brûlée. Les Britanniques appliquaient avec leur rigueur coutumière les consignes de leurs chefs. Puisque les fermes abritaient les familles des combattants ennemis, on les détruirait une à une, et pour que le châtiment fût exemplaire, on rassemblerait les femmes et les enfants dans des camps. Ainsi une quarantaine de ces lieux furent ouverts, en cette première année du siècle, signant la défaite des colons hollandais du Transvaal et de l'État libre d'Orange.

Anders Marais sentit ses jambes le trahir. Les Anglais lui laissaient la vie sauve, sans doute pour qu'il pût à loisir mesurer la vacuité de ce qui lui restait d'existence. Ceux-là mêmes qui avaient aboli l'esclavage cinquante ans plus tôt le confiaient aux bons soins des nègres désemparés à qui ils avaient recommandé de rejoindre sans tarder leurs tribus d'origine. Les Zoulous n'avaient plus grand-chose à espérer de leurs maîtres. Mieux, ils pourraient sans doute, une fois la guerre terminée, leur contester la propriété de leurs terres.

La taille de la demeure avait empêché les boutefeux de parfaire leur besogne. Peut-être avaient-ils pris du retard dans leur journée de travail. Le temps leur avait manqué pour démolir entièrement la ferme. Et puis les chevaux avaient disparu, l'écurie était vide. De la dynamite pour elle, pour l'étable aussi, deux explosions et des gravats en plus. On avait manqué d'explosif pour réduire la porcherie au même état de ruine. Le domaine où flottait le fantôme de Piet Marais, icône boer, devait servir d'exemple.

Des spécialistes suivraient, qui feraient, avec un zèle de comptable, la somme de ce qui pouvait être confisqué : les moutons par milliers, les bovins. On couperait les arbres des vergers, les eucalyptus, on saccagerait les potagers.

– Où sont les hommes ? Où est mon fils ? Pourquoi Piet n'est-il pas ici ? Pourquoi ont-ils emmené les femmes et les enfants ? Que veulent-ils en faire ? Quelle est cette guerre où l'on détruit tout ce qui abrite encore de la vie ?

Jakobus s'assit face à son grand-père, prit sa main qu'il tapota, longuement.

La maison était désormais faite de deux blocs de pierre éventrés, séparés par un amas de poutres, de briques, de terre, encore fumant.

– Monsieur Anders, nous avons éteint le feu, dit Joseph. M. Piet ne tardera pas à revenir, vous pouvez en être sûr, et M. Christian s'est caché près d'ici. On partira à sa recherche s'il le faut.

Lorsque Christian Marais réapparut, couvert de boue et d'herbe, les nègres se précipitèrent vers lui. Du bois, il avait suivi la course folle de l'attelage, avant de le perdre de vue. Il avait vu le panache de fumée s'élever de la maison. Pensant que tout serait bientôt ravagé, les meubles et les cloisons, les planchers et les livres, il était resté pétrifié. Des débris informes retombaient en planant vers le sol.

– Les femmes et les petits ont été emmenés, dit-il, essoufflé. Il y a eu des coups de feu, en bas. Il faut aller voir.

Des oiseaux passèrent. Leurs cris se perdirent dans l'immensité du ciel. Dans leur hâte à disperser les bêtes, les Viljoen avaient oublié un cheval atteint de gourme, attaché à un anneau derrière la porcherie. Christian s'y hissa, à cru. Il ordonna aux domestiques de le suivre à pied.

Tout semblait normal aux abords de la piste. Des autruches baguenaudaient dans l'immensité des prairies. Christian descendit de cheval, fit quelques pas dans l'herbe.

Il ne tarda pas à apercevoir le corps de son père. Jeans Viljoen gisait au bord du fossé longeant la piste qui menait à Amerdoorf. Le jeune homme s'agenouilla. Il n'y avait plus rien à faire, sauf écouter le silence tombé sur Bonne-Espérance comme un suaire.

Les domestiques le rejoignirent, ahanant. Les nègres aidèrent Christian à porter le corps de Jeans qu'ils placèrent en travers de la monture. Il n'y avait plus de lieu où aller, à Bonne-Espérance comme ailleurs au sud du Transvaal.

– Alors nous resterons ici, dit Anders.

Le compte de ce qui lui restait de famille fut vite fait. Un silence terrifiant régnait, à la place de l'habituelle animation de la ferme. Les chuchotis des femmes, les grognements d'Anna, les rires d'Eltsie s'étaient évanouis dans la poussière des chemins. Les courses des enfants dans le verger, la lourde démarche des hommes descendant de leurs montures pour se débotter sur la terrasse, leurs regards sur la nature qui les nourrissait, tout avait disparu dans la noirceur d'âcres fumerolles.

– Ils reviendront, les nôtres, n'est-ce pas, Christian ?

– Oui, grand-père.

Où étaient-ils désormais ? Piet s'en était allé depuis des semaines, sa femme avait disparu sur les rives de la Tugela. Maintenant, c'était au tour des innocents d'entrer de plain-pied dans la tourmente. Les femmes et les petits. Les rumeurs de déportation massive étaient fondées. La zone frontalière servait de terrain d'expérimentation. Il faudrait avertir le reste du pays, sonner un tocsin dont on n'avait plus les cloches. Telle une nuée de criquets dans un champ, l'armée de Kitchener et de Chamberlain nettoyait le pays boer.

– Courbons-nous devant le Dieu juste. Lui seul ne se trompe jamais. Les fautes de notre peuple ont dû mériter ce châtiment.

Anders Marais appuya son front contre l'épaule de Jakobus. Le corps de Jeans Viljoen avait été déposé sur une épaisse couverture de laine, à même le dallage de pierre du salon. Le vieillard se mit à sangloter, comme le jour où sa femme, emportée par une fièvre maligne, s'était éteinte en quelques heures. Entre ces deuils, deux guerres, l'une faite vingt ans auparavant comme soldat, l'autre subie jusqu'au secret de ses méthodes brutales.

– Il faut penser à subsister, dit Jakobus.

Le jeune homme devenait le maître d'une ruine. Les derniers ouvriers du domaine avaient disparu. Les Anglais n'en avaient pas après eux ; ils leur avaient simplement indiqué la route du pays zoulou, un ordre en fait, et les hommes ne s'étaient pas fait prier pour vider les lieux.

La sauvagerie du raid anglais laissait les rescapés de Bonne-Espérance dans un état de profonde sidération. Par quoi commencerait-on, quand, dès le lendemain matin, Jeans aurait été enterré dans le petit cimetière du domaine ? Jakobus décida :

– Il y a des moutons sur les prairies du sud. C'est en vue de la piste, mais tant pis. Avec un bourrin, même malade, tu iras en attraper un, Christian. Mort ou vif. Tu le ramèneras. La cuisine est intacte, comme le four à pain. Il reste un ou deux sacs de farine, du maïs en épis, des haricots en boîte et des balles pour descendre les oiseaux. Ça ira.

Il fallait monter la garde auprès des cendres de la maison. Ça brûlait encore à petit feu, ici et là. Du puits, Joseph avait remonté un seau d'eau dérisoire. Tandis qu'il observait la consomption d'un bout de poutre entre des gravats, Jakobus entendit les sanglots de son frère. Il pensa qu'ils avaient été tous deux miliciens. Ils avaient tiré sur des soldats en armes. Maintenant, c'était le vide total, la soustraction des âmes, un désastre. Il sentit l'onde de chagrin monter de sa poitrine vers sa gorge. Oppressé, il s'appuya contre le chambranle d'une porte et, à son tour, hoquetant, il laissa sa détresse rejoindre la plainte enfantine de son frère.

24

Septembre 1900, Natal

Vu du côté anglais, le conflit était devenu une fiction assez lointaine. Des bruits couraient sur de possibles actions de commandos boers aux abords des villes anciennement assiégées, sans inquiéter outre mesure une population revenue chez elle. Rassurés par la présence des troupes, les gens vaquaient de nouveau à leurs occupations. On réparait les dégâts des Long Tom du Creusot : trous dans les toitures et les clochers, sur les trottoirs et chaussées, maisons brûlées. Partout, le commerce avait repris. On avait pu libérer les troupeaux dans les prairies verdies par le printemps. Il suffisait désormais d'attendre l'annonce de la victoire finale. Elle ne faisait aucun doute.

Privée de papiers, Marthe réalisa qu'il lui serait difficile de fausser compagnie à son étrange guide. Elle avait cru pouvoir franchir, à un moment ou à un autre, la frontière avec le Transvaal dont le trait avait été effacé par les envahisseurs. Au moins se serait-elle rapprochée de Volkrust. Elle pouvait encore espérer se réfugier sinon à Bonne-Espérance, du moins dans l'une ou l'autre des fermes amies visitées avec Piet, avant la guerre.

Howard l'avait installée dans un hôtel de Newcastle. Devinant ses velléités d'évasion, il l'avait avertie : si les soldats de Sa Majesté faisaient plutôt bien leur travail, sa police ne manquait pas non plus de talents. Routes, pistes, voies ferrées, tout était sous contrôle dans cette zone frontalière particulièrement sensible. Mieux valait donc patienter dans des conditions privilégiées.

Marthe ne savait toujours pas ce que Howard attendait d'elle. Lui servir d'agent en territoire ennemi ? Grotesque, en quelle langue travaillerait-elle ? On voyageait, à petite vitesse. Il recevait des gens, discutait avec eux plus ou moins longuement. Plutôt que de se méfier de tout le monde, Marthe choisit de considérer les uns et les autres, civils et militaires, comme les membres de son escorte.

– Je préfère votre compagnie à celle du roi Phunga, lui dit-elle un jour.

– Je vous comprends. C'est raisonnable.

Elle buvait une tasse de thé au salon, à côté d'une table où ce qui ressemblait à des courtiers discutait devant des livres de comptes. Un homme lui demanda si la fumée de son cigare la dérangeait. La question n'était pas courante ; les narines féminines s'étaient depuis longtemps accoutumées aux senteurs des tabacs de Hollande ou de Virginie. Elle lui répondit que non, à condition qu'il lui offrît de quoi fumer. L'homme ajouta simplement, dans un sourire :

– *Soos Goeie Hoop.*

Puis, dans un français approximatif :

– Comme dans la Bonne-Espérance.

Marthe réprima sa surprise. Engager une conversation ne lui était pas facile. Howard la surveillait sans toutefois la contraindre au silence. Elle tira une bouffée de cigare qui lui mit les larmes aux yeux. Le tabac ne venait pas d'un champ civilisé. L'homme alla au-devant des questions qu'elle brûlait de lui poser.

– La ferme, fini. Personne vivre. *Vuur.* Feu.

Il gratta une allumette qu'il tint entre Marthe et lui, avant de souffler dessus.

– *Dood ?* s'inquiéta Marthe.

L'homme lâcha un nom entre ses dents :

– Jeans Viljoen.

– Anna ?

Il fit la moue, secoua la tête, dit en anglais : *Concentration camp.* Un geste, encore, pour évoquer le regroupement des gens.

– *Vroue en kinders. Vertig camps.*

Il fit quatre fois dix, des doigts. Marthe avait vu des photographies de trains et de chariots convoyant des familles. Elle avait pensé aux nécessités de la guerre. Dundee et Ladysmith s'étaient ainsi vidées d'une grande partie de leur population. Là, c'était autre chose. Marthe avait compris. L'homme hocha la tête.

– Tous, dit l'homme. Tous en camps. Beaucoup *dood.*

– Transvaal ?

– Transvaal, Orange, tout.

Elle demeura coite. L'homme reprit sa conversation, comme si de rien n'était. Un Boer commerçant avec les Anglais, qui se demandait sans doute ce que son hôtesse à Volkrust faisait en territoire ennemi. Le temps n'était pas aux explications. Des agents traînaient un peu partout.

Howard fut quelque peu surpris de se voir harcelé de questions sur le sort des civils du Transvaal. Marthe évoqua les photographies. Il tenta d'esquiver. Elle pointa le doigt vers lui.

– C'est ma famille, monsieur. Il n'y a pas que Piet Marais, l'officier bon à fusiller, il y a aussi des femmes et des enfants. Où les avez-vous emmenés ? Je veux voir mes neveux, mes sœurs boers.

Il avait des choses à lui dire. On passerait la frontière incessamment.

– Alors, vous savez où est mon mari ?

– Non.

Il lâcha, comme à regret :

– Il se peut qu'il soit mort au Mozambique. Le train dans lequel il voyageait a été attaqué.

– Un train ?

– Oui. Avec à son bord un chargement d'or de la mine d'Evander.

– Quand ?

– En août.

– Vous le saviez ?

– Non.

– J'ai votre parole d'officier ?

Un signe de tête. Elle pâlit. Howard pouvait cependant mentir. D'un autre côté, cette révélation la libérait en partie. Elle s'engouffra dans la brèche.

– Vous allez poursuivre un cadavre encore longtemps ? Il s'occupait donc de mines et de transferts d'or.

Il avait dû collecter des informations, les recouper. Les Portugais lui en avaient-ils donné ? Malgré la détresse qui l'envahissait, Marthe parvint à sourire.

– Et vous, monsieur Howard, vous ne savez pas ce que sont devenus les précieux lingots ?

Il éluda d'un geste, but une gorgée de ce whisky que Marthe, l'ayant goûté, refusait absolument d'avaler.

– Il se peut que vous soyez veuve, madame Marais.

Elle contint un sanglot, attendit qu'il lui avouât, par politesse, qu'il était désolé, mais que c'était la guerre, *et cetera, et cetera*. Il parut réfléchir, finit par dire, platement, qu'il n'avait pas pour unique mission la traque d'un gibier important. Elle rompit la conversation, se leva de son fauteuil pour siroteurs de cognac, sortit.

Une pluie fine tombait sur le bourg. Au-delà de la rue principale, comme assoupies dans la prairie, des collines offraient à l'œil leurs modestes reliefs. Marthe souhaita soudain se voir transportée ailleurs, n'importe où mais loin de cette ville, de ce pays, de cette guerre. Si Piet avait survécu, se trouvait-il dans le même état que ses pairs des tranchées, ordinairement blessés, amputés, défigurés ?

– Madame…

Howard se tenait près d'elle, son chapeau à la main. Elle ne réagit pas.

– Nous allons marcher vers Kronstadt. C'est au nord-est d'ici, à une journée et demie de piste. En chemin…

Il avait à dire. Elle attendit.

– Nous passerons près d'un de ces endroits où les gens sont retenus. C'est entre Volkrust et Vrede. Le camp n° 27. Je crois savoir que vos parents y sont.

– Et la ferme ?

– Elle a été vidée de ses habitants.

– Vidée ?

– Comme les autres de la région. C'est une situation particulière, sur la ligne de front, n'est-ce pas ?

– Nous n'avons pas vidé les vôtres, comme vous dites. Je me souviens. C'est une différence, je crois.

Il acquiesça. Elle le sentit soulagé. Il s'inclina.

– Un convoi de chariots partira demain matin. La route est quelque peu pénible. Il pleuvra, sans doute.

Elle se tourna vers lui, une lueur de défi dans les yeux.

– Sans identité, je peux accepter n'importe quelle condition, n'est-ce pas, monsieur Howard ?

Septembre 1900, pays des Swazis

Il n'y avait en vérité plus de frontières. Dans leur zèle, les Anglais avaient déployé assez de troupes pour faire de ce territoire en principe autonome une simple zone militaire sous leur contrôle. Lorsqu'il en eut terminé avec son long périple, Piet Marais se heurta au filet tendu par Kitchener. De toutes parts, commandos et bataillons, convois d'artillerie, cavalerie formaient une muraille virtuelle, un treillis à travers lequel Piet se glissa, nuitamment, à la vaine recherche d'un endroit où la force boer fût encore constituée.

Partout, d'une colline à l'autre du Transvaal, d'un bord de rivière à un bois d'eucalyptus ou d'acacias, ce n'était que fermes noircies par la fumée des incendies, bâtiments à l'abandon, bêtes livrées à elles-mêmes entre les kilomètres de fil clôturant les prairies. En quelques semaines, les Britanniques avaient réussi ce que seuls les grands destructeurs de civilisation — Mongols, Arabes, conquistadors — avaient accompli avant eux.

Des poches de résistance s'étaient néanmoins formées, entre Witvatersrand et Drakensberg. Des hameaux, des petits bourgs, éloignés des pistes et des voies ferrées, demeuraient encore hors de portée de l'envahisseur. Piet y trouva refuge, en compagnie d'une population rescapée de quelque désastre. Soldats en rupture d'armée, miliciens rassemblés par des chefs autoproclamés, fermiers ruinés qui, quoi qu'il dût arriver, constituaient des commandos que des citadins, rendus furieux par les manières de l'occupant, avaient rejoints. Une autre forme de guerre s'organisait sous les ordres de Botha, de De Wet, désormais chefs d'une armée de l'ombre.

Des actions avaient déjà eu lieu aux confins du Veld. On avait harcelé des arrière-gardes, saboté des lignes de télégraphe, des segments de rail. On envisageait d'attaquer des camps de concentration pour en libérer les prisonniers. À la bestialité des Anglais répondaient le panache et la détermination de gens qui ne se laisseraient pas dépouiller sans se battre jusqu'au bout.

Piet se porta volontaire dans la zone militaire de Reitz, un grand mot pour désigner une poche de résistance que les Anglais n'avaient pas encore réduite. À défaut de les conduire fusil en main, il fallait organiser les actions. Un travail de comptable. Des hommes qui venaient du sud lui décrivirent la situation à la frontière du Natal où, comme partout ailleurs, la terre brûlait. Finirait-on par entasser un peuple tout entier derrière des barbelés ?

Piet se résolut à demeurer loin de Bonne-Espérance. Il avait songé à rejoindre les siens. Après tout, chacun, dans les républiques agonisantes, devenait libre de se choisir un destin. Piet n'hésita pas longtemps. Il avait pris la licence de marcher à la recherche de Marthe jusque chez les Zoulous. La guerre lui imposait de reprendre du service là où il existait des restes d'armée. Le Drakensberg n'était pas loin, un refuge possible si les choses tournaient mal.

Octobre

D'un bout à l'autre de la steppe, le camp alignait ses tentes le long de deux axes principaux, sortes d'avenues tracées dans la poussière. C'était au milieu de nulle part, à l'ouest de Volkrust, sur un semblant de piste menant à la bourgade de Vrede.

Des saignées à même la terre jaune, se croisant à angle droit, des rues adjacentes, disposées elles aussi en carrés, comme dans une de ces villes d'Amérique dessinées par des urbanistes sans la moindre imagination, c'était la dernière trouvaille des stratèges pressés de gagner une guerre qui coûtait cher à la maison mère.

On aurait pu donner des noms à ces boulevards : Kitchener, Chamberlain, Victoria, Baden-Powell. Une conception de la ville d'un genre nouveau organisait au mètre près les rangées d'abris toilés sous lesquels une population forcée à l'exil avait été réunie.

Dans leur souci d'effacer toute velléité de résistance, les Britanniques avaient concentré, entre une quarantaine de balises cernées de barbelés et surveillées par des miradors, femmes et enfants du pays boer. Ils avaient décidé, afin de briser la colonne vertébrale des républiques, de les débarrasser de leur chair la plus tendre et la moins apte à se défendre.

Tandis qu'à chaque croisement de route, entrée de col, de bourg, au confluent des rivières s'érigeaient, par milliers, des blockhaus, les civils avaient été éloignés, par convois entiers, des fermes en feu, des étables vides et des terres redevenues simples prairies d'herbes hautes. L'hiver de l'an 1900 serait tout entier consacré à la besogne de quadrillage et de déportation qui ramènerait les Boers à la raison.

Au début, les hommes du peuple colon, comme ceux de Bonne-Espérance, n'y avaient pas cru. Les règles de la guerre, si tant est qu'il n'en ait jamais existé, interdisaient que l'on mêlât des civils désarmés aux conflits. La coutume. Millénaire. On s'expliquait entre militaires, par bataillons interposés. Le plus résistant empochait la mise, l'autre demandait à négocier dans l'honneur.

Chamberlain et Kitchener avaient décidé de bousculer la tradition. Par tous les chemins des républiques transita la pauvre chiourme en tablier et culotte courte, concentrée, c'était le mot, loin des combattants. Et très vite circula, parmi ceux-ci, le poison violent du chagrin, le sentiment d'être abandonnés par la justice, par les chefs, par Dieu même. Pour qui faire une guerre si personne, nulle part, ne demeurait sur le pas d'une porte pour attendre celui qui rentrait, vainqueur ou vaincu, mais vivant, épargné ?

Le commandement tolérait, ici et là, une présence féminine neutre, susceptible de témoigner de la magnanimité anglaise. Les dames de la Croix-Rouge guidèrent Marthe jusqu'à la tente qui tenait lieu d'infirmerie. Une humanité gémissante reposait là, en proie aux fièvres, à la dysenterie, aux consomptions diverses engendrées par les privations.

Marthe sentit les regards posés sur elle, la quête angoissée des malades et celle, folle lueur, des agonisantes. On mourait dans cet endroit soustrait à la vue du plus grand nombre. C'était comme si la honte obligeait les geôliers à masquer cette misère, loin des tentes où l'on pouvait encore se nourrir un peu, veiller sur les petits, sauver ce qui pouvait l'être.

Marthe ne pouvait croire à ce qu'elle voyait.

C'était pire que les salles communes d'Aubervilliers, de la Salpêtrière ou de l'hôpital Laënnec. Là-bas, au moins, des soignants s'activaient au chevet des gens. On disposait de matériel, d'onguents et de potions. Les abcès étaient vidés, les diarrhées contenues, les draps lavés et repassés. Rien de tel entre Volkrust et Vrede. Femmes et enfants marinaient dans leur jus. Des auxiliaires choisis parmi les captifs s'épuisaient auprès des leurs. Ombres parmi les ombres, ils allaient d'un lit à l'autre, démunis et impuissants, inutiles.

– Comment cela est-il possible ?

Chez les Zoulous, qui vivaient quasi nus au grand air, Marthe avait oublié les senteurs de la mort, un mélange auquel elle avait fini par s'habituer au cours de la guerre. De Talana à Ladysmith, elle en avait appris les nuances. Là, parmi les gens dont la plupart semblaient vaquer, hors leur ennui, à des occupations de routine, c'était encore autre chose.

Résister à l'envie de fuir.

Les dames lui recommandèrent de ne pas juger ce qu'elle voyait. Le peu que l'on pouvait apporter à cette population en péril valait mieux que rien. Et puis la Croix-Rouge était suisse et par là investie d'un devoir de neutralité que l'on se garderait de trahir par le moindre témoignage.

Marthe se rappela qu'elle bénéficiait d'un privilège. La femme d'un officier dont la tête était mise à prix pouvait longer les lignes brisées des tentes, au cœur de la steppe.

Elle traversa le camp comme elle l'eût fait d'un cimetière. Des visages se montraient à l'entrée des tentes, des silhouettes furtives. Le plus impressionnant était le silence, seulement troublé par des cris d'enfants. Ceux-là jouaient à des jeux de leur âge, traînant des bouts de bois, des chiffons, se courant après dans la poussière. Marthe aperçut parmi eux la fratrie de Marieke. Les petits étaient assis à même la terre. Quatre. Marthe pensa que la cinquième, une fille nommée Soukhe, était à l'intérieur.

– Elle est morte. Diarrhée.

Ainsi le Seigneur décidait-il. Et les Anglais. Dans l'esprit des Boers, la volonté divine transcendait celle des pauvres humains.

Anna Viljoen se tenait debout sous la pente de la toile, sa tête affleurant l'épais tissu. Marthe eut de la peine à la reconnaître. Sa belle-sœur avait fondu. Son visage autrefois poupin dardait un regard brûlant de peur, de fatigue, de colère. Joues hâves, lèvres desséchées, fermées sur un rictus de souffrance muette, déterminée à vivre malgré tout.

Lorsque Marthe tendit la main vers elle, Anna recula, d'instinct. Le geste était fraternel, mais chez les Boers, on ne se laissait pas aller à ce genre d'effusions. Anna ouvrit la bouche sur une question que Marthe ne comprit pas.

Puis elle montra le lit disposé derrière elle. Une pénombre douce baignait l'angle de la tente sous lequel gisait un corps. Ou ce qui avait fait office de corps. En vérité un squelette habillé de peau, un tas d'os inerte, sauf les doigts qu'animaient d'infimes mouvements. Anna lui donna un nom.

– Eltsie.

Marthe éprouva le besoin de s'asseoir. Si peu de temps avait donc suffi pour que la dénutrition et la maladie mettent la jeune fille dans un pareil état ? Elle évoquait une planche d'anatomie pour étudiants, la structure de base d'un corps humain sur laquelle s'attachaient, en principe, la chair et le muscle, à ceci près qu'il n'y avait plus rien de cette matière sur la nièce de Piet Marais.

En même temps qu'elle découvrait le spectre allongé près d'elle, Marthe se ressaisit. Étrangement, le sort de ce qui était devenu pour partie sa famille la touchait moins qu'elle ne l'eût présagé. Des dizaines de milliers de femmes séjournaient dans les camps ouverts sur ordre du gouverneur Chamberlain. Les plus endurantes, ou les plus chanceuses, s'en sortiraient vivantes. Eltsie Viljoen payait sa part dans cette affaire absurde dont les Anglais empocheraient bientôt les bénéfices.

Les tireurs de ficelles se garderaient bien d'apparaître sur les champs de bataille et dans les camps de prisonniers. Bien calés dans le cuir de leurs fauteuils, bercés par le souvenir de leur dernier repas arrosé de vin français, flottant dans la fumée de leurs cigares, ils attendraient que l'on en ait terminé avec les effusions de sang, les râles des petits affamés et les suées des Chinois, des nègres et des Indiens commis à la réfection des voies ferrées.

Marthe se redressa, le rouge aux joues.

– On ne peut laisser faire ça. C'est un massacre.

Elle sortit, marcha à pas vifs vers l'entrée du camp, exigea de la sentinelle postée là que l'on s'enquît du major

Howard. L'homme hésitait. Elle l'insulta, prit, fulminante, le bas de sa jupe dans sa main.

Howard fumait un cigare dans un cénacle de civils et de militaires réunis autour d'une théière. Devant eux, des dossiers en piles, des cartes pliées. Marthe interrompit leur discussion.

– Vous ne voulez pas voir ce qui se passe ici, monsieur Howard ?

L'Anglais tardait à réagir. Marthe se planta devant lui, attendit sa réponse. De guerre lasse, elle le frappa doucement du poing à la poitrine.

– Eh bien, je vous suis depuis assez longtemps, je crois, comme un gentil petit chien bien propre. Et je continue, n'est-ce pas ? Aucun désir de fuite, juste la volonté de me rendre utile quelque part. Comme aujourd'hui. Entrez dans ce village de tentes, mais entrez donc, vous y êtes chez vous, major !

Il eut un sourire un peu niais. Il ne pouvait ignorer à quelles extrémités conduisait la politique de ses chefs. Ou alors, comme beaucoup, il attendrait la fin de cette guerre pour clamer qu'il ne savait pas, que d'autres étaient coupables, dont il déplorerait le manque d'humanité. Marthe le tira par la manche de sa veste.

– La stratégie des lâches ne vous convient guère. Allez, faites un pas, un seul, sinon je penserai que vous êtes un couard. *Coward*, en anglais, c'est bien ça, non ? Howard *coward*, ou l'inverse.

– Vous avez retrouvé votre famille ? demanda-t-il.

– Oui.

Il hocha la tête, pinça les lèvres, comme pour un aveu. Sa moustache tremblotait un peu. Il se leva, s'excusa. Ses compagnons n'avaient pas réagi. L'homme devait avoir ses raisons de traverser la guerre aux côtés d'une étrangère. Quelqu'un lança une plaisanterie qu'il ne releva pas.

Marthe le précéda. Tout en marchant avec l'air de celui qui sait mais se dispense de regarder, il faisait doucement rouler son chapeau entre ses doigts. En passant, Marthe lui montra une petite construction de brique ne comportant qu'une seule ouverture, une étroite porte.

– Funérarium.

On portait là un corps recouvert d'un drap blanc. Marthe fut à nouveau saisie par le silence qui régnait sur le camp. On vivait et on mourait là dans une sorte de discrétion polie. De l'autre côté de l'avenue centrale, une cantine, devant laquelle stationnait une file de femmes munies d'assiettes, exhalait une vapeur légère.

– Restaurant, dit Marthe.

Howard se laissa mener jusqu'au bloc de tentes n° 8. Sous la plaque de carton portant le chiffre, une main facétieuse avait écrit : « Chamberlain Street ». Marthe souleva le pan de toile, s'effaça pour laisser passer l'Anglais.

– La famille de Piet Marais, ou ce qu'il en reste. Vous avez fait le plus difficile. Maintenant, il faut aller au bout.

Elle le conduisit au grabat sur lequel gisait Eltsie. À la vue de ce squelette vivant, il eut un mouvement de recul. Marthe l'informa que le camp n'était pas avare de ce genre de pensionnaire, que l'on mourait ainsi dans maints endroits de ce cloaque.

– Typhoïde. Elle va passer. Vous m'empêcherez sans doute de parler, mais sachez qu'une des vôtres est, paraît-il, ici en ce moment même. Elle découvre les mêmes choses que vous. On dit qu'elle a l'intention de les dénoncer publiquement. Comment peut-on traiter ainsi des gens à côté de qui l'on vit depuis des siècles, major Howard ? Il faudra que vous m'expliquiez ça, quand la guerre sera finie, au coin du feu, dans votre Angleterre natale.

Elle eut le sentiment que l'Anglais recevait un coup. Ces gens étaient capables de dissimuler leur trouble derrière des postures faussement outrées. Howard s'abstint de lâcher un « *Oh, my God* » de circonstance. S'étant recoiffé, il fit front. Marthe revint à la charge :

– Anna Viljoen est la sœur de Piet Marais. Elle n'est pas en très bon état, son mari a été tué par vos soldats, mais si vous insistez, elle vous dira peut-être où se trouve son frère. Ici aussi, on aimerait savoir où il est, c'est pour ça qu'on l'a mise à la diète, et la petite aussi. Vous voyez, vous n'êtes pas le seul à vous acharner contre lui. Qu'est-il ? Un gibier ? Les Boers qui résistent encore sont mal vus. Comme on ne peut pas les attraper, on se venge sur leurs femmes et sur leurs filles. Quant aux vieux que l'on a enfermés ici, sachez qu'ils ont été les premiers à payer de leur vie le simple fait d'être du mauvais côté.

L'Anglais se ressaisissait. Il eut l'air de penser à autre chose. Marthe ne le laissa pas s'échapper. Elle le prit par le bras, le poussa vers l'extérieur. Un ordre, ironique :

– Respirez bien. Ça ne sent pas très bon là-dessous, n'est-ce pas ? Regardez qui vient là. Mme Emily Holborne, votre compatriote, mon cher Howard. Voulez-vous lui être présenté ? Elle est d'une grande beauté. Ce n'est pas une petite Française qu'on achèterait pour quelques guinées à un chef zoulou.

Il eut un geste d'agacement. Un groupe de militaires, de civils et de soignants mêlés marchait dans l'allée centrale. À leur tête, une femme au port altier, vers qui Marthe alla. Il lui serait facile de se joindre à ceux de cette compagnie dont la mission serait de témoigner. Ils avaient découvert l'indicible, une population de faibles, d'invalides, de femmes, parquée à même la terre depuis des semaines. Lorsqu'elle avait vu ce qu'on donnait à manger aux captifs, la soupe infâme, les pelures de patates plongées dedans, Emily Holborne s'était emportée contre les chefs de ce mouroir.

Marthe toisa Howard de loin. Oserait-il s'avancer vers la délégation de Capetown ? Il se détourna, regarda le groupe s'éloigner vers l'entrée du camp.

– Les Marais de Bonne-Espérance paient votre zèle à pourchasser mon époux, dit Marthe lorsqu'elle fut revenue près de lui. Quelque chose me dit que vous ne pourrez pas laisser faire indéfiniment. Vous voilà démasqués, vous et vos semblables. La vérité va se répandre dans le monde entier. Ainsi saura-t-on de quelle manière les armées de Sa Majesté la reine Victoria se conduisent en territoire conquis.

Il la regarda longuement. Elle vit pour la première fois une onde de tristesse passer sur son visage d'ordinaire impassible. *Rule, Britannia.* Marthe avait appris ce que cela signifiait. Howard lui dirait que les Britanniques sont des guerriers féroces mais des vainqueurs pleins de mansuétude. Comme si le fait d'avoir surpassé l'adversaire les vidait soudain de tout ressentiment, purgeait leur âme des colères ressassées, de la violence accumulée puis libérée, des fautes maquillées en nécessités de la survie.

– Que ferez-vous de moi ? Sans doute avez-vous davantage besoin de moi que ces gens ?

Où iraient-ils ensemble désormais ? Vers quel but vague ? L'or du Transvaal n'était plus très loin de là. On rétablissait la voie ferrée à mesure que les Boers, reculant vers leurs ultimes refuges, les faisaient sauter. On pourrait même aller à Pretoria, où la dure férule anglaise pliait le peuple vaincu sous son couvre-feu.

Howard se tenait à l'entrée de l'infirmerie. Son chapeau à la main, il contemplait le désastre. Marthe s'avança vers lui. Savait-il, avant de la conduire dans cet enfer ? Howard baissa les yeux.

– Des infirmières de la Croix-Rouge ont rédigé un rapport. L'Anglaise de Capetown a appuyé leur démarche pour que les conditions de vie de ces gens soient améliorées.

– C'est une monstruosité et vous en êtes le complice.

Elle le toisa, méprisante. Ils avaient tous deux navigué aux marges de la guerre, lui à la poursuite d'une chimère nommée Piet Marais, elle, cherchant à rejoindre l'homme dont la guerre l'avait séparée, sombre héros perdu dans l'immensité d'un pays livré au pillage, au feu et à la famine. Marthe sentit la présence des femmes derrière elle. Épuisées, aux portes de la mort, pour certaines. Des enfants étaient jetés dans des fosses communes après avoir été couverts de chaux vive. Ces images la hanteraient jusqu'à son dernier jour. Quant à l'Angleterre, sortirait-elle un jour de son propre cauchemar ?

– Je n'ai pas décidé cela, protesta Howard.

– Alors vous pouvez sans doute réparer. Faites sortir cette famille d'ici et laissez-la regagner ses ruines. Son pays vous appartient, la guerre ne le dévaste plus, ces femmes ne sont plus un danger pour vous. Mme Victoria n'a rien à craindre d'elles maintenant qu'elles sont détruites.

Étrangement, des femmes correctement vêtues, munies d'ombrelles, vaquaient entre les tentes. Elles semblaient bien nourries. Comment pouvaient-elles coexister avec les agonisants, longer sans se retourner les abris sous lesquels des enfants passaient de vie à trépas ? L'indifférence aux autres était leur manière de survivre, dans ce camp sans nom. Il fallait ne voir que ses proches, ne penser qu'à eux, à toute heure, si l'on voulait leur épargner le sort des faibles.

– Vous les transformez en animaux, dit Marthe.

Howard se recoiffa. Il en référerait aux autorités du camp.

– Quel pouvoir avez-vous ici, à part celui de franchir la porte sans autorisation ?

Il ferait de son mieux.

– Foutez le camp. Vous êtes un salaud.

Un mot lui revint soudain en mémoire. Elle l'avait entendu chez les hôtes de son geôlier.

– *Son of a bitch.*

Il se raidit. Elle s'approcha de lui, à le toucher. Le roi était nu, son royaume un abominable mouroir créé par la nation dont l'orgueil consistait depuis toujours à donner aux autres des leçons d'humanité, de tolérance, de bonne tenue morale.

– Je vous remercie de m'avoir permis de voir ça, dit-elle.

25

– Vous êtes chez vous ici. *Host*, c'est le mot.

Marthe repoussa sa cuillère. Manger un porridge à quelques dizaines de mètres du bourbier où s'éteignait la souche boer lui donnait la nausée. Le menton dans ses mains, elle scruta Howard.

– Vu de l'extérieur, nous avons l'air d'un gentil petit couple traversant une guerre sans la voir. Vous ne trouvez pas, *dear* ?

Semblable à celui des captifs, un village de tentes abritait les geôliers, dont une était réservée aux invités de passage. Certes, on ne venait pas là en touristes, mais la présence, ce jour-là, d'Emily Holborne indiquait qu'à l'intérieur de leurs nouvelles frontières les Anglais desserraient un peu leur étau sur le pays boer.

Howard avait bu. Marthe se demanda pour quelle raison elle restait sous sa garde. Cela n'avait plus guère de sens. Ensemble, ils avaient cherché un fantôme disparu dans les brumes du Nord. Il faudrait aller au Mozambique pour retrouver l'or et ceux qui le convoyaient. Où étaient-ils, à cette heure ? Dans la débâcle des républiques, nul ne le savait. Marthe se leva de sa chaise. Une table de guingois avait été installée sous la tente, servie par des cuisiniers népalais. La distinction anglaise, jusqu'au bord des fosses communes où l'on ensevelissait les compagnes des Burghers.

Howard éprouva le besoin de parler. Marthe doutait qu'il ignorât ce qui se passait au Transvaal occupé par ses pairs. La stratégie de Chamberlain et de Kitchener avait été soigneusement mise au point, les vagues de destruction préparées dans des bureaux, à Capetown, à Durban et à Pietermaritzburg. Des fonctionnaires zélés avaient tracé des lignes sur des cartes, avancé des pions, comme aux échecs. Une vallée conquise, tant de fermes incendiées. Une région débarrassée de ses hommes, tant de femmes et d'enfants emmenés dans des camps comme celui où Eltsie Viljoen agonisait. Une arithmétique de cauchemar qu'Howard excusait, à sa manière.

– C'était une colline, pas loin de votre ferme. Nous tenions le sommet et nous avons vu les Boers monter à l'assaut. C'était le matin. Ils nous avaient bombardés avec des mortiers une partie de la nuit. Des hommes étaient morts avant même d'avoir combattu.

Il serra les poings. Marthe vit les jointures de ses articulations blanchir. Elle eut le nom de la colline sur la langue, Majuba, se retint de le prononcer.

– Des amis à vous ?

– Mes deux frères. Nous nous étions engagés ensemble, à Londres. Rien ne nous destinait à aller faire la guerre si loin de l'Angleterre. Ça s'est fait comme ça, sur un coup de tête. Ils ne trouvaient pas de travail, traînaient en ville, se bagarraient. Moi, je ne savais pas quoi faire pour eux. J'ai vu une affiche qui invitait à servir en Afrique. Je leur en ai parlé. C'est moi qui les ai entraînés. L'Angleterre de la reine Victoria, ce n'est pas tout à fait le paradis.

Il but une gorgée d'alcool. Les ordres avaient mal été compris, il s'était ensuivi de la confusion au sommet de la colline de Majuba. La sagesse eût voulu qu'on se retirât, les Boers étaient assez nombreux pour l'encercler ; au lieu de quoi il avait été décidé de tenir.

– Ils montaient à l'assaut comme des damnés, de rocher en rocher. Aucune chance de s'en tirer. Les collines de cette Afrique du Sud sont des pièges terribles.

Il se tut, songeur. Les vestes rouges avaient commencé à se rendre. Dans le feu de l'action, les assaillants continuaient à tirer sur eux. Sans doute avaient-ils peur, ou étaient-ils ivres.

– On a levé les bras. Morts de trouille et assez vite morts tout court. Un carnage. Ils ont abattu des hommes qui avaient posé leurs fusils. Mais c'est vrai, ça tirait encore de chez nous. Je suis tombé sur le dos, avec du plomb dans la hanche. Il y avait un tout jeune garçon qui me regardait. Il a été touché à son tour, enfin, je crois, il saignait un peu au cou. Il avait peur. Tout le monde avait peur. Comme mes frères tentaient de se relever, il leur a tiré dessus, au pistolet. Mon frère aîné était capitaine. Il portait l'épée. J'ai dégainé la lame et j'ai sabré le garçon, au torse.

Il mima le geste, rageur, ferma les yeux. Ses lèvres frémissaient. Il avala une large lampée d'alcool, fixa un point imaginaire, sur le blanc sale de la toile de tente.

– Alors il s'est assis, la main contre la poitrine. Nous étions côte à côte, on n'entendait plus que des gémissements, des cris. Son nom a été prononcé, Piet, Piet Marais. On l'a secouru tandis que mes frères cessaient de vivre. Je les ai vus passer, ils ont fait ça en même temps. Ils étaient couverts de sang, touchés à bout portant. Ça s'appelle un assassinat, madame, même en temps de guerre.

Soigné par les républicains, Howard avait été emprisonné jusqu'à la fin de la guerre. Celle-là avait été courte, quelques mois seulement. Marais était considéré comme un héros par les siens. Donner l'assaut sous le feu ennemi, à seize ans à peine, récupérer le pistolet d'un mort pour continuer à se battre… Les vainqueurs de l'époque avaient eu le loisir de célébrer leur champion. Les autres avaient rangé leur envie de revanche dans leur poche.

– Marais. Un collégien de surcroît, du même âge que moi, moi qui savais à peine écrire. Je suis resté dans l'armée anglaise. J'y ai reçu une éducation. J'aurais dû tourner la page, oublier, mais j'ai continué à m'intéresser à Marais, à prendre des renseignements sur lui. Vous savez, ce n'est guère difficile, nous avons des agents partout. On appelle ça le renseignement.

– Alors, le trident sur votre cheval, c'est ça ? Le blason des frères Howard, assassinés par un Boer.

Il dodelina de la tête. La paix empêchait que l'on réglât les comptes. Les amnisties suivant les armistices obligeaient tout un chacun à remballer ses haines ou sa culpabilité en même temps que son casque, sa vareuse et ses guêtres. Et puis, du Cap au Transvaal, il y avait une longue route.

Marthe fut troublée par le récit de Howard. Peut-être noircissait-il les choses. Les combats de cette guerre étaient furieux. On se battait pour un rocher, un banc de sable sur un ruisseau, des fossés au creux desquels s'alignaient les cadavres. Ça faisait de belles photographies dans les journaux du Transvaal. En Europe même, le public, friand d'aventures exotiques, dévorait les pages africaines de *L'Illustration* ou du *Petit Journal*.

– Vous ne faites pas ça pour l'or, dit-elle.

Debout dans l'embrasure de la tente, elle observait le ciel soudain libéré de ses brouillards. Une lune rousse se levait quelque part sur l'horizon désespérément plat. Howard se leva à son tour. Leur voyage, semblable à nul autre, durait depuis près d'un mois. Marthe sentit le souffle de l'Anglais derrière elle. Sa main se crispa sur le manche du couteau qu'elle avait pris sur la table. Il allait se passer quelque chose. Lorsque les doigts de Howard se posèrent sur son cou, elle se raidit, prête à frapper.

– Je peux vous briser la nuque.

Il ne le ferait donc pas. Elle attendit, puis elle se retourna lentement.

– Vous allez sortir ma famille de cet enfer. Ils ont assez souffert comme ça. Si l'on attend que vos amis de Capetown ou de Londres entendent Mme Holborne, ils seront tous morts.

Elle vit le désir dans les yeux de l'Anglais, sentit son haleine chargée de ce malt que Piet prisait lui aussi, à l'occasion. Howard posa ses mains sur la poitrine de Marthe. On ferait plus tard le compte des semaines que l'on avait passées ensemble sur les routes du Natal. Une guerre dans la guerre, bucolique et bien élevée, une parenthèse pour privilégiés quand, partout ailleurs, l'on s'écharpait encore sur fond de déportation massive.

– Madame…

– Eh bien, quoi ? C'est le marché que vous me proposez depuis le début, non ?

Le regard de Howard chavirait. Il lui avait fallu une dose suffisante d'alcool pour oser. Le chantage sur Piet Marais ne tenait plus. De toute façon, il n'avait jamais eu la moindre valeur. Il y avait des êtres de chair de l'autre côté d'une barrière de barbelés. Ceux-là constituaient une vraie monnaie d'échange. Howard hasarda ses lèvres sur le visage de Marthe, qui se déroba. Elle lâcha le couteau qu'elle tenait toujours.

Elle sentit le genou de l'Anglais entre les siens, qui remontait vers ses cuisses et les écartait. Rassemblant ses forces, elle le repoussa, le tint à distance, les doigts serrés sur le col de sa chemise.

– Ils seront libres ?

– Je donnerai l'ordre.

– J'ai ta parole ?

Il eut l'air de penser que la question ne se posait pas. Déjà, il se libérait de la griffe de Marthe, pesait à nouveau contre elle. Il finit par lâcher un « oui » rauque comme un feulement de félin en alerte.

– Alors, fais vite.

Elle murmura « ordure » tandis que Howard la faisait glisser vers le sol. Elle devait s'abstraire, mourir d'une certaine façon. Personne ne lui porterait secours. Elle ferma les yeux. Tout s'achevait logiquement sous une tente, à quelques mètres d'un cimetière peuplé de morts-vivants.

– Sir ?

L'homme se tenait dans l'ouverture de la tente. À demi tourné vers l'extérieur, infiniment gêné. Il répéta sa question et, cette fois, Marthe l'entendit.

Howard cessa de remuer contre elle. Il répondit, d'un ton rogue. On le réclamait quelque part. Il hurla :

– *Out !*

Le soldat s'éclipsa sans demander son reste. Le bruit ne tarderait pas à courir ; il s'en passait de belles dans les locaux administratifs du camp. Marthe parut sortir d'un songe. Elle se dégagea lentement, se retourna, appuyée sur un coude, tandis que l'Anglais, à genoux, reboutonnait son pantalon. Que s'était-il passé ? Marthe réalisa qu'elle était nue jusqu'au haut des cuisses. Elle avait perdu connaissance. Combien de temps ? Elle portait encore le petit pantalon de lin qu'elle mettait pour dormir. Ses hanches la brûlaient, la peau y gardait la trace de griffures. Elle s'agenouilla à son tour, prit appui sur une chaise pour tenter de se relever.

C'était comme au village zoulou, la même infirmité, cette fois subite, la sensation d'un corps brisé en morceaux. Howard, livide, balbutia quelques mots, jura. Il ne s'était rien passé. Marthe le comprit alors qu'il quittait la tente.

Elle s'assit sur une chaise, regarda son ventre. Souillé. Howard devait être trop ivre. Elle se sentit envahie par une marée bouillante de honte. Aux pires heures de sa captivité chez le supposé roi des Zoulous, jamais elle n'avait eu le sentiment d'être devenue un objet que l'on pouvait posséder avant de s'en débarrasser.

Elle aperçut le couteau derrière un pied de table. Pourquoi ne s'en était-elle pas servie alors qu'elle le tenait ? Elle prit sa tête entre les mains, secouée de sanglots, laissa le flot de son chagrin s'apaiser lentement. Puis elle saisit la flasque de whisky abandonnée par l'Anglais, but, goulûment. La gorge en feu, elle résista quelques secondes à la quinte de toux qui, finalement, la cassa en deux.

Elle s'assit devant l'entrée de la tente, une nausée au bord des lèvres. Tout lui parut sali, crasseux : la terre colorée par endroits par le crottin des chevaux, le ciel gris, les toiles ondulant mollement sous le vent qui se levait. Et son propre corps, fatigué, courbatu comme s'il avait couru, nagé ou lutté longtemps.

« C'est la proximité de cette horreur », pensa-t-elle.

À cinquante pas d'elle, des fonctionnaires sans état d'âme remplissaient des besognes de nécrophiles sous l'œil des militaires : constater des trépas, emballer des corps, ouvrir des fosses où on les jetterait. Le camp n° 27 contenait à lui seul tout ce que la cruauté des hommes pouvait les conduire à infliger à leurs semblables. C'était la guerre, sans les fusils ni les canons, avec la faim, le typhus, le marasme et le paludisme pour munitions.

Elle se demanda ce qu'elle faisait là, en fin de compte. Par instants, l'infamie du camp lui semblait irréelle. L'Afrique avait été pour elle un rêve devenu absurdité. Ne pas avoir pris, d'emblée, le parti que défendaient avec passion les femmes boers la retranchait de ce qu'elle vivait.

Dès lors, le major Howard lui-même appartenait à une fiction. Rien n'était tout à fait vrai dans cette histoire. D'autres, tout près, vivaient un cauchemar, bien tangible celui-là. Eltsie. Marthe avait dû sortir du camp avant la nuit, ainsi le voulait le règlement. Le compte des morts était fait à l'aube. Et il y en avait, chaque matin. On les conduisait au funérarium avant de les inhumer sans tarder. La méthode zouloue d'éviscération n'était pas entrée dans les mœurs blanches. Il fallait donc se débarrasser rapidement des corps.

Marthe se sentit mal. Sa tête tournait, lourde du spectacle des doigts d'Eltsie remuant sur un grabat sans matelas ni drap. Cachexie. Les vieillards d'Aubervilliers partaient ainsi, dénutris, desséchés. Dans les bras, ils pesaient moins qu'un enfant.

– Je sais où se trouve votre mari.

Elle sursauta. Howard se tenait devant elle. Dégrisé. Sans expression. Triompher lui serait cependant difficile aux abords d'un cloaque où femmes, enfants et vieillards mouraient de faim.

Marthe attendit des excuses qui ne vinrent pas.

– Je suis fatiguée, monsieur. Vous savez où il est. Vous me le direz si vous le désirez. Je ne vous ai pas servi à grand-chose. Désolée.

– Il est loin d'ici, dans la région des mines.

Elle avait songé à tort au Drakensberg. Les mines. Il y en avait à l'ouest. Et aussi à Johannesburg. Le pays des Joubert, des Marais, des Villiers était immense et le renseignement britannique de grande valeur.

Marthe toisa son compagnon de route dans la lueur de la lampe à pétrole. Un reître pour qui elle n'éprouvait ni dégoût ni compassion ou tout autre sentiment, seulement le désir de ne plus subir sa présence.

– Vous pensiez m'y emmener ? Après tout, ce serait normal. Il n'y a plus de colons boers, plus de fermes, plus d'ennemis de la reine Victoria, plus rien. Vous avez gagné. Les diamants, l'or, tout est à vous, même les gens. Il serait peut-être temps de signer une paix, vous pourriez même commencer par vous-même, je pense.

Il se raidit. La damnée Française avait l'art de suggérer. Et ce ton, ironique, si caractéristique de sa race, jusqu'au sortir de ce qui ressemblait à s'y méprendre à un viol.

– Sachez simplement que Piet Marais a été localisé dans l'une des dernières poches de résistance boer près du Witvatersrand. Il est malade, à ce qui m'a été rapporté. Vous m'avez demandé un jour si traquer un cadavre m'amusait. Celui-là ne vaut plus grand-chose de toute manière. Maintenant, vous êtes libre d'aller où vous voudrez. La guerre n'est pas terminée, j'y tiens encore une place.

Il posa une petite liasse de papiers sur la table. Des sauf-conduits, des autorisations de voyager.

– À votre nom.

Il se coiffa d'un feutre civil.

– Je n'ai donné aucun ordre vous concernant. Ce pays vous est familier, je crois. Il y a du travail pour vous dans ce camp. Sachez que les plaintes émises par les visiteuses seront entendues à Capetown et à Londres. Les journaux en ont fait mention. Je pense que c'est bien. Sincèrement, je le pense. Vous n'y êtes pas pour rien.

Elle attendait autre chose. Qu'il affrontât son visage fermé, grimaçant presque de répulsion.

– Faites sortir les Viljoen de cette ignominie, dit-elle d'une voix faible.

Il se détourna sans un mot de plus.

Une carriole, en route vers Amersfoort avec, à bord, un mélange de civils blancs du Natal, de nègres cafres et zoulous et d'un couple d'hindous, la déposa devant le chemin menant à la demeure.

Il lui sembla tout d'abord qu'un immense drap recouvrait la moitié de la façade, un tissu noir, comme les dais que l'on posait sur les porches parisiens pour signaler un deuil, comme le voile sur la statue représentant Strasbourg, place de la Concorde, que l'on avait ainsi revêtue le jour où les Prussiens s'étaient emparés de l'Alsace et de la Lorraine. Au nord, la propriété des Marais offrait à l'œil le blanc immaculé de ses murs, le rouge de sa tuilaison, le délicat dessin des fers forgés protégeant ses fenêtres. Au sud, en revanche, plus rien de cohérent ne subsistait. Marthe découvrit peu à peu le désastre.

La façade béait. Des poutres entremêlées, rongées par les flammes, formaient une barrière encombrée de gravats. Le toit avait cédé, entraînant dans sa chute les cheminées dont les briques s'étaient répandues, en tas informes, sur le sol alentour.

Marthe ne put réprimer un sanglot. Les herbes avaient envahi l'espace partout où elles pouvaient naître. Hautes, doucement bercées par le vent, elles léchaient le bas des murs et cela renforçait l'impression d'abandon que donnait le bâtiment.

L'écurie s'était effondrée d'un bloc. L'étable ne tenait plus que par un angle de murs d'où pendaient, jusqu'à terre, des poutres disloquées. Seule demeurait, à l'écart, la porcherie. Des outils traînaient à même la terre. Socs de charrue, herses, pelles et pioches voisinaient avec des rouleaux de fil de fer, des jougs, des roues d'attelage. On avait fait le tri, sans doute pour choisir le plus utile et l'emporter.

La petite terrasse sur laquelle Anders Marais aimait à séjourner était intacte. Marthe monta les marches, pénétra dans la maison. Étrangement, les objets y étaient en ordre, tant sur les étagères de la cuisine que sur les meubles de la grande salle de vie. Des choses manquaient cependant : l'argenterie, l'étain, les chandeliers, les porcelaines hollandaises du vaisselier, objets du luxe très relatif d'une ferme boer. Restaient les assiettes et les soupières, les marmites et les casseroles, des bols de terre cuite, rien qui eût la moindre valeur marchande.

Un pillage avait eu lieu, et aussi une remise en ordre. Sur la table de la cuisine, on avait disposé des verres, une carafe. L'attention de Marthe fut attirée par une assiette creuse contenant une pâte de maïs ressemblant à celle dont les ouvriers noirs faisaient leur ordinaire. Intriguée, Marthe s'engagea dans le couloir menant aux chambres. La perspective, autrefois profonde, était coupée en son milieu par des amas de pierre, de bois, de tuiles. Le ciel s'apercevait au-dessus de ce qui avait été soufflé par une explosion, puis mis à feu.

Une porte entrouverte donnait sur la chambre qu'occupaient Jeans et Anna Viljoen. Une odeur composite de moisi, de vieille urine et de linge humide, semblable aux remugles des salles communes de l'Assistance publique, s'en échappait. La pièce était plongée dans la pénombre. Le mobilier y était demeuré le même : une commode de bois brut, une armoire d'angle, deux chaises et un lit, sur lequel gisait, à demi dévêtu sous le crucifix, le patriarche de Bonne-Espérance.

Anders Marais. Marthe crut qu'il était mort. En vérité, il vivait. Le regard fixé sur le plafond, le souffle rauque, les doigts agités par un tremblement menu. Spectral. Ses yeux se tournèrent lentement vers Marthe, ses lèvres desséchées s'ouvrirent sur un murmure. Marthe y reconnut son prénom.

On survivait à Bonne-Espérance. Marthe se retourna quand elle entendit un bruit dans son dos. Christian Viljoen se tenait dans l'embrasure de la porte. Hâve, le visage dissimulé en partie par son chapeau. Lui n'avait jamais fait d'effort pour parler français. Marthe lui montra le lit. Il fallait en changer les draps, aérer la chambre. Elle ouvrit l'armoire. Le linge de maison n'avait pas intéressé les pillards. Tout était dans l'état où on l'avait laissé : les dentelles et les couvertures, les bonnets et les langes des nourrissons, les jupons et les chausses. Tandis que Christian l'éclairait, Marthe prépara le change du vieillard.

– *Water !*

Le garçon parut ne pas comprendre. Marthe répéta, péremptoire. Il n'y avait plus, là, de héros et de guerriers, de bonnes âmes et de compassion, seulement le désir de respirer un air moins vicié au milieu des ruines de la demeure. La guerre avait choisi ses vainqueurs. Pour les autres, il s'agissait de ne pas souffrir de la faim, de la gale ou de la dysenterie. S'en sortir, au bout de quelques errances.

– Madame Piet ?

Le couple de nègres était arrivé en renfort. Timides, ils n'osaient pas entrer dans la pièce. Ils avaient préparé la bouillie que Christian faisait avaler à son grand-père. Il était des limites qu'on ne franchissait pas chez les Boers du Transvaal. Marthe les tança. On curerait la bauge dans laquelle marinait le vieillard et au diable les convenances coloniales.

Gestes à l'appui, elle expliqua à Christian que sa mère reviendrait bientôt à la ferme. Marieke aussi, et les petits, sauf les deux derniers. Par la grâce des fonctionnaires de Victoria, la république du Transvaal avait été transformée en antichambre du purgatoire. Christian l'interrogea enfin :

– Eltsie ?

Marthe fit « non » de la tête. Un mot lui revint à l'esprit, usuel, entendu à Talana et aux alentours de Ladysmith.

– *Dooie vrou.* Morte.

Anders réclamait à boire. Christian s'assit au bord du lit. Cela faisait des mois qu'il se cachait, guettant les passages de soldats sur le chemin reliant entre elles les fermes mises à feu. Une chance pour lui et pour quelques autres devenus clandestins sur leur propre terre, le génie anglais n'avait pas érigé de blockhaus à Bonne-Espérance.

Il y avait eu foule au moment d'envoyer les gens dans des camps, puis ça s'était calmé. Champs à l'abandon, bétail confisqué, ouvriers disparus, les greniers boers vides et désertés n'attiraient plus grand monde. Les restes noircis de la demeure, le spectacle de ses habitants, inoffensifs, avaient dissuadé les pillards d'y chercher fortune. Vestige inquiétant par maints aspects, le domaine des Marais et des Viljoen montait, au sommet de sa butte envahie par les herbes, la garde dérisoire de frontières effacées.

Par le langage des mains, des yeux et des dessins sur le sol, les serviteurs zoulous demeurés à Bonne-Espérance expliquèrent à Marthe ce qui s'était passé depuis la déportation. En vérité, pas grand-chose. Ils avaient réussi à convaincre leurs frères de race désireux de fouiller les ruines qu'il ne restait plus rien à emporter. Un pari dangereux pour ces gens dont les ancêtres avaient été mis en esclavage par ceux des Marais et des Viljoen. Ainsi en allait-il de Nandi et Joseph, qui considéraient le domaine comme le leur.

Les Anglais avaient mis un terme au pillage. Quelques exécutions sommaires, au bord des chemins, avaient suffi pour que l'autorité de la reine Victoria régnât sur ces terres prises à l'adversaire. Ailleurs, pour des raisons connues d'eux seuls, ils avaient laissé les visiteurs libres de se servir et, à l'occasion, de violer et de tuer. De ce chaos organisé demeuraient les vestiges calcinés des fermes, balisant les collines, noircissant les vallons. Un âtre grand comme un pays, où la cendre froide recouvrait les jardins autrefois florissants.

Marthe parcourut les abords de la maison. Des bûcherons chargés de terminer le travail des dynamiteurs avaient sectionné les plus hauts arbres de la propriété : chênes et eucalyptus, ainsi que des feuillus aux racines apparentes dont il ne restait que cet entrelacs, au ras du sol. Les vieux pruniers, les cerisiers et les pommiers avaient subi le même sort. On avait brûlé leurs souches afin de les stériliser à jamais. Tomates, haricots et courges avaient été massacrés à la machette. Du millier de moutons de Bonne-Espérance, les jumeaux et leur couple de nègres en avaient récupéré une trentaine. Deux vaches sur plus de cent, un cheval, un chien devenu silencieux depuis que ses maîtres avaient disparu, tel était le reliquat d'animaux vivant encore à la ferme Marais.

Et les insectes. Marthe avait dû mener bataille contre eux, tant chez les Zoulous que dans les chambres des hôtels de Dundee, de Newcastle et d'ailleurs. À Bonne-Espérance, personne ne les chassait plus. Fourmis et araignées, scarabées et cafards, noirs caparaçons bourdonnant aux oreilles ou chenilles gluantes rampant jusqu'entre les doigts de pied se disputaient les murs, les encoignures des fenêtres, les draps et couvertures, la vaisselle. Vainqueurs de toute guerre, surgis de la terre et des quelques arbres survivants, chez eux partout.

Lorsqu'elle goûta la bouillie de blé que Nandi avait préparée pour le clan, Marthe crut défaillir. Cela tenait de la gélatine et du mortier. On fit passer du lait, du sucre, mais ça ne suffirait pas pour rendre la mixture consommable. Pourtant, il fallait bien manger. La viande de Bonne-Espérance resterait sur pied. Il n'en subsistait pas suffisamment pour qu'on la mît au gril. Les vaches donneraient du lait et les moutons de la laine. Aussi ne risquerait-on pas l'apoplexie chez les Viljoen de Volkrust.

Ainsi, le destin des deux républiques boers fut scellé au bout de deux années d'une résistance acharnée, colline par colline, rocher par rocher, rivière par rivière. Scellé dans le sang des combattants, les pleurs des femmes, entre les stèles sur lesquelles s'inscriraient les noms des trente mille civils abandonnés aux maladies, à la famine et à la mort dans les camps de concentration de Chamberlain et de Kitchener.

Laissés libres de leurs gestes par les Britanniques, les nègres réglaient des comptes ici et là, quand ils ne se contentaient pas de se servir sur ce qui restait des biens boers. Les artificiers de Victoria avaient bien travaillé. La plupart du temps, ils n'avaient laissé derrière eux que des tas de gravats fumants sous lesquels s'était consumée, longtemps, la mémoire de la colonie.

Passé l'incendie, Bonne-Espérance n'avait pas subi de nouvel outrage. Les Anglais y avaient bivouaqué à quelques reprises. La vue d'un vieillard et du reliquat de sa domesticité n'avait pas excité en eux la fibre soldatesque. On avait assisté à la confiscation des troupeaux, chargés, bête après bête, dans des wagons en partance pour le Sud. Les officiers s'étaient distribué les chevaux, les soldats s'étaient entraînés au tir sur les chiens. Marthe songea soudain à l'autruchon. Celui-là, on l'avait cantonné dans le village de cases nègres, avant de le libérer, jeune adulte.

– Il est parti, raconta Jakobus. Au début, il ne voulait pas. Il a fallu lui lancer des pierres pour qu'il s'en aille.

Marthe ne comprit pas ce zèle à se débarrasser d'un animal familier. Jakobus lui donna une explication plausible : un bec de plus à nourrir, c'était du luxe en temps de disette. La prairie était assez vaste pour que Mimile pût à loisir y trouver sa pitance.

Il y eut la mort de Victoria, à l'été de 1901. Le peuple boer se révéla trop exténué pour célébrer l'événement. Les Anglais prirent le deuil, tandis que leurs hôtes se félicitaient en toute discrétion que la vestale de quelques massacres perpétrés à travers le monde s'en fût allée retrouver ses victimes au purgatoire ou en enfer.

Son successeur se nommait Édouard VII. Il fut très vite clair pour tout le monde que son accession au trône ne changerait strictement rien sous l'équateur. Les steamers continueraient de déverser leur humanité en armes sur les quais de la province du Cap, les architectes de Chamberlain d'ériger des blockhaus partout où c'était possible, les gardes des camps de surveiller un troupeau hébété de femmes et d'enfants, un peu mieux nourris cependant depuis que les témoignages de quelques femmes courageuses avaient éveillé les consciences, de Capetown à Londres.

La traque des soldats et des miliciens devenus résistants se poursuivait. Il y eut des procès et des exécutions ; les lois de la guerre déjà sérieusement transgressées par les hommes de Kitchener ne s'appliquaient plus aux francs-tireurs et aux commandos livrés à eux-mêmes par la carence définitive du commandement. Des têtes furent mises à prix : Botha, De Wet. On oublia Piet Marais, disparu dans la tourmente quelque part entre Johannesburg et le Drakensberg.

Marthe se confina à Bonne-Espérance. Si Piet vivait, il ne se risquerait pas dans cette région du Transvaal. Comme dans tout pays sous occupation étrangère, le poison de la dénonciation se répandait, malgré la rigidité morale des protestants boers. L'Anglais ne regardait pas à la dépense pour ça. Marthe supposa que le major Jesper Howard tenait un rôle dans cette affaire.

– Chef des gravats.

Elle accorda le titre à Jakobus, qui traduisit pour son frère.

Christian fut l'exécutant préféré de son jumeau. Il fit des tas, des petits, des plus hauts. Bien que perclus de rhumatismes, Joseph l'aida dans cette tâche pour laquelle il n'avait pas été désigné jusque-là. Des draps furent tendus entre les vestiges des poutres maîtresses. La maison ne manquait pas de bassines de tous volumes. Marthe eut l'idée d'enduire les draps de la graisse des moutons retrouvés morts ici et là dans la prairie. Ainsi la pluie glissait-elle sur eux comme l'eau sur les plumes de canard.

Des petites choses : ramasser quelques fruits sauvages, nettoyer petit à petit les murs épargnés par la dynamite et les flammes, mais couverts d'une poussière noire, collante, sorte de glu épaissie par l'humidité des nuits. Ou chasser les rats et les insectes attirés là par Dieu sait quoi.

C'était presque pire que dans les chambres d'hôtel et les campements du Natal. On organisa des battues, tapettes en main, donnant du talon, frappant au vol tout ce qui bourdonnait. Les Anglais avaient oublié de boucher le puits. On en tira de l'eau claire pour laver le linge sur lequel on avait saigné de cent démangeaisons nocturnes.

– *Hel*, gémissait Christian.

Il avait la même peau blanche, piquée de roux, que Jakobus, pourtant, la sienne attirait les dards quand l'autre semblait les repousser. Une affaire d'odeur, sans doute. Marthe avait vu le *sangoma* zoulou fabriquer des décoctions de pourpier. Bonne-Espérance ne manquait pas de cette plante. Il y aurait un tiroir à onguents, dans la cuisine.

C'était un attelage tiré par une mule poussive, plutôt brinquebalant, venant de Volkrust. Il n'en passait plus guère sur la piste menant à Amersfoort. Où aurait-il pu vouloir aller dans le désert créé par les envahisseurs ?

– Ce sont les nôtres, dit Anders Marais.

Il avait dit ça sur un ton égal, comme une évidence. Marthe sortit de la cuisine où un canard de Smith fumait dans une marmite posée à même la braise de la cheminée. Tout en s'essuyant les mains, elle observa le chariot découvert. Elle cligna des paupières. La lumière, vive, limpide, l'empêchait d'en distinguer davantage. Des bras s'agitaient dans la carriole.

Les enfants.

Leur blondeur n'avait rien de très original. Marthe ne tarda pas à reconnaître les deux femmes qui les accompagnaient.

– Ce sont eux !

Elle dévala les marches de la terrasse, courut vers le chemin. La disparition des grands arbres ouvrait en grand la perspective de l'aval. Les petits de Marieke avaient sauté à terre et couraient. Cela n'allait pas assez vite pour eux. Marthe se retourna. Jakobus levait les bras en signe de victoire. Anna tenait les rênes. À bout de souffle, Marthe s'arrêta, attendit que les petits l'aient entourée. Ils cherchaient ses bras, serraient ses jambes.

– Martha, tante Martha !

Elle attendit que l'attelage parvînt à sa hauteur. Marieke en descendit alors qu'Anna demeurait prostrée sur la banquette. Marthe ouvrit ses bras à sa belle-sœur. Marieke avait perdu ses rondeurs. Elle flottait dans une jupe trouée et un corsage gris de crasse et de poussière. Puant la sueur.

– *Dankie*, dit-elle.

Howard avait tenu parole. Quel remords l'avait saisi ? Marthe ne voulut pas s'attarder sur cette question. Elle se hissa à bord. Les arrivants n'avaient qu'un sac pour seul bagage. Une bâche recouvrait l'arrière de la carriole, laissant voir un angle de bois blanc. Marthe réalisa que les enfants avaient voyagé sur des cercueils.

26

– Les gens discutent à Pretoria.

Christian Viljoen revenait à pied de la gare de Volkrust. Une longue marche pour l'achat de quelques clous, de sel et de ce bœuf en boîte que les Anglais, en délicats intermédiaires des Américains, commençaient à répandre dans les colonies.

Anna le pressa de questions. Il n'en avait pas appris davantage, sauf que la résistance des Boers s'épuisait dans les ruines de ce qui avait été un monde. Rayés des cartes, les généraux, les officiers et les politiciens, à l'image de leurs administrés. Évanouis dans le moutonnement sans fin des collines du Transvaal, les commandos harassés bravant pluies et brouillards sous leurs capotes de laine et leurs chapeaux de feutre. Inutiles et déjà oubliés, les exploits des vainqueurs de Talana, de Spiokop, de Colenso et de vingt autres lieux abandonnés après avoir été conquis, ou simplement défendus. À un contre vingt, l'affaire était perdue. Le rêve des pionniers hollandais du Sud africain s'était dissous dans le vaste ensemble qu'était l'Empire britannique.

Par Dieu sait quel canal, une lettre de Louis Viljoen parvint à ce qui restait de Bonne-Espérance. Il était vivant, épargné par les épidémies garnissant les cimetières des bagnes.

Une lettre. On se contenterait de cela. La saison des moissons approchait. Aucun écho d'une éventuelle libération des milliers de prisonniers retenus en Guyane, en Malaisie, à Sainte-Hélène ou à Ceylan ne parvenait à ceux des Boers qui jouissaient encore de leur liberté. L'argent étant une denrée devenue fort rare et les semailles n'ayant pas été faites depuis deux ans, il était hors de question d'engager des saisonniers, fussent-ils payés au tarif minimal.

On s'arma de faux, de serpes, de couteaux de cuisine pour s'en aller couper ce que la nature avait bien voulu reproduire spontanément dans les immensités de Bonne-Espérance. Un blé erratique, de l'orge et du seigle en bouquets épars, la récolte fut assez vite étalée dans l'enclos où, autrefois, l'on fanait le grain.

Les Britanniques se montraient moins regardants sur la présence des jeunes hommes dans les bourgs. Renouant avec les routines du passé, des saisonniers firent à nouveau étape à Bonne-Espérance, le seul domaine de toute la région où vécût encore une âme boer.

Les uns et les autres cherchaient la besogne que l'on n'était pas encore capable de leur payer. Ils donnaient cependant des nouvelles de ce que plus personne ne nommait « front ». En vérité, la résistance des républiques avait pratiquement cessé. Maîtresses des voies ferrées, des rivières, des cols de montagne et des hautes collines, les troupes anglaises nettoyaient les dernières poches de guérilla : quelques foyers aux frontières du Basoutoland, d'ultimes combats vers celles du Mozambique, des actions plus ou moins désespérées auxquelles les maîtres du jeu répondaient par des salves de peloton.

Au milieu de ce désastre clignotaient quelques étoiles pâlissantes. Botha sabotait encore des rails au Natal. On faisait sauter des blockhaus. Les représailles ne tardaient pas. Piquée, la grosse bête britannique écrasait la guêpe boer.

Les Portugais recueillaient d'assez mauvaise grâce les reliquats des armées de Kruger et de Steyn. Les camps de concentration demeuraient clos sur leurs pensionnaires. Quant aux Zoulous et aux Xhosa, ils avaient rapidement pris le parti des vainqueurs. Leurs exactions cessaient cependant à mesure que les Kakis mettaient en place leur administration de conquérants.

Aidée de sa belle-sœur et de Nandi, Marthe brassait du linge lavé au ru boueux qui serpentait en contrebas de Bonne-Espérance. Des Britanniques étaient passés sur le chemin, une routine. On savait que le domaine hébergeait des rescapés, inoffensifs vestiges d'une aisance révolue. Il arrivait même que l'on se saluât, comme si l'on était déjà dans une autre vie, une autre histoire au nom de laquelle on aurait enfoui les souffrances et les peurs, les cris des mourants et le sang des trépassés.

Christian montra les clous. À défaut de poutres neuves, on rafistolait les anciennes. Les toitures effondrées avaient été remplacées par des branchages et des draps sous lesquels des bassines de métal récupéraient l'eau de pluie. Ainsi la hauteur de la maison s'était-elle réduite de moitié dans sa partie sud, offrant l'hospitalité, précaire, d'une grande cabane à qui désirait y séjourner.

Marthe reprit le chemin menant à la ferme. Volkrust était devenu un havre de paix, la voie ferrée remise en état aux premières heures de l'occupation anglaise voyait transiter un trafic normal : civils et militaires, hommes d'affaires et paysans, courtiers butinant le territoire telles des abeilles sur des champs de bruyère. Seuls manquaient encore les femmes et les enfants, mais Christian avait été formel : on allait les libérer. Du moins ce qu'il en restait.

Marthe étala le linge sur la prairie. Aidée par les serviteurs noirs et les enfants de Marieke, elle avait fauché les herbes folles, exhumé de leur fouillis l'entrelacs de chemins menant au verger et au potager, aux communs et au cimetière où l'on avait creusé la tombe d'Eltsie.

Manches retroussées, la sueur au front, Marthe contempla le paysage de terres et de vagues reliefs qui s'offrait à elle. Immuable et pourtant différent. Si l'on oubliait la demeure à demi détruite, la guerre n'y avait laissé aucune trace visible. Les roches monumentales étaient à leur place, parsemant les champs, l'horizon ondulait comme il l'avait toujours fait, au même rythme. Seule la hauteur des herbes attestait l'état d'abandon des terres. La savane originelle avait repris sa place, couvrant de son manteau la discipline des cultures coloniales.

Marthe marcha vers l'orée de cette mer qu'il faudrait féconder à nouveau. Son cœur battait fort. C'était comme aux abords de la Tugela, la porte de l'inconnu, l'Afrique sans limites ni frontières capable d'effacer la présence de l'homme d'un coup de vent, d'un orage, d'une tourmente aussi violente que ses immensités où l'on se perdait.

Qu'importait la présence au Transvaal des fonctionnaires et des officiers de Sa Majesté Édouard VII. Marthe n'avait rien à faire des tractations en cours, des calculs des uns et des autres, des amas d'or et des rus de diamants que l'on se partagerait, de toute façon, entre initiés qui jamais n'avaient cessé d'être des complices.

Qu'importait le cynisme absolu de ceux qui, penchés sur leurs livres de comptes, avaient orchestré cet affrontement pour un butin grandiose et dérisoire, au pied duquel des soldats et des civils gisaient par milliers. À aucun moment les mines n'avaient eu à craindre la moindre menace de destruction.

Il y avait autre chose au Transvaal, d'infiniment plus glorieux.

Une terre, sous le ciel tourmenté de novembre. Batave ou anglaise, quelle importance ? Marthe n'y était pas née, elle n'avait aucune prétention à la posséder. À la place de ce désir, elle éprouvait, pour l'océan herbeux dissimulant l'aride tapis sur lequel s'épuisaient depuis toujours les hommes, un attachement, un élan, une envie de se coucher dessus pour en respirer le parfum. Les Zoulous, qui se contentaient, pour vivre, de piler un peu de grain auprès de leurs troupeaux, vivaient sur des sols plus riches que celui-là. Et pourtant.

Elle souhaita soudain la fin de cette guerre dont les derniers échos parvenaient, assourdis, à l'ancienne frontière avec le Natal. Cela suffisait, désormais. Les familles avaient été brisées, leur lien intime haché par les mitrailleuses, achevé par les épidémies. On allait reconstruire. Les vainqueurs ne se ruineraient pas dans l'entretien du peuple qu'ils avaient mis en sujétion.

Elle entra dans la maison. Les enfants de Marieke avaient appris à y faire silence. Ils réservaient leurs cris pour l'extérieur, partout où leur soif d'espace et de jeu leur permettait d'aller. Dans le camp n° 27 comme à Bonne-Espérance, ils étaient, eux, les seuls vrais vainqueurs de la guerre, capables de tout oublier pour courir derrière une boule de chiffon.

Et puis il y avait le vieillard dont il fallait respecter le repos. Le spectre, sur son lit, qui semblait devoir mourir chaque jour et qui, terrassé un soir d'orage par une apoplexie, vivait, les doigts crispés sur le drap, le regard rivé au plafond, plus terrifiant qu'un animal. Marthe vit les enfants autour de Christian, comptant les clous avec lui.

Elle posa une partie de son linge sur une chaise. Anna se tenait debout, appuyée contre la haute cuisinière en fonte. Un vague sourire aux lèvres.

– *Agter jou kyk, Martha*[1].

---

1. Derrière vous, Martha.

Marthe se retourna. Un homme était assis à la grande table dans la pénombre. Barbu, le visage caché par le rebord d'un feutre. Lorsqu'il se fut montré, Marthe laissa tomber ce qui lui restait de charge.

– Piet.

Il agita les doigts dans un salut désinvolte. Marthe marcha lentement vers lui, tandis qu'il se levait pour une longue, muette embrassade. Anna s'était détournée. Marieke ramassa le linge qu'elle entreprit aussitôt de plier avec l'aide de sa sœur.

Marthe éprouva le besoin de s'asseoir. Piet posa les mains sur ses épaules, ferma les yeux. Les enfants, étonnés, observaient le couple figé à quelques pas d'eux ; c'en était presque plus intéressant que les clous alignés sur le plancher. Marthe s'inquiéta soudain. Les questions se bousculaient dans son esprit. Elle prit Piet par le col, le força à s'asseoir près d'elle.

– Comment es-tu arrivé jusqu'ici ? Mais on doit te rechercher ? Cela fait des mois qu'ils te traquent. Comment…

Il la calma, amusé. Ils avaient des choses à se dire, beaucoup de choses, certes. Il fallait profiter de l'instant, se toucher, se regarder.

– Je crois que ces clous vont bientôt trouver leurs planches, dit-il. Il y a de l'ouvrage un peu partout ici, et du lourd.

On était déjà dans le futur. Marthe prit son visage entre ses mains. Un tumulte subit l'empêchait de penser. Il y avait eu Talana et Ladysmith, le soi-disant roi zoulou et l'Anglais, les cadavres ambulants du camp n° 27. Et la cohorte des blessés, leurs murmures d'agonie, leurs yeux cherchant en vain l'espérance, et cette immersion dans les limbes où ils cessaient peu à peu de respirer, contre laquelle on ne pouvait rien. Tout se mêlait dans sa tête dans une danse infernale au son d'un orchestre devenu fou. Elle entendit la voix de Piet tout contre son oreille, un chuchotis.

– Tu es brave, *heuning*.

Que savait-il ? Elle réalisa alors qu'il peinait à bouger son bras droit. Une pesanteur, dans les mouvements les plus simples.

– Tu es blessé ?

– Rien, ou pas grand-chose. Un détail, comme vous dites en France. Voilà, un petit détail de cette affaire qui finit mal de toute façon.

Elle revint à elle. La photographie de Piet Marais devait être épinglée dans tous les commissariats et camps militaires anglais. Eltsie Viljoen avait payé de sa vie leur zèle à se saisir de son oncle. La perspective de la victoire finale ne suffirait pas à éteindre leur flamme.

– Tu dois te cacher. Ta guerre est terminée, Piet Marais, et cette fois, tu ne me diras pas que tu dois repartir pour les mines, la Tugela ou le Mozambique.

Elle se dressa face à lui. Des Anglais, il en passait chaque jour ou presque sur le chemin du nord. Il suffirait que l'un ou l'autre s'arrêtât à Bonne-Espérance, juste pour voir si, par hasard, l'agent de Pretoria n'y était pas revenu. Elle entraîna Piet à l'extérieur de la maison. Au cœur du chaos de bois et de pierre de la partie sud, les commensaux de Bonne-Espérance avaient aménagé un espace, une sorte de caverne, exposée aux pluies mais invisible tant du chemin d'accès que des pelouses rendues à la végétation sauvage.

– Ta demeure en cas d'ennuis, dit Marthe.

Elle baissa la tête. Ce qu'elle avait à dire lui déchirait le cœur. Mais elle devait le faire à cet instant, sinon le secret qui s'installerait entre eux les détruirait.

– L'Anglais du Cap et de Durban te cherchait parce que tu as tué ses frères. Tu avais seize ans…

Il sursauta, se renfrogna très vite.

– C'était une guerre, une autre sans doute, mais une guerre.

Elle devrait lui raconter son séjour chez les Zoulous, sa délivrance par Howard, puis le reste. Se débarrasser de ce poids était important. Ensuite, elle pourrait parler d'autre chose. Les camps, l'effarement des témoins, la dénonciation par ces femmes des aspects les plus répugnants de la guerre.

Elle pensa qu'elle n'aurait de repos avant de l'avoir convaincu qu'elle aussi n'avait eu en tête que leurs retrouvailles, quelque part chez les Boers ou chez les Anglais, qu'importaient alors le lieu et ses propriétaires.

Il la prit par les épaules, sonda son regard. Il se détendit, d'un coup, comme s'il chassait un fantasme, une idée noire.

– Tu ne me diras rien, *heuning*. Tu es là, c'est suffisant. Je sais, moi, ce que j'ai fait il y a vingt ans. Ce que tu as appris est vrai. Le soldat de Majuba Hill s'est laissé transformer en une sorte de dieu vivant. Mystérieux voyageur, capable de tous les prodiges, en vérité un homme comme n'importe quel autre. J'ai joué avec ça. Si j'étais resté anonyme, fermier parmi les fermiers, tout aurait été oublié. Mais voilà, certains ont reçu ma petite gloire comme une piqûre de frelon ou de serpent. Et me voir à ce point respecté les a rendus fous. « Les suppliciés de la colline sanglante », les Anglais ont nommé ainsi ceux que nous avons tués ce jour-là.

Il répéta, en afrikaans :

– *Diegene uitgevoer in die bloedige Hill.* C'est le Transvaal tout entier qu'il faudra désormais appeler pays des collines sanglantes.

– Alors, tu savais qui était Howard ?

– Non. J'avais seulement une intuition.

En vérité, il savait. Tout, y compris ce qu'il était advenu d'elle après l'embuscade sur la Tugela. Dans le chaos, chacun devait trouver seul sa porte de sortie.

– N'oublie pas que je suis officier de renseignement. Un confrère du major Howard, en quelque sorte.

Elle toucha son épaule.

– Fais voir ce qu'il y a là-dessous.

– Ce n'est pas très joli.

– Montre.

Il se déshabilla partiellement, exhiba sa blessure. La balle avait tracé son chemin dans les chairs, brisant la clavicule au passage. La salière était exagérément creusée de ce côté-là, la peau, encore boursouflée. Les sutures, faites par un chirurgien en route vers le Mozambique, avaient pour la plupart cédé sous l'œdème. Le tout évoquait une viande mal cuite, grise ici, rouge là.

– Nous avons expérimenté les mitrailleuses de Kitchener dans la colonie portugaise. Le Belge que tu n'appréciais pas a foutu le camp avec l'or d'Evander et nos enfants meurent dans les camps. Tout est grotesque dans cette histoire. J'aurais dû t'écouter et me débarrasser de lui. Mais, de toute façon, j'aurais pris ce train.

Il contempla les ruines de sa demeure.

– Je ne pourrai pas porter grand-chose, mais en revanche, clouer, visser, empiler des tuiles et jeter du grain aux poules, ça, je saurai faire. Tu as raison, *heuning*, ma guerre est finie.

Marthe perçut son désarroi. Deux années de campagnes, de courses en tous sens, de nuits courtes et de longues veilles lui rendaient un homme en partie détruit, dont l'esprit aurait besoin de repos, de sommeil, de patience. Aux côtés de Piet Marais, se tenait une femme qu'au contraire la perspective de la paix stimulait. C'était ça, un couple dans la tourmente, l'un soutenait l'autre quoi qu'il arrivât, comptant à son tour sur lui, ou sur elle, pour traverser l'épreuve suivante. Marthe dirait cela à Piet.

Il la considéra en souriant.

– On m'a dit des choses sur toi, chez les Zoulous.

– Tu es allé là-bas ?

– Il fallait bien que je te cherche quelque part. Ce n'est tout de même pas une aventure pour une jolie Parisienne, tout ça.

Elle caressa les joues de Piet, lui dit qu'elle l'aimait, que Bonne-Espérance survivrait par eux deux, et grâce aux autres aussi, qui reconstituaient lentement leurs forces sous un toit délabré dont ils restaient, tous ensemble, les propriétaires. Il s'effondra, soudain.

– Les Boers, les républiques, c'est terminé, souffla-t-il. Nous ne sommes plus maîtres de rien.

Elle étouffa sur son sein les sanglots qui s'échappaient de la gorge de Piet. Le sort du Transvaal lui importait moins que la présence de son mari au domaine. On irait faner le peu de grain fauché dans les champs, puis on sèmerait, à l'automne austral. À défaut du bœuf gras d'autrefois, on se contenterait de springboks, de quelques phacochères ou de cochons sauvages abattus dans les bois. S'il le fallait, on mangerait ces bêtes étranges qui retiraient des fourmilières leur langue visqueuse couverte de leur festin du jour.

Lui parlerait, au fil des nuits : l'errance dans les zones frontalières traversées par les colonnes anglaises, la recherche des compagnons dispersés, quand ce qui restait des autorités de Pretoria, quelques fonctionnaires, des militaires de bureau, des notables inscrits sur des listes noires, s'était réfugié au Mozambique.

Des gens se battaient pourtant encore, sur des rives, le long de rails détruits. Piet les avait accompagnés, sans arme, pour les guider. Il avait fallu se résoudre à la dispersion. Plus rien ne subsistait d'une quelconque organisation ou hiérarchie. L'honneur seul commandait, ou quelque chose qui ressemblait à la volonté de ne pas s'avouer définitivement vaincu. Des hommes étaient morts pour ça.

– C'est ta maison, ta terre, dit doucement Marthe.

– Ma tête est mise à prix, *heuning*. L'armée de Joubert et de Botha est devenue une bande d'assassins par la décision de Chamberlain. Nos armes sont les mêmes qu'avant, nos cibles aussi. Mais voilà, nous aurions dû faire allégeance depuis longtemps. Quand l'Anglais triomphe, résister encore un peu est du dernier mauvais goût.

Bonne-Espérance avait vu revenir ses femmes ; on pouvait s'y estimer heureux quand tant et tant de gens étaient encore retenus dans les camps.

– On va mettre en place un système d'alerte, annonça Marthe. Les garçons monteront des gardes pendant la journée et, la nuit, il y aura des fils sur les chemins, avec des cloches, des casseroles, enfin, des choses qui feront du bruit au passage des hommes ou des chevaux.

Le plan amusa Piet. Nul n'était en sécurité où que ce fût au Transvaal. En vérité, l'on négociait déjà les termes de la reddition. La nouvelle de la capture du président Steyn acheva de persuader les uns et les autres que la partie était définitivement perdue. Piet en tira une philosophie simple.

– Nous avons vécu dans l'espoir, puis dans l'angoisse. Nous vivrons à nouveau dans l'espoir. Nous sommes comme cette maison, qui n'a pu être détruite en entier.

Il fallait tenir avec peu. Christian Viljoen avait rassemblé ce qui restait du bétail. Les veaux épargnés par les Anglais étaient devenus adultes. On avait planté des tomates, des haricots, des melons.

– *Jakobus Viljoen, koning van vegters.*

Piet traduisit pour Marthe. Roi des chasseurs. S'ils avaient coupé les grands arbres du parc, les Anglais n'avaient pas pris la peine d'abattre les eucalyptus bordant les points d'eau du domaine. Une faune à poils y résidait dans des terriers creusés entre les grosses racines apparentes.

Le chien César, qui avait échappé aux tirs d'exercice anglais, y avait eu autrefois ses habitudes, en compagnie de

Jeans, de Louis et des jumeaux. Reconduit là par Jakobus, il se mit d'instinct en arrêt dans la rocaille, aux abords des points d'eau aussi, où les outardes plombées et les canards venaient boire et pondre.

– Ces oiseaux sont l'autre trésor du Transvaal, expliqua Piet. Il n'y en a qu'ici. Et sais-tu, *heuning*, qu'ils ne migrent pas ? Quelle chance, n'est-ce pas ?

Jakobus chassait aussi à l'arc. Christian et lui avaient dissimulé leurs fusils loin de la ferme, sous des rochers. Tirer librement fut pour eux comme une résurrection. Leurs larmes coulèrent au souvenir de leurs chevauchées passées en compagnie d'Eltsie, quelques gouttes d'eau sur la terre desséchée par l'hiver.

Un jour, le couple de domestiques demanda la permission de s'en aller. Les chemins du pays xhosa étaient ouverts ; les Anglais, longtemps méfiants, ne s'opposaient plus au transit des tribus comme des individus. Piet les remercia d'être restés si longtemps à Bonne-Espérance, de s'être occupés du patriarche avec dévouement.

– C'est un long voyage, d'ici à l'océan.

Ils iraient à pied. Ils n'avaient pas dénoncé leur maître, la chose aurait pourtant été facile. Ils avaient même protégé le domaine en dissuadant les rôdeurs d'y sévir davantage. Piet fut profondément troublé. Les ancêtres d'Anders Marais avaient tenu les leurs en esclavage jusqu'à ce que les Anglais choisissent d'en abolir la pratique avant le Grand Trek. Mais c'était ainsi, par une sorte de fidélité atavique.

– La guerre fait réfléchir, *heuning*. On ne la vit pas de la même manière à quarante ans qu'à dix-sept.

Dans le silence de la maison que l'on débarrassait, patiemment, de ses décombres, Marthe se sentit soudain bien. Rien, pourtant, n'invitait à la joie. C'était, à l'intérieur d'elle, une sérénité jusque-là inconnue. L'accablement des femmes, autour d'elle, leur sombre acceptation de la loi divine la touchaient moins cependant que la présence de Piet.

Tout pouvait encore arriver. Un détachement australien ou canadien en route vers le nord eût pu détruire ce qui restait des bâtiments, des policiers arrêter son époux, des rôdeurs remarquer la fumée de la cheminée. Mais Piet était là, différent, ébranlé mais non brisé, bien vivant quand les disparus, les infirmes, les déments se comptaient par dizaines de milliers.

On se réjouit lorsque les cloisons qui délimitaient le champ de ruines eurent été redressées. Comme on n'avait pas de ciment, on restaura en partie la façade à la manière des tribus avec de la pierre plate et de la terre séchée. L'atelier avait été épargné par les explosions. On y reconstitua un semblant d'outillage. De lourds cailloux, on fit des têtes de masses. Bouts de métal, fers à cheval, pièces dépareillées de herse, de soc, de râteau, le tout fut rassemblé près de l'étau, emmanché, cloué, remis en état. Piet se montra fier de ses ouvriers.

– L'âge de fer, jeunes gens. Nous avons même la caverne, le feu, les produits de la chasse et de la cueillette. Si l'Anglais achève un jour nos murs, nous irons vivre dans les arbres. Comme nos anciens.

Il y eut le miracle des pommes de terre. Autrefois considérées comme appoint ordinaire des ragoûts, des poissons de rivière, du gibier, elles devinrent un mets de choix, le luxe offert par la terre difficile de Bonne-Espérance à ceux qui s'y accrochaient de nouveau. Les colonies en importaient, le sud du Transvaal seul en produisait, une chance en cette période de pénuries.

Cette vie en autarcie convenait à Marthe. Ses promenades dans les villes bombardées, les frissons de la victoire, puis ceux de la retraite précédant la débâcle générale, les nuits sans sommeil, les plaies avec leur palette de couleurs changeant au gré des purulences, la douleur des autres face à elle épargnée l'avaient transformée. Rien ne la prédisposait à encaisser tout cela un jour. Les faubourgs de Paris vivaient dans la grisaille de leurs fumées d'usine, immuables, comme la monotonie de la vie ouvrière, sans charme ni ruptures de ton. L'Afrique des colons européens était bien autre chose.

Une boucle se bouclait, sereine, dans le lointain fracas d'une terrible défaite. Marthe s'installait peu à peu à l'abri de ce rempart.

– On parle pour de bon de négociations de paix. Ils vont fermer les camps, les femmes vont revenir, avec les petits.

Christian Viljoen était le vaguemestre du domaine. Il avait croisé, sur le chemin menant à Volkrust, un milicien de retour dans la paroisse. Les Anglais ne donnaient plus la chasse aux reliquats des armées boers dans les secteurs qu'ils contrôlaient. Autant dire que, bientôt, la situation des uns et des autres reviendrait à la normale, ou du moins à quelque chose qui ressemblerait à une existence supportable.

En pays conquis.

Piet subissait l'ennui qui touchait les gens du front contraints de séjourner à l'arrière. Marthe garda pour elle son soulagement de le voir s'éveiller auprès d'elle chaque matin. La valeur du héros pour les chasseurs de prime de Kitchener et de Baden-Powell avait singulièrement baissé. Où irait-il, de toute façon ? La raison poussait la plupart des patriotes à faire le dos rond en attendant de savoir quel sort leur serait réservé. Piet Marais souffrirait de cela jusqu'à son dernier souffle.

– C'est fini, Marais, lui avait dit le général de Wet, croisé, un soir, dans les restes d'une étable. Vous avez déjà de la chance de ne pas avoir fini contre un poteau, avec douze balles dans la peau. Faites-vous oublier, vous avez suffisamment donné.

L'homme qui lui avait fait cette recommandation avait été défait quelques jours plus tard dans les environs d'Ermelo. À cent kilomètres de Volkrust. Deux jours de cheval.

Marthe entreprit de faire redécouvrir à Piet son domaine. Puisque les Anglais ne s'intéressaient plus guère à lui, il pouvait errer jusqu'aux confins de Bonne-Espérance sans se cacher. Des fermes avaient été détruites alentour. Cousins et amis, lointains parents, beaucoup étaient encore détenus. En vérité, les deux républiques étaient devenues de gigantesques camps de concentration.

Ainsi arpentèrent-ils, au fil des jours, le chemin de croix des fermiers hollandais. Partout, la ruine, les maisons éventrées, les champs à l'abandon. Ils pénétrèrent dans les étables vides, traversèrent des tas de gravats noircis par les incendies, explorèrent des corps de bâtiment d'où tout avait été emporté. Là, c'étaient les Viljoen, ici, des Joubert, plus loin, des Du Toit. Marthe se souvint des silhouettes aperçues entre les tentes du camp n° 27. Elle avait gardé des lettres écrites par des prisonnières qu'elle aurait dû distribuer au hasard de ses voyages. Mais il n'y avait plus personne à qui les donner. D'un désastre à l'autre, elle réalisa à quel point les hasards de la guerre l'avaient privilégiée.

27

Le dernier jour de mai 1902, la paix fut signée entre Britanniques et Boers. Les républiques cessèrent d'être pour devenir les provinces d'une république d'Afrique du Sud inféodée à l'empire. On conserva leurs noms, comme on le faisait des fleurs séchées, ou de photographies oubliées dans les tiroirs de l'histoire. En revanche, les portraits des vainqueurs inondaient les colonies unifiées : Chamberlain posant en fumeur, en buveur de thé, en promeneur, en voiture ou en train, Kitchener, qui paraissait toujours vouloir mordre, d'autres, civils et militaires, triomphant, les icônes d'un continent désormais aux deux tiers dominé par les lions britanniques.

Les Boers devraient supporter de voir, à la devanture des libraires, les cartes postales montrant le vieux Kruger brisé, portant, honteux fuyard, deux sacs d'or vers la frontière du Mozambique. S'ils leur laissaient leur terre, les Anglais montraient à leurs nouveaux colonisés la profondeur de leur mépris. Dans le même temps, comme pour exorciser le remords d'avoir à ce point tourmenté un peuple, ils votèrent une dotation pour la reconstruction des fermes boers.

Le capitaine Jean Berto-Linnoz rendit visite à ses amis de Volkrust. Il avait suivi le général Botha jusqu'à l'intérieur du Natal, où sa tête de mercenaire étranger avait elle aussi été mise à prix. En chemin, il avait lié ses pas à ceux d'un mousquetaire magnifique nommé Robert de Kersauzon, vingt-cinq ans et le panache d'un maréchal d'empire. Les quelques Français qui se battaient encore allaient être pris dans la nasse anglaise lorsque la nouvelle de l'armistice leur parviendrait.

– Nous avons été en quelque sorte amnistiés, comme vous, mon cher Marais. Nous pouvons aller librement, avec cependant un peu de ferraille et de plomb ici et là dans le corps.

– Que ferez-vous ? lui demanda Marthe.

– Je n'ai plus grand monde en France. L'Afrique s'endort sous le drapeau de la république. Il y a de l'ouvrage au Tonkin pour des gens comme moi. Un bateau, un long voyage, des climats autres, l'Asie.

Il y eut, dans son bref séjour à Bonne-Espérance, autant de silence que de mots prononcés.

Il vit la tombe d'Eltsie, à côté de celle de son père. Le dernier fils de Marieke complétait la liste. Lourd prix à payer pour une seule famille. Berto-Linnoz pria longuement, après quoi il fit ses adieux et disparut, mince silhouette chevauchant une haridelle, au bout de la piste.

– Je t'ai dit ça un jour, *heuning*, tu te souviens ? Ils sont féroces dans le combat et généreux dans la victoire. Entre les deux, rien d'autre que la nécessité de l'emporter. Vous autres, Français, serez toujours étonnés d'une telle rigueur. Donc, aussi, toujours un pas derrière eux.

Piet Marais ne manifesta pas d'émotion particulière à l'annonce du traité de paix. Il perdrait simplement son statut bizarre de réfugié sous son propre toit, marcherait en liberté sur les chemins du domaine qu'à la différence des pays vaincus les Anglais n'avaient pas annexé au Natal.

Marieke Viljoen tira de l'annonce officielle une conclusion simple :

– Louis va revenir de Sainte-Hélène. Et ce ne sera pas dans un cercueil, comme Napoléon.

À Bonne-Espérance, on s'était habitués à certaines absences. Le patriarche avait survécu aux privations. Les jumeaux d'Anna s'étaient réparti les tâches quotidiennes : l'entretien et la fabrication des outils pour l'amputé, leur usage champêtre pour le rescapé. Aux deux, Piet avait apporté son aide de citadin revenu aux sources. Quant aux quatre enfants de Marieke qui avaient survécu à la déportation, ils s'étaient approprié les lieux avec l'insouciance de leur âge, et leur gaieté, éclairant un peu le morne alignement des jours.

Piet refusait d'être considéré comme un « main en l'air ». Ainsi désignait-on les Burghers, pour la plupart des gros propriétaires, qui s'étaient rendus afin de sauver leur domaine. Il éprouvait à leur endroit un dédain à peine plus mesuré que celui qu'il vouait aux traîtres qui avaient pris le parti de l'ennemi.

– Nous avons payé ce choix assez cher, je crois.

C'était le choix qu'avaient fait des Botha, des De Wet et les derniers résistants désormais respectés par les Anglais, comme ils eussent respecté une équipe vaillante mais battue au cricket ou au football. « *Nice game, old chap*[1]. »

On survivait. Au-dessus de cette précaire embellie régnait un Dieu apaisé que les femmes boers remercièrent pour les avoir protégées dans les rigueurs de la guerre. Ce qui parut un peu contradictoire aux yeux de Marthe, mais la *Franse* eut la sagesse de n'en rien dire, tandis que ses belles-sœurs, accompagnées de ce qui restait de leur famille, s'embarquaient pour l'église de Volkrust.

---

1. Jolie partie, vieille branche.

Le premier dimanche de la nouvelle Afrique du Sud s'annonça par un soleil de triomphe, émergeant, déjà tiède, d'une brume vite dissipée. Il convenait de montrer aux Anglais que la tradition protestante des colons boers perdurait au sortir de la guerre. Le retour du pasteur de Volkrust encouragea les quelques paroissiens encore capables de se réunir sous sa chaire ; une poignée de fidèles, des hommes pour la plupart, prierait pour le retour prochain des absents. Piet n'en serait pas.

– Je reste ici, *heuning*. Je ne sais pas ce que ce brave homme pourra dire à ses ouailles. Mais si tu veux vérifier que les hindous ont ouvert à nouveau leurs commerces, ne te prive pas.

Marthe se réjouit à l'idée de se promener dans le bourg. Les Anglais y avaient installé une administration transitoirement frontalière, désormais incluse à part entière dans le nouveau dominion.

Piet avait à faire à la porcherie. Les quelques Boers de retour dans leurs fermes avaient décidé de s'entraider pour reconstituer des semblants de cheptels. Il fallait commencer par tout rebâtir, pierre par pierre, en attendant que reviennent les prisonniers. Marthe recommanda à Piet de se ménager. Il récupérait lentement l'usage de son bras.

– Va et vois s'ils ont des haricots en boîte, lui répondit-il.

Elle devrait s'enquérir de possibles arrivages de plâtre, de sable pour le ciment.

– Demande s'il est question d'autoriser la réouverture de l'armurerie de la rue Kruger. Si toutefois elle porte toujours ce nom.

On ne s'était pas battus pour Volkrust. Près de la gare par laquelle avaient transité, dans des mouvements de grande marée, les troupes des deux camps, des restes d'armée britannique bivouaquaient sous des tentes. À la vue de ce village militaire promis à la dispersion, Marthe sentit son cœur se serrer. Ladysmith était à deux heures de chemin de fer. On devait en reconstruire l'hôtel de ville au pignon troué par un obus de Long Tom. Plusieurs fois, Marthe se retourna, pensant reconnaître la voix d'Eltsie. Tout cela était proche et déjà terriblement lointain, emporté par les quelques nuages blanchissant le ciel. La guerre était finie, pour de bon ; c'était difficile à croire.

Elle marcha sans but précis dans un bourg dont elle eut assez vite fait le tour. Volkrust semblait avoir échappé à la guerre. Les hindous y tenaient toujours leurs boutiques. On trouvait là tout ce que l'on désirait. Marthe réalisa qu'il est possible de s'en sortir quels que soient les événements, les rigueurs du moment. Il suffisait de faire le gros dos et de se taire, le temps pour les dominants de se satisfaire.

Une locomotive sifflait quelque part sur le fil de métal menant à Pretoria. La capitale boer garderait son nom, comme Johannesburg et comme la plupart des villes et des villages désormais britanniques. Une révérence des vainqueurs ; maintenant qu'ils avaient tout écrasé, dès lors que leurs Utlanders, qui avaient été le prétexte de la guerre, revenaient en masse dans les régions minières, ils pouvaient se permettre quelques générosités.

Des chevaux alignés sommeillaient à l'entrée d'une taverne. Les Anglais avaient mis un point d'honneur à honorer la bière de leurs adversaires. On s'esclaffait à l'intérieur de l'établissement rebaptisé Victoria's en hommage à la défunte de Westminster. Marthe longea la file des montures dont certaines portaient soit des armoiries, soit des marques au fer rouge. L'envie de retourner chez les hindous pour vérifier s'ils n'avaient pas, dans leurs arrière-boutiques, quelques bouteilles de vin de Franschhoek, la tenaillait. Elle les offrirait aux gens de Bonne-Espérance et le lien avec les cousins de la colonie du Cap serait rétabli. Un symbole.

Elle allait pénétrer dans les odeurs d'Orient de l'échoppe hindoue lorsqu'elle se figea. Les chevaux, devant le pub, les initiales sur leurs postérieurs, elle avait vu tout cela sans y prêter attention.

Un trident, sur un bai gris.

C'était cela. Trois flèches réunies comme pour figurer une fourche paysanne, une fraternité résistant au temps, obsédante. Howard était dans le village. Ce ne pouvait être que lui, chevauchant avec son désir de vengeance inscrit dans le cuir de sa monture. Marthe tourna les talons. Le bas de sa jupe dans la main, elle se mit à courir vers les chevaux. Parvenue devant la ligne marquée par une longue poutre, elle dut se rendre à l'évidence : la bête au trident n'était plus là.

Elle se hâta vers l'église, où elle trouva une maigre assistance, masculine pour l'essentiel, priant tête basse. Marieke se signait lorsque Marthe se pencha vers elle, chuchotant à son oreille qu'il lui fallait retourner aussitôt à Bonne-Espérance.

– *Is dit ernstig*[1] ?

– *Die Engelst. Piet*[2].

Marieke désigna un paroissien, à deux bancs devant elle. Elle rentrerait avec lui. Marthe se précipita au-dehors, grimpa sur l'attelage. Son expérience de la conduite était limitée. Elle tira sur les rênes avec assez de force pour que le cheval se cabrât avant de se mettre au trot puis au galop.

La piste avait été défoncée par les convois militaires. Des ornières profondes, encore humides des dernières pluies, formaient une sorte de moulage de rail. Le cœur de Marthe

1. C'est grave ?
2. L'Anglais. Piet.

se mit à battre la chamade. Il fallait une grande demi-heure pour rejoindre le domaine. Par instants, elle se disait qu'elle avait dû se tromper, qu'il s'agissait d'une coïncidence. Pourquoi Howard serait-il venu à Volkrust ? Piet n'avait jamais évoqué son nom. Tacitement, l'on supposait qu'il avait retrouvé son poste au port de Capetown. Marthe s'était gardée elle aussi de ramener ce souvenir à la surface de leur existence quotidienne.

Le cheval peinait dans la terre meuble. Le fouet provoquait ses ruades, une bave mousseuse sortait de sa bouche tordue par le mors. Une femme boer aurait su comment le faire avancer plus vite. Craignant qu'il décidât de s'arrêter, Marthe finit par tempérer ses gestes et laisser la bête trotter.

Après le départ des Viljoen pour le camp n° 27, les Anglais avaient méthodiquement emporté tout ce qui pouvait servir leurs armées. Les troupeaux des Boers étaient une proie de choix, leurs cochons, l'assurance de continuer la guerre avec des réserves suffisantes de saucisses, de boudin, de côtelettes. Tout avait pris le chemin des voies ferrées, où les omnibus du pillage s'étaient emplis de la richesse des vaincus.

Piet en avait fait l'amer constat, jusqu'au jour où des Zoulous qui transitaient par Volkrust en compagnie d'hindous, dans l'un des wagons qui leur étaient réservés, lui avaient proposé un porcelet à la vente. Cent livres Kruger, une fortune. Mais aussi la promesse d'un retour à la normale, puisque le commerce était de nouveau libre.

La porcherie se trouvait à bonne distance des autres bâtiments. En temps ordinaire, une vingtaine de bêtes y résidaient, vaquant aussi à l'extérieur dans une fange complice désormais couverte d'herbes folles. Piet fit rapidement le compte de son bien. Le porcelet s'était installé dans un coin, sur de la vieille paille. Les enfants, qui redécouvraient, par ce seul spécimen, la faune de leur jeune passé, le nourrissaient de tubercules, de vers, quand ils ne l'observaient pas fouiller le sol de son groin pour y trouver son ordinaire. Piet s'assura qu'il allait bien. Son père ne comprenait pas la terreur des mahométans et de certains juifs qui les empêchait de jouir du plus magnifique cadeau que le Créateur leur eût fait. « Ils se privent du meilleur, sauf en cas de grande disette. C'est assez vain et pas très honnête, en fin de compte », disait-il.

– On s'en fout. Tout se mange, chez toi, murmura Piet en caressant le petit animal. On attendra.

Avant-guerre, les porcelets tournaient sur les broches lors des grands rassemblements de l'été. Les mains sur les hanches, Piet considéra la vacuité du lieu. Ce qui lui restait d'argent avait servi à acheter le cheval. Anna avait rassemblé des bijoux que l'on envisageait de vendre aux hindous de Newcastle. Deux vaches étaient attendues, cadeau d'un fermier d'Amersfoort qui avait eu le temps de dissimuler quelques bêtes dans les bois. Elles seraient saillies dès que possible. Ainsi le cycle de la vie reprendrait-il.

Piet sortit de la porcherie. C'était juillet, le plein hiver au Transvaal. Il ferma à demi les yeux, huma l'air frais de la fin de matinée. Il se sentait fatigué, comme s'il portait depuis trop longtemps sur ses épaules une charge de grain ou de ciment. La défaite le laissait sans réaction, quand les femmes de Bonne-Espérance relevaient leurs manches et se faisaient même bavardes. Il n'était jusqu'au vieux Anders qui trouvait dans la patiente reconstruction de la maison et dans les jeux des enfants un motif d'espoir, à défaut de la moindre joie.

Marthe se plaisait à Bonne-Espérance. C'était bien là le plus important. Piet lui avait offert un second Mimile, un bébé autruche qui vivait en harmonie avec les deux poules de Marieke. « Ta ménagerie de cirque parisien. »

Il sourit, marcha vers la demeure dont il apercevait la toiture encore effondrée en son milieu. On profiterait de la saison sèche pour en entreprendre la réfection.

– Marais ?

Il demeura une seconde en arrêt, tel un chien flairant subitement un gibier. S'étant retourné, il sut qu'un chasseur était entré sur ses terres et que le gibier, c'était bien lui, Piet Marais.

– Howard. L'homme de Capetown et du pays zoulou. Vous êtes partout.

L'Anglais tenait en main un pistolet, un Colt américain, autre chose que la fantaisie de salon de son homologue de la frontière mozambicaine. Piet écarta les bras.

– Eh bien, voilà. Vingt ans et une guerre plus tard. On s'est donc vus à Majuba Hill.

– Si on peut appeler ça se voir.

Le major avait le soleil dans l'œil.

– Déplacez-vous, Marais, lui ordonna-t-il.

Piet fit quelques pas vers la porcherie. Il songea à la bizarrerie de la vie, qui le verrait s'abattre sur la terre ensauvagée de la bauge à cochons. Drôle de fin pour un héros national. Howard s'approcha lentement de lui.

– Faites vite, dit Piet, je n'ai pas l'intention d'évoquer le passé avec vous.

L'Anglais avait des velléités de dialogue, un désir de se faire comprendre avant d'agir. Piet sentit qu'il hésitait. Lorsqu'il voulut tendre la main vers le visage de l'intrus, il sut que toute défense serait vaine. Son bras refusait l'effort. Howard leva le canon de son arme.

– Ne tentez rien, Marais.

– Vos amis de la frontière mozambicaine me le déconseilleraient. Vous désirez me toucher avant de tirer ?

– Je vous regarde, comme sur cette damnée colline, et, cette fois, les rôles sont inversés. Couchez-vous par terre. Là.

Piet s'assit. Cela ne suffisait pas. Howard lui décocha un coup dans le dos, de la pointe de sa botte.

– Tournez-vous, maintenant. Regardez-moi.

Piet s'exécuta. Howard le dominait entièrement. Piet vit la crispation de sa mâchoire. Tout s'enchaînerait logiquement. Howard libéra la détente de son Colt.

– Vous étiez comme moi à cette heure, dans la même position, et vous avez tiré sur des hommes blessés. Marais, vous avez achevé des blessés.

– Ils tenaient encore leurs armes. Ça pétait de partout.

Piet réalisa qu'il se justifiait, ce qui ne servait à rien, sinon à vivre quelques minutes de plus. L'Anglais attendait des mots, un remords, une supplication. Piet serra les dents. Il ne dirait plus rien. Howard allongea le bras. Piet ferma les yeux. Il avait vu le soleil du Transvaal pour la dernière fois.

– Marthe.

Howard tira. La balle alla se ficher à quelques centimètres du visage de Piet.

– Pour votre beau-frère, abattu par des Australiens.

Une seconde balle, près de l'autre joue.

– Pour votre nièce morte de faim si près de vos grasses prairies. Et la dernière.

Piet sentit son corps se tendre comme un arc. Il avait souvent pensé qu'à la guerre la mort venait sans prévenir, qu'elle prenait possession de chairs offertes, presque amollies.

Il entendit la détonation, s'étonna de ne pas avoir subi la sidération de l'impact. Même pas le temps d'avoir mal, d'éprouver quoi que ce fût. Il entendit un gémissement, un de ces feulements de lionne qui s'élevaient autrefois aux confins du pays zoulou, quand les grands fauves hantaient encore la savane du sud Transvaal. Tous morts depuis, ou emmenés, captifs, vers la réserve dessinée par Kruger.

– Marthe.

Elle avait lâché le fusil dont le canon exhalait une petite fumée blanche, considérait le corps de l'Anglais avec une intense stupeur. Elle balbutia :

– Je n'ai trouvé que ton père à la maison. J'ai vu le fusil et…

Il prit appui sur son bras valide pour se relever. Marthe avait tiré comme le faisaient les femmes, sans épauler. Le recul avait propulsé l'arme en arrière. Quant à Howard, il quittait son monde conquis dans des hoquets sanglants.

Piet reçut Marthe dans ses bras. Une chiffe, bras ballants, en sanglots. Il l'assit sur un rebord de pierre, se pencha sur le mourant. Les yeux grands ouverts, l'Anglais semblait vouloir dévorer les pacifiques nuées blanches de juillet. Son dernier ciel. Piet s'agenouilla près de lui. Un râle ténu s'échappait de la poitrine de Howard.

– La guerre est finie, *fellow*.

Il vit les lèvres de Howard s'entrouvrir sur un mot inaudible, puis se figer, comme son regard. Il abaissa ses paupières, se releva avec peine.

Marthe appuya son front contre la hanche de son mari. On accourait. Christian, suivi de son frère et, plus loin, ahanante, d'Anna.

– Voilà, leur dit Piet, une histoire ancienne qui se termine.

Il aurait le temps de répondre aux interrogations des siens. Il y avait plus urgent.

Christian Viljoen donna le dernier coup de pelle. C'était au pied d'un eucalyptus isolé au bord d'un ruisseau. Ses frères s'alignaient, plus loin, mais lui, sans que l'on sût pourquoi, avait poussé seul. Un sol, pour partie meuble, pour partie craquelé, l'entourait. Dans son ombre, il faisait presque froid.

– Nous tairons à jamais cette cérémonie, dit Piet. Ce sera le secret de Bonne-Espérance. Et ce lieu…

Il serra la main de Marthe, chercha un nom pour le haut solitaire veillant désormais sur un cadavre. Ce fut Jakobus qui le trouva. Appuyé sur sa béquille, il leva son regard d'enfant étonné vers les témoins de la mise en terre.

– L'arbre-au-kaki, dit-il.

Et comme personne n'avait plus rien à ajouter, la chose fut considérée comme acquise.

POSTFACE

La seconde guerre des Boers dura deux ans et demi. Elle fit 75 000 morts au total : 22 000 soldats britanniques, 7 000 soldats et miliciens boers, 25 000 civils boers et 20 000 Noirs.

118 572 personnes, un quart de la population blanche des deux républiques, furent déportées. 120 000 Noirs également.

Dans les quarante-cinq camps de concentration pour Blancs périrent 27 927 personnes (25 %), dont 22 074 enfants de moins de seize ans. 14 154 Noirs (12 %) déportés eux aussi dans soixante-quatre camps, sont morts.

30 000 fermes ont été détruites, ainsi qu'une quarantaine de bourgs, à l'ombre des 2 000 blockhaus érigés sur ordre de Kitchener.

Collection

« FRANCE DE TOUJOURS ET D'AUJOURD'HUI »

Jean ANGLADE
Une vie en rouge et bleu
Le Dernier de la paroisse
Le Choix d'Auguste
Le Sculpteur de nuages
Les Cousins Belloc

Sylvie ANNE
Le Gantier de Jourgnac
La Maison du feuillardier

Sylvie BARON
Un été à Rochegonde

Jean-François BAZIN
Les Raisins bleus
Le Clos des Monts-Luisants
Le Vin de Bonne-Espérance
Les Compagnons du grand flot

Henriette BERNIER
Le Baron des champs

Jean-Baptiste BESTER
L'Homme de la Clarée
Plus près des anges

Françoise BOURDON
Le Moulin des Sources
Le Mas des Tilleuls
La Grange de Rochebrune
Retour au pays bleu
Le Fils maudit

Édouard BRASEY
Les Lavandières de Brocéliande
Les Pardons de Locronan
La Sirène d'Ouessant

Patrick BREUZÉ
Les Remèdes de nos campagnes
La Valse des nuages
L'Étoile immobile

Michel CAFFIER
Corne de brume
La Paille et l'Osier
Les Étincelles de l'espoir

Anne COURTILLÉ
La Tentation d'Isabeau
Le Gaucher du diable

Annie DEGROOTE
Les Racines du temps

Jérôme DELIRY
Une rivière trop tranquille
L'Héritage de Terrefondrée

Raphaël DELPARD
L'Enfant sans étoile
Pour l'amour de ma terre
L'Enfant qui parlait avec les nuages

Alain DUBOS
La Mémoire du vent
La Corne de Dieu

Marie-Bernadette DUPUY
Les Fiancés du Rhin
Angélina. Les mains de la vie
Le Temps des délivrances

Élise FISCHER
Les Noces de Marie-Victoire
Je jouerai encore pour nous
Villa Sourire

Emmanuelle FRIEDMANN
Le Rêveur des Halles
La Dynastie des Chevallier

Alain GANDY
Les Cousins de Saintonge

Gérard GEORGES
Une terre pour demain
Le Destin des Renardias
Le Bal des conscrits
Mademoiselle Clarisse

Georges-Patrick GLEIZE
La Fille de la fabrique
Pas plus tard que l'aurore

Yves JACOB
Sous l'ombre des pommiers

Hélène LEGRAIS
L'Ermitage du soleil
Les Héros perdus de Gabrielle
Les Ailes de la tramontane
La Guerre des cousins Buscail
Les montagnes chantaient la liberté

Philippe LEMAIRE
Rue de la Côte-Chaude
L'Enfant des silences
L'Oiseau de passage

Éric LE NABOUR
Retour à Tinténiac
La Louve de Lorient
À l'ombre de nos larmes

Jean-Paul MALAVAL
L'Or des Borderies
Soleil d'octobre
Les Noces de soie
La Villa des térébinthes
Rendez-vous à Fontbelair
La Folie des Bassompierre

Antonin MALROUX
La Promesse des lilas
La Cascade des loups
La Pierre marquée
L'Homme aux ciseaux d'argent

Jean-Luc MOUSSET
L'Enfant des labours
Le Secret de Neige

Joël RAGUÉNÈS
La Maîtresse de Ker-Huella
La Dame de Roz Avel

Geneviève SENGER
La Maison Vogel
L'Enfant de la Cerisaie

Jean SICCARDI
La Source de saint Germain
Le Maître du diamant noir
L'Ivresse des anges

Bernard SIMONAY
L'Or du Solognot

Jean-Michel THIBAUX
L'Olivier du Diable
Le Maître des Bastides
Le Rappel du tambour

Katia VALÈRE
Après la nuit vient l'aube

Brigitte VAREL
Le Secret des pierres

Louis-Olivier VITTÉ
La Guérisseuse de Peyreforte
Là où coule une rivière

Collection

« ROMAN D'AILLEURS »

Jean BERTOLINO
Pour qu'il ne meure jamais

Jean-Baptiste BESTER
Les Neiges de Toula

Marie-Bernadette DUPUY
L'Orpheline des neiges
Le Rossignol de Val-Jalbert
Les Soupirs du vent
Les Marionnettes du destin

Éric LE NABOUR
La Dame de Kyoto

Michel PEYRAMAURE
Les Villes du silence
Tempête sur le Mexique
Mourir pour Saragosse

Bernard SIMONAY
La Fille de l'île Longue
L'Amazone de Californie

ROMANS HORS COLLECTION

Jean-Jacques ANTIER
Blanche du Lac
Le Convoi de l'espoir

Jean BERTOLINO
Et je te donnerai les trésors des ténèbres

Jean-Baptiste BESTER
Le Cocher du Pont-Neuf

Lucien DE PENA
L'Argent des autres

Michel PEYRAMAURE
Les Folies de la duchesse d'Abrantès
L'Orpheline de la forêt Barade

Joël RAGUÉNÈS
L'Instinct du prédateur

Bernard SIMONAY
Le Lys et les Ombres

DOCUMENTS

Jérôme DELIRY
Sept Enfants autour du monde

Charles GUILHAMON
Sur les traces des chrétiens oubliés

Frédéric PONS
Algérie. Le vrai état des lieux
Poutine

Georges VIEILLEDENT
Médecin de campagne, une vie

Photocomposition PCA

Achevé d'imprimer en octobre 2014
par Bussière
pour le compte des éditions Calmann-Lévy
31, rue de Fleurus 75006 Paris

N° d'éditeur : 5185939/01
N° d'imprimeur : 2012288
Dépôt légal : octobre 2014
Imprimé en France.